U0115371

山中燈火入夢來

A Light on My Path

劉照男——著

台灣鄉下青年追求真理的奮鬥故事，
隨著路上光指引，
找到「道路、真理、生命」，
過感恩得勝的生活。

推薦序：劉照男《山中燈火入夢來》讀記

美國心理學家馬斯洛（Abraham H. Maslow），針對人類的一般需求，認為有下列五個層次：1.生理需求，2.安全需求，3.社交需求，4.尊重需求，5.自我實現需求。「寫作」，是實踐人類最高需求層次，所謂「自我實現」，最為簡便而又周全的手法，同時也是藝術治療最具神效的良方。丹麥作家齊克果（Kierkegaard）說：「我祇有在寫作的時候感覺良好。我忘卻所有生活的煩惱，所有生活的痛苦。我為思想層層包圍，幸福無比。」「寫作」能讓自我不斷思考，不斷面對內心深處，和自我的良心及靈魂對話。「寫作」使人內心平靜，清心自在，逍遙自得，甚至志得意滿，很容易獲有「成就感」。

文學運用語言媒介，超越其他藝術的心靈深度和哲理深度，可謂是最深邃的心靈性藝術。文學同時也是現代媒介藝術之母。投身「寫作」，是讓我們在大千世界、茫茫宇宙中，得以「安心立命」，得以創造自我、實踐自我、治療自我的最佳捷徑。

我曾多次鼓勵有心人寫作，其中反應最為熱烈的，就是旅居美國賓州的劉照男教授。他不但認同我「彩雲易散琉璃碎，唯有文章最久堅」的提法，還很奮勉地即刻付諸行動，埋頭寫作不休，並透過網路，源源不絕地寄來新作，給我分享。如今他將多年來的創作，結集成《山中燈火入夢來》一書出版，以為永久紀念。全書分為「童年憶往」、「求學時代」、「教會生活點滴」、「台美同鄉會活動」、「賓州田園生活」、「旅遊見聞」、「世紀大疫的沉思」七輯，合計七十三篇，二十萬字。反覆拜讀之餘，我認為全書內容豐富，琳琅滿目，難以全面概括揭示其特色，謹列舉幾項，略述如下：

一 書名引人，主題鮮明

《山中燈火入夢來》，所謂「燈火」，是指早期的電土燈（Carbide lamps），一種利用碳化鈣與水產生乙炔來燃燒的燈具。在電燈未普及的年代，由於它不容易被強風吹熄，所以經常被用在戶外場合。作者說：「大坑風景區是台中大都會的後花園，每逢假日，遊客絡繹不絕。但從前山區居民稀少，入夜後一片漆黑，伸手不見五指，農民巡田水或夜間趕路都靠『電土燈』。」又：「山谷中的燈火，象徵先人征服自然的決心和毅力，也指引子孫邁向光明的前途。我在海外度過半世紀，故鄉的燈光常在夢中出現，呼喚著流浪遠方的遊子，何時返鄉？」（〈山中燈火入夢來〉）作者移居美國賓州，回首鄉關萬里，童年山中燈火，頻頻入夢。書名《山中燈火入夢來》，引人懷想電燈尚未普及的古早農村，也寄託作者濃厚「鄉愁」主題思想。

本書的命名，追思母恩，揄揚祖德，孝思不匱，溫馨感人，也發人深思，可謂畫龍點睛，能吸引讀者強烈的閱讀願望，甚至可作爲「標題學」寫作教學的範例看待。

二 娓娓道來，故事性強

作者先天氣質，屬古希臘名醫希波克拉特（Hippocrates）所說「抑鬱質」爲主導類型。靈心善感，善於捕捉和發現一般人易於忽略的事物內容，和不易察覺的細節，又一往情深，經常耽於深沉雋永、耐人尋味的意境。

作者出身台灣中部農村，生下來是日本帝國的皇民，及長爲中華民國國民，大學畢業後赴美國留學，入籍成爲美國移民，如今定居賓州。生平閱歷相當豐富，再加上作者美感神經極爲敏銳，記憶鉅細靡遺，十分驚人，因而書中記述的生平經歷，場景描寫周詳細膩，恍如親臨目睹，人物形象鮮活生動，呼之欲出，戰時童年、家族親情、留學過程、聖恩教會植堂服事、台美同鄉會活動、賓州田園生活、費城花展、費城早餐、泰勒公園，甚至李泰祥音樂、東非旅遊見聞等等，娓娓道來，波瀾起伏，故事性特別強烈，頗能引發讀者的閱讀興趣，欲罷不能。

三　圖書閱讀的提倡

作者夫人張秀美女士，在〈書中花自開〉一文說：「我一直很喜歡讀書，整天工作後，回到家做完家務事，馬上找本書，坐在角落看書，祇要一卷在手，所有的憂愁和煩惱都隨之而消失。」又：「來美之後，結婚生子，工作不曾中斷，書本正是陪伴我一路走來的良伴。不像一般『盈盈美代子』的姊妹，在家享受清福，有的是時間，我，每天上班早出晚歸，既回學校修課，又種花，哪有閒工夫坐下來，把一本書從頭到尾讀完？我祇不過利用睡前十五分鐘或半小時看書，看多少算多少。我和一般人不一樣的地方就是『恆心』，能持之以恆，日久見功夫，每月讀完兩三本，四十年下來，讀過的書本，排滿整個書架。」

現代社會，由於視聽傳播科學技術突飛猛進，人們早已習慣從錄音傳播、錄像電視、電腦手機網路渠道，接收聲像綜合傳播的訊息，以致純粹文字圖書閱讀的人，又越來越稀少了。其實，社會大眾接收的，絕大部分是屬於商業性、產業性、世俗性、娛樂性、流行性、複製性、平面性，以現代休閒爲時尚的大眾文化，內容往往是零碎的、膚淺的。若想要汲取系統完整的人類整體文化知識，無論如何，還是離不開運用最精細之文字書寫的圖書。

對於一般不必靠讀書做研究討生活的社會大眾來說，陶淵明「好讀書，不求甚解。每有會意，便欣然忘食。」（〈五柳先生傳〉）純粹追求生活趣味的閱讀，應是最適宜提倡的讀書方式。特別是紙本圖書的芬芳，目前電子書無法取代。如此說來，作者夫人已是爲大家如何泛覽群書，樹立典範了。

四 見證大學教育對個人的重大影響

大學四年，是一般人心目中最爲黃金的時段。這個時期，思想和感情都在急劇成長，學校的傳統校風和校園環境，都會對學生人格特質的塑造，發揮相當的影響作用。一個人的志趣和氣質，大約大學畢業時候，都已經定型了，除非遭遇重大變故，否則難再改變。如此說來，大學教育對於形塑個人思想情感特質的重要性，就不言而喻了。

筆者和作者是東海大學同屆校友，又有同寢室居住的情誼，是千金難買的知己至交。筆者特別請求作者幫忙，就印象中筆者大學階段的形象，寫一篇青春傳記。作者不負老友所託，完成〈孤燈下的耕耘者——吳福助教授側記〉[1]一篇萬言傳記。開頭說：「我以目擊者身分提供第一手資料，見證這位學者當年如何走向學術研究之路；也回頭看我自己，當年是何許人也。」結尾說：「《東海大學第六屆紀念冊》這樣描寫福助：『一個眞正讀中文的人，篤實、勤勉，四年來堅守其崗位，未嘗須臾離也。在宋詩方面，有很深的見解與薰陶。主編過刊物，也當過系代表，並經常以「夢澤」的筆名，在外發表文章。他沒有不良習氣，唯一的嗜好是買書，在中文系的人緣很好，將來的成就恐怕是在衆生之上的。』紀念冊也這樣描寫筆者：『修長的身材，整潔的頭髮，樸素的服飾，優雅的談吐，這位出身於台灣農家的子弟，雖然是學經濟的，但他卻有特殊領受藝術的心靈。他好靜，喜沉思，生活充滿了藝術的情趣。當你寂寞時，他會引領你聆賞幾支交響樂，也會輕輕地和你談論些文學、繪畫以及人生的種種。他又是最赤誠，最熱心的朋友，會給你許多細心的照顧。他是懸崖上的孤松，那股飄逸之氣，會令你難忘的。』對照五十多年來的福助和筆者，基本思想行爲大抵是如此，我們都沒有什麼改變。對照年近八十的福助和筆者今天的狀貌，也還是依然故我，不改初

---

1 收入謝鶯興編《吳福助教授著作專輯》，東海文庫師長篇（五），台中市：東海大學圖書館，2020 年 1 月 15 日。

衷。」又：「五十年後的今天，回想當初進入東大就讀，這確實是決定我們一生命運的關鍵時刻。東海校風自由，師長和學生，平起平坐，像大家庭，在這裡生活四年，蒙受特有的『開創精神』的陶鑄，眞是三生有幸。福助啓蒙於斯，受教於斯，執教於斯，最後在這裡退休，他在校園居住已超過五十年，東海鬱鬱蔥蔥的樹海，就是他永遠的家，也是他鍥而不捨打造學術理想的王國。至於對我來說，東海『求眞、篤信、力行』的校訓，則是我腳前的燈，路上的光。我一生追求『眞理』，現在我終於明白耶穌基督就是眞理！就讀東海的因緣，使我徹底領悟了生命的眞諦，上帝的安排眞是奇妙啊！」

這篇青春傳記，特別引起東海大學王茂駿校長的注意，王校長細讀後，總結說：「這篇傳記，透過若干生活瑣事的說明，強力證明了吳老師的人格特質，其實在大學時期，由於接受東海特有的『開創』校風的薰陶，早已定型了。由此也可證明東海大學全人的、博雅的、深富人文底蘊的教育精神，是如何珍貴的了。」（〈《吳福助教授著作專輯》序〉）本書運用堅實的內容，見證大學教育對個人的重大影響，確實引人深思，是一大罕有的特色，難能可貴。

五　見證上帝的慈愛

作者住在賓州華盛渡河（Washington Crossing），該地是美國革命搖籃，風光旖旎，附近有公園，有大河和湖泊。作者住家後院，開闢花圃和菜園，栽種有機蔬菜，現摘現煮，招待台灣鄉親，素有「灶腳透菜園」的美譽，享用有餘還能分送鄰居朋友。作者說：「早上起床，看到美麗的太陽，就心存感激，慶幸又活了一天。把注意力集中在自己目前擁有的福氣，珍惜當下的每一分鐘，活出結結實實的生命（Live life to the fullest and enjoy each day.）」作者認爲衹要心中充滿感恩，臉上就會出現笑容，進而感染別人，日久見功夫，人與人之間就能和睦相處，世間就會充滿上帝的慈愛。

上述作者的「大愛」、「感恩」人生觀，源自對基督耶穌的篤定信仰。作者說：「我是台中市庄腳人，到美國留學後，才信耶穌基督，成爲第一代信徒。」又：「回顧四十六年來的基督徒生活歷程，見證了上帝的話：『你們將進入的土地，有山，有谷，也有雨水的滋潤。上主，你們的上帝，從年初到年終，都看顧這片土地。』（〈申命記〉11：11-12）昔日鄉下看牛的孩子，有緣跟基督連結，終於得到豐盛的生命，信耶穌是我們一生最大的成就。」（〈我的信仰見證〉）

作者出身東海大學，深受東海校訓「求眞」、「篤信」、「力行」的薰陶，「藉由信心獲得眞理，並以行爲彰顯祂（Truth attained through Faith expressed by Deeds.）」，這句不同凡響的至理名言，綜合基督教的基本教理，而又兼顧東方文化的基本精神，對作者而言，可說仰之彌高，鑽之彌堅。作者窮一生之力追求眞理，終於明白耶穌就是眞理。耶穌說：「我就是道路、眞理、生命，要不是藉著我，沒有人能到父那裡去。」（〈約翰福音〉14:6）作者摸索眞理的旅途漫長遙遠，實際上是啓程於母校東海大學。

耶穌說：「信我的人，就如《經》上所說，從他的腹中，要流出活水的江河來。」（〈約翰福音〉7：38）作者因篤定信仰而激發的大愛思維，猶如活水，滔滔不絕，灌澈本書，使得全書瀰漫著上帝的光輝，從而見證上帝的慈愛。

作者生平最景仰北宋古文家歐陽修「文不憚改」、「怕後生笑」的下筆矜愼作風，書稿一改再改，再三斟酌錘鍊，並請親友試讀潤飾，然後才定稿。全書才思洋溢，揮灑自如，類似古典鋼琴小品，清麗淡遠，餘音嫋嫋，令人回味無窮。總之，古人說：「著得一部新書，便是千秋大業。」（張潮

《幽夢影》）這部新書，堪稱是蒙受上帝祝福的傑作，它的行世久遠，廣受歡迎，應是可以預卜的。

吳福助
東海大學國文系退休教授

自序：感恩的耕讀生活

早上起床，打開窗簾，陽光湧到臉上，戶外一片光茫大海，覆蓋草地，連接天空。第一件事感謝讚美上帝，再下樓，習慣早起的太太已經坐在書房看報紙，我向太太問安，開始一天感恩的生活。

氣象預報午後下大雪，趕緊陪太太到運河畔散步。運河像一面鏡子，水中倒影直達天際，天有多高，水就有多深。空曠地區經常聚集的野雁，通通溜進運河裡，約有三百多隻，非常壯觀。一位年輕的女畫家擺著畫架，站在岸邊寫生，目標是一間破爛的倉庫，往來健行的陌生行人彼此點頭微笑，沒人打擾她。那間破爛的倉庫今天終於上畫了。

回程時，女畫家仍在原地作畫，太太好奇跟她打招呼，聽口音來自東歐，天氣這麼冷，她在野外工作，敬業精神令人佩服。這是一幅上乘的作品，尤其畫面突顯倉庫的水中倒影，跟我的印象不謀而合。我向她恭喜，問她：「運河有多深？」她想要說有幾呎時，我替她回答：「天有多高，運河就有多深！」女畫家馬上會意，點頭微笑。

這本文集從童年回憶到感恩的田園生活，共收集七十三篇文章，大多發表在《太平洋時報》，少數發表在《台灣教會公報》和《國文天地》。感謝賴慧芬，賴金萍，陳立芸，陳慶洲，劉清林等人修改。東海大學中文系吳福助教授多年來不斷地鼓勵我寫作，不厭其煩地幫我修改文稿，最後還寫了一篇很有份量的讀記，有這樣的師友，三生有幸。即使我搜盡所有感激的話也無法表達我心中的感謝。

目次

Contents

第壹輯／童年憶往

第貳輯／求學時代

第參輯／教會生活點滴

第肆輯／台美同鄉會活動

第伍輯／賓州田園生活

第陸輯／旅遊見聞

第柒輯／世紀大疫的沈思

第壹輯

童年憶往

一、憶戰時童年（1940-1947）
二、偉大的阿嬤
三、夢迴九九峯
四、九九峰之夜
五、荒山輓歌
六、先慈事略
七、舊時橫坑路
八、山中燈火入夢來

一　憶戰時童年（1940-1947）

我生於 1940 年（庚辰龍年 11 月 18 日戌時，陽曆 12 月 16 日晚上九時）；過了幾天父親才申報戶籍。母親產後失血，經常昏厥，16 歲的大姊爲母親洗滌衣褲，發現內衣凝結的血塊而擔心不已。某天父親外出召募工人，大姊發現母親昏倒在地，急忙向鄰人求救，鄰居阿杏姑、姑丈黃火，以及詹全等人趕來急救。龍年得子讓父親欣喜萬分，但我差點成爲孤兒。

我出生時，長谷川清當第十八任台灣總督，長谷總督爲儲備兵源在台灣，大力推行皇民化運動。台灣人凡日常生活能用日語交談，並且換成日本姓名的家庭，庄役場（區公所）會送一木匾寫「國語の家」，掛在正門左邊，從此列爲帝國皇民。尫叔就讀淡水中學初一，爲家中教育程度最高者，主導家中改名事宜，他將劉氏改爲「金川」，採用道地的日本名，例如四哥景陽改爲「金川富士郎」，爲我取的是「金川照男」（kanegawa Teruo）。

祖父劉阿朝，是早期大坑地區的拓荒者，1910 年從大甲搬來，在頭嵙山下的橫坑溪谷安居，當佃農兼傭工，落籍於台中州大屯郡北屯庄部子二堡下橫坑 480 番地（今台中市北屯區正里橫坑巷第十鄰 57 號）。頭嵙山是台中市第一高峰，森林茂密，溪水淙淙整年澄澈，不少魚蝦棲息其間，悠游自在。從前橫坑人煙稀少，住民沿溪出入，踏成小徑，勉強可以通行，如今已開發成爲台中市後花園，別墅林立，處處登山步道，假日人滿爲患。

兄弟中我排行第五，上有兩位姊姊和四位哥哥，母親平均每兩年生一

胎，生下老四，連續哺乳六年之久，斷奶後又懷孕，所以我和老四相差六歲。除了兄姊以外，家中還有祖母、姑叔和堂姊，大小加起來共計 17 口之多，父親當戶長兼甲長。

1936 年，父親在橫坑溪北坡新購五甲多平緩山坡地，正中央有泉水，涓涓細流，清徹甘甜，終年不竭。善於規劃的父親依地形種植各類果樹，最高層種橄欖、紅柿、龍眼，中層種荔枝、柚、柑、李、香蕉，下層種鳳梨、花生、芝麻、番薯。如此栽植，可讓作物充分吸收陽光加倍生產。二叔劉添丁帶領工人除草、鬆土、種植雜糧，家中無論大小，凡能拿鋤頭的一律上工，小學生下課回來，書包放樹下，加入生產行列，日落才跟大人一起回家。當年還禮聘員林（彰化縣）園藝師傅指導果樹嫁接技術，父親拿刀鋸爲李樹接枝，把第二年生的梅苗當砧木，接上當年的山連李新芽，遂成「梅接

李」，果實大，甜度高，並且結果纍纍，產值大增。這樣高超的嫁接技術，後來傳授給大哥，再轉傳給孫輩，孫兒劉慶雲讀霧峰農業學校，參加全國接枝比賽，竟然榮獲冠軍。

1939 年春我家開始有「梅接李」收成，因量少品質優良，可以高價出售，往往由母親肩挑，趁著黑夜，趕到 12 公里遠的台中市第二市場果菜場拍賣，時間為清晨四點到六點。幾年後，橫坑路拓寬，架橋暢通，用兩輪貨車（俗稱「利阿卡」），才解決人力肩挑之勞，由二叔和三兄拉到台中市場販賣。當全家人被窩酣睡，母親卻黑夜負重，步步驚魂。她在橫坑路（今勝地亞哥山莊附近）曾遇到狗群，朦朧月下，野狗迎面而來，母親急忙閃到路旁，讓狗走過，起初以為不過幾隻，但越看越多，心生畏懼，臉色大變。母親相信遇到的狗群是幽靈化身，因為那區人煙稀少，不可能有那麼多狗。她怕我們不敢走夜路，直到晚年，才透露這段離奇事件。（我猜測那是發情的母狗，吸引公狗追隨，月夜無人，狗群徘徊於荒山小徑，母親不幸遇到。）

當時往台中，需經口埔，過吊橋（今逢甲橋）、八寶圳、和平里、大坑口、北屯，全程約 12 公里。和平里路段，從八寶圳，到進入後壁山公墓交叉路口，兩邊都是稻田，沒有住家，路旁一欉歪七扭八的刺竹叢，風吹起發出嘰嘰喳喳怪聲，即使白天，也令人望之生畏，夜晚更加恐怖。母親午夜單獨挑山產，赴市區出售，走到此地，見搖晃的刺竹和山黝裡陰森森的公墓，早已毛骨悚然，突然聽到背後有人追來，急促的腳步聲：「砰！砰！砰！」，使她大驚失色。她回過頭，看不到人影，乃繼續走，才幾步，背後腳步聲又砰砰響起。這次震驚，非同小可，她嚇得魂不附體，整個頭都脹起來。她以後再也不敢單獨走，祇好站路旁等有人拖「力阿卡」走過，才隨車走。有時遇到好心的人，會幫她載貨：「妳把擔子放車上，人跟在車後，幫忙推車就好。」數十年後，母親回想起來，猶有餘悸。（我猜測母親患有心律不整的毛病，午夜心驚，引起短暫劇烈跳動，感覺像腳步聲，其實是自己的心跳。）

父親得龍子，非常高興，遇有機會就帶我出去亮相。1942 年 4 月 1 日，四兄入軍功國民小學，某天放學回家，經過口埔，瞥見我身穿呢製新套裝，坐在陳水泉雜貨店口，父親向朋友展示劉家龍年新生兒，不難想像，我雙手握滿大人贈送的糖果餅乾，令附近村童羨慕不已。

父親熱心公益，領導居民築路造橋，出錢出力，貢獻良多。1943 年，日政府改建大坑（東山路二段）爲陸軍戰備道路，徵召「保甲」義務勞動。父親認爲與其動員本坑居民支援大坑路，不如開闢自己的路，於是他奔走呼籲，得管區警察和鄉紳支持，横坑路才開始修築。爲了避開陡峭的山坡，新路降至溪谷，環溪而築，由里民赤手挖掘，艱難的地段，才顧工代勞。一處懸崖以五百五十圓開鑿，又以三百三十圓發包切斷另一山頭，這兩個地點就命名「五百五」和「三百三」。原本崎嶇難行的羊腸小路，完工後，成爲六米寬的平坦大道。

同時構築横坑橋，所需木材取自林金標家族山林，當時鄉人已知應用瀝青塗抹橋梁和護欄，整座橋黑漆漆，居民稱爲「黑橋」。落成之日，公開表揚捐款人，父親謙遜爲懷，不邀功，名列張平、蔡墩之後。此後任何公益事務都按此規則，屈居第三名，四兄笑稱這是老爸秉持的「老三哲學」，讓別人出風頭，減少掣肘。

1942 年底，六弟照山出生。兄弟中最被父母寄以厚望的二兄劉坤森，罹盲腸炎逝世，卒於 1943 年 10 月 31 日，年僅十三歲。母親爲他痛哭二十多年，雙眼幾乎失明。

1944 年實施徵兵制，徵調壯丁服役青年團，父親怕大姊被徵走，於年底把她嫁給水景里的張萬材。婚禮前夕，我隨大人到農場捕捉飛鳥，看他們架設大網，橫跨山溝，然後吹哨逐鳥，有的飛走，投網的抓回宴客，聊勝於無。大姊嫁到夫家次日，丈夫就被徵調入伍當軍夫。

1944 年 10 月，戰況轉急，美軍機動部隊空襲沖繩，同時航空母艦載機群，開始進入台灣領空，轟炸各大都市。軍功國民學校背後山區土地公坑，日軍挖掘坑道，藏槍械彈藥，據說也儲藏有汽油燃料，已經有敵機偵查，空襲立刻接踵而來，居民疏散爲先，以策安全。望族張賴玉廉和妻舅黃文達兩家人，分乘兩輛「利阿卡」，往橫坑路疏散，既攜細軟，又載婦幼，直奔橫坑夜校而來。父親聽到消息，立刻請他們搬到家中同住。

局勢日益危急，台中市阿梅姑、姑丈江立家也搬來，父親盡力協助收容，我的幼年玩伴因此增加不少，還記得有堂兄江資澤、江惠澤。雨天，水溝漲滿，和同伴用竹片製水車，赤腳冒雨玩水車。後來我讀省立台中二中，在江家住一個學期，晚上和堂兄江資澤同睡一床。這些親友教育程度高，時事常識豐富，對兄弟啓蒙教育影響甚大，可惜我當時年幼，還未沾到好處。

1944 年底，日、美軍機時常空中纏鬥。某天我聽機群轟隆，往門外探看，突見一架飛機被擊落，向邊飛去，尾巴冒出一道煙。四兄在溪邊看牛，上空日、美飛機相互追逐，地面父親忙著犁田種稻，四兄無事，躺在溪邊堤防上，親眼看日機被擊落。（2010 年，我在賓州雅理（Yardley, Pa）餅店排隊買麵包，背後一位老美問我從那裡來，他是協助中國抗日的飛虎隊員，我笑稱：「當年你在空中掃射丟炸彈，我在地上逃命，今天又和你一起排隊買麵包。」）

1945 年初，盟軍美機轟炸台中水湳機場，早上我看顧兩歲多的弟弟，在門前遊蕩，突見大人們瘋狂奔跑，爬到屋後山丘看轟炸。這是頭嵙山脈的支脈，居高臨下，遠眺台中盆地，歷歷如繪。我也拼命跟隨上山，山路難

行，兩人跌跌撞撞，好不容易爬到山腰時，大人們爬上相思樹，依附樹幹探頭，觀看一場驚心動魄的空襲正在進行。美機編隊從我們頭頂的高空，向水湳機場俯衝投彈。據大人描述，炸彈掉下時，機翼發生震動。我當時五歲不到，躲在樹下，從枝葉空間窺見機群凌空盤旋，機聲震耳欲聾，撼動山野，至今記憶猶新。我常問在場的大人：「什麼款的飛行機？有幾台？」有人說是 B-29，有的說是 B-25，總之有很多架就是。

最近翻開網路，查閱美軍戰時紀錄，才解開長久埋在心中的疑問。1945 年 1 月 14 日早晨，美機轟炸台中飛行場（Taichu Airdrome），擔任空襲的機種包括：14 架第 80 轟炸機中隊的 SB2C-3，6 架魚雷機中隊的 TBM-3，以及擔任護航的 12 架 F6F-5 戰鬥機，隸屬航空母艦 USS Ticonderoga，USS Essex, USS Langley。每架轟炸機攜帶 2 枚 500 磅炸彈，戰鬥機攜帶

1 枚 200 磅炸彈，網頁附加相片說明攻擊路線和空襲成果。有 6 架轟炸機因天氣惡劣折回航空母艦，其餘的 20 多架軍機橫掃水湳機場，如入無人之境。在口埔附近的觀音山，有一門高射砲，等敵機飛去後，才對空射擊，作象徵性的抵抗。

我親身見識皇民化落實到窮鄉僻壤，爲了強迫村民學日本禮貌，橫坑路旁設關卡，一個日人站在路邊當土地公，要求往來的過路人向他敬禮請安。大兄帶我行經關卡，特別叮嚀，應該如何行禮。他牽腳踏車，我跟在背後，看到那日人就彎腰行 90 度大禮，畢恭畢敬。對日人這樣的禮敬，眞是羨煞保佑吾土吾民的福德正神，祂的祭壇是一塊卑微的小石頭，不知誰放的，就在關卡旁的半山腰。我們禮畢過關，未受刁難，但浩蕩的皇恩，壓得我們弟兄沿途噤若寒蟬。戰後，土地公開始翻身兼揚眉吐氣，因爲居民爲祂蓋了一座漂亮的土地廟，爲祂娶土地婆，蓋廟的主要推手就是我父親。

為防備美軍登陸台灣，日軍運輸供應 1800 部隊開來山區，部隊設在軍功國民學校後棟教室。日軍在學校背後山谷挖掘隧道，又在大坑山區戰備道路隱密處搭建稻草倉庫，儲存軍需物品，派哨兵來回巡邏。小隊日軍駐守夜校，那是一間為民眾夜間補習日語的教室，在我家菜園對面，隔條小山溝，我每天隨家人到菜園澆水，看見士兵走動。有三位軍官圍坐，閒談中抽出軍刀相互觀摩。四兄當時約九歲，站在旁邊探頭，但見刀光閃閃，刀鞘尤其亮麗耀眼，那位校級軍官拿的刀鞘是皮製的，呈淡黃色，尉級軍官的刀鞘是銅製，呈深綠色，他看得有趣，軍官覺得村童可愛，容許他靠近旁觀。

我看到士兵挖掘野菜充飢，頭帶軍帽，腰繫水壺和飯盒，母親送給他們番薯、竹筍。午餐後，我冒著烈日快跑，約跑百公尺就到夜校，站在山坡，

士兵遠遠看到，用日語大聲道：「午安！」我家養殖成群雞鴨，白天放出來到處跑，菜園種滿各色各樣蔬菜，日軍軍紀嚴明，即使軍中缺糧，也始終秋毫無犯。日本投降後，這批駐軍突然不見，祇剩幾棟儲存戰略物資的草寮，無人看守，但因皇威猶在，無人敢動，過了很久，鄉人才肆無忌憚地搶奪。三哥帶我去篩檢剩餘物件，有兩個皮帶鐶，我喜歡的銅鐶被三哥拿去，甚覺可惜，至今仍念念不忘。

屘叔讀教會創辦的淡水中學，原本劉家可藉這管道接觸基督教，可惜未蒙上帝揀選。戰時食物奇缺，屘叔從台北回來，全家人忙著爲他連夜碾米，製糕餅，炸魚乾。屘叔讀了兩年教會學校，但對《聖經》、祈禱好像一無所知，終生未提有關福音和信仰方面的訊息，嘴巴卻時常哼著當時最流行的歌曲：「My Blue Heaven」。屘叔於 1940 年志願前往海南島三亞「日本海軍火力發電廠」當職員，祖母思念心切，日夜燒香祈求祖先公嬤保佑，某天特別祭拜觀音，屘叔家書提到夢見白衣女士向他招手，家人深信白衣女士就是觀音，有燒香就有保佑。

終戰，三亞電廠易主，日籍職員由美軍遣返，台籍歸祖國保護，來保護的國軍反而變成搶匪，屘叔等被洗劫一空，幾個難友乘帆船逃到香港，再找機會回台灣，流浪街頭，飢餓難熬，身上一襲民裝跟小販換六塊紅龜粿，與難友平分充飢。戰後，屘叔動不動就說他當年在海南島如何如何，很少提到淡水中學，偶而提到，也祇說是到台北讀書。

二　偉大的阿嬷

1　未纏足的丫頭

我的阿嬷（祖母）詹貞，生於清光緒 7 年（1881）3 月 8 日[1]，是台中卓蘭客家人詹阿盛、吳阿妹的么女。

阿盛刻意栽培兩個年紀較大的女兒，給她們纏腳，學習書詩女紅，而對幼小的么女則任其保持天足，以便做家事，供使喚。阿嬷自幼機智靈敏，具備客家人固有的勤儉德性，無論灑掃應對，養雞種菜，樣樣熟練，嚴然小主婦模樣。

阿嬷 13 歲，過戶給劉家當童養媳。入門不久就遇到舊曆年，家事特別繁忙，婆婆看新婦稚嫩，頗爲擔心。阿嬷述說當年舊事，常用「向惜」（從前）、「講無畏」（老實說）等客語當口頭禪。她說：「向惜（從前）我嫁到劉家才 13 歲，遇到過年大節，我一手包辦炊發粿、蒸年糕。講無畏（老實話）炊年糕最困難，但我順利炊好，經婆婆鑑定，果然炊有熟，她看得開心又放心。」光緒 21 年（1895），婆婆林阿東病逝[2]，未纏足的稚齡丫頭從此展現理家才能，善盡主婦職責。

1　同年林獻堂生於台中霧峰，蔡惠如生於清水。
2　這年滿清政府因甲午戰爭失敗，割讓台灣、澎湖給日本，任命樺山資紀爲第一任台灣總督。

阿嬤 13 歲時，養父就把她「送作堆」，和義子劉阿朝正式成婚。阿嬤 19 歲生長男劉受明，22 歲生長女劉阿蕉，43 歲生最後一胎劉銀河，總共育有 4 男 6 女，內孫和外孫加起來共有 40 多個[3]。日治昭和 10 年（1935）4 月 21 日，台灣中部發生「墩仔腳大地震」，同年 6 月 1 日祖父病逝，得年 57 歲。祖父出葬那天，二叔劉添丁娶妻，葬禮辦完再結婚。

祖父逝世後，阿嬤果然能獨當一面。家中 20 多張口，嗷嗷待哺。當時家無田產，完全靠打零工維生。台灣人習慣爲產婦「做月仔」，煮雞酒補身，阿嬤有 40 多個子孫，她要養多少雞，才夠應付 40 多次產婦的「做月仔」！光這一點，我就不得不佩服，要讚美說：「阿嬤眞偉大！」

我家大廳正中央吊天公爐，右側供奉公嬤牌，燕子築巢在天花板。阿嬤每天早晨打開正廳大門，讓燕子飛出戶外，再到廚房泡壺茶，向天公上香、拜祖先，然後才開始一天的工作。傍晚再次行禮如儀，等燕子全部飛回來棲息，才關上大門。無論送女兒出嫁，迎接媳婦入門，調解人際糾紛，門內門外，阿嬤都享有絕對的家族權威，是衆人孝敬的對象。

3 詳見附錄。

阿嬤擅長飼養家禽，至於看牛、趕鵝，則是我們兄弟每天例行工作。阿嬤常對我們吆喝：「去牽牛！」不然就是：「趕鵝去飼！」吆喝之聲，至今仍在耳際縈迴。平時她像忠實的看家犬，抵禦老鷹捕捉小鷄，叱責小孩摘龍眼，防備鄰人偷東西。有位名叫江愛的老鄰居，常常趁祖母外出時，偷砍幾根綠竹當工藝材料，祖母發現便興師問罪。江老氣在心頭，當我們向他借用竹籃時，就大聲說：「叫恁阿嬤來！」背後發威，顯然他不是阿嬤的對手。

2 智退日警，庇護族人

第二次世界大戰末期，全台各地，哀鴻遍野，日本殖民政府大肆搜刮民間食糧，支援前線作戰。有一次，日本巡查帶原住民下鄉，挨家挨戶搜索白米。我家接到消息，把少數稻米藏到屋後草叢中，大部分則連夜挑入山谷，藏在香蕉裡。阿嬤預先煮番薯等待巡查駕到，紫色、黃色的甘薯，滿滿一大鍋。巡查和他背後跟隨的原住民掀開鍋蓋，看見香噴噴的番薯在糖漿裡翻滾，熱氣騰騰，無不垂涎欲滴。阿嬤請他們享用，並解釋說：「我家祇有這些土產，嘸（沒有）白米啦！」這批爲大日本帝國效勞的御用鷹犬，飽餐我家土產後，連說：「阿里嘎多（謝謝）！」鞠躬道謝而退，什麼也沒找到，白跑一趟。

阿嬤重視養豬，天天到豬舍餵食。昭和 19 年（1944）8 月，總督府宣告台灣全島進入戰爭狀態，實施生活物資配給制度，一時市場豬肉難求，我家因爲自養家禽興旺，光生蛋的鴨就有 20 多隻，餐桌上肉和蛋從不缺乏。日本投降前後，地方呈現無政府狀態，我們鄉下人占地利之便，自己殺豬，或跟鄰居輪流宰殺，豬肉供應源源不斷。

某夜大人磨刀霍霍，把豬抬到屋後山澗深坑處理。我太興奮，睡不著覺，坐在暗暗的廚房角落，看大人們忙進忙出。廚房門外一口小灶，午夜爐火通紅，三兄摸黑到山澗取肉回來，肉煮熟就送過來和我平分。那是物資極端缺乏的時期，現煮的豬肉，油膩潤滑，鮮美無比。三兄平時對我們吆喝不遜於阿嬤，惟獨那晚對我特別好，使我受寵若驚。由於經常私宰，難免引起外界猜疑，獸醫賴竹泮先生負責養豬檢查，每次下鄉，發現我家豬群成長率不增高，反而下降，猛搖頭說：「眞奇怪！你們家豬仔始終飼（養）不大？」

3 差別待遇、逆來順受

早年家中有不務正業的讀書人——劉阿屘，沉迷賭博，導致傾家蕩產，阿嬤深受其害，因而主張「讀書無用」論，而母親則有先見之明，重視子女教育，婆媳因此磨擦失和。阿嬤因而排擠母親，牽連到我們兄弟。遇到餅乾糖果，阿嬤祇分給二叔的四個女兒，不給我們，又怕我們看到，暗暗地帶她們到僻靜的地方分。我們遵照母親規誡，遠遠避開，以免尷尬。有一天，那位名叫阿吉的堂妹和我擦身而過，我看到她滿口蛀牙，便趕快照鏡子，發現自己牙齒整齊潔白，從內心發出感激的微笑，慶幸阿嬤沒有叫我吃糖果。

雖然遭到阿嬤冷落，但我們兄弟仍舊多方討好她。昭和 18 年（1943）2 月 15 日，「軍功公學校」[4]慶祝新加坡陷落周年紀念，分給每位學童兩塊麵包，四兄也得到兩塊，但他發揮高度自制，捨不得吃，趕快把麵包帶回家送給母親，母親也捨不得吃，叫他拿去孝敬阿嬤：「拿去給恁（你）阿嬤！她在豬舍餵豬。」四兄立刻帶著麵包跑去豬舍，可能因爲求功心切，路上踢到石頭跌倒，打斷兩顆門牙，麵包摔到地上，沾滿泥沙。在四兄眼中，跌斷的門牙顯然不如麵包可貴，但是討不到祖母的歡心，恐怕是他童年最深的傷痛吧？當時他祇有九歲，他倒在地上的哀嚎聲，至今我們似乎仍然可以聽到。

---

4 今軍功國小。

我家每年冬至，燉番鴨進補，由最高權威的阿嬤坐鎮分配。冬令進補是家中大事，人人爭相報佳音。一到晚上，大人、小孩聚集在燈火闌珊的廚房裡聽候號令。阿嬤把族長的權威發揮到極致，祇見她蹲在牆腳，守護衆人期待的肉鍋，高聲喊：「來啦！卡緊咧（快點兒）！」阿嬤開始點名分肉，先點到的是大人，小孩子居次，婦女排在最後。我們都知道被叫到的時候，不要急著過去，應稍作猶豫，一方力勸，一方力卻，欲擒故縱，才合乎禮讓的美德。

終於輪到我了，我戰戰兢兢地把碗奉上，阿嬤一面往鍋裡撈，一面自言自語：「我目睭花花看嘸（眼花看不楚），是不是鴨頭？」果然是鴨頭，還有什麼？我有點失望，但不相信她因老花眼才撈鴨頭給我，我乖乖地把碗接回來，說了一句令祖母心疼良久的話。我說：「鴨頭馬（也）有肉。」我當時約七歲，對祖母的差別待遇，逆來順受，還用感激的話安慰她，使她既慚愧又傷心。事過很久，還聽到她流淚跟別人提起：「我的傻孫兒說鴨頭馬（也）有肉，讓我聽得心肝眞艱難（傷心）！」祖母好像在懺悔，也向人炫耀她的孫兒善良懂事。

4　瞥見夢寐以求的兒童玩具

阿嬤訪問親戚，都帶二叔的女兒一起去，我們兄弟無緣跟隨。但我八歲時，因緣湊巧，也享有一、兩次隨行的殊榮。那一天，阿嬤突然說要去看她大姊的女兒阿梅。阿梅姑住在台中市大湖巷。阿嬤臨時才決定要帶我一起去，叫母親趕快幫我換件乾淨衣服。阿嬤帶些乾菜土產當禮物，兩個鄉巴佬乘三輪車到台中市，像《紅樓夢》劉姥姥帶板兒入大觀園一樣。我們在姑母家住了兩晚，阿梅姑母待我一如大人，讓我坐祖母旁，她替祖母挾菜，也順便挾給我，這是我平生第一次沾阿嬤的光，但也僅僅這一次而已。

我們到台中火車站乘車回家。當我們走路要去車站，沿途街上的商店使我眼花撩亂，但阿嬤祇顧低著頭走她的路，心神靜定，無動於衷。我童年最愛的玩具是陶製小鳥，灌水後吹起來啣啣咕咕，活像畫眉鳥嘹亮的叫聲。這奇特的紅陶鳥，是我夢寐以求，卻始終求之不得的寶貝。這紅陶鳥好像擺在某家商店的櫥窗，突然被我看到了，這是天上掉下來的機會，即使讓我瞧瞧，不用買我也甘願，但我不敢要求阿嬤帶我進去店裡看。阿嬤繼續往前走，我跟在後面，還不斷地回頭，由於街道拐彎，終於看不到那家商店了，但心愛的紅陶鳥掠影，卻永遠留在心中。

5 御駕親征，捉賊去

我家農場種很多種水果，秋天採收的白柚，香味撲鼻，儲藏於農場邊草寮。鄰人高某素有偷竊前科，乘夜間草寮無人看守，夥同妻舅，打開寮門，偷走 40 個柚子，藏於他的寢室內。賊人穿雨鞋，鞋印斑斑，留在雨後泥濘的山路

上。次日，二叔發覺白柚被偷，隨鞋印追蹤，一直追到高宅附近。高家住在農場對面山頂（今大坑聖地亞哥豪宅區）。高家人丁旺盛，和派出所往來密切，並且謠傳高家女兒是日警蔡金梯的情婦，到高府追贓像入虎穴探虎子，賊捉不到反有被咬危險，祖母因而決定御駕親征，親自率領家人前往高府察看。

戶主高老先生夫婦知來者不善，親自接待，延入正廳，表面上假意敷衍，實則暗中吩咐人將白柚偷偷移走，企圖滅跡。高老堅持邀請家人共進午餐：「來啦！來跟我們一起吃飯啦！」家人幾乎要跟著去吃飯了，惟獨祖母視破玄機，堅持不去。白柚香味四溢，嗅覺靈敏的祖母，跟蹤到臥室，剛好撞見高某和妻舅正在搬移贓物，一人在室內拿著白柚從窗口往外傳，另一個人在戶外接，40 個白柚就快要搬完。由於人贓俱獲，高某無法狡賴，當場求饒，祇有高老心猶不甘，硬著嘴巴警告祖母說：「妳的子孫眞大陣（子孫衆多），妳得保庇（保佑）他們不會偷！」祖母寬大爲懷，將柚子取回而已，不再追究，對子孫們則耳提面命，一再叮嚀出外務必中規中矩，以免落人口實。事後祖母回憶：「好加在（幸而）沒去吃午餐，否則柚子搬完就無證無據了。」

高家顏面盡失，暫時收斂，不久故態復萌，又偷挖我家所種的樹苗。高某被抓到後，請地方聞人邱伯麟先生出面調解，罰款購買公用椅椅。高家子弟，有的很善良，有的繼續偷竊，或當線民爲害地方。

阿嬤身材高挑，個性倔強而堅定，一生發揮自力更生的美德，維持全家族人溫飽無虞。不但如此，她生性機警，入虎穴擒賊，智退日本巡查和爪牙，在暴政狹縫中生存，不愧是位有智慧有才德的女性。《聖經》說：「患難生忍耐」，我們把童年所受的的差別待遇，當做反面教材，產生發奮圖強的原動力，最後得到美好的結局。無論如何，我們懷念她，也感謝生命中有這位偉大的阿嬤！

祖母詹眞氏，生於清光緒七年（1881）3 月 8 日，歿於民國 54 年（1965）12 月 22 日，享嵩壽 85 歲。

附錄 詹眞和劉阿朝

祖父劉阿朝（1879-1935），豐原鐮仔坑口人。父，劉枝。母，方全。大兄劉芳，二兄劉六水，劉阿朝居三。劉芳入贅大社平埔族原住民，生劉金生和劉金發。劉六水膝下無子，領劉蕉爲養女。劉阿朝於 1880 年被當時住在大甲菲窯的地主劉旺（妻林阿東）領養。1882 年劉旺和林阿東生一男嬰，取名叫劉阿屘。

1894 年 11 月 11 日，劉阿朝和童養媳詹眞成婚。1895 年馬關條約，清廷割讓台灣、澎湖給日本，任命樺山資紀爲第一任台灣總督，林阿東卒，劉旺娶王查某當續弦。王查某帶兒子江阿愛、女兒江阿快入門。劉阿屘於 1899 年，娶江阿快爲妻。

1900 年，詹眞 19 歲（劉阿朝 21 歲），生長男劉受明。1902 年，詹眞 21 歲，劉旺卒。詹眞 22 歲生劉阿蕉，23 歲生劉明和（夭折），26 歲生劉阿粉，28 歲生劉阿里（夭折）。以上 5 個子女均生於大甲外埔鄉磁磘村。

1910 年，詹眞 29 歲，王查某卒，劉阿屘躭溺於賭博，輸掉所有在大甲的田園，劉阿朝被迫南遷，搬到台中北屯政里。隨劉阿朝家南遷者，尚有江阿愛家和劉阿屘家。三個家庭比鄰而居。

劉家於 1910 年，從大甲搬到台中北屯。南遷後，詹眞 30 歲生劉阿麵，33 歲生劉添丁，35 歲生劉網市，37 歲生劉阿幼，43 歲生最後一胎劉銀河，總共 10 個兒女，4 男 6 女。詹眞 54 歲時，劉阿朝卒。63 歲，日本投降，第二次世界大戰結束。

劉受明生於 1900 年，25 歲時和張月里結婚，25 歲生劉阿梅，27 歲生劉金山，28 歲生劉招治，30 歲生劉坤森，32 歲生劉金泉，34 歲生劉景陽，40 歲生劉照男，42 歲生劉照山，45 歲生劉春園。劉受明死於 1954 年 8 月 10 日，享年 54 歲。張月里死於 1991 年 7 月 14 日，享嵩壽 90 歲。

劉金山生於 1927 年，23 歲娶吳阿戇，25 歲生劉天章，27 歲生劉美雲，28 歲生劉慶雲，31 歲生劉清林，34 歲生劉清煌，劉金山死於 2011 年 1 月 22 日，享年 84 歲。

後記 教會分享及回應

昨晚（2018 年 2 月 24 日）我們到牧師家，分享我幼年在大家庭中遭受差別待遇，卻能絕地反攻，奮發向上，感謝上帝那隻看不見的手在指引。小時祖母分糖果，祇分給叔叔的女兒們，帶她們到隱密的地方，怕我們看到。叔叔女兒牙齒因而侵蝕脫落，我去照鏡子，看到自己潔白的牙齒，當下感謝祖母的差別待遇。另一次，祖母分鴨肉，分給我鴨頭，還問我說：「我眼睛花花看不清楚，是不是鴨頭？」我安慰她說：「鴨頭也有肉…」祖母因而羞愧傷心，在我背後向很多親友懺悔良久。我當時不到六歲，卻能發揮無比的愛心，逆來順受，委屈求全，今天回想起來，眞是感謝主。

曾惠花牧師回應：「感謝劉長老的分享，聽到他傷痕累累的童年，及過去心靈無數的傷口，卻在他還未認識主之前，就知道選擇，以絕頂聰明的積極思想，讓自己得到向上的力量。以愛、寬恕，對待傷害他的人。也因心中有愛、赦免、原諒的力量，讓上帝的恩典臨到劉長老的人生，夫妻同時信主，娶到秀美長老，深具愛心，幾近完美、才德的婦女，賜給他們如此美好恩愛的家庭，同心協力愛主、愛人、愛教會。並依上帝所賜的愛心委身教會，無私的付出，才有今天的聖恩教會，感謝、讚美主！哈利路亞！」

Yvonne Tang 回應：「劉長老，您眞是讓我非常感動！小時候我的祖母也祇疼我姐姐，常常買好吃的東西和衣服給我姐姐。我就無份，祇能穿姐姐的舊衣服。所以我年輕時才會如此計較。結婚以後，受到恩輝和其他朋友影響，才比較看開，不那麼計較了。」

三 夢迴九九峰

台灣人祖先爲了求生存，逃離中國，冒險犯難，渡烏水溝，從台灣西部海岸登陸，逐漸向東部山區推進。1929 年（昭和 4 年），先父劉受明隻身前往南投縣雙冬，種植香蕉於九九峰之陽，前後六年，劉氏家族終於從無產貧戶，翻身一變成爲小康之家。

九九峰是南投縣著名景點，山峰連綿凸出成鋸齒狀，有很多獨立的山頭聚集在一起，故稱「九九峰」。山呈圓錐形，遠眺時像跳躍的火焰，也叫做「火焰山」。先父所住過的山村叫「肉豆寮」，位於今南投縣草屯鎮雙冬里東北部，居民曾經以種植肉豆爲業，故稱「肉豆寮」。

1918 年（大正 7 年），明石元二郎當台灣總督，提倡全台電力化，計劃興建當時亞洲最大的發電廠，1919 年籌建日月潭第一發電所。爲運送建

廠機械、原料、器材起見，乃修築鐵路集集支線，由彰化縣二水至南投縣車埕，全長約 30 公里。

集集支線帶動地方經濟發展，幫助沿線鄉鎮農產品如蓬萊米、茶、糖和香蕉，順利輸出。因爲日本人喜歡吃台灣中部出產的香蕉，市場暢通，種蕉有利可圖，吸引很多外縣來的墾荒者。族親劉阿火和劉阿籐兄弟，先到雙冬開墾，蕉園規模日益擴大，鼓勵先父前往開拓。先父徵求父母意見，但祖母反對說：「恁佬爸身體不好，厝裡無人作工，你留在家幫忙砍柴。」先父深知留在家不是辦法，砍柴糊口也是死路一條，堅決設法向外謀求發展。

先父以普通常識和有限的國際資訊判斷，1929 年代，西方國家陷入經濟大恐慌，百業蕭條，可是台灣和日本之間的貿易不受影響，種香蕉是新興

前左起母親張月里、祖母詹真、祖父劉阿朝、右一父新劉受明。

的行業，極有前途，所以他不顧家人反對，毅然隻身前往南投墾荒。沒想到，這個決定改變劉氏家族的命運。

初到內豆寮，兩手空空，萬事起頭難，幸得劉阿火鼎力協助，容許先父及其家人寄留，共用同一戶籍，從 1929 到 1935 年，前後約六年光景。1929 年，先母張月里懷孕在身，帶長女劉阿梅（4 歲）和長子劉金山（2 歲）前往內豆寮，協助墾荒。年僅四歲的大姊劉阿梅，是一位典型的村姑，溫順勤快，善體人意，應對伶俐。她看護幼弟，幫忙飼養雞鴨，不輸大人。若廚房欠缺作料，就叫她到菜圃，阿梅應聲奔跑，採蔥拔蒜，行動迅速，儼然是母親的得力助手和工作夥伴。

父親在山麓搭建簡陋工寮，屋頂蓋茅草，屋裡設床舖。工寮外面建亭子，儲放農產品和工具，亭內擺些長條椅、圓椅和板凳供休息泡茶之用。亭子旁邊設大灶一口和兩個小灶，以便煮飯燒水。工寮建在山坡上，遠離水源，飲用盥洗之水，取自烏溪，母親背著嬰兒，肩挑兩個盛滿水的大桶，跋涉羊腸小徑，在崖邊稍微休息喘氣，一連爬過三個崖才到家。如此迢遠，費時費力，但不受婆婆干擾，能自力更生，雖苦無怨言。

母親在世時，夜晚燈前縫衣補釦，向子孫津津樂道這六年墾荒的甘苦。1930 年，二兄劉坤森出生於雙冬，母親說：「那是很偏僻的地方，產子時哪裡有產婆接生？都是我自己準備接生用具，如剪刀、粗線、嬰衣、熱水，我自己自斷臍帶。產後，更不可能「坐月仔」，家裡那麼多人忙著種香蕉，誰來煮三餐？我照常煮飯洗衣，因爲產後操勞過度，又沒有調養，才患風濕病，痛苦一輩子。」

不幸最初兩年（1929-1930），台灣發生五次颱風，蕉園遭颱風摧毀，徒勞而無所獲，米缸餘糧已吃完，三餐吃蕃薯充飢，蕃薯用盡，再到山野採野菜，全家陷入飢餓邊緣。族親劉阿火知道困難，便來邀請：「來啦！帶小孩們來跟我們一起吃飯啦！」常常叫他的妻子端些飯菜應急，有時煮些麵，親自送過來給小孩子吃。劉阿火也是颱風的受災戶，靠豐收時的積蓄，勉強度日，但同爲墾荒者，他卻相濡以沫，誠心互助。

先父不勝勞苦，身心俱疲，屋內妻兒嗷嗷待哺，故里父母和弟妹倚門等候接濟，奈何天災連年，時運不濟，落得兩手空空，現在年關逼近，他知道回鄉時無顏見父母。

當時，祖父母留在台中市北屯區橫坑，靠賣柴維生，寄望先父賺錢回來養家活口。眼看舊曆新年已到，先父空手而回，又帶一群嗷嗷待哺的妻兒，被祖母數落：「叫你不要去，你偏不聽，留在家跟我去砍柴，也可賣幾仙錢，要不是我到烏山砍柴賣，那有錢過年？」先父羞愧滿面，祇好向她下跪求饒。

過年初五，先父舉家再到肉豆寮，重整蕉園，砍伐被颱風折斷的老幹，扶助新苗，耐心施肥除草，烈日當空，頭戴竹斗笠仍揮汗如雨。台灣特產「烏頭蚊」成群集結山區，專找窮苦落魄的人侵襲，先父已無路可退，祇好咬緊牙關苦撐下去。

好在皇天不負苦心人，香蕉幼苗逐漸成長，不出數月，蕉葉茂盛蔽天，葉片下香蕉吐穗怒放，果實纍纍，一串又一串，此起彼落。1931 年，全年幸無颱風侵襲，諸事順利，收入漸豐。翌年買進數甲私有山坡地，擴展香蕉園，顧用工人採收大批香蕉，賣給出口商，從草屯經縱貫線至基隆出海，輸往日本東京和大阪。

肉豆寮山坡地帶白蟻蟲隻甚多，適宜養雞，母雞棲息山林自行覓食，產卵孵育，帶小雞回來。先母每天聽到雞啼就起床，背著嬰兒，摸黑下山到烏

溪畔洗衣，然後澆菜，回程再挑水回來。有空檔，又拿鋤頭攜帶兒女，到溪畔開闢菜園，種各式各樣的蔬菜、蕃薯。園邊搭棚種菜瓜、苦瓜、肉豆。家人日用所需蔬菜，盡取自菜圃。她說：「我的菜園裡，有一株苦瓜種在泉水旁，土壤優良，水分充沛，整年開花結果不間斷，苦瓜潔白如玉，吊滿瓜棚。我一輩子不知種過多少苦瓜，就是沒有像肉豆寮這棵生那麼多，活那麼久。」

那時九九峰還有很多野生動物，成群獼猴居高臨下，看見人影，從崖壁上投擲沙石，干擾菜圃耕作，先母叫阿梅敲打鉛桶，嚇退猴群。有一種鰻魚叫「鱸鰻」，夜間爬到溪岸吃嫩菅草，體形怪異。母親曾在溪邊洗衣，突然從深淵中，轟然捲起波濤和巨大漩渦，她被嚇得半死，懷疑是水鬼，又猜測可能是條大鱸鰻魚或是大鯉魚。為了幫助養家糊口，她經常挑山產，午夜獨自步行挑到市場，在伸手不見五指的夜路中，好幾次遇到離奇可怕的怪事，這次烏溪驚魂也算十分離奇可怕。

先父賣香蕉時，必須乘竹排渡烏溪，半渡中順便垂釣。尤其回程時，香蕉已經出售，人比較悠閒，他取出「雞毛釣」，站在竹排上，熟練地揮著釣竿，釣線隨竿閃過水面，急流中的石斑魚和溪哥，紛紛上鉤，晚餐桌上多了一道鮮魚。

烏溪盛產魚蝦，常見的魚類有：鰱魚、草魚、鯉魚等，成群聚居水潭中，傍晚跳躍水面，鱗光閃閃。村民羨慕鰱魚肥大，就到河裡裝置竹簍捕魚，水漲時游魚自動入簍，大魚能進不能出，得魚大家分。下西北雨的晚上，河水上漲，游魚最多，農人提「電土火」，輪流看守「魚行」，撿拾游入簍中的鰱魚。這些老百姓實在聰明，也夠福氣，當時全球經濟大恐慌，飢餓的人群在紐約街頭大排長龍等待救濟品，他們住在荒村僻地，卻有魚餵養五千人。

魚行邊架設一口大鼎，守更者就地野餐，吃宵夜，用生薑加鹽烹煮鮮魚，現抓現吃，隨時享用免費的鮮魚包肥（fish buffet），吃剩的挑回去大家分，每家餐桌上都有新鮮的鰱魚和石斑魚。今天若是烏溪還有鰱魚和石斑的話，應該是觀光飯店的上等菜：「清蒸河上鮮」。

當年烏溪漁火，印在子孫的腦海裡，歷歷如繪；甚至浪居海外的遊子，午夜夢迴，隱約憧憬那闌珊飄忽的火光，顯得極熟悉又遙遠。

1935 年底，先父賣掉雙冬香蕉園，得款 2000 圓，回到故里，買下五甲多山坡地，作爲全家族安身立命的根據地。當時 2000 圓可以買到兩甲水田，由此可見，這是一筆不小的財富。從整個家族命運看，這是一個重大的轉捩點，此後，劉家蛻變起飛，從一貧如洗，又回到富足小康。先父空手到南投去墾荒，六年間，生下三個男孩，滿載而歸。

四　九九峰之夜

1932年3月19日，三兒劉金泉出生。荒山僻壤之地，沒有助產婦，母親照例自己接生，也沒有人幫忙「坐月仔」。生產後頭一天，丈夫替她煮飯。第二天，她不得不下床料理三餐，煮麻油雞，挑大擔的髒衣物到烏溪去洗，家內事樣樣靠自己。

嬰兒生下三天以後，剛好有個盲人「算命仙」，路過肉豆寮。傍晚，母親在工寮煮晚飯，聽到盲人手搖鈴和枴杖觸地聲，鈴聲叮噹，由遠而近，清晰可聞，內心甚感驚奇。

先父收工回來，母親趨前向他報告：「剛聽到青盲算命仙經過，枴杖鈴聲叮叮噹噹，恐怕還走不遠。」夜晚山路危險，而且住宿難求，先父甚爲盲人擔心，便立刻尋聲追趕，追至斜坡轉彎處，見黑影幌動者即爲盲人，勸伊回轉說：「先生！日頭落山暗嗦嗦，山路危險，請到我的工寮過冥？」盲人停步向後看，知來人老實誠懇，心存感激，欣然跟隨走回頭，同入工寮歇腳。

一家大小圍桌共進晚餐，每人習慣上默默低頭扒飯，很少交談，微弱的燈火下，滿座鴉雀無聲，祇見飯碗上下浮沈和人頭晃動而已。盲人自述：「我出身草屯貧苦人家，生來雙目失明，幼學紫微斗數，《易經》卜卦技，替人擇日看相爲業，足跡遍布江湖，今日到肉豆寮，爲客戶算命、編寫流年，不意一目睨久，日影已斜，正擔心夜無宿處，突遇使君，承蒙招待，三生有幸。」

吃完晚飯，母親又端來一碗麻油雞，招待客人：「先生，請吃雞酒！」盲人吃到麻油雞肉，驚奇地問：「那有雞酒？敢有嬰兒出世？」

先父：「是，我剛獲一個查哺嬰兒。」
盲人：「恭喜！恭喜！我來爲嬰兒算命看看。」
先父：「喔！啊呢上好！」
「幸蒙先生指點，機會難得。」
盲人：「伊叫甚麼名？噹時生的？」
先父：「伊名叫做金泉，三日前生的。」
盲人：「金泉！眞好名！伊幾點鐘生的？」
先父：「下午四點多。」

劉金泉。

盲人掏指一算，沈思片刻，便對受明說：「這個嬰兒生於申時，今年是昭和七年，咱台灣人農曆壬申年，安呢看，伊相猴。此地是肉豆寮，你專業種香蕉，猴子住在肉豆寮，有肉豆又有香蕉，花果食之不盡，此乃天作之合也。取名『金泉』，黃金湧出滔滔不絕，賺錢如流水，大吉大利。」

盲人遂抱起嬰孩，昏黃燈光下，但見盲人兩眼深陷，面容乾癟，手觸嬰兒面頰，雖不能目視但以神遇之，覺嬰兒天庭飽滿，人中筆直，印堂亮利，雙目澄澈帶有俠氣。盲相命師嘆曰：「此君將來富貴榮華！」並預言說：「滿歲時，劉家將獲大筆土地。3 歲時，必得另一大筆田園。」

多年來，劉家窮苦潦倒，陷入山窮水盡的地步，最近兩年又遇到五次颱風，摧毀大好蕉園，淒慘落魄，苦不堪言。今嬰孩金泉出生，深盼時來運轉，俗語說：「新生嬰兒常帶好運，」相師所報之佳音如果應驗，則受明出頭天之日，指日可待。

受明當下拜謝相師：「感謝！感謝！先生所言若應驗，等我置田產時，請你回來吃酒席。」

母親聽相命仙所言，雖半信半疑，仍銘記在心。辛勞整天，大人小孩飯飽後都已困頓，赴床就寢，工寮復歸沉寂，未多時，鼾聲此起彼落。先父將就寢，順手關閉寮門，瞥見戶外，山坑漆黑如墨，伸手不見五指，祇有蟲鳴唧唧，流螢點點。好在留盲人過夜，聽他鐵口直斷，說田產將從天上掉下來，甚覺安慰，至於粗食淡飯與過路人分享，賓主盡歡，心安理得。他深深嘆口氣，上床安睡。

第二天清晨，聽到公雞報曉，月里翻身而起，掏米作早餐，全家人紛紛起床。受明和工人帶斗笠，提水壺，拿鋤頭、米籮、畚箕，上山開始工作。盲相命師吃完早飯，提杖搖鈴，拜謝而去。

母親背嬰兒，手牽幼子，挑一大盆衣物和水桶，走到烏溪畔，浣衣種菜。抬頭往上看，早晨的太陽昇到九九峰上面，群山如跳動的火焰，雙冬吊橋橫跨烏溪，盲人扶杖慢步過吊橋，鈴聲清脆，從遠處渡水而來。

烏溪流水淙淙，早春溪畔的野薑花，香氣撲鼻，母親背上的嬰兒已呼呼安睡，她雙手熟練地搓洗衣服，低頭回憶盲人所說的話：「滿週歲時，劉家將買一筆土地，三歲時，將買另一筆田園。」母親對嬰兒喃喃自語：「金泉啊！帶給恁老爸好運，讓他賺大錢，讓我早日出頭天！」

先父於翌年買進數甲山林，這是私有耕地，可放心開墾，不必怕日警干擾。蕉園擴展，山產豐盛，家境有了轉機，不知不覺實現了盲人滿週歲置產的預言。

1930（昭和 5）年，是台灣香蕉外銷日本的黃金時代，南投縣雙冬、中寮、水里、社寮、秀峰所產香蕉運到草屯，經縱貫線出海，輸往東京和大阪。

先父用米籮裝香蕉，籮筐上劃圓圈寫一「大」字以便識別。香蕉分等級定價繳給出口商，因嚴格控制品質，獲檢驗人員信任，每見劉家米籮「大」字，檢驗員便放鬆抽根煙，約略抽查，便通過驗收。

先父於 1935 年，出售肉豆寮蕉園，得款 2000 圓，當時 2000 圓可買兩甲水田。年底全家搬回橫坑定居。購買橫坑 5 甲多山坡地，原地主要價 2400 圓，欠400 圓，祇得變賣妻子嫁妝的金飾和長子得自外婆的金帽花，勉強籌足。

三兄劉金泉經營百貨店，殷實慷慨，賺錢如流水，當年相命仙果然幸而言中。日出日落，物換星移，惟獨九九峰屹立不搖，團團的火焰，反射落日餘暉，激勵歷代的墾荒者。青山猶在，綠水長流，然則當年路過肉豆寮的相命仙，已不知去向。浪跡江湖的相師，深諳人情世故，曉得用算命回報受人招待之恩，說些吉利話，讓主人高興，何樂不爲？

先父嚴以律己，寬以待人，尤其恩待先天殘障的陌生人，關懷社會邊緣人物，發揚好客美德，爲子女樹立美好榜樣。這九九峰之夜，是溫馨感人的一夜，使後代子孫至今傳頌不輟，與青山綠水同不朽。

五　荒山輓歌

西方國家陷入經濟恐慌的 1930 年代，是台灣香蕉外銷日本的黃金時代，日本人喜愛南投所產的香蕉，台灣中部農民聞訊前往墾荒者，日漸增加。時住台中州北屯庄下橫坑（北屯區橫坑巷）的家父受明公，也帶妻子、幼兒和族人，到南投縣九九峰山區種香蕉，前後六年間，留下可歌可泣的拓荒史，並且生了三個小男孩：坤森、金泉、景陽回鄉，其中以排行老二的劉坤森最優秀，最得父親歡心。很不幸，這個最優秀的孩子在二次大戰中，死於盲腸炎，死得冤枉，母親爲他哀傷慟哭約二十多年，眼睛近乎失明。

劉坤森於 1930 年（昭和五年）8 月 3 日，生在南投縣九九峰，窮鄉僻壤之地，無助產婦幫忙，母親自己接生，自斷臍帶。

坤森善解人意，很好管教，凡事母親講一次就行，不必操心打罵。年紀雖小，他曉得嚴以律己，寬以待人，分配食物常常以幼弟爲優先。例如母親和二嬸輪流煮飯，鍋底燒焦的鍋粑，是兒童爭相搶奪的食物。阿森分配鍋粑，就會說：「第一團比較軟，分給最小的景陽。第二團給金泉。最後一團最硬的，我自己吃。」母親體諒兒飢，留下的鍋粑比較厚。輪到二嬸時，飯鍋鏟除見底，祇剩薄薄的焦粑。

1942 年 4 月，四兒景陽入學，三兄弟一起上學，母親送行，前發給每人五分錢零用，吩咐：「你們出去，要守規矩，與人和好相處。錢放衣袋，必要時才用。」原來母親給錢的目的，是爲應緊急之用。金泉和景陽，當天就把錢花掉，祇有坤森捨不得花，把零錢存起來，準備將來讀醫學院。他自己縫製 15 公分見方的錢包，加穿細繩套住袋口，綁在腰帶，藏入褲袋，錢包經常不離身，日久累積沉甸甸的硬幣，走動時發出聲響，難免引起鄰友注意。同班傅家榮，屢次向他借錢，累債到兩圓沒還（當年 5 分錢，可買一碗麵，兩圓約今新台幣 4 千元），讓他念念不忘。

坤森對幾個幼弟循循善誘，亦師亦友，幫助父親負起庭訓的責任。家中懸掛一幅世界地圖，晚餐飯飽，沐浴更衣，三個小男生圍觀世界地圖，比賽占據河流和島嶼，看誰挑選的河流最長，島嶼面積最大。例如西伯利亞三大河：葉尼塞河（Yenisey），勒納河（Lena），鄂畢河（Ob）。坤森主持比賽，照常讓景陽挑最長的葉尼塞河，金泉選鄂畢河，剩下比較短的勒那河則歸自己。兄長辭讓誘導下，年底結算，冠軍屬年紀最小的景陽。

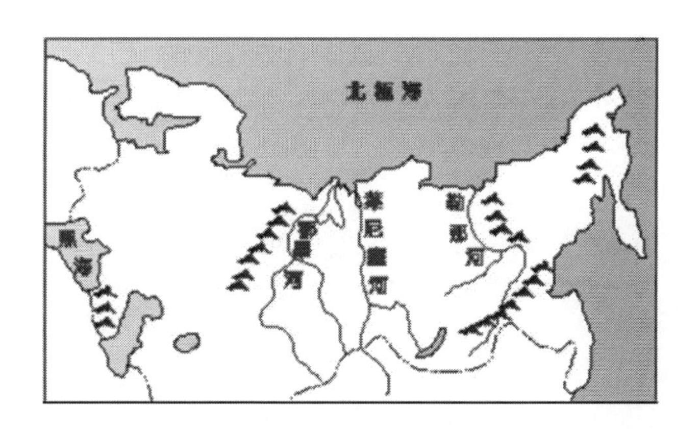

坤森仰慕幾位傑出的宗親，堂姊畢業於彰化高女。大甲宗親劉萬，出身東京大學，26 歲通過日本高等文官考試，坤森見賢思齊，立志當醫生。我初中時代看過他的成績單，學科全部獲「優等」，祇有美術課獲得「良等」，名列班上前三名，我認爲假以時日，他必定有志竟成。

六年級老師桑水流哲雄（Kuwazuru Tetsuo），籌備遊藝會，公演當時流行的愛國話劇《楠木正成》（Kusunoki Masashige）。楠木是日本南北朝時代的名將，勤王倒幕，忠君愛國，出征前與長子訣別，兵敗自殺殉國。桑水流選拔品學兼優的學生擔任演員，坤森演劇中要角，他頭戴白巾，身穿擋箭盔甲，手持木劍，儼然武士模樣。楠木將軍臨死「七生報國」的遺言，寫在頭巾上。

不僅成績優良，坤森也是運動健將。軍功寮公學校每年舉行校運會，並且派代表參加大屯郡校際運動會，軍功寮公學校的對手是太平、大里兩校，軍功寮經常保持冠、亞軍。參加郡運的選手放學後，留校集訓，結束時，體育老師分一包「明治牛奶糖」。坤森和金泉，每人吃兩粒充飢，剩餘大部分帶回去與家人分享。「明治牛奶糖」對當年的小孩，無論城市或鄉村，都是難得的珍品。

1943 年 10 月 23 日，軍功寮公學舉行校運會。清早操場上熱鬧擁擠，各年級學生興高彩烈地列隊出場，表演大會操、團體舞、騎馬戰和田徑賽等節目。全校十二班，各項比賽分紅、白兩隊對抗。六年級老師桑水流早點名

時，發現兩名參加接力賽的選手缺席，比賽快開始，人還沒出現，使隊友急得像熱鍋上的螞蟻，頻頻往校門口張望。桑老師滿臉狐疑：「劉坤森、劉金泉，爲何未到？」

原來校運會那天早上，三兄弟和平日一樣慢跑上學，跑到半路，坤森突然肚痛如絞，雙手捧腹，冷汗直流。起先他坐路旁石頭休息，叫弟弟們先走，等肚痛稍減再跑。跑不到百尺，肚痛復發，氣喘加劇，臉色發白，勉強走幾步，就仆倒在地。金泉見狀，急忙折回家，找人來把阿森抬回去。

父親知道嚴重，甚爲憂慮，急忙找醫生治療。軍功寮呂日新醫師，頗負盛名，連夜乘轎趕來，正好坤森病狀稍見改善，呂醫師沒有查出病因是盲腸炎，也沒建議家人立刻送醫院治療。

按鄉下慣例，遇重病時，常找最「靈驗」的三界公，由乩童抬鑾轎到郊外找藥草，凡轎棍觸到的青草即藥草，收集回來熬湯，服用後，卻毫無效果。接著又請道士誦經，更是延誤時日。另又請潭子名醫傅春魁大夫來診斷，拖到此時，患者已病入膏肓，縱使華陀再世，也束手無策了。坤森臨死前，向大姊要求喝牛奶：「阿姊！泡杯牛奶給我喝！」大姊說：「你要吃藥才對，醫生說你不能喝牛奶。」說完後，大姊就上山工作了。不多久，有人追到山上來報告說：「阿森已經不省人事了！」大姐跑回去看他最後一面。

臨終，坤森反覆告訴母親：「傅家榮向我借兩圓！」「傅家榮欠我兩圓！」母親擦去他的眼淚，安慰他：「不要緊，你將來事業成功賺大錢。」再問他：「剛泡的牛奶還有半杯，要不要喝？」，母親扶他起來，祇喝一口就兩眼發直，嘴巴張開，一命歸天，年十三歲，時爲 1943 年 10 月 30 日。

家人用木板製的箱子權充棺材，遺體著學生服，平生最愛的鋼筆尖一起陪葬。下午三點出殯，由可敬的鄰居林富春、江萬福等人抬棺，沿羊腸小徑，爬山越嶺，葬於北坑公墓（今逢甲國小東南邊山坡）。金泉和景陽送到半路，大姊和大哥親視棺木入土，撿塊石頭放墓前，當作記號。

坤森像彗星劃破天空，瞬間消失，留給家人無盡的哀思，尤其對母親的打擊，更是非筆墨所能形容。農場有棵芒果樹，枝葉茂盛，樹幹堅實光滑，坤森生前，曾以小刀在樹幹上刻「劉坤森」三字，當作紀念。沒想到他死後，有一天，母親在山上除草工作，偶然經過芒果樹下，抬頭看到樹幹上的刻字，認出那是愛子的遺跡，突然悲從中來，當場大聲哭喊：「阿森啊！我的心肝兒子啊！」哭聲悽楚，草木同悲。

母親多產，每隔兩年就懷一胎，前後生了兩女七男，產期密集缺乏調養，又經過數次血崩，身體虛弱。最難受的還是婆媳間的磨擦，原來婆婆主張「女子無才便是德」，五位姑姑均因而失學，而母親卻堅持男女應該一律接受教育。母親不諳客語，不像客家出身的二嬸，婆媳言語相通，常被聯手排擠。母親生前透露：「晚餐桌上，你們阿嬤、二嬸和未嫁的姑姑，有說有笑，我默默低頭扒飯，偶而我想插嘴，我一開口，她們就把臉刷下來，立刻滿桌鴉雀無聲！」鄰居婦女深表同情，私下支持母親。喪子期間，母親常抱著小孩，偷偷地走到鄰居家啜泣，獲得屘嬸婆、阿杏姑女的同情及安慰。

有一天早上，婆媳之間又為瑣事爭吵，母親挨罵，憋了一肚子氣，暗自流淚，還得隨工人上山工作。路過山邊，她看到枝頭鮮紅的李子，想到愛子生前與她併肩荷鋤林下，如今被婆婆欺壓，伸冤無門，到愛兒的墳墓哀哭是唯一的慰藉，她順手採幾粒鮮紅的李子，放衣袋中。

午餐休息，大姊發覺母親沒有回家吃飯，知道不妙，趕快到處找人，卻不見蹤影，最後請鄰居阿杏姑和阿邁姑幫忙。阿杏姑猜想母親可能去探視坤森的墓，於是一群人翻山越嶺，來到北坑公墓，果然發現母親蹲在墓旁，幾顆李子放在墓前，人已泣不成聲。北坑公墓不是綠草如茵的墓園，而是菅草蔽天，人跡罕至的荒山，若非抱必死決心，母親一定不敢單獨前來。

母親哭子的悲劇從此開始，連續二十多年，眼淚哭盡，雙目幾乎失明。固然她爲愛子夭折而痛不欲生，也爲自己沉默無聲受苦受難的一生，哀嚎慟哭。

盟軍空襲台灣，空襲警報催促人員疏散，學校被迫停課，小學生暫時輟學在家。某天中午，家人忙著做土角（泥磚），準備建新屋，突見桑水流老師騎腳踏車專程來訪，要求去看劉坤森君的墓。大哥帶桑水流翻山越嶺，到墓前誌哀。其後，桑師又率領學生探墓哀悼，十多位村童，步行進入烈日當空的荒山中，列隊圍繞墓丘，由桑師帶領唱輓歌、獻花、行三鞠躬禮。當

天，白雲飄飄，林中鳥鳴嚶嚶，哀怨的歌聲響徹荒郊，留下悲情淒美的畫面。對死亡的台灣學生如此追思懷念，人間罕見，使家人深受感動。

不久，戰敗的日本人等候遣返回國，桑水流和校長松尾仁太郎流落台中街頭，兩人共用一台軍用板車，充當送貨員，謀生糊口。父親知道他們生活困難，常叫金泉送山產食品到學校宿舍接濟他們。適逢母親帶金泉到南台中城隍廟燒香，回程經過台中火車站，金泉遠遠看到桑水流和松尾校長蹲在站前等顧客，母親趨前問候，並親自送他們祭拜過的紅龜粿和牲禮，桑師認得出這位婦人就是兩年前喪子的歐巴桑，因而流淚，拜謝再三。

終戰後四十年，軍功國小教師和校友仍懷念當年日籍恩師，剛好管坤泉老師公子管明正君赴早稻田大學深造，管明正君利用假期親往九州尋人，終於找到桑水流和松尾仁太郎。劉金泉與桑師取得聯繫，魚雁往來約年餘之後，乃聯合在台故舊和學生，邀請桑師和松尾校長來台旅遊。桑師偕夫人應邀來台，於 1981 年抵台時，兩人年逾八十，參觀他教過的軍功國校和太平國校，舊地重遊，觸景傷情，感慨萬千。桑夫人參觀軍功國校教師宿舍，追憶她在玄關等候丈夫下班回來的情景，歷歷如昨。

舊日學生有五十多位參與盛會，如今都成家立業，步入中年，相見時恍如隔世，追憶當年早逝的英才劉坤森君，依然不捨，淒然淚下。金泉設宴款待，並贈送金戒指，感謝桑師啓蒙教誨之恩及其仁慈善待台灣學生之德。

六　先慈事略

先慈張太夫人，日治前十年生於今大雅鄉横山村，世爲當地望族。先外祖父張田公恭儉仁厚，並善中醫方技，爲閭里所宗仰。太夫人爲公長女，上有長兄，餘皆弟妹。少習女紅，尤嫻繡繪，並通家學，能自用藥。與諸舅氏同受啓蒙，敏學強記，過目不忘，如《幼學瓊林》、《人生必讀》、《千家詩》等，皆能成誦。且服膺力行，終身不違。

年廿二，來歸先君受明公，時家道中落，食指浩繁，先祖父年老體弱，諸姑、叔皆尚年幼，家中事無鉅細，悉賴先君先慈之力。先慈上事翁姑，下

前右二母親回娘家

撫稚弱，內主中饋，外服田畝，敬事不怨，迺爲上下敬重，族鄰稱譽。

年廿三，初得長女梅，越二年復舉金山，又一年招治生焉。家中負荷遂益沉重。先君力圖振興，乃隻身遠赴雙冬，墾荒植蕉。當時日人喜食台蕉，銷路甚暢，先君蕉園遂得拓展，因召先慈至雙冬，胼手胝足，更闢荒土。於雙冬六載，坤森、金泉、景陽相繼出生。待哺者衆，而蕉園頻遭颶風催折，徒勞心血，其中苦況，洵非三餐難繼所得形容。先慈生產時，無產婆接生，自斷臍帶，月中亦須浣衣，恆失調養，因伏老年風濕纏身之苦。

於雙冬後期，長姑母年已及笄，漸諳烹飪，可分任家務。二叔父添丁公亦已小學畢業，偕堂叔萬枝公齊詣雙冬幫工。人手既足，復邀天眷，連續兩年收成皆豐厚。偶得良機脫售蕉園，轉購橫坑巷現址田地五甲餘。既得此甘泉沃土，先君與添丁公戮力耕耘，家產日豐。其時，三叔小學方卒業，因使入淡水中學繼續升學。先慈雞鳴即起，親操井臼，督促子女上學，復須櫛風沐雨，出入於田疇，劬勞若此，而未嘗稍懈。

四十二歲時，次男坤森因闌尾炎殤亡。坤森生而穎異，立志學醫，竟因遺疾而使名醫束手。先慈哀慟逾恆，飲泣十載，竟致淚乾血枯，幾乎失明，其眼球遂易之以人工晶體。先慈不幸而有子夏喪子之痛，惟仍奮勵如故。早李既熟，則步行挑擔十里，赴市集拍賣，不以爲苦。

民國四十二年（1953）秋，先君謝世，先慈自幼朔望茹素，至是終年不及葷腥，皈依天道。是歲，先慈年五十有二。時大嫂已進門，家事無慮；惟金泉、照男、照山仍在學，春園始齔，其後諸子皆能卓然成材，此非先慈鞠養教育之劬勞，何以致之耶？

本年（1991）4 月 16 日凌晨，先慈因病昏厥，入台中榮民總醫院，幸戊忠君召集名醫會診，及宏輝君之醫侍，迅即康復。方期頤養天年，不意因

骨折手術，引發腎臟衰竭而回天乏術。7月14日壽終內寢，享年九十歲。

先慈博聞強記，舉凡先君對外之借貸，其期滿當計息者，雖不經記載，而能及時提示，分毫無差。又於社會時事至為關切，小如社會動態，大至國際形勢，莫不瞭然於胸。

先慈嘗言：「供路不供厝」。故子孫出門必多給盤纏，不使蹇困，其愛護子孫，一至於斯。

先慈好旅遊，以為可增廣見聞，子女既皆成人，遂常於島內遊覽。照男久離膝下，講學美國，先慈每常倚閭而望。民國七十二年（1983）夏，毅然赴美探視兒孫，並駐留九月，暢遊美東，歸來後，每舉彼邦風土人情與山川之勝，津津樂道之。翌年，再赴北美，遍遊溫哥華、檀島、舊金山，時年八十有三矣。先慈既遊北美，復興遠遊之志，嘗謂人曰：「余早歲所習日語，足可環遊世界無阻矣。」其意興之豪，膽氣之壯，有若此者。

先慈寬和溫婉，平生未嘗與人有齟齬，教誨子孫，從容言說，欲其明理。每聞一善，則躬自奉行，常以因循泄沓自戒，子女本其教訓以立身行事，於士、農、工、商、學各有所立，孫輩俊彥，不乏惠連，此則先慈之足資告慰者也。

今先慈遽爾見背，始覺世路多歧，驟遺南鍼，宇宙曠邈，頓失所恃。欲言思慕，則悲不自勝；言及為人，則益增恐懼。而今而後，誰復諄諄誨我耶？慈暉長沒，吾復將何處而求索耶？惟願其靈皈理天，永享清福。

七　舊時橫坑路

頭嵙山環繞的大坑地區，有許多東西走向的縱谷，谷中小溪，涓涓細水，游魚可數，旱季時則石頭堆滿河床，村民稱爲「坑」。

橫坑溪下的縱谷，所謂「橫坑巷」，早期少數客家人在兩岸種稻米雜糧。橫坑路從頭嵙山到口埔（大坑圓環），全長約六公里，是村民往來的主要幹道。

筆者祖父劉阿朝（1879-1935），於 1910 年搬到民政里橫坑巷 15 號，開墾荒地。經過父親劉受明（1900-1953）慘澹經營，至長兄劉金山（1927-2011）歿於東山里橫坑巷 57 號，劉氏一門三代，見證橫坑路的開拓與沒落，凡一百零一年，劉受明是關鍵人物。

二次世界大戰前，橫坑路還是一條羊腸小徑，從頭嵙山下開始（中正露營區附近），沿溪而下，路面崎嶇不平。路程上段著名地標有林妹的「帝君廟」，王生番的住宅與農田，林富春和林富藏兄弟的平房，隔著一棵巨大的茄苳樹（鳥的天堂），就是劉阿朝、劉阿屘、江愛三家人丁興旺的大雜院，筆者出生之地。山坡下有一棟平房，日本政府用來教育民眾和宣達政令的「國語講習所」（夜校），往前是保正（里長）詹全的四合院。燈籠花圍繞的詹家大宅，內有原始碾米設備，供鄉人使用。

路程中段，從詹全的田岸，登上一段陡峭的山嶺，由「龜崎坪」往上爬，經過廖大鎮家後面，取道何添文的李仔園，然後從王阿平家後面下山，下山斜坡約 30 度，用石頭當墊腳石，這是全程最危險的斜坡，稍微失足便滾下懸崖。斜坡盡頭是賴木和（「狗龍」養父）家，地勢較平坦。全程地勢像弧形的彩虹，包括今天的聖地亞哥山莊和雅歌花園社區。古人感嘆「蜀道難，難於登天」；橫坑陡峭的山嶺，讓赤足挑重擔的村民，吃盡苦頭。

路程末段，從「黑橋」經土地公廟，後來有江蘇人掌牧的「麗澤草堂」和「顧亭」，穿過「戶碇」，直到口埔。

1929 年代，西方國家陷入經濟大恐慌，台灣香蕉開始外銷日本，蕉農到石岡繳貨外銷，劉阿朝和長子劉受明肩挑香蕉，爬過陡峭山嶺，到口埔，取道新田、刀石坑、鎌仔坑、南坑、最後才抵達石岡。這段路單程約十六公里，即便空手也需具備驚人的腳力，何況烈日當頭，挑擔赤足趕路！想到前人如此勞苦衹為餬口，就使我悲痛莫名。

母親劉張月里，夜間單獨挑山產到台中市場趕集，一趟十二公里，她勇敢面對黑夜，未曾抱怨。某天凌晨，她手提「電土火」，走到最危險的斜坡，突然遇到一群野狗迎面而來，朦朧月下，群狗列隊默默地向山上走去，母親急忙閃到路旁讓路，事後的她越想越害怕，因爲擔心子女上學必經此地，所以把這段怪異事件隱藏心中，直到晚年才透露。

劉受明與村人飽嘗登山之困，不斷盤算開闢新路，但苦無機會。剛好1943 年，日本政府防備盟軍空襲，將戰略物資疏散鄉下，擴建大坑路（東山路二段）爲陸軍戰備道路，通往新社，在笨篡湖建機場爲「神風特攻隊」基地。

大坑警官派出所警察平島下令徵召民衆義務勞動，將調橫坑民衆到大坑協助。劉受明靈機一動，認爲築路的機會到了，立即找張平、蔡墩一同去見平島警察，請求允許橫坑民衆開拓自己的橫坑路。平島應允，但聲明不補助任何經費和器材。劉受明等鄉紳奔走呼籲，修路工程順利進行。

爲了避開陡峭的山嶺，新建的橫坑路必須降至溪谷，環溪而築，主要工程由里民赤手挖掘，艱難的地段，才僱用工程公司代勞。新路工程遭遇三大障礙：第一障礙在王阿平家附近的懸崖，以五百五十圓包工開鑿。第二障礙在邱水妹（邱阿番父親）厝後的山頭，由於地質堅硬，花了三百三十圓請專家用炸藥炸穿，這兩個地點就命名爲「五百五」和「三百三」。第三障礙在

「龜頷仔」，位於劉家對面山頭，因土質鬆軟，由民衆自行鑿開。

同時構築橫坑橋，所需木材取自林金標家族山林，當時鄉人已知應用瀝青塗抹橋梁和護欄，整座橋黑漆漆，所以稱爲「黑橋」。經兩個月打拼，原本崎嶇難行的羊腸小路，變成六米寬平坦大道。新路落成，表揚捐款人，劉受明謙遜爲懷，名列張平、蔡墩之後。官方論功行賞，以平島警察居首功。

由於新路暢通，駐守於軍功寮公學校的日本皇軍 1800 部隊，立即向橫坑、濁水坑和大坑等地疏散戰略物資，軍用卡車頻頻往來於深山縱谷，許多臨時搭建的草寮藏匿於路邊隱密處，以便躲避空襲，並派武裝士兵來回巡邏。至於寮中儲放什麼軍用品？無人知曉，甚至日本投降，皇軍撤離，也無人敢去一探究竟。

新路完工之後，村童在康莊大道往來奔跑，不怕踢到石頭；農民因竹筍、香蕉、鳳梨等運送便捷，收入大增，生活水準顯著改善。盟軍空襲時，我家收容不少從城市逃難的親友，包括軍功名人張賴玉廉家族，其幼子張賴益新在我老家誕生[5]。

橫坑路拓寬後，我家買了一部家用兩輪貨車「利阿卡」，運送量大又方便，母親就不必再挑燈夜戰。三兄劉金泉回憶：「晚上十二點後，二叔和我起床上路。二叔點一根香煙，拖著『利阿卡』，我在車後推。下坡路段，我坐在車上讓二叔自己拖，

5　參見林秋比〈張賴和 Mary Daye 的傳奇〉，《太平洋時報》2018 年 12 月 12 日。

兩人奔赴台中第二市場。青果賣掉後，好好享受一頓點心，再到阿梅姑家休息才回去。」午夜，當家人還躺在溫暖的被窩裡，叔侄兩人已經在山中奔馳，菸頭明滅如流螢。

劉受明不僅築路造橋而已，晚年還籌建土地公廟，獻廟典禮時，聘請著名的小西園戲團公演布袋戲七天。守廟聖工則委託張陸秀代勞，張太太每天泡一壺茶到廟裡燒香，凡數十年，風雨無阻，使福德祠香火裊裊不絕。

筆者童年住在橫坑巷 57 號，小學讀軍功國民學校，早上出門，除了遇到張陸秀太太的例行朝拜，沿途也會遇到入山砍柴的民眾，午後放學回家，挑木柴的男女，成群結隊擦肩而過。

凡路過「五百五」崩壁的人，都會發現有一股泉水從山壁頂端流下來。行人飲水方式各顯神通，有的人採片竹葉捲成漏斗型當杯仔，有人用吸管，也有的乾脆用手掌捧水解渴。崩壁泉水呈奶白色，清涼甘甜，終年不竭。

筆者外甥賴清元君喜歡到外婆家拜訪，早上太陽爬上頭嵙山，清元帶弟妹賴金萍、賴桂嬅和何金鴻等一行四人，興高采烈地踏上橫坑路，走到「五百五」崩壁已經汗流浹背，突然發現一股泉水從天而降，弟妹們爭相趨前，痛飲甘泉，留下終生難忘的印象。但走到「龜頷仔」，卻被岩壁上「金斗甕」（村民邱水妹的骸骨）嚇得魂不附體，外婆安慰他們說：「噯喲！憨囝仔，嘴唸『阿彌陀佛』，用手拜拜就好了。」

橫坑路隱藏一個不爲人知的秘密，大約在 1969 年，我發現有人精心修理橫坑路面，修得四平八穩，據說蔣緯國將軍的養母將安葬在亞歌花園附近，雖然我沒有看到送葬的車隊。1985 年，我回台灣，順便遊亞歌花園，看到一間小型的建築物，藏在邱坤元香蕉園中，那就是蔣介石側室姚冶誠女士的最後歸宿地了。

繼蔣緯國養母，孫立人將軍遺體也在 1990 年，安葬大坑東山墓園。其後，不少名人來此隱居，最早的是掌牧於 1951 年建「麗澤草堂」，新近的有林洋港、呂佛庭等人，由此可見，大坑地區，人傑地靈，著名的亞歌花園於 1981 年開幕，每年遊客超過百萬人。賴清元曾經預測：「這裡連溫泉都會冒出來！」果然 921 大地震後，橫坑溪畔溫泉旅館出現，高樓大廈如雨後春筍。新的幹道四通八達，舊時橫坑路已無人問津，成爲歷史陳跡。

八　山中燈火入夢來

大坑風景區是台中大都會的後花園，每逢假日，遊客絡繹不絕；但從前山區人煙稀少，入夜後一片漆黑，伸手不見五指，農巡田水或夜間趕路都靠「電土燈」，山中燈火因而成爲先人打拼的象徵。

我家一向飽受颱風肆虐，嚐過匱乏苦頭，直到二次大戰前，才擁有一塊山坡地，開始生產水果雜糧，豐收有餘，還可以外賣。當時全家二十幾口都是文盲，衹有母親略懂一點加減，母親年約三十出頭，當主婦兼賣青果。

爲了趕集，母親必需午夜零時出發，手提「電土燈」，肩挑一擔水果，從山中走到台中市第二市場，把山產賣給青果小販，一趟兩個多小時。

山路初段陡峭，還充滿怪異景點。俗語說：「夜路走多，難免遇到鬼。」有一天晚上，她挑擔走到山嶺（今聖地雅哥山莊附近），朦朧月下，突然發現一群野狗迎面而來，群狗列隊默默地向山上走去，母親急忙閃到路旁，以爲不過幾隻，但越看越多，覺得很驚訝：「附近沒有人居住，這麼多狗從那裡來？」越想越害怕。關於這段奇遇，爲了避免影響子女的夜路，母親從來閉口不說，直到晚年才透露，她直覺地認爲，遇到的群狗，是幽靈的化身。

三兄金泉還記得：「有一次，母親帶我去看醫生，回來已經很晚，母親不敢走這段路，我們坐在路邊，等待家人下工後，才一起回去。」

離開山中，到達平地，經過一座規模甚大的公墓。路邊搖晃的刺竹林，發出嘰喳怪聲，和山黝裡陰森森的公墓，遙遙相望。

母親凌晨挑鳳梨走到此地，早已毛骨悚然。突然間，背後有人追來，急促的腳步聲：「砰！砰！砰！」使她大驚失色。母親回頭看不到人影，於是繼續走，背後腳步聲又砰砰響起來，這次震驚非同小可，她嚇得魂不附體，整個頭都脹起來。

以後母親每次走到這裡，就停下腳步，不敢再走下去。她站在路旁，等路人或拖「利阿卡」的車夫經過，才跟在後面。「利阿卡」是日治時期家用兩輪貨車。運氣好的時候，好心的「利阿卡」車夫會說：「現在下坡，妳把擔仔放在車上，人也上來坐吧！」

戰局逆轉，全台總動員，橫坑路由里民赤手挖掘，環溪而築，羊腸小徑拓寬爲六呎康莊大道，我家也買一部「利阿卡」，運送量大又方便，母親就不必再挑燈夜戰了。

三兄回憶：「晚上十二點後，二叔和我起床上路。二叔點一根香煙，拖「利阿卡」，我在車後推。下坡路段，我坐在車上讓二叔自己拖，兩人奔赴台中第二市場。青果賣掉，好好享受一頓點心，再到阿梅姑家休息一下子，才回家。」午夜，家人躺在溫暖的被窩，叔侄兩人已經在山中奔馳，二叔口中啣的菸頭，在我的記憶中，明滅如流螢。

戰後初期的台中鄉下，繼續保留原有的狀態，山中燈火應該是村童們共同的記憶。我讀軍功國民學校，六年級在校補習，晚上八點才下課，肚子餓固然難受，最怕的還是回家的夜路，我想到陰暗的樹林，就背脊發涼，畏縮不前。我提著手電筒，硬著頭皮向前邁進，沿途大聲重複學校教唱的歌，其中有一首〈夏天裡過海洋〉，深得我心，成爲對抗黑暗的法寶。我祇會哼曲子，歌詞用啦啦啦代替，或隨便自己編，但〈夏天裡過海洋〉使我想起一幅晴空萬里，白浪滔滔的畫面，海洋上白帆點點，乘風破浪，飄向遠方的家。

宏亮的歌聲越過橫坑溪谷，終於傳到家裡，父親遠遠聽到，就說：「彼個囝仔蹬來了（那個孩子回來了），沿路 Oh Oh 叫。」這是父親對我說的最後遺言。不到三個月，父親死於肝癌，享年五十四歲。

雨中的燈火，則是賢侄劉清林對他父親的印象：「夜晚大雨滂沱，雷聲隆隆夾著閃電，停電了，家裡一片漆黑，我們兄弟擠在菸寮，沒人敢睡。媽媽說：『你們老爸出去巡水溝仔……。』我向後院張望，魚池邊的橄欖樹下，出現一盞電土燈，隨著閃電的餘光，我看到老爸穿簑衣，戴斗笠，肩上荷著鋤頭，手提搖晃的電土燈。我覺得不可思議，心想：『外面風雨那麼大，阿爸爲什麼還要出去巡水溝？』但是不敢直接問他。原來，如果水溝阻塞，雨水倒灌屋內，房屋會倒塌。」

晚年想領略夜路的恐怖滋味，有一年我回台灣，老家仍在橫坑山中，四周無住家，我摸黑往林間小道走去，才走幾步，伸手不見五指，又怕踩到毒蛇，便馬上折回，人到年老，反而不如小時候膽大。

山谷中的燈火，象徵先人征服自然的決心和毅力，也指引子孫邁向光明的前途。我在海外渡過半世紀，故鄉的燈光常在夢中出現，呼喚著流浪遠方的遊子，何時返鄉？

作者舊居已經開發成新住宅區

第貳輯

求學時代

一　憶軍功國小（1947-1953）

1　初入軍功國小

我七歲時，四兄帶我到軍功國民學校報到入學。這所鄉間小學座落於小山坡，俯視東山公路和大坑溪，校舍兩排木造平房，庭園花木扶疏，甚爲幽靜。這年是 1947 年，二次大戰結束，日本教員全部遣返回國，留下的台籍教師忙著補修國語，勤練注音符號。林金吉先生取代前任松尾仁太郎當校長，賴泉先生當教導主任。

新生報到處數第三間教室，講台上一位男老師辦理註冊手續，我們選右

軍功國校教師合影。後排左起：陳水梅，邱素雲，張素真，——，張平權，賴阿網，——；前排左起：校長林金吉，教務主任賴泉，林躍崇，胡欽達

後方不顯眼的位置坐下來，陌生的家長和兒童擠滿教室，我祇認識鄰居阿幸姑和她的大兒子劉進傳。阿杏姑個子很高，在教室走來走去，問東問西。老師辦完註冊，用台語開始點名，四兄提醒我：「點到你時，記得說佇遮（在這裡）！」我一面注意看老師，但又分心看東看西，老師叫：「劉照男」，我沒注意，經四兄提醒，我還是沒回答，結果四兄替我答：「佇遮！」這位男老師，個子很高，臉瘦瘦的，看起來很兇。最近問我哥哥，才知他是何瓊全老師。何老師分發課本、筆記本和一隻鉛筆。那是克難時代，鉛筆素色，沒有附橡皮擦，也沒有印標籤。學生一律打赤腳，手提鹹草編製的「加志」（袋子）當書包，祇上半天課。新生分兩班，我的級任老師是張素貞老師。

國小老師都是地方上最優秀的青年，身材健美，多才多藝的張素貞老師，是軍功寮望族張賴玉廉先生的次女，其父素有「田園詩人」之美譽，鄰里尊稱爲「玉廉仙」（「仙」，先生敬稱）。素貞老師幼受閨訓，國學根基紮實，就讀台中師範學校，接觸最新知識，雅好西方音樂和舞蹈。小學六年，教過我的老師除張素貞以外，還有張平權、周葉霜、張雅欽、藍卓英、張叔齊、胡欽達等人。這些恩師都令人感激懷念。

學校舉行運動會，我們班級聚在操場東邊的樹蔭下，參加百公尺比賽，張老師宣布比賽規則：「每批五個人參賽，每人在跑道中要檢兩個不同顏色的布球。」我個子比一般學生高，起跑遙遙領

先，我按規定先檢一白球，在堆中找別的顏色匹配，略微遲疑，背後一位小個子趕來，隨便檢兩球，就衝到我前面去，我雖拼命追仍趕不上，屈居第二名，遵守比賽規則反而吃虧，頗不服氣。

第二年運動會，張素眞老師召集全校一、二年級學生練習團體舞，舞曲名叫「鵝媽媽組曲」（Mother Goose Suite），法國作曲家拉威爾（Maurice Ravel）的名著。張老師頭戴墨西哥草帽，站司令台指揮兩百個田莊子弟跳現代舞，四位老師幫忙維持秩序。「鵝媽媽組曲」低迷沉悶，旋律晦暗，既使今天的成人也不見得聽懂，何況彼時的鄉下學童！我們按老師的示範動作，依樣劃胡蘆，舉雙手向空中搖晃，烈日當空，曬得光頭赤足的學童，昏頭轉向。

不過當正式出演時，學童動作卻很整齊，井然有序，贏得觀衆熱烈掌聲。我們對印象派音樂像鴨子聽雷，誰也沒讀過《鵝媽媽》童話故事，更不知道有「鵝媽媽組曲」，然而從那次演出，「鵝媽媽組曲」的曲名和旋律，深印我心中，直到今天。如果拉威爾地下有知，必然含笑九泉。

張素眞老師看我生病發高燒，下課後用腳踏車載我回家。她戴寬邊大草帽，兩條絲帶綁住臉頰，吃力地騎上山坡，我坐在腳踏車的橫杆，化妝品的香味陣陣吹來。大戰末期，盟軍轟炸台灣，軍功望族，玉廉仙和黃文達先生兩家的孕婦和幼童曾經疏開到鄉下避難，暫時住我家。路上張老師用台語安慰我：「阮卡早疏開去恁厝住（以前疏散到你家住過）。」她還記得路線，直接載到我家門前，和母親略爲寒暄，便立刻掉頭離去。張老師於 2011 年車禍不治，生前向我四兄透露說，她教過的學生中，劉照男可當榜樣，溢美之辭，實在不敢當。

三年級任張平權老師，她是張素眞老師的妹妹。學生提早吃中餐，被張老師看到，罰我們跑操場，她說：「你們吃一口飯，罰跑操場一圈！」我們乖乖跑了兩圈回來，繼續低頭扒飯，吃幾口飯，她又斥責：「再去跑一圈！」學生知道不妙，跑幾步應付。我回到教室，看到張老師趴在桌面哭。她姐姐張素眞老師聽到消息，跑來看她，帶她回家休養。後來我們才知道她精神失常。

接替的新老師，是一位年輕漂亮的周葉霜老師，她看我連簡單的加減也不會，用手打我的頭，罵道：「你怎麼這樣笨，頭殼恐痼礫（裝水泥）！」我橫行山野，穿梭溪畔，牽牛趕鵝，樣樣在行，祇是家中沒有人幫我作算術習題，跟不上班而已。當時年紀小，還不知死活，此後算術這塊巨大的絆腳石，以及初、高中的數學課程，確實拖垮我的升學前途，這是後話。

2 國軍來了！

鄉下人過慣雞啼狗叫的田園生活，和外面世界脫節，既不知國共內戰打得如火如荼，當然也不知國軍幾時撤退到台灣。1950 年，大批國軍從海南島、舟山群島撤退，國府分派他們到各地小學暫住。軍功國小分出一半的教室充當軍營，學生被迫改上半天課。這驚天動地的事件我們竟然不知道，甚至連風雨欲來的蛛絲馬跡都沒有覺察。

有一天早晨，像往日一樣，我帶便當高興上學。進入校門，我看到很多

軍車停在操場，國軍穿綠色汗衫和褲子，到處走來走去，空氣裡瀰漫人體和裝備的臭味。校長林金吉和級任老師都沒有告訴我們這些部隊從哪裡來，爲什麼進駐學校。每天下課，小學生和阿兵哥混在一起，但各走各路，彼此保持距離。我看國軍開飯的儀式很有趣，十幾人圍在地上，中間放大鍋菜，先由一軍官帶領呼口號：「反攻大陸去！」衆官兵應聲：「啊！」「解救大陸同胞！」「啊！」連續喊三次口號，才開動吃飯。

隨著國軍駐紮，軍民糾紛時常發生，家養的狗無故失蹤，軍用十輪大卡車，橫衝直闖，衝擊寧靜的鄉村。有一個國軍，不知何故，經常把垃圾倒到我們教室，我親眼看到兩堆垃圾置於牆腳。他天生一雙鬥雞眼，神情萎縮，可能因爲周老師漂亮，故意搗蛋，行爲低級可笑。我和弟弟劉照山很早就到學校，整個教室祇有我們兩人，才坐下，一個全副武裝的哨兵闖進教室，叫我到辦公室看時間，我坐原地不動，這位國軍態度相當蠻橫，當場把槍膛的子彈退出，彈到地上，一邊講粗話，好加在我聽不懂。

我們的課排在下午，剛好國軍利用下午出操，運動場不時傳來「殺！匪！」吼叫聲，他們在練劈刺，刺耳的嘶吼，劃破寧靜的校園，干擾上課情緒。太陽快下山，放學前，周葉霜老師帶我們唱歌：「功課完畢太陽西，收拾書包回家去，看見父母行行禮，父母對我們笑嘻嘻。」悠揚的風琴，伴隨兒童歌聲，爲黃昏的校園平添片刻安寧。好高興放學回家，離開殺氣騰騰的地方，母親常說：「回來就好！」

我們開始會講一點國語，跟駐軍有些接觸，我認識兩位年輕士官，正在準備初中程度鑑定考試，向我借《初中入學指導》，考試通過後，送給我兩本筆記本，封底題些格言：「有恆爲成功之本」，「滿招損，謙受益」，「憂勞可以興國，逸豫足以亡身」，又：「願與劉照男兄共勉，梁左臣敬贈，民國四十一年月日。」禮輕意重，在那物資極端缺乏的時代，駐軍與村童有緣相互激勵，讓我留下深刻印象。

3　天然游泳池

戰前的台灣，是全球 16 個水量充沛地區之一。大坑地區山勢陡峭，溪流湍急，幸好居民守法，森林覆蓋，水土保持完善，故整年流水淙淙。颱風豪雨季節，河床轉彎常淘出深邃的水窟，幾天後，溪水恢復澄澈，水窟即成天然游泳池，大熱天，學童最愛下去泡水，而不愼溺斃者亦時有所聞。

逢甲橋下有深藍色的水潭，我們幾個同伴蹦蹦跳跳，走出校門，溜到橋下游泳，躺在水面，仰望蔚藍色的天空，偶而幾朵白雲飄飄，這種樂趣連孔夫子也很喜歡。他老人家和門徒談人生觀，最欣賞曾皙的志趣：「暮春三月，春天衣服都穿定了，陪同五、六未成年人，帶上六、七個小孩，到沂水

河裡洗洗澡，在高坡上兜風，一路唱歌，一路走回來。」如果孔老夫子在場，他肯定會跟我們一起下水。

橋上行人來來往往，剛好有車掌小姐走過吊橋，我們幾個頑童在橋下大聲喊：「嗶嗶！車掌嘸穿裳」，「哺哺！車掌嘸穿褲」。那位可愛的女車掌不甘示弱，立刻回嗆：「你們才嘸穿褲！」

浴罷回家，先喝杯冷開水，吃碗冷飯，就飛奔到菜園看母親除草施肥，她看我來，立刻放下鋤頭，脫下斗笠當扇搖，臉頰曬得紅紅，問：「你回來了？回來就好。」又問：「會熱否？臉洗洗卡涼爽。」我剛從溪裡泡水回來，怎麼會熱？但千萬不能提，父母嚴禁子弟下溪游泳。

我有次曾經幾乎溺斃，我和江錦鐘、林武雄、唐仁清、李祚祥等人，到水窟玩水。唐仁清不會游，坐在溪岸發呆，我邀他下水，他跟我後面，向深處走去，當他的腳踩不到溪底，頓起恐慌，死勁地扼住我的肩膀，把我壓入水中，使我無法掙脫。這下子換我起了恐慌，吃了幾口水，兩人相互糾纏，快要溺斃，大個子江錦鐘見狀，走過來把我們拉回溪岸。江錦鐘救命之恩，沒齒難忘。

4 奇怪的老師，奇怪的懲罰

四年級，搬到前排右邊第二間教室，我的級任是張雅欽老師。我在他班上，遭到幾次奇怪的懲罰。早上我沒參加升旗，呆坐教室無聊，打開便當吃口飯，被同學檢舉，張師叫我到黑板下罰跪，面向全班學生，讓我羞愧無地自容。另一次處罰，更加離譜，當時學校側門衹供教師出入，禁止學生通行，我因天快黑，趕緊從旁門抄捷徑跑回家，被唐仁清同學檢舉，未經調查，張師記我兩個大過，懲罰公文貼在教室左前方公布欄。走旁門記兩個大過，我至今還想不透爲什麼堂堂軍功國小，會有如此荒謬的懲罰？

我家五甲多山坡地，盛產李子，假日吸引台中市親友。張老師要求要到我家採李子（度假），未經家長同意，叫我星期日到大坑圓環接他們夫婦。我家離圓環甚遠，那天家裡忙著春耕，請很多工人幫忙插秧，我不敢要求家人招待張老師夫婦，忙上加忙，所以沒去接老師。事後，班上李正寬同學告訴我，他挑李子到大坑圓環，張老師夫婦問他：「有否看到劉照男？」李正寬邀請他們改遊大坑。隔天星期一，張老師見到我，略微譴責：「爲什麼你昨天沒來接我？」當時我感到歉疚，但以後我明白學校老師不該到學生家度假，尤其未經家長同意，不請自來，有違師道尊嚴。

5　上課時間帶老師去玩溪水

好多外省籍的教師，也來軍功國校任教。我弟弟劉春園運氣好，他的導師李汝浩很有愛心，他是山東人，單身來台，把學生當家人。他和另一位老師刻鋼板，抄寫《魯賓遜漂流記》，班上學童每人分得一卷油印本，我家兄弟得此名著，爭相閱讀，愛不釋手，魯賓遜引導我們進入海上奇異的世界。軍功國校沒有圖書館設備，學生買不起課外讀物，那本書是我小學唯一接觸的世界名著。其實不知多少人，至今還感念李老師的愛心。李老師不斷自修，教學相長，經年累月，終於卓然有成，後來榮任台中市西屯國小校長。

外省籍女老師藍卓英，約三十出頭，身材豐滿，經常穿旗袍。她妹妹長得比較亮麗，偶而也來代課。記得她解釋專

有名辭「兩棲動物」：「青蛙是兩棲動物，你們要記得。這是初中入學常考的題目。」

周末上課無精打彩，有人建議到溪裡捉魚，幾個同學附和，藍老師勉強同意。我們手提打掃用的水桶，帶女老師，走出校門，橫過馬路，溜到大坑溪。男女學生一律赤足下水，尋找魚蝦，我捉到大尾蝦公，先讓老師瞧瞧，得到讚美才投入水桶。這邊有人驚叫：「我捉到什麼！」那邊驚呼：「大魚溜走！可惜」。

村童上課時像啞吧，一旦下水，個個生龍活虎，判若兩人。教務主任賴

軍功國民小學歷史照片（民國廿八平・昭和十四平）

泉和校長林金吉都很開明，容許村童帶老師去溪邊玩水，把野外當教室。溪面青翠的觀音山，不時傳來鳥聲蟬鳴，遠方的吊橋，像橫跨溪谷的長虹。藍老師不會抓魚，衹站在溪邊看熱鬧，但不忘維持秩序，誇獎捕魚好手，也責備調皮學生。我被她教過一年，多少課都比不上野外抓魚這堂，令人難忘。

山邊盛開野百合，花瓣聖潔，芳香撲鼻，我上學途中，邊走邊採，收集一把送到教師宿舍，交給藍老師，老師開門接花，正要讚美幾句，我已掉頭跑回教室。有天我們打掃教室，她在隔壁上課，兩班之間隔一層活動木板牆，我故意用腳踢牆，「嘣嘣」兩下，她馬上跑過來訓誡：「不要踢，我在上課！」藍老師曾經向她班上學生說：「劉照男很會唸書！」可見她對我印象很好。

二 憶軍功國小（1947-1953）

1 逃學

新近從城裡搬到橫坑巷的吳金銀先生，帶女兒吳秀桃和兒子吳岩松，轉到軍功國校。吳秀桃高我一班，人漂亮，外向活潑，又能歌善舞，不多久成爲衆人注目的校花。張素眞老師籌備歡送畢業生遊藝會，選拔十二位女生出演「菲律賓草裙舞」，頭號舞者就是她。鄉下學校男女生不相往來，下課後回家途中，吳秀桃和女伴群走前頭，我和她的弟弟吳岩松跟後，沿途聽她高亢興奮的笑聲。

吳秀桃初中畢業，就去當公路局車掌，憑她年輕貌美，能歌善舞，很快晉升文康要角。我讀高中時，偶而到公路局台中總站，看到她主持康樂節目，唱〈夜來香〉等流行歌曲，一個男人拉手風琴爲她伴奏，歌聲嘹亮悅耳，人又長得亭亭玉立，吸引不少乘客駐足圍觀。幾年不見，這位村姑已經變成準歌星，我爲她慶幸。

吳岩松低我兩屆，個子小巧古錐，戴方形帽子，背一個皮質四方形書包，放學後我們一起回家。有一天早晨，到校途中，我約他一起逃課，他居然沒有反對，於是兩人躲藏在橫坑路的半山坡，那是李花盛開季節，涼風夾帶濃郁香味，山鳥叫得起勁，我們漫無目的地遊蕩，等中午時，打開便當，坐路邊吃。混到午後，大約放學時間才回家，學校老師和家長都沒察覺。我發覺逃課，比上無聊的課更無聊。

2 山村生活

橫坑溪盛產魚蝦，我家用蝦籠捕魚，傍晚下工後，大人取出一串約 30

個蝦籠，那是竹片編製 30 公分長，直徑 10 公分的圓筒，裡面放一小塊烤香的豆餅當誘餌，魚蝦能進不能出。我隨大人到溪裡，把蝦籠安置水中，在旁邊的大石頭上放一粒小石頭作記號，明早起床，第一件事走到河床，按記號收拾蝦籠，整串提回到家，開籠取魚，倒入水桶中，魚蝦在晨光照射下，蹦蹦跳跳。當天晚上餐桌上，就會加一道紅通通、香噴噴的「河上鮮」。

長子 Sam、次子 Dan 雨中在橫坑老家嬉戲

1949 年，隨父母搬到東山里，在橫坑溪北岸建菸寮。附近鄰居彼此遠遠相隔，雞犬相聞，但互不往來。屋前有條小水圳穿過我家農田，流經鄰居蔡墩的屋旁，最後注入張平的魚池，全長約四百公尺。蔡家孫女名叫阿英，比我大一歲，長年留家中幫傭，很少見到人，偶而相遇於田埂，擦身而過，我看她戴斗笠，上面蓋了一條花巾，雙頰白裡透紅，一雙明眸美如秋水。這位美麗的村姑，祇有小學程度，後來嫁到北屯附近的農村。

田間小徑通過小石橋，橋底下形成隱閉的水洞，很多溪魚躲藏水洞中。我跟魚鬥智，我站水洞上游，腳前放竹簍，拿竹竿往洞中攪動，溪魚以爲捕魚人會站在下游的地方，所以不順水往下游，反而逆水往上逃，正好投入我的簍中，我重複攪動，捉到不少魚。

我在柳樹下盤點魚獲，爲自己的小聰明沾沾自喜，不意藏在樹下的一條蟒蛇，正虎視耽耽地察看我的一舉一動。這種「臭青」（Elphae Carrinata），是攻擊性的大型蛇類，身軀爲橄欖色或暗褐色，肛門腺發出惡臭，棲息於灌木叢。

過了幾天，我趕一群水鴨游到柳樹下，突然鴨群驚跳狂奔，我往後看，瞥見水溝中殺出一條「臭青」，張開大口，吐出紅色的舌頭，撲向鴨群。鴨子驚飛逃命，霎時水聲隆隆，水波四濺，不到幾秒鐘，驚魂甫定，蛇已消失，還好鴨群有驚無損。

有一條更大的「臭青」，居然侵入我家，起先偷襲戶外孵卵中的母鴨，一連幾次才被家人發現。傍晚時大蛇又來，先驚動母鴨，引起家人注意。午夜蟒蛇鑽進屋子裡，我躺在床上睡覺，迷迷糊糊中，聽到四個大人起床找蛇，有人喊：「蛇在這裡！」一會又有人驚叫：「蛇爬上屋簷！」人與蛇徹夜捉迷藏，最後蛇被擊斃，夜歸寂靜，我亦入睡。明晨起床，我看到巨蟒屍體躺臥庭院，吐出血紅色的舌頭。那天早晨，我帶幼弟劉春園到軍功國校辦理入學。

3 升學班

五年級開始，我的學業成績進步很快，國語演講比賽、時事測驗和學期成績，都名列前茅，獎狀貼滿牆壁。某天級任老師張叔齊主持教學觀摩會，教室後面坐滿教員，張師精神抖擻，在黑板寫「副」和「幅」兩字，問學生如何用「副」字造句？他先提出簡單問題，讓學生暖身，很多學生舉手，我被點到，張才進入正題，問如何用「副」造句？少數人舉手，老師又點到我。接著老師問：「幅」字的用法，全班祇剩我舉手，我曉得正確答案是：「一幅畫」，但已經連續兩次被老師點到，我不願太出風頭，所以就故意說錯答案：「幅，像一幅布」，背後一位老師輕聲說：「一幅圖畫」，他說出我心中的答案。我在前天晚上翻閱《初中入學指導》，復習「幅」和「副」的用法，正巧和張老師引用的教材一模一樣。

選擇升學班或放牛班，決定學童前途和一生命運。張叔齊老師很愼重，叫全班同學到室外庭園集合，他挑選成績好的站右邊，編入升學班，其他的站左邊，編入放牛班。我慶幸能擠入升學班，但是成績最好的鄭勳，沒被老師叫到，就自動走到右邊，想加入升學班。張老師立刻阻止他說：「鄭勳你不能升學，你駝背，將來口試時會被刷掉。」鄭勳不得已退回放牛班，眼巴巴望著老師，當場眼淚像雨點滴下。他的前途和美夢，頃刻幻滅。我爲他惋惜，爲他不平，是誰規定駝背不能升學？

2000 年，我回台中掃墓，巧遇鄭勳於大山姆山公墓前，提起當年被拒升學的往事，他已經處之泰然。其實他的家人應該出面幫他爭取進入升學班，支持他繼續進修，憑其聰明才智，他未來成就無可限量，不應該一輩子待在家，埋沒人才。唉！太可惜了。

4 歡送畢業生

學校籌備遊藝會，歡送軍功國校第七屆畢業生。張老師決定演話劇：「捉敵探」，叫全班同學自行組團練習。挑選代表團時，張老師問我：「你們這組有那些人？」我說：「我們有黃慧精、賴慶盛……。」張老師馬上決定：「就選你們這一組去表演好了！」劇中主角由黃慧精擔任，敵探由賴慶

盛演出，我當士兵甲，還有幾位同學擔任次要角色。遊藝會到當地最大的軍功戲院公演，家長、地方人士、全校師生擠滿戲院。張素貞老師主導的「菲律賓草裙舞」，由十二位畢業班女生，穿土著服裝，腰際繫帶草裙，露出潔白的大腿，隨明朗的節奏，演出充滿南國風情的熱舞，獲得雷動的掌聲。

「捉敵探」是當天的壓軸戲，張師發揮藝術手腕，劇中每個角色化妝毫不含糊，場景布置尤其精心，舞台邊放一棵大榕樹，樹上放一隻栩栩如生的人造白鷺鷥，呈現田園景緻。黃慧精很有演戲天分，把敵探角色演得淋漓盡致，贏得師生讚賞。「捉敵探」是一部拙劣的宣傳話劇，目的在教小學生當線民（抓扒），幫政府抓匪諜，鄉下小學生卻把樣板劇改裝，注入新鮮的對話，演得活潑生動。

當年畢業班升學，成績非常優秀，也轟動一時，好多位男生考取台中一中、二中和市中，五位女生考上台中女中，級任張叔齊老師教導有方，一夕成名，所以我們這屆的升學班，順理成章由他教。張老師教學認眞，降旗後繼續補習。

某次張師到辦公室開會，要我們自習，偶而他來查課，看到我站起來和同學談話，他一聲不響拉我朝黑板走去，用粉筆出一道題：「原始人的生活情形？」要我回答，他叮嚀同學不許幫忙，說完又回去開會。我站在黑板下發呆，不知如何作答，全班同學鴉雀無聲，突然有位同學竊笑說：「不要告訴他！」我突然靈光一閃，從食、衣、住、行四方面，描述原始人生活。食：茹毛飲血；衣：穿獸皮避寒；住：構木爲巢；行：赤足步行。張師回來，看我寫的答案，甚覺滿意，問有沒有人幫忙？全班寂然，我抬頭挺胸走回座位。

降旗後，再進行補習，超過晚餐時間，學童個個飢餓難耐，突然有人叫賣：「大標！大標！」不知從那裡冒出一個山東佬，手托圓形竹籃，叫喊：「大餅兒！大餅兒！」第一次看到這種新奇的食物，小販切一小塊讓我們嚐嚐，覺得還不錯，才掏出零用錢，買一小塊充飢。

飢餓固然難受，但最可怕的還是走夜路，通過陰森森的樹林，伸手不見五指，我拿手電筒，微弱的光，摸索回家。黑夜伸展魔王的震懾力量，吞食夜行人，任何風吹草動，都會令人心驚肉跳。我沿途大聲唱歌壯膽，歌聲傳到家裡，父親遠遠聽到，就說：「那個孩子回來了，沿途 Oh Oh 叫。」經得起夜路考驗的不多，橫坑地方小學六年級生，祇剩我和李明政繼續升學，其他學生選擇在家看牛、種田，或入工廠當學徒。

晚年想回味夜路的恐怖滋味。有一年回台灣，老家仍在橫坑山中，四野無住家，我摸黑往林間小道走去，才走幾步，伸手不見五指，抵不過夜幕的震懾力量，又怕踩到毒蛇，便馬上折回。人到年老，反而不如小時候膽子大。

5　大難不死

小學常玩「騎馬戰」，那是日治時期留下的團體遊戲，四人一組，由個子大的學生當馬頭，兩個小個子伸手搭馬頭肩膀，當馬背，騎士坐馬背，衝向對方，相互扭打。六年上學期，我們在教室前草坪玩「騎馬戰」。我隊由大個子江錦鐘當馬頭，我當騎士，對方馬頭由黃金樹擔任，兩隊鏖戰好幾回合，最後全部倒地，亂成一團，我被壓在最下面，左手承受不了壓力而骨折，雖然痛極，但不哭。回家找到什麼蜈蚣膏之類的吊膏，貼在傷口，隔月自動痊癒。

國語課作文，我寫一篇「騎馬大戰」的經過和感想。用開門見山的方式，文章開頭直接了當：「這次騎馬大戰，我隊發揮團結精神，奮勇克敵，雖然我的左手扭傷，甚至骨折，仍然奮戰不懈……。」描述戰況驚心動魄，文筆流暢感人。胡欽達老師看到我的作文簿，大爲讚賞，特別向全班同學朗讀我的文章。經過切身痛苦的遭遇，我的文章入木三分，絕非無病呻吟。

扭傷手臂祇是前奏，更大的災難還在後。某天，下課十分鐘到操場打籃球，學校規定凡是聽到上、下課鐘聲，必須一律在原地立正，等候鐘聲停止，才可以自由行動。我們幾個同學玩得起勁，聽到鐘聲，按規定原地肅立，我用左腳踩住籃球，鐘剛打完，冷不防，林俊夫同學從我左後方，大力把球踢走，我失去平衡，整個身體往左跌倒在地。以前摔過兩次的大腿骨，此時再遭第三度重創，霎時，我倒在操場爬不起來，三位好心同學把我抬回教室去。

不知誰回去通知我家，三叔騎腳踏車到校，載我回家。當天家人在菸寮，忙著準備菸葉烘烤工作。父親找到一個江湖郎中，根本不知我的大腿骨已經摔破，還以爲什麼地方骨節滑脫，抓緊我的大腿，用力搖晃，猶如傷口撒鹽，平白遭到蒙古大夫殘酷折磨。中年在美國醫院照 X 光，才確實知當年受傷不是脫臼，而是摔破大腿骨。

躺臥在床，動彈不得約一個月，才用枴杖，勉強行動，過了舊曆年，休學兩個月。承蒙張叔齊老師和胡欽達老師，特地來家裡探訪。在家百般無聊，能用枴杖行動後，才回校繼續上課，張老師看到我回校，非常高興，大聲呼叫。我請三個月病假，成績不受影響，老師們大感驚奇，畢業成績列入班上前三名。

畢業典禮，胡欽達老師當司儀，用標準的國語大聲宣布：「軍功國民學校第拔（八）屆畢業典禮，典禮開始……。」地方政要、來賓、家長聚集，我獲台中市長獎，上台領獎，父親坐在禮堂中，禮成後自己悄悄離開，未曾前來道賀，連摸摸頭，招呼一聲都沒有。小學六年，父親第一次到校，他可能到口埔的雜貨店購物，順便參加畢業典禮。

6 初中入學考試報

考初中部，參加新民商職舉辦的入學考試，筆試和體能測驗。中部考生爲了試探自己程度，約五千多人報名。我然長期病休，經過劇烈競爭，金榜題名。我向老師要求報考台中一中，老師不同意，商討結果，改台中二中。

軍功國校第八屆畢業生報考省立台中二中的學生有五位，由老師張叔齊和胡欽達帶隊，早上乘坐公路局汽車到二中，下午考完，張老師騎腳踏車，我們跟在車後步行回家。

我赴二中應試前夕，父親患肝硬化，生命垂危，送到台中醫院就醫，家裡人心惶惶，小孩更加無助。母親爲我準備便當，帶去考場，七月中元普度，民間祭拜的牲禮，長久暴露烈日下，容易腐壞。午餐時我打開飯盒，赫然發現蠢蠢欲動的蛆蟲，從鴨肉鑽出來，頓時倒盡胃口，胡亂扒兩口白飯，就把便當倒掉。餓著肚子，走到校門口，人群和小販聚集校門外，也有賣便當的，我聞到食物香味，肚子更餓。賴慶盛的父親買便當送給老師，看我站旁邊，也順便遞給我一盒，我哪裡敢接，一來我不認識他，再者人家沒義務施捨與你。其實我應該知趣，站遠一點，免得增加別人的麻煩。

我餓著肚子，繼續下午的考試。最後一關口試，考生聚集走廊，等候傳喚。我看到校園霸凌事件正在進行，一個瘦弱學生被人欺負，帶著哭喪臉挨罵，衆生在旁邊袖手旁觀，無動於衷，正義感驅駛我幫助弱小，因此爲自己惹來麻煩。輪到我進場口試時，我發現准考證遺失，這麼重要的證件怎麼突然不見呢？慌亂中我向胡老師求助，他幫我搜索身上各個口袋，賴慶盛向胡老師報告：「他跟人吵架。」胡老師責備我：「你怎麼跟人家吵架呢？」我發揮「唐吉訶德」的俠義精神，扶助弱小，反而成爲衆人指責的對象，有口難言。口試員問：「准考證呢？」「准考證掉了！」「怎麼掉的？」。筆試不難，我認爲考得不錯，但因準考證無緣無故遺失，影響口試成績。考完，張老師騎腳踏車帶我們五位考生，走路回家。

放榜時，軍功派出五位畢業生，錄取了兩位，我爲伸張正義付出代價，雖僥倖錄取，但名字排在榜後，幾乎名落孫山。

三 暗淡的初中時代（1953-1956）

我因腿傷休學，小學六年級上半年沒唸完，就報考初中。當時新民商職提早舉辦入學考試，考生爲了測試程度而報名者，約兩千多人，學科和體能測驗一起考，經過劇烈競爭，我金榜題名，信心大增。我向張叔齊老師要求報考台中一中，老師們商討後認爲考台中二中比較保險。結果，軍功國校第八屆畢業生沒人報考台中一中，但有五位報考台中二中。這五位同學是：李祚祥、林茂山、何慶松、賴慶盛和我，由張叔齊和胡欽達兩位老師帶領，搭乘公路局汽車到二中，考前再三叮嚀，答完卷要仔細校對，不可匆忙交卷。二中入學試題不難，很多考生提早答完，但仍舊坐原位。監考老師看考生不肯交卷，覺得奇怪，操著濃濃的湖南國語問：「你們寫好了，爲什麼不繳卷呢？」他不曉得因爲小學老師再三叮嚀，提早交卷會挨罵。這位監考員就是我初一的國文老師王贊堯先生。下午考完後，我們步行回家，張老師騎腳踏車，我們跟在車後，一路從台中市走回大坑，約兩小時路程。

父親患肝硬化，生命垂危，緊急送到台中醫院就醫，家裡籠罩怪異徬徨氣氛。母親爲我準備豐盛的便當，帶到二中應試，午餐時我打開飯盒，赫然發現蛆蟲從鴨肉鑽出來，頓時倒盡味口，胡亂扒兩口白飯就把便當倒掉。餓著肚子走到校門口，看到很多考生和小販擠滿校門前。賴慶盛的父親購買便當送給老師，順便遞給我一盒，我不認識他，人家沒義務花錢慰勞，所以我不敢接。

我餓著肚子，繼續下午的筆試和口試。考生聚集在教室走廊等候口試，我看到兩個考生吵架，一個瘦弱學生被人欺負，帶著哭喪臉挨罵，其他學生在旁邊袖手旁觀，無動於衷。正義感驅駛我幫助弱小，替他還口。我是單純的鄉下人，還沒見識到都市少年人居心叵測的一面，哪裡曉得扶弱濟傾會惹來麻煩。

輪到我進場口試時，我發現准考證遺失了，這麼重要的證件爲什麼突然不見呢？慌亂中我向胡老師求助，他幫我搜索身上各個口袋，賴慶盛向胡老師報告：「他跟人吵架。」胡老師責備我：「你怎麼跟人家吵架呢？」我發揮「唐吉訶德」的俠義精神，扶助弱小，反而成爲衆人指責的對象，有口難言。口試員問：「准考證呢？」「准考證掉了！」「怎麼掉的？」我也不知道怎麼掉的，因此口試差一點被刷掉。

放榜時，我的名字列在榜後，險些名落孫山。軍功國校五位畢業生報考台中二中，我和賴慶盛榮登榜上。我走的路是坎坷難行，但賴慶盛君考上台中師範，一輩子當小學老師，堅守崗位，作育英才，在地方上頗富盛名。

我早已忘記准考證遺失的插曲，某天上學途中，遇到一個外省籍的雞販，騎單車故意從我左後方切身而過，我抬頭看那人，天生一對鬥雞眼，還記得他和我同時錄取二中，但上課不久就輟學。第二次遇到，他又故意從我身旁擦過去，然後轉身歪頭，一對鬥雞眼瞪著我說：「你曉得誰拿你的准考證嗎？因爲人家討厭你多管閒事。」喔！原來如此，經他透露，准考證遺失的疑案終於露出端倪。我猜想我的准考證掉地上，被人撿去，不但沒還給我，還暗中藏起來。也許這位雞販撿到，或看到別人撿，卻默不出聲，直到那天才透露。這群小學剛畢業的考生如此陰狠，使我捏了一把冷汗。這個雞販，在還沒認識我之前，就把我當仇人，實在是莫名其妙。我望著雞販的背影，心生憐憫，爲什麼他年紀輕輕就停學當起小販呢？我也差一點因准考證遺失而落榜，像他一樣失學。

父親患肝硬化，在 1953 年 8 月 10 日去世，享年 54 歲。我當年十三歲，兩個幼小的弟弟，一個小學三年級，另一個剛入小學，他們的處境，比我更淒慘可憐。

我懷著雜亂的心情，進入初中就讀，傷心忙亂中，犯下一個相當大的錯誤，當學校辦理購買公路局汽車月票，我忘了申請，沒有月票就不能通學，到了開學，才發現事態嚴重。我覺得家兄應該及時幫忙，讓我順利入學，絕對不可讓我自生自滅。

家人打聽有位鄉親劉昌生先生，住在二中附近，三叔帶我去請求暫住，承蒙人家開恩收留，住了一個月。我晚上和老人阿牛伯一起睡，他喜歡聽我講山村見聞，每晚聽得津津有味，才安祥入睡。

我被編入初一戊班，導師是教地理的邢濟衆。其他的教師：國文老師王贊堯，歷史老師伍芝眉，英文老師是位女老師，算術老師姓劉，童子軍老師詹樹人，音樂老師薛世良，美術老師王影，公民老師吳坦平等。全校教師都是外省籍，台籍衹有蔡樹生和何桶兩位。初中功課除了算術比較困難，其他課程不必多大用功，就能及格。

隔月，三叔又帶我寄居大湖巷阿梅姑家。阿梅姑是祖母的外甥女，二次大戰末期，曾短期疏散到我家避難。她自己子女成群，出於同情，也出於回報，在我走投無路時收容我，給我容身的床位，讓我住到學期末。我是訓練有素的村童，到江家幫忙挑水打雜，行動迅速，比傭人還勤勞，週末回鄉下，帶些水果和菜乾雜糧，母親捉隻肥胖的閹雞，讓我帶去。

阿梅姑的婆婆，是柳原教會的長老，長年躺臥病床，叫十二歲的孫女「阿貓」，做些寢室打雜工作：「阿貓啊！把水盆拿出去倒掉。」沒人理睬她，即使有人走過，也當作沒聽見。我自告奮勇，進入昏暗的寢室，把水盆倒掉，又放回去，得到老人稱讚道謝。通往老人寢室的走廊上空，懸掛一串臘腸，江家準備過年用的食品。我直覺遲早會有麻煩，果然，有一天，阿梅姑指著臘腸問我：「臘腸還不能吃，你有拿嗎？」我說：「我沒有拿！」阿梅姑相信我，就沒有繼續追查。

初一上學期，幸好有親戚伸出援手，提供容身之地，我的功課大致維持及格邊緣，可是我的生活卻多采多姿，不但每天逛夜市，也交了許多落魄的朋友。

有一位大坑人，小學畢業後，到大湖巷口的裁縫店當學徒，我進去跟他打招呼，成爲好朋友，他替我燙學校的制服。鄰居中年男子找姑丈商量，要我幫助他的兒子阿炳補習功課，阿炳坐我旁邊看書，有問題就問我。江家老大江資澤兄，任職台中醫院，知道我口袋裡有些零用錢，每逢月底薪水用完，向我告貸，領到薪水便如數奉還。江家老三江惠澤失業在家，無事可做，邀我晚上出去逛街，到「樂舞台」看歌仔戲。鄰居米店老闆兒子在家當工友，常被工頭欺負，趁著送米到客戶時，邀我一起出去，他騎腳踏車，後座載米，讓我坐在橫桿上，一路上向我傾吐他的苦情，兩個少年人，相濡以沫。

福音佈道會當街舉行，柳原長老會的詩班獻詩：「來信耶穌，來信耶穌，來信耶穌，現在！現在來信耶穌，來信耶穌，現在！」在大湖巷當街舉行，晚飯後吸引不少人，我也去聽了幾場勸善的福音，信息迷人，但始終沒人向我傳教，柳原教會就在附近，也沒有人邀我去禮拜。

導師邢濟衆常缺課，但知道我班學生調皮搗蛋，有一天上課時揚言：「我想用狠毒的方法對付你們，你們的地理成績，全班不及格。」治亂世用重典，邢老這一招的確是夠狠，但他衹是口頭說說而已。初一下學期，我買到公路局月票，開始通學生活，直到高中畢業。

四 高中時代（1957-1959）

高中聯考失利，但考上省立台中農業學校森林科。家兄都畢業於台中農校，我決定往別處發展，因而放棄就讀農校，暫時失學，待在家裡當傭工。雖覺得青春埋沒，前途茫茫，但聽說嘉義師範籌備創校，還有一線報考希望，可是暑假快完，還沒聽到招生消息。

新學期開學兩個禮拜後，突然接到省立台中二中寄來的新生遞補通知，要我馬上去註冊入學，這是絕處逢生的大好機會。註冊那天，剛好颱風登陸，連夜豪雨，家門前横坑溪洪水暴漲，我冒險沿溪岸，鑽入灌木林，穿越土石流山坡，滿身濕透，到二姊家借乾衣服，換裝後，乘公路局汽車，趕到省二中，看到同學們照常上課，不受颱風影響，甚感驚訝。我到教務處向吳坦平老師報到，他是我初中部的公民老師，人很乾脆，祇問：「爲什麼聯考沒考好呢？」馬上蓋章，讓我辦完手續。我走到「明華服裝店」，訂製高中制服，感謝二中學校伸出援手，在我走投無路時，給我機會繼續升學，救我一命。

我聯考失利，主要原因是數學成績太差，平面幾何考零分。固然我沒下功夫學習，初中遇到很多馬虎的數學老師。教我最久的代數老師張沁女士，體弱多病，經常請病假，上課有氣無力。初三的平面幾何老師更糟，

連續換了四位老師，先有王漢章老師教半學期，據說他批評政府，被送到綠島管訓。藍佩珍老師代理到期末。開學後，王漢章老師又回來教，再換從金門中學調來的蕭邦治老師。

高一平面幾何老師，又是蕭邦治，他全年一襲國防色中山裝，不是壞人，但上課看黑板，不看學生。我的數學始終靠補考才過關，當時不知死活，等考大學時，才嚐到數學的殺傷力，尤其「平面幾何」，是我升學考試最大的絆腳石。

正爲數學煩惱，突然間出現一絲希望。我們班上新近有位同學名叫黃金華，從新竹中學轉過來，剛好坐在我旁邊。黃同學年紀比一般高中生大兩三歲，善於辭令懂得外交，數學底子好，答應替我補習。我們談話投機，交往密切，他曾經帶未婚妻到我家住一晚，不久他要求住到我家，跟我一起通學。我家弟兄因爲常常在外地求學、工作，經常寄居外地親戚家，故樂意收容他，免費住一個學期，早晚和我一起通學，溫習功課，我的三角學跟得上課堂上的進度，大代數也慢慢追上。

張乃東老師教大代數，也在補習班兼課，寫一本《高中代數》向我們推銷，他說：「祇要買我這本書就行。范際平的書我抄了，彭商育的我也抄了。」他講解一般原理，留下很多時間讓學生做習題，說是「打鐵乘熱」。他來回巡邏，學生相互談話，他說：「很多人沒有打鐵！」張乃東是位優秀的教師，我的大代數進步很快。

我從初中開始，愛聽古典音樂，中廣公司每週日半小時「古典音樂選播」，我想唸音樂系，將來當中學音樂老師。有一天，路過台中市隆盛樂器行，看到鋼琴教學招生廣告，我報名參加，拜江坤南爲師，每月學費 80 元。過舊曆年，家裡給我壓歲錢 80 元，學琴一個月，壓歲錢花完，告貸無門，祇得忍痛輟學。我的鋼琴教材是 Bayer，學不到三分之一，但這一個月的鋼琴課幫助彈奏，也幫助我欣賞音樂。我沒放棄鋼琴，直到成家之後，跟我大兒子一起學琴，決心在一年內，學會彈蕭邦〈夜曲〉。

高中音樂老師白景山，放錄音帶，我第一次聽到〈田園交響曲〉，立刻著迷。歌王卡羅素低沈緩慢、瑞典男高音比爾林（Jussi Bjorling），如出谷黃鶯。歌劇〈卡門〉選曲，引導學生進入嶄新唯美的世界。

白老師指導的省二中樂隊頗負盛名，高二時，我報名參加，要求學黑管，白老師說：「你的嘴唇太厚，不適合吹黑管，不過可以試試看。」黑管是樂隊中最難的樂器，我嘗試幾個月，毫無進步，功課退步很多，樂隊成爲極大的負擔和困擾，想退出又不可能，左右爲難，竟然因此導致永久性的失眠。家兄爲阻擋我參加樂隊，甚至把我帶回家的黑管簧片藏起來。我故意早上遲到，以免參加樂隊。幾次無故缺席，白老師叫我到辦公室，被罵一頓後，我說：「我每天要花一個多小時通學，所以趕不上參加升旗。」白老說：「那你不要參加樂隊好了！」就這樣我離開樂隊，脫離苦海，如釋重擔。

我常讀《古文觀止》，作文進步很快，國文老師蘇金修在我的作文簿打圈圈，加上許多評語。學期中，蘇老師向班級學生宣布：「我發現你們班上有兩位同學作文進步很大，你們曉得是誰？」一調皮學生林博文說：「是我！」蘇老師笑笑說：「是你？你臉皮厚。是劉照男和關明彰。他們兩位進步最大！」林博文一時啞口無言。

劉應昌老師教本國歷史，教到五胡十六國，他跟我們打賭：「如果你們班上，有一位同學能把五胡十六國交代清楚，我請全班看電影。」結果沒有人能，因爲這段大分裂時代的歷史太複雜，暴君小國一大堆，記它幹麻？寧可不看電影，也不願浪費時間記這段無聊的歷史。期中考幾乎全班不及格，被劉老師罵，但考卷發還，我發現得 92 分，大概是全班最高分，深受同學羨慕。事實上，我的史地成績，從小學以來無論大小考，從未低於 80 分。

我的特長在文史方面，數理科是我的致命傷。當時大專聯考正醞釀分甲、乙、丙三組。我升上高三，聯考分組已成定案，這是從天上掉下來的好消息。我馬上選擇乙組，其實也沒有其他的選擇，成績最差的理工科不必考，祇剩數學，考上大學的機會大大增加，但因平面幾何完全放棄，數學成績大打折扣。

高三導師張鐵魂老師，教我們三民主義。我在週記上寫家中生活困難，求學不易，週記送到校長室，新校長韓寶鑑讀到我的苦情，叫導師爲我想辦法。張鐵魂老師要我住校，安心讀書。我晚上睡福利社旁邊小餐桌，簡單的家當用草蓆捲起，塞在門後。草蓆被老鼠咬一大洞，一瓶墨水被人偷走。張老師帶我到教職員伙食團，先在麵食團打伙，我吃米飯長大的台灣人，有機會享受中國北方麵食，開始時對饅頭、包子、水餃感到新奇，連續吃三個月，就想吃飯。我轉到飯食團，師傅老趙不准我加入他的飯食團，我賴皮不走，老趙沒辦法趕我。老趙身材瘦高，留平頭，相貌平平，但他太太卻十分豔麗，偶而出來亮相，皮膚細緻豐滿，穿戴時髦，項鍊戒指，金光閃閃。老趙很會燒菜，紅燒牛肉香味可口，至今仍印象深刻。

高三分甲、乙、丙三班。我們乙班，國文吉良老師，英文孫建偉老師，大代數尹子政老師，歷史劉應昌老師，地理徐秉炎老師，三民主義張鐵魂老師。學校舉辦摸擬考試，我的成績達到第一志願標準。

什麼科系是我的第一志願？若按照個人興趣，我會選音樂系，但不會彈鋼琴，也不會拉小提琴，術科鐵定被當。台灣熱衷經濟發展，向國外延纜財經人才歸國服務，我跟著時代潮流，選商學院國際貿易系爲第一志願。我能考上那所大學呢？有一天我去問張鐵魂老師：「老師！你看我能考上什麼大學？」張師不假思索答：「法商跟東海！」他認爲我的程度跟郭興光差不多，郭興光早我一屆畢業，考上法商（今台北大學）經濟系。

1959 年七月，聯合招生放榜，我們鄉下沒報紙，靠一架簡單的收音機，徹夜躺在床上聽廣播，直到凌晨才聽到我的名字，錄取省立法商學院工商管理系，我大喊「哇！」驚動家人。劉氏家族於十八世紀中葉，橫渡黑水溝定居台灣後，第一個子弟上大學。個人自從初中畢業，到處碰壁，走投無路，現在堂堂準大學生。回顧這一切，應歸功於省二中恩師栽培，同學扶持，以及家人幫助。

大學開學前，台灣中部發生一場空前未有的天災，即 1959 年 8 月 7 日的「八七水災」。我呆坐家中，整天雷電閃閃，豪雨傾盆而下，家門外溪水連夜怒吼，感覺整個山區即將崩潰。第二天早上起床，雨稍停，走出家門，溪邊水田大半沖走，以前綠油油的稻田，現在是亂石堆砌的河床。

目睹家破人亡的慘狀，母親站在路邊嚎啕痛哭，兩個幼弟因過度反應，就地打架，不聽勸阻。後來我才知，「八七水災」重創整個台灣中部，造成一路哭的悲慘世界，不只我們一家哭而已。

公路交通恢復，三哥、三嫂從東勢回來探望災情，他們已經在報紙看到我大學錄取的消息，帶回一件皮箱，裝滿衣服用品。三哥出資重新開闢溪邊水田，表面上大致恢復原狀，但因稻田沃土經洪水沖刷乾淨，其生產力無法短期內復原。

法商學院九月開學，我和高中同學林龍郎北上，在學校附近同租一房。法商位於台北市合江街，分東西兩院，國政府遷台初期，爲了培養行政人才，配合戶口普查，才成立的「台灣省立行政專科學校」，後來升格爲「法商學院」，設備極爲簡陋，校園比不上我的鄉下小學，但師資按當時標準，還算不錯。我們這屆「工商管理學系」新生，共有 58 位，大家相處還算融洽，家住中南部的同學，常被住在台北市的同學招待到家裡作客，欣賞古典音樂。我聽到〈天鵝湖〉組曲，〈流浪者之歌〉、〈蘇格蘭幻想曲〉，由海飛茲演奏，出外受到如此溫馨的友情，至今衷心感激。上課我上的座位在教室最左邊，靠窗戶，外面一層擋太陽的牆壁「遮陽設備」。我的後座是陳安邦、石作貴、黃八成。我要好朋友有莊文讀、姚國興、潘漢陽、林仲明、吳英仁。女同學記得有蘇明蓮、范承嫻、簡蘇、陳萬水（宋楚瑜夫人）。尙有凌明聲、張照華、熊金鵬、嚴孝裕、柯政雄、陳嘉音等人。

我在法商讀完一年，覺得管理學系課程像雜菜麵，無甚專長，所以我決心重考，考上東海大學經濟系，應驗當年中學老師張鐵魂的預測。

五　大坑山人——掌牧民

我家數代住在台中市北屯區東山里橫坑巷。小學五年級（1951），我對剛搬來路口的一家外省人，言語衣著異於村人，感到好奇。我想不通：「他們爲什麼要搬到這小地方來呢？」

當時公路局汽車站，設在吊橋（逢甲橋）西端，乘客必須走過吊橋，才到大坑圓環。每當颱風肆虐的季節，橋頭堆滿泥濘，深可沒膝，鄉下人打赤腳，穿短褲，猶覺寸步難行，何況穿長袍布鞋的老人！某日，一位穿淡灰色長袍的老先生，陷入泥沼，寸步難行，伸出手要人牽拉，行人嘀咕：「我自己都走不動，還牽你？」我自告奮勇，拉著他的手，從泥沼拔出，跨步上橋，又牽他走過搖晃的吊橋。老人自我介紹姓名，伸出手掌，強調：「我姓掌，手掌的『掌』。」這是我認識掌牧民先生的開始。後來我們時常在路上相遇，彼此點頭而已。掌先生四季長袍布鞋，不改中原服飾，望之道貌岸然，近看卻和藹可親。幾次寒暄後，我才明白他來自蘇北（江蘇阜寧），名叫宇元，號牧民，是否取自《管子》〈牧民〉，則不得而知。

初中時代，我和村童放學回來，飢渴難熬，看到掌家旁邊，成熟的龍眼掛滿枝椏，拿石頭打龍眼，引起掌老太太探頭，在庭院喊：「哪個呢？」我們來不及撿龍眼，拔腳便跑，無端冒犯人家，內心感到愧疚。

我家兄弟，可能是最早期的掌迷紛絲。三兄唸台中農校高級部，知道掌老先生喜歡看看農民生活，邀請到我家參觀。1956 年新春元旦假日，他欣然應邀，帶公子，親朋約五、六人，結伴同行。我家在溪北山腰，掌先生一行，緣溪跋涉，費了一番折騰才抵達我家。可惜當天我外出不在家，事後聽母親談起，說訪客中有位江姓海軍軍官，儀表不俗。我家有兩口魚池，利用山澗的泉水，飼養草魚、鰱魚、鯁魚。魚群爭食，鱗光閃閃，讓訪客留下深刻印象。後來掌先生每次向人介紹，總是眉飛色舞地說：「他家有兩口魚池，乖！乖！」

老三結婚時，掌先生寄來墨寶一幀，用魏碑書法，臨摹李白〈山中問答〉：「問余何事棲碧山？笑而不答心自閒。桃花流水窅然去，別有天地非人間。」墨寶懸掛客廳，我朝夕觀賞，常想唐詩三百首，何以獨挑〈山中問答〉？掌先生曾留學日本早稻田大學，渡台後，不再過問政治，引用李白詩，描述我家山居幽靜，固然恰當，其實更能表明他心跡淡泊。也許當時他已經覺察反攻大陸無望，回鄉之路將遙遙無期，所以毅然決定定居於窮鄉僻壤之地，號稱「大坑山人」，苟全性命於亂世吧？

舊曆年關逼近，母親催我去買春聯。我鼓起勇氣，騎單車，提籃橘子，去拜訪掌府，索求春聯。掌先生在百忙中，特地爲我揮毫，寫下：「春來千嶂外，犬吠百花中」，「淑氣催黃鳥，晴光轉綠蘋」等，三、四副對聯，我帶回去貼在門旁，樸實的農舍，因而氣象一新。

掌先生外表和穿著看似老態，實際上他年未六十，專攻宋明理學，授書法，以及《四書》等中華古典文學，嘉惠大坑和軍功地區學子。客廳懸掛匾額「麗澤草堂」，門雖設而常開，他對年輕人保持自由開放的態度，「來者不拒，去者不留」，勸導人努力學習，學作好人。

我隨心所欲，登門求教，既無定期，也無固定進度。不久，我的高中國文和歷史兩門功課有了顯著進步。中國歷史期中考，全班四十多位學生，有一半以上不及格，被劉應昌老師罵到抬不起頭，我卻得最高分，讓同學無法置信。我喜歡唐詩，熟讀《論語》、《古文觀止》，因而作文也開始進步。有一天，國文老師蘇金修向班上報告說：「我發現你們班級有兩位同學，作文進步很大，你們知道是誰？」調皮的林博文同學說：「是我！」蘇老師笑他厚臉皮：「不是你，一個是關明璋，另一個是劉照男。」這是我高中時代，從老師口中得到的唯一獎勵。

掌先生引導我讀《四書》，先從《論語》唸起。某天中午，我跟他討論〈學而〉篇。子曰：「學而時習之，不亦說乎？」根據一般解釋是「把求得的學問，時時去溫習，不是很令人喜悅的事嗎？」我認爲這種解釋不太妥當，尤其「習」不僅是溫習功課，應該解釋爲「行」，「習」乃行也，人必須實踐所學，才算完整[1]。掌先生閉目深思，頗表贊同，當場翻檢朱熹《四書集註》當佐證，朱注：「坐如尸，立如齊」，確實包含行的涵義。掌先生帶我去見國大代表趙覺民先生，在趙老面前誇獎：「他這種解釋已超出一般水準，發前人所未發。」趙老深表同感，當下準備豐盛的晚餐招待我們。

八七水災，我家農田被洪水沖走，損失慘重。我僥倖到台北唸書，看到台北都會極端繁榮，但市民汲汲爭利，和我樸素的個性，格格不入。我寫信向掌先生報告求學近況和台北見聞，我感歎：「舉世盛行功利主義。」先生回信，認爲我的眼光敏銳，一針見血，而喜不自勝，但信尾卻強調：「不求諸己而求諸人，不亦迂乎？」他提醒我先自我反省。

1　楊伯峻：《論語譯注》（台北市：明倫出版社影印，1971 年）：「一般人把習解爲『溫習』，但在古書中，它還有『實習』、『演習』的意義，如《禮記》〈射義〉的『習禮樂』、『習射』。《史記》〈孔子世家〉：『孔子去曹適宋，與弟子習禮大樹下。』這一『習』字，更是演習的意思。孔子所講的功課，一般都和當時的社會生活和政治生活密切結合。像禮（包括各種儀節）、樂（音樂）、射（射箭）、御（駕車）這些，尤其非演習、實習不可。所以這『習』字，以講爲實習爲好。」

暑假，我從台北回來，特地前往拜訪，未及閒談，掌先生問：「吃過飯沒有？」我不想麻煩人，就告訴他：「吃過了！」其實那天，我乘坐長途火車回來，從早到晚未曾進食。我自小挨餓慣了，整天不吃也無妨，回到家，從來沒有人會問我是否吃過飯，掌先生那樣地關心我，連我自己都不敢相信。後來他知道我旅途忍受飢餓，被他責備了好幾次：「你剛從台北回來，我沒請你吃點東西，哎呀！你這個人不老實！」辜負人家好意，讓我又感激又慚愧。

掌先生居所，號稱「麗澤草堂」，是教室，也是學子的避難所。我在家挨罵，沒地方躲避，就逃到麗澤草堂，享受片刻寧靜。掌先生取出線裝書王陽明《傳習錄》，讓我閱讀。我坐客廳沙發，準備長期抗戰，把書從頭到尾看一遍。《傳習錄》[2]用文言文寫，很多章節我看不懂，但決心看完它。先生進出客廳不打擾，讓我專心讀到傍晚，招待晚餐後才離開。掌先生屢次向人誇獎我：「他把整本書，從頭到尾，硬是看完，毅力驚人！」

掌先生知我大學唸經濟學，指為經國濟民之學，相互討論，觸及當時鄰居生活狀況。他目睹農家清貧如洗，震驚不已。他親自察訪附近居民生活，堅持要鄰居取出日常膳食招待即可，不必特別加菜，結果發現民間三餐實在是：「不堪入口。」他赴鄰居拜拜宴席，好奇為何第一道菜總是「炒米粉」？他認為：「這是日治時期遺留下來的風俗，台人為了應付日警，用炒米粉掩蔽，免得被控浪費。」我向他解釋：「台人宴席，習慣在餐前喝酒，佐以炒米粉和冷盤，非應付日警也。況且警察來訪時間不一，飯前、中、後都有可能，防不勝防。」先生語塞。我當時太幼稚，喜歡抬槓，耍小聰明。

---

2 錢穆認為王陽明《傳習錄》是復興中華文化人人必讀的九部書之一，說詳氏著《中國文化談叢》（台北市：三民書局，1969 年）。

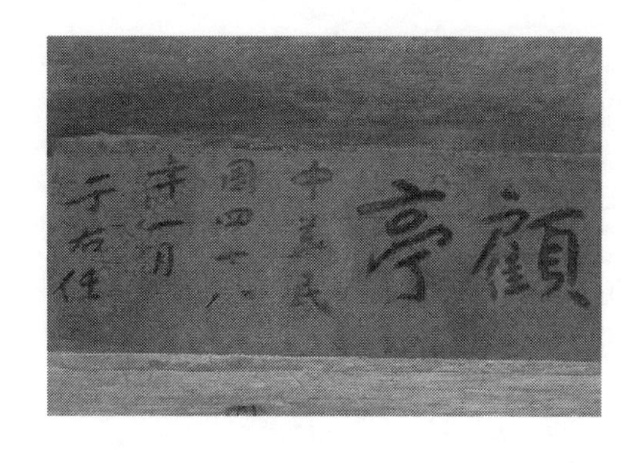

掌先生獨資建立小涼亭，取名爲「顧亭」，紀念已故立法委員顧希平先生。涼亭竣工後，他時常提茶壺，帶長孫「大毛」（掌易）休憩亭下，怡然自得。「顧亭」聳立横坑路旁，向世人展示顧希平先生的生平和崇高的人格。

大學畢業，我入伍當預備軍官，被徵入左營海軍官校主計室，住軍官宿舍，遇江姓上尉軍官，面容寬闊，閒談間，他知道我來自台中大坑，好奇地問：「我有一個親戚住大坑，姓掌，手掌的『掌』，你認識嗎？」我突然想起，眼前軍官，不就是當年隨掌先生來訪的軍官？經我提起，上尉恍然大悟：「啊！對了，你家有兩口魚池，我去過！」我們兩人同時感嘆這世界實在太小了！

1965 年，某天我到大坑圓環購物，看到路旁臨時搭棚當祭壇，七、八個青年人圍在壇前，狀甚哀戚，不問可知，有一位掌先生喜愛的台籍青年人——邱松柏君剛過世。追思祭典由掌先生主持，鄉黨代表趙建民先生首先誌哀，掌讀祭文，邱君生前同學故舊如王武俊、張金瑟、游坤敏等，鞠躬上香，他的胞弟邱明欽，時約國校三年級，頭戴白布條，站靈堂邊答禮，喪禮極盡哀榮。從前孔子哭顏回，哀道統後繼無人，今荒郊祭祀，惜壯志未酬，松柏已凋！掌先生對台籍青年之愛惜，鄉里稱讚。

我於 1967 年出國留學，離開家鄉，疏於向掌先生請益。最近（2013）從網路得知先生已於 1973 年去世，當年詩韻蟬聲不絕的麗澤草堂，早已殘破荒廢，令人惆悵。網路報導很多有關掌先生生前事跡，學子登門受教者數以百計，歷屆書法展極具規模，遠近馳名，足見禮失而求諸野，至於爲往聖繼絕學的宏願，願門生故舊永續傳承，源遠流長。

這些年，掌先生在大坑地區造就很多優秀青年人，師生之間學問互動，教學相長，溫故而知新，不僅弟子們均蒙化育，掌先生的學術涵養也因而日益邃密深沉。可敬的蘇北佬逃離祖國後，決心融入台灣草根社群，號稱「大坑山人」，最後埋葬在他深愛的住家旁邊。這是省籍水乳交融的範例；也是台灣文化史上一件值得紀念的盛事啊！

六　大學時代——求真之旅

1　東海之東

我小時住台中大坑，家在頭嵙山的支脈，從這座台中市第一高峰向西邊遠眺，越過台中市區，視線直達大肚山麓。和我一起除草的工人，來自西屯水窟頭，曾經路過新成立的東海大學，他指給我看，新建的大學就在大肚山腰。我脫下斗笠，遠望大肚山光禿禿的丘陵地帶，點綴著幾棟校舍，較大的建築（體育館）牆壁屋頂在陽光下，閃閃發亮，那是 1954 年代，我十四歲不到，東海大學第一次向我呼招。然而我是貧窮的鄉下人，手握鋤頭，汗流浹背，雙親都是文盲，家裡沒有人讀到高中，上大學祇不過夢想而已。頭嵙和大肚兩山之間距離約二十公里，但是我到東海之路崎嶇漫長，一路走去，靠夢想和運氣，太多運氣發生，終於美夢成眞，事後回顧，讓我看到奇異的恩典。

我考入台中二中初中部，父親剛過世，家人讓我自生自滅，我每學期爲了區區幾十塊學費，看家人臉色而苦惱萬分，勉強讀到畢業。高中入學考，名落孫山，自在預料中。後來待在家中，徬徨不知所措，突然接到台中二中寄來的遞補通知，那時正逢颱風警報，山洪暴漲阻擋去路，我冒險穿越土石流爲患的莽林，趕到學校報到。

我的專長偏向文史，對物理、化學、數學好像絕緣體，始終靠補考才過關。當時大專聯合招生醞釀分組，甲組不必考歷史、地理，乙組不必考物理、化學，如果選乙組，我三門成績最差的功課，去掉物理和化學，祇剩數學一門，考上大學的機會大大增加。

升上高三，聯招會正式宣布分組考試，這是上天掉下來的好消息，我選了乙組，其實也沒其他選擇。學校加強補習聯考課程，我的成績直線上昇，竟然連無藥可救的數學，因遇到尹子政、張乃東兩位好老師，開始起死回生，又靠同學黃金華幫忙復習三角和大代數，使我信心大增，但已經沒時間學平面幾何，遇到幾何考題就忍痛放棄，所以數學還是一塊甩不開的絆腳石，未考之前成績先打了折扣。

校中舉辦幾次大學模擬考試，我的成績達到第一志願標準，但是爲了愼重起見，我請教級任老師張鐵魂：「以我的程度，能考上什麼大學？」他教「三民主義」，當過訓導主任，頗知學生程度，當場不加思索道：「法商跟東海。」果然正如他的預測，我第一年考上法商學院（今國立台北大學）工商管理系，和宋楚瑜夫人陳萬水同班。第二年重考，錄取東海大學經濟系。當年塡志願，大都塡熱門實用的科系，並不像現在一窩蜂往國立大學擠。

早在高中時期就獲知，東海大學擁有優良的校譽，獨特的通才教育，上課採小班制，實施勞作制度，圖書館採開架式。我們大坑鄉下最優秀的學生賴重信和張永盛，都考進東海。賴重信讀化工系，張永盛捨棄國防醫學院，就讀中文系，兩位學長對我鼓勵很大。我喜歡文學，酷愛音樂，東海比較適合我的志趣。聯考放榜後，我到台中市找高中同學林輝典，林君在淡江文理學院英文系讀了一年，重考時也錄取東海經濟系，正在猶豫是否就讀，看到我來，喜出望外，跟我商量的結果，他也決定放棄淡江，改念東海。

我終於在 1960 年秋天，正式踏入東海校園，辦理註冊，參加新生訓練。剛入校門，第一次看到體育館，那棟我幼年祇能遠遠張望的建築物就在眼前，它很謙虛，大部分埋在地下。註冊單位都在行政大樓附近，社會系的劉益丞同學坐鎮詢問桌，幫助新生辦手續。我們在幾個行政單位轉來轉去，辦事員大都和藹可親，我感受到被接納的溫暖。但由於最近兩年連續發生八七水災（1959）和八一水災（1960），兩次空前的大災難，沖走我家田園，家計貧困如洗，此時又要繳一筆學雜費，讓我們不勝負荷。新生繳給主計室的新台幣，堆積如山，路過的老外尚且看得目瞪口呆，何況我們窮小子。因為水災為害全台，導致物價飛漲，伙食費從 150 元漲到 200 元一個月，也是一筆不小金額，還好學校有工讀機會。

領取宿舍鑰匙、檯燈，再去找男生第一宿舍。經過學生餐廳，看到幾個學生端鋁製餐盤，圍座討論，其中一位講話特別大聲，後來才知，他就是大名鼎鼎的郭榮趙學長。宿舍左邊是乾涸的河床，背後是相思樹林，位置偏僻清幽，我們寢室在二樓，四人住一間，我的室友是林宏茂、林輝典、施山璟。略微安頓，便準備參加新生訓練。

2　新生訓練

新生訓練，讓我見識東海校園民主自由的風氣，師長和學生，平起平坐，整個學校像個大家庭。當時台灣有的學校利用新生訓練，灌輸領袖崇拜，以拉新生入國民黨為目的。東海這所教會學校，至少還能免受政治干擾，沒有人乘機拉我入黨，也沒有人拉我入教會。新生訓練在銘賢堂舉行，為期三天，幫助新生認識環境、師長，也彼此相互認識。

校長吳德耀歡迎新生，指出校長與學生可以有面對面的緣分，乃是東海特色，相對於他在外國的經驗，很多學生直到畢業典禮，才第一次見到校長，還遠遠地站在大禮堂前面，可望而不可及。勞作室主任亨德介紹東海勞作制度，他說用意在改變中國士大夫「勞心不勞力」的習性。他一口道地的京片子國語，使用「少爺」、「閨女」、「莊稼」等古典深奧字彙，令人刮目相看。課外活動組長李振聲先生，強調課外活動和課堂教育同樣重要。很多人懷念東海早期的勞作制度，我個人從課外活動得到的益處，遠遠超過課堂教育。

新生訓練，特地介紹東海校訓：「求眞、篤信、力行」（Truth, Faith, and Deeds）。至於實踐「校訓」的具體方法，說是：「藉由信心獲得眞理，並以行爲彰顯祂（Truth attained through Faith expressed by Deeds）。」這句不同凡響的至理名言，綜合基督教的基本教理，而又兼顧東方文化的基本精神，可說仰之彌高，鑽之彌堅。可惜我們經歷白色恐怖，習慣性空呼口號，長久被灌輸的共同校訓是：「禮義廉恥」。東海校訓，當時依我看來也祇不過是口號而已。奴化教育，使我耳聾眼瞎，喪失獨立思考的能力，在校四年，完全忽略校訓的價值。所以，我記得「求眞、篤信、力行」是東海校訓，如此而已，既不知其重要性，也不知其深刻的含義。「眞理」是什麼？什麼樣的眞理，值得篤信不疑，而又爲它身體力行呢？畢業後，我逐漸尋找答案，窮一生之力追求眞理，漫長摸索的旅途，實際是啓程於東海。

3 大一英文

英語教學，是東海大學的招牌，課程由外文系主任柯安思（Anne Cochran）設計。大一英文，按學生英語能力分組，採取統一教學進度，統一期中考和期末考。開學前，新生必須參加英語能力測驗，按成績分組。文學院全體新生分六組（A 到 F），我這個鄉下看牛孩子，居然進入 A 組，簡直不可思議，尤其教師是劍橋大學畢業的英國人謝培德（Ivor Shepherd），當時認爲他將引導我進入英國文學的堂奧，使我十分高興。

大一英語教師群，除了謝培德和夫人來自英國以外，其他都是奧柏林大學畢業生，我記得有馬天雄（Gary Martin）、佳文代（Wendy Carter）、葛瑞絲（Linda Graves）、貝頓（Bruce Paton）、蕭克立（Christopher Salter）、蕭琳達（Linda Salter）、伊登（Eaton）等年輕老師。教材是採用柯安思著紅色書皮《英語文法》（Descriptive English Grammar and Exercises）。英語發音最重要的字母是 A，該書引用很多繞口訣練習 A 字的發音，例如電影《窈窕淑女》的一段對話和歌曲：「The rain in Spain stays mainly in the plain」，聽來很熟悉，原來在大一英文課本唸過。

英文課教室，在文學院右翼最後一間。第一堂課，見到個子很高，鼻梁尖峭的老師謝培德。他先點名，在我們姓名前冠以 Mr. 和 Miss。他復習簡單文法，簡單英語句型，用大寫強調關鍵字眼。這些柯安思設計的教材，差不多重複高中英語課程，我想閱讀的英美文學名著並未實現，使我失望，然後掉以輕心。期中考成績不太理想，按成績重新分組，我被降到 B 組，對我學習興趣和信心打擊很大。一次期中考哪能測出英文能力？不如說，測出對新老師的適應力而已。我尤其不服按成績重新分組的作法，難道分組前的能力測驗不準麼？但我沒有向外文系反應。

降級已經夠難受，又遇到教課馬虎的謝培德夫人（Joan Shepherd），這是雙重打擊。謝夫人煙不離口，記不得她上課時是否抽（蕭繼宗教授每堂必抽，而且提早下課），接見學生時，她擺出優美姿勢，把腿翹起來，點根香煙，挾在手指，深深吸一口，慢慢吐出煙霧來，有點像台語歌星文夏的流行歌：「點一支新樂園，大嘴嘎噗出來。」連續吐了幾次後，才開始看你的作業。還沒看完，又點一支。她還算仁慈，不會把煙吐到你的臉上。

我坐在最靠近走廊那排，前面是吳英賢，旁邊有張桂生、賴滿堂、崔思雲等同學，我的後面是誰呢？可能是何良堂，怪不得我記不起來。好不容易撐到學期末，我的英語聽講能力進步不小。但學到英國腔英語，日後在美國留學遇到困難。

轉眼冬天來了，著名的「東海風」，從大甲溪向南橫掃而來，捲起滾滾沙塵，寒流襲來，變本加厲，對大一新生是嚴峻的考驗。中國籍教授一律穿長袍，女生綁頭巾絲帶，呈現獨特的校園景觀。

接近聖誕節，學校舉辦大一英詩朗誦比賽，每組必須朗誦 Robert Browning 's「The Pied Piper of Hamelin」詩中的一段：從吹笛人踏入街道吹起魔笛，引起鼠輩出洞，排山倒海，奔向威息河（Weser）淹死爲止。

Into the street the Piper stept, Smiling first a little smile,

As if he knew what magic slept.

In his quiet pipe the while; Then, like a musical adept,

To blow the pipe his lips he wrinkled,

And out of the houses the rats came tumbling;

Great rats, small rats, lean rats, brawny rats,

Brown rats, black rats, gray rats, tawny rats.

另外自選詩一首，我們自選詩是 Rossetti 的作品。我們公推林天皓報告詩名和作者：「In the Bleak Midwinter by Christina Georgina Rossetti」。

天皓的聲音嘹亮，咬字清清楚楚，奠下成功的基礎。我們發揮表演藝術，運用顏色和韻律，配合英詩的意境。女生約好穿不同顏色的洋裙，男生一律打領帶。朗誦的音量，根據老鼠胖瘦大小，大鼠唱大聲，瘦鼠用尖聲等等，抑揚頓挫，各顯神通，呈現熱鬧而且生動的景況。這一切都由同學自己安排，謝夫人坐旁邊，樂得抽她的煙（Smok Break），看我們排演。

正式比賽在銘賢堂舉行，邀請全校學生參加，英文系教師當裁判。理工學院的 G 組，教師是 Miss Eaton, 朗誦 Robert Frost's「Stopping by Woods on a Snowy Evening」，聲調深沈，韻味蒼涼，最後一段：

The woods are lovely, dark, and deep.

But I have promises to keep,

And miles to go before I sleep,

And miles to go before I sleep.

最後兩句重疊，朗誦聲調從大聲逐漸減弱，直 T 到無聲爲止，呈現由近而遠，由實而虛的意境，極具創意，令人叫絕。比賽結果，G 組榮獲冠軍，我們 B 組獲亞軍，名列 A 組之前，證明那次英文期中考試成績不可靠，同時讓我出口怨氣。

學生對 he 和 she 發生困難，英文系主任柯安思特地到每班現身說法。她肩膀背一個小布袋子，精神抖擻地向我們說明，如何用嘴唇和舌頭發音，然後說出很多 he 和 she，叫我們當場記下來。謝夫人坐在旁邊看熱鬧，冷不防被柯小姐大喝一聲：「Mrs. Shepherd, write down your answers too!」謝夫人乖乖照辦。

柯安思曾經巡迴於各組，示範朗誦美國現代詩人 Eugene Field（1850-1895）作品 Seein' Things。她把詩中的恐怖氣氛，發揮得淋漓盡致。當時英文課教室，安排在舊圖書館兩旁，她像一陣旋風，所到之處，必然引起熱烈掌聲。別班掌聲未了，柯安思已駕到本班，開始朗讀：

I'm not afraid of snakes, or toads, or bugs, or worms, or mice,

The things that girls are scared of, I think are awful nice.

以我的英語程度，衹聽懂蛇、蟾蜍、臭蟲、蚯蚓、老鼠，但從她的表情、演技和聲調看，顯然她唱作俱佳，我們爲她熱烈鼓掌，掌聲未完，人已迅速離開。

1993 年，我回母校經濟系客座，在教職員宿舍區巧遇謝夫人，以前她骨瘦如柴，現在已經豐滿，看起來年輕許多。她告訴我她先生謝培德教授已經修完劍橋大學博士學位，女兒早已成年，因中、英語俱佳，被選入英國代表團，和中國協商歸還香港。大三，我在網球場，聽她邊跳邊叫：「一、二、三、四；東、西、南、北。」當時覺得她小女兒當年的歡笑聲，猶在我耳際迴響。

4 大一經濟學

「經濟學原理」是必修課，教室在舊圖書館左側。第一天上課，選修的學生很多，教室擠得滿滿。教授臧啓芳，鄭重宣布說本課要求如何的嚴格，多少人會被當掉。這一招果眞馬上產生嚇阻作用，第二次上課時，學生人數銳減，除本系 28 人必修逃不掉，死硬派的選修生衹剩兩位，其餘都退選。

臧老師出身伊利諾大學，當過東北大學校長，東海創辦初期當經濟系主任，上課採用自己寫的《經濟學》教科書，不過他翻譯的專有名詞和一般教科書不同，例如著名的塞伊市場法則（Say's Law），他翻作「史靄法則」。他鼓勵學生發問，但鴉雀無聲，我舉手問：「什麼是『塞伊法則』？」他老聽不懂，班上李建鄴同學重複說：「什麼是『史靄法則』？」臧教授這時才聽懂了問題：「嘔！史靄市場法則！法國經濟學家史靄提出的理論，他說生產不能過剩，生產過剩賣不出去，會引起失業……，生產不能過剩……。」這種解釋和賽伊法則完全相反，說明他已經老病纏身，應該退休了。

我曾經到臧寓請教經濟學問題，坦白告訴他：「東海經濟系師資，不如法商學院。」臧師並不介意，而且很溫和地說：「我曉得法商的教師，有好的，有些也是不行。」不失長者風度。

臧老當我們的導師，聖誕節前，他邀請全班學生，禮拜五晚上，到他的寓所包餃子。我們鄉下人，第一次學習包餃子，非常希奇。廚師預先準備好作料，當場示範，臧師、師母、長公子臧英年，和 28 位大一新生，圍桌包餃子。那晚，我們大大享受一頓華北風味的食品和點心。飯後餘興節目，由臧英年主持，他特地從海軍官校趕回，帶領許多團體遊戲。臧老講笑話和繞口令：「六十六歲的劉老六，趕了六頭牛，提了六桶油……。」越講越快，逗得全體大笑。

我當大一班代表，鄭雅琴和姜愛娟等幾位女同學，跑來跟我商量：「我們要買點禮物，送給臧老師，他家境並不寬裕，我們不能白吃。」我問她們：「有什麼高見？」她們說：「大家出些錢，買東西送去。」錢很容易收集，買什麼東西才令人頭痛！我不曉得事先請教女同學，爲了買禮物，自己一個人專程下山到台中市，逛禮品商店，一家挨一家，從中正路逛到中山路，幾乎看盡所有商店，還沒有頭緒。我回家去問母親，也沒結果。直到最後關頭，好像在中正路某商店，買下一組英國瓷器咖啡壺、盤子和 6 個咖啡杯子，帶回宿舍，請班上同學鑒定。有人提議，也請女同學看看買的禮物。我請江常利到女生宿舍聯絡，女同學們回答說：「不必看了！」於是我把咖啡組送到臧老師家。

下課後，臧師一臉嚴肅，叫我去，問我：「你昨天晚上爲什麼送來禮物？」我說：「班上同學的意見，因老師招待我們……。」他說：「我招待你們很有限，你們不能這樣破費！那就謝謝你們了。」陸燕齡等幾位女同學在旁邊幫我回答：「哪裡！哪裡！」

臧師是比較開明的外省人，他在上課中，曾經懇談省籍關係，語重心長地勸導：「本省人和外省人應該合作，同舟共濟，對抗同一敵人中國共產黨……。」也許人之將死，其言也善吧！臧師 1961 年 2 月 28 日去世，享年 67 歲。

臧師過世前夕，我晚上作惡夢，第二天醒來，發現淚灑枕頭。上英文課時，崔思雲同學告訴我，臧師於昨夜過世，聽到噩訊使我大驚失色，回想昨夜夢中無端哭泣，豈非不祥之兆？淚流到夢裡，醒了再想起，這隱藏心中五十四年的秘密，第一次公開，我相信臧師在天之靈早已領會我的心意。

全校師生參加臧師喪禮，出殯行列從臧府一直延伸到大度山公墓。國文課，高葆光教授要我們寫追弔文章，鄭雅琴用「海城」的筆名，寫了一篇生動感人的散文。我寫一篇祭文，最後兩句：「泰山其頹，吾將安仰？臨文灑淚，不知涕泗之何從！」兩篇文章都登在《東海文學》，孫清山遇到我，就說：「我讀你寫的祭文，感動得一把眼淚，一把鼻涕！」

1993 年我回校教書，突然想起昔日的師長，葬在「示範公墓」，我特地專程前往祭拜。一位學生陪我去找公墓管理員，按址尋找，就在半山腰，很快找到臧啓芳和趙經羲兩位教授的靈寢，我清除墓碑旁的雜草，祈禱致哀後，黯然離開。

臧啓芳教授逝世後，經濟學停課很久，才找到代課老師，他是中興大學訓導長劉道元教授，山東人，上課專寫黑板，從他的筆記照抄，從黑板左邊寫到右邊，寫完擦掉再重新寫，我們在底下照抄，也不曉得抄什麼，大一經濟學，就這樣糊裡糊塗地混過去，平白浪費一年時光。

繼臧師過世，劉榮超教授也離開東海到台大任教，經濟系祇剩趙經羲、楊書家、田克明三位專任教授，其他必修課程由兼任教授夏道平、瞿荊洲、孟慶恩等人從台北迢迢而來，勉強湊足。東海經濟系到我們那屆，幾乎搖搖欲墜，直到一位年輕講師蒞臨，才有現代的「大一經濟學」出現。趙經羲主任向台大借調的周宜魁先生，治學嚴謹而又肯下功夫，我大三修他的「價格理論」，開始進入經濟學之門。大四時又旁聽他的「經濟學原理」，如同倒吃甘蔗，補修基本經濟學概念和原理，才發現「經濟學」是一門有趣的學問，值得出國繼續研究。

最近（11/2013）台大商學系 45 年周慶，我參加他們的花東之旅，沿途聽他們談起大學上課經驗，當年台大商學系師資，也不過如此如此而已，值得懷念的老師少之有少。

5 攻破數學堡

經濟系必修「應用數學」，我長期畏懼數學，想逃也逃不了，祇有硬碰硬，下定決心克服它。教師丁振成教授是一位貌不出衆，但很有個性的中年人，講課十分生動，一開始就把微分基本概念交代得很清楚。我詳讀教材，勤做習題。經一學生作業由我收集，再送給助教解萬臣先生修改。我和師長互動良好，解題能力日益進步，學期成績名列班上第二高分，終於克服數學難關，洗刷從小累積的奇恥大辱。我一生克服無數難關，攻克數學堡壘是一項光榮的戰績。後來我到美國，繼續到數學系唸微積分、線型代數、數理統計學，一直修到「變分法」（Calculus of Variation），學期成績得A。後來還先後在幾個美國大學，開過「數理經濟」、「商用統計」、「應用統計學」等課程，「數學」不再是我的心腹大患。

6 多彩的團體生活

如果經濟系提供的教學乏善可陳，東海課外活動卻是多采多姿，這應歸功於奧柏林大學畢業生，她們年輕活潑，而且多才多藝。當年有位很古錐的佳文代（Wendy Carter），常年在聖樂團當司琴，盡忠職守，深受指揮鄭得安先生讚揚。馬天雄（Gary Martin）吹奏低音管，又名巴松管，台灣少見的樂器，因而廣受歡迎，不但活躍於校園音樂會，也常在中部樂壇演出。他獨奏〈萬軍耶和華如此說〉，樂曲低沉穩健，呈顯耶和華的訊息如江河滔滔。蕭克立開西班牙語會話班，我和王柏農選擇初級班，學到西語基本會話，一生受用不盡。年輕瀟灑的貝頓先生，組織「Glee Club」，教唱民謠，向學生介紹非洲民歌，他選的曲子很奇特，非但以前未聽過，以後我也無緣再度接觸。我在東海工讀的主要任務，是刻鋼版謄寫樂譜，貝頓把樂譜交給我刻印，再發給學員。

校園團體活動，是貝頓教的「土風舞」，安排週末晚上，在體育館樓上舉行，第一支舞曲是西班牙探戈舞曲〈我的朋友們再見〉（Adios Muchachos）。以後每逢舞會，此曲必跳，十分流行。

極爲難得的多才多藝人才，是秦量周先生。秦先生中英文俱佳，當時聯董會主席范杜遜博士來校演講，秦先生即席翻譯，被吳校長當衆稱讚表揚。秦先生翻譯英文歌詞尤其拿手，電影《眞善美》中文歌詞，就是他的傑作。他向同學介紹一首〈阿香〉的流行歌，配合生動有趣的歌詞，立刻唱遍校園，被譽爲「東海校歌」，歷屆傳誦至今：

「阿香，阿香，你幾時辦嫁妝？想起你來，我簡直要發狂。婚禮不必多麼堂皇，汽車也許坐不上。新娘年輕，生得漂亮，坐三輪車又何妨？」
「阿康，阿康，老實話對你講，你那長相，我實在看不上。婚禮連汽車都沒有，娶我簡直是夢想。你不想想，三輪車上，新娘子有多窩囊？」

大一舉辦大度山郊遊，出發前，全班相約在銘賢堂門口集合。我們沿著中港路上山，走過廣闊的甘蔗園，深入茅草覆蓋的荒野，探訪幾個古堡。二次世界大戰末期，日本人防備盟軍登陸，構築橢圓形碉堡，頂端設置機關槍發射孔。男生先爬到頂端，女同學不甘示弱，抓緊生銹的鐵桿，冒險攀登。遠望大肚山坡，人煙渺茫，芳草萋萋。午後，我們站在清水斷崖，上空老鷹比翼而飛，腳下面臨深谷，谷中茂密的相思樹林，我們向遠處沙鹿方面大聲喊：「小老弟！」山谷爲之震動。傍晚，我們沿中港路回來，下坡時，遇農人駕牛車經過，得車主同意，乘牛車回校。當我們還年輕時，結伴坐牛車，實爲空前絕後之舉。

七　昨夜又東風——憶東海舊事

1　聖樂團落選

英語教學和音樂環境，吸引我就讀東海大學。1960 年入學不久，我聽到聖樂團招生的消息，便立刻報名。校牧室通知應徵學生，到銘賢堂鋼琴教室面試。我到達時，任陽瑞牧師娘和助理蕭清芬先生正在甄試考生。在我前面應考的呂哲雄，是中部名聲樂家吳文修的高足，聲音宏亮，閱譜迅速，很有自信，自以爲錄取有望，後來才知他落選。

輪到我應試，第一階段是試音鑑定。我從小走山中夜路，沿途大聲唱歌壯膽，練成媲美原住民的天籟歌喉，試音順利通過。第二階段是閱譜鑑定，我喜歡歌劇詠歎調，從《卡門》到《阿伊達》，祇要你說得出曲名，我就哼給你聽，不必看譜。但牧師娘不考歌劇選曲，卻從鋼琴上取出一本聖詩，翻開某一首要我獨唱。我是看牛出身的鄉下人，祇會唱〈平安夜〉和一點點韓德爾的彌賽亞，哪裡知道其他的聖詩？任牧師娘信手彈她的聖詩，我唱了幾句就跟不上，鑑定結果不問可知，當初進東海學音樂的美夢，頃刻之間，煙消雲散。

2　合唱團公演風波

聖樂團落選，可是我對音樂熱愛未減，申請到「麥氏音樂室」工讀，負責播放古典音樂。課餘我參加合唱團，指揮是台中女中的音樂老師李明訓先生，唱各國民謠和藝術歌曲。練習一個學期後，李老師建議東海和中興兩個合唱團，舉辦聯合音樂會。李老師爲東海挑選中外名曲，包括胡周淑安的〈佛曲〉。這首歌很好聽，但有幾句「南無阿彌陀佛」，恐怕會引起爭議。

有一位教會進修生跟我們唱幾次「阿彌陀佛」，便退出合唱團。可是我們相信教會大學應有包容的雅量，所以照原來計劃公開演唱〈佛曲〉。

開完音樂會，課外活動組長李玉鳴先生召集合唱團幹部，傳達吳德耀校長指示：「外界認爲東海大學音樂水準很高，合唱團必須具備相當程度，才能到校外演唱，以免影響校譽。」其實問題在於〈佛曲〉，東海大學合唱團居然公開唱「阿彌陀佛」，又用木魚和二胡判奏，彷佛和尙唸經，辦法會，有些教徒不滿，反應到校長室，吳校長才出來表態。

3　校牧室工讀記

1959 年，台灣中部發生「八七水災」，我家農田盡付東流，損失慘重，花了大筆血汗錢重整。不到一年，又遇到「八一水災」。連續兩年天災，家貧如洗，物價高漲，非靠工讀難以爲繼。我到勞作室申請工作，每週工作 10 小時，月薪剛好抵繳伙食費。勞作導師顧紹昌先生派我到校牧室服務。當時東海校牧是任賜瑞牧師（William F. Jenkins, Jr），他經常不在辦公室，由助理蕭清芬先生坐鎮，蕭先生離職後，由劉益充小姐接替。

某天傍晚，大度山風夾帶黃沙，從北邊橫掃而來，一輛摩托車「蹼！蹼！」開進行政大樓，停在校牧室的草坪上。任牧師回來，我抬頭向牧師請安：「牧師好！」牧師略微點頭，幾分鐘後，又匆忙地離開辦公室，臨走時，用生硬的國語對我說：「我先走，你離開時把門關上，架上的書，你要偷的話，可以的。」書架上放幾十本《聖經》和有關宗教信仰方面的書藉，都是免費贈品，很少人借閱，即使送給我，我也不要。但牧師怕我沒聽清楚，重複地說：「架上的書，你要偷，可以的！」我向他點頭，心裡想告訴他說：「牧師！我會把你的《聖經》統統偷走，帶到台中市，送給窮人。」任牧師可能是說笑，但我的程度太低，還不能了解他的幽默。

4 可敬的亨德夫人

有人說東海是貴族學校，而聖樂團是貴族中的天使，她們一律白袍，出現在畢業典禮和燭光晚會，令人可望而不可及。在「貴族學校」，還有一大群非常不貴族的工讀生，都是貧困家庭的子弟，我便是其中之一。聖樂團員和工讀生，兩個截然不同的階級，這次竟然在體育館碰頭，可說事出偶然。

1961 年 6 月，第三屆畢業典禮在體育館舉行，勞作室主任顧紹昌和郭永助帶領工讀生，打掃禮堂，整個體育館門戶洞開，人聲吵雜。

不久，聖樂團也趕到體育館練唱。我雙手提四張椅子，來回走過舞台，瞥見臨時指揮秦量周（指揮鄭得安教授在美進修中），伴奏佳文代（Wendy Carter），樂團顧問亨德夫人（Mrs. Maude A. Hunter），還有幾十位男女團員，分四部排開，嚴陣以待。

樂團練唱前先練發音，經指揮點頭示意，佳文代小姐的纖指按下琴鍵，團員立刻「啊！啊！」美妙歌聲，從天外飛來。美中不足的是工讀生搬椅子，進進出出，穿梭於聖樂團之前，妨礙練唱。突然有人不小心，把整串椅子摔落地版，霎時發出「嘭！嘭！」，嘣盤刺耳，使聖樂團天使們花容失色，因此練唱提早結束，工讀生也暫時休憩。我們坐在體育館後門台階，顧紹昌先生憋了一肚子氣說：「秦先生，靠外國人勢力……。」

聖樂團練習結束時，樂團顧問亨德夫人，手提小冰箱，忙著慰勞團員，每人一份蛋捲冰淇淋。六十年代的台灣，冰淇淋是難得的珍品，那些白胖的團員，本來可以享受蛋捲冰淇淋，但看到汗流浹背的工讀生在場，也許良心不安，全體站原地默默地啃蛋捲，吃得很痛苦。

我繼續工作，爬上禮堂邊的看台，洗刷整理座位，不經意往下看，不知幾時開始，工讀生也有冰棒吃了。原來享德夫人向村童買整桶冰棒，分給工讀生，人人有份，無一遺漏，先前緊繃的臉因冰棒而釋然，微笑取代敵意。

有些工讀生在禮堂二樓的看台上，亨德夫人提著冰筒，沿著旋轉的樓梯，很吃力地爬上爬下。我剛好也在右邊樓上，她也特地上樓，走到我面前，遞給我一根冰棒，我愣住，除了簡單的「Thank You！」說不出一句感激的話，惟有目送她蹣跚地走下看台。清涼的冰棒很快溶化，但亨德夫人的溫情卻永留心中。

亨德夫人扮演和平使者，以實際行動關懷弱勢族群。她的愛心和雪中送炭的義舉，深深感動我。在往後的日子，我不斷地思考產生這愛心的原動力，終於找到耶穌基督的救恩。

昔時加利利野餐，耶穌以五餅二魚飼五千人；今日校園點心，亨德夫人拿冰棒請東海師生。無形中，她為東海「求真，篤信，力行」的校訓，做了美好的見證。可敬的亨德夫人！妳的愛永遠與東海人同在，願妳安息主懷。

5 校園諜影

1962 年，中共空軍少尉劉承司，架米格 15 飛機投奔自由，舉國歡騰，各報社用巨大篇幅刊載劉承司和米格戰機，我看到機身標語：「發憤圖強，誓守四好機組；勤學苦練，盛開五好之花」，覺得標語新奇。

我常在中午下課前，取出飯票，隨便在背後寫些唐詩，打發時間，準備吃飯。我在飯票背面寫機身的標語，完全出於好奇，無不良動機，走到男生餐廳排隊取菜，負責收飯票的是政治系學生劉 xx，立刻把飯票藏在衣袋中，我知道大事不妙。

幾天後，萬本源教官找我：「標語是不是你寫的？」我說：「是。」萬教官說：「有人認為你搞什麼宣傳！但手法並不高明。」我說：「那標語是從《聯合報》抄下來的啊！」萬教官：「我已查閱最近幾天的報紙，報紙有你寫的標語，所以才叫你來，否則我們送你到某單位……。」《聯合報》公開刊登的標語，全國軍民早已看到，我卻不能抄，究竟犯了那條法規？我無法理解，但知道事態嚴重。那是白色恐怖時代，情治單位寧可冤枉一百人，也不願一人漏網，號稱學風自由的東海，諜影乍現，使我震驚。

主任教官周其深上校，叫我到訓導處，嚴正告誡說：「你在飯票上寫什麼發憤圖強的標語，飯票傳到山下，人家以爲東海在搞什麼活動，我們可以送你到有關單位……。」他要我繳一份悔過書，以便消案。我先起草，然後請教比較老練的同學，修改後送到訓導處。

班上同學聽到消息，談虎色變，愛莫能助。我也向台南神學院派來的進修生求教。有天我在男生餐廳早餐，劉 xx 走來，劈頭就問：「你怎麼到處宣傳我……。」我回答說：「你拿我飯票，不是你，是誰？」他辯稱：「我說標語可能是你寫的，我並沒說是你寫的。」教會進修生葉加興從旁邊經過，斥責劉某：「他是老實人，被你誣告，有生命的危險才到處求救，你怎麼反而責備他？」劉某自知理屈，悻悻離開，嘴巴重複：「我說『可能是』你，我沒說『是你』」。葉加興告訴我：「像劉某這種人，你不必對他客氣。」那是白色恐怖時代，葉加興敢挺身而出，幫助弱小，主持正義，使我由衷感激。魔鬼橫行的東海校園，終於看到天使！

我又接到訓導處通知，周主任教官見到我，便單刀直入說：「若是你沒做虧心事，你要心裡很坦然才對。」他用洞燭其奸的眼神看人，硬要引蛇出洞，好把紅帽子套上。我被人誣陷，生命受到威脅，心裡豈能坦然？

6 陷害小動作

誣陷未遂，劉某又有後續小動作。那時，東海藝術館剛落成，「麥氏音樂室」從銘賢中心搬到藝術館，我被分派到音樂室工作，上司是任賜瑞牧師娘。有天，接到任牧師娘的條子：「Return the Reels to me!」語氣甚爲嚴峻，我不知道 Reels 是什麼？我也沒有從音樂室拿任何東，爲什麼叫我歸還？我去問牧師娘：「Mrs. Jenkins , I didn't take the reels。」牧師娘說：「David Liu（劉某）told me, you took the reels！」連洋人也變成他陷害無辜的工具，實在不可思議！

我去找劉某，問他：「你怎麼向牧師娘講 Reels 是我拿的？我跟本沒拿。」劉某從鼻孔哼：「我說『可能是』你拿的，我並沒說『是』你拿的。」他重施語言遊戲的伎倆，那張油嘴的確令人厭惡！

這莫須有的飯票案，在校園喧騰一時，復歸平靜，我以為主任教官已經忘掉我了。畢業前某個週末，我經過學生中心，剛好公路局車停下來載客，我從車旁經過，瞥見主任教官從車窗內盯我，跟我打個照面時，立刻把頭縮回，露出冷峻的側臉。只為一張紙條，就如臨大敵，啓動特務系統對付，想不到主任教官水準這麼低，又這麼惡毒。

7 脫離虎口

1998 年，我到普林斯頓神學院開會，恰巧遇到葉加興牧師，當衆向他道謝，他才透露，當時他曾經去找吳德耀校長，向校長陳情說：「有學生在飯票抄寫投誠米格機標語，被人誣告為匪宣傳，這是無中生有的案件，訓導處諸公居然辦得那麼認真。」吳校長聽後直搖頭，不敢相信。事隔多年，葉加興牧師對這次校園霸凌事件，仍然十分憤慨。幸虧葉牧師拔刀相助和吳校長介入，主任教官才從口中吐出獵物，讓我逃過一劫，僥倖活到今天。當年走過死蔭幽谷，至今回想，猶有餘悸。

八 留學生活回憶

1967 年 8 月底，我乘留學生包機，從松山機場起飛，到美國南伊利諾大學進修。和許多當年留學生一樣，我必須克服種種困難，通過政府機關層層的關卡，才能成行。即使最後即將離台前夕，也是一波三折。因爲颱風警報的緣故，這架 Texas International 的包機姍姍來遲，我們住在旅館等候登機的消息，兩次趕到機場，撲空而回，最後飛機出現了。登機前，回頭向送別的親友揮手致謝，眼看大兄隔著機場的玻璃窗，聲嘶力竭地揮舞雙手，也許他認爲此刻別離之後，兄弟再也沒相見之日。

我將面對一個全然陌生的世界，不但改變我的一生，也對我的家族產生深遠的影響。我是台中市北屯大坑地區第一位留美學生，對鄉下青年人不無鼓舞作用，家中幼弟和諸侄深受激勵，因而更加奮勉向學。

包機終於起飛了，穿過飄空的烏雲，越過北台灣昏暗的農村，不久從東北角出海，航行兩小時半，抵達日本東京，旅客不准入境，祇准逗留候機室。登機時，巧遇東海進修生黃仁勇，他遞給我一張名片，已印「耶魯大學神學院」頭銜，使我自嘆不如。

飛機取道威克島，經夏威夷，從西雅圖入關。當年須要通過肺結核檢驗才能入境，很多學生把 X 光膠捲放在大件行李中，我「見義勇爲」（好管閒事）的天性，驅使我進入機艙，幫留學生找行李，取出 X 光底片，讓他們順利入境。包機從西雅圖，飛舊金山，下機入境。接機的人群擠滿通道，有人舉牌接某某人，我知道自己無親無友，絕對不會有人接機，不必浪費時間看牌，便快速地走出機場。我的目的地在南伊利諾大學，還須繼續東飛。

趁等待飛機班次的空擋，我到舊金山市區閒逛，深藍的天空，震懾我心。突然間，一輛汽車從我旁邊駛過，有人向我打招呼，定眼一看，原來是同機出國的戴靜惠，女生到底不同，才下機，就有人載著參觀市區。

我繼續飛往東部。接著乘灰狗巴士，從聖路易往伊利諾州南部 Carbondale，車程約兩點半鐘頭。自松山機場出發到現在，已經超過 72 小時，未曾接觸枕頭，如今我一上車，就進入睡鄉。汽車一直往南開，我處在半睡半醒狀態中，偶而張開眼睛。汽車開過很多鄉間小鎮，路邊初秋的楓葉開始變色，小鎮街頭行人出奇的少，這時候，我才感覺眞正深入美國本土。

抵達 Carbondale，灰狗巴士管理員打電話通知南伊大外國學生管理處：「Yeo! I got a new boy for you, Chaonan Liu from Taiwan.」等了幾分鐘，一位女士 Mrs. Miller 開車來接。我初到，不曉得禮貌和習慣，提起行李進入後座，Mrs. Miller 叫我坐前面，後來才知計程車的旅客才坐後座。她問我旅途花多少時間？累不累？我坦白告訴她來美旅途花 72 小時，未曾睡覺。她說：「They didn't put you in a hotel?」我舉目無親，誰會安排我住旅館呢？但我沒回答。外國學生顧問暫時把我安排住在學生宿舍，暑假期間學生尙未回校，整棟宿舍空蕩蕩。

隔天，南伊大外國學生顧問朱惠聲（Joseph Chu），帶我去見外國學生主管，說要帶我去參觀校園，主管欣然同意。朱惠聲對新生如此關照，使我深受感動。他帶我到學生中心，先用他的早餐，請我喝咖啡。學生中心建築美侖美奐，進門通道色彩柔和，讓我眼界大開。朱惠聲吃完早點，沒帶我參觀校園，連圖書館都沒去，而直接帶我去幾處行政部門，見他的朋友，把我抛在一旁。一連見了幾位三級主管，這些三級跟留學生關係不大，但跟他的工作、升遷有關。後來我跟幾位新生談起，原來朱惠聲藉新生名義搞私人公共關係，把中國人的官僚作風帶到國外來。

我知道南伊大有很多台灣來的留學生，取得東海政治系校友張寶民的電話，他幫我搬到 South Beveridge 民房住。政治系研究生吳桐在那裡當舍監，承他幫忙，很快安頓下來，準備開學。

南伊大有一萬多學生，校園遼闊，正在大興土木，圖書館樓高八層，剛剛落成，好幾個學院的龐大建築都在興建中，很顯然，這是一所蓬勃發展中的州立大學。經濟系辦公室在 Lawson Hall，每天步行 20 分鐘可到。我們這屆外國學生約 15 人，中南美洲居多，台灣來的有吳慧莎、蘇大邵和我。前期學長有紀萬福、李銀波、魏蕚等人。南伊大採用Quarter System，辦理註冊，見研究生顧問 Dr. George Hand。

我第一學期選三門課：Clack Allen「初級個體經濟學」、Carl Weigand「經濟思想史」、數學系的「統計學」，總共 12 學分。Allen 教授即將出版他的新書，把我們當試驗班，外國學生提供很多建議，也改正不少錯誤，Allen 教授大為讚賞，好幾次在課堂公開感謝我們。不過，他的個體經濟學，用代數、初等微積分、圖表，偏重技術性知識，缺乏現實經濟問題的分析和應用，在當時的學術環境還可以應付，以後就趕不上時代。他的第二門「高級個體經濟學」，採用他自己寫的一本薄薄的教科書，我於考前和曾民惠一起復習，討論教科書的習題，期中考得 A。期末考時，Allen 教授發完考卷，就宣布說：「If you are satisfied with your grade so far, you may skip the final.」我已經得 A，樂得免試機會，馬上跟幾位同學交卷離開。

Weigand 教授的「經濟思想史」，採用熊彼得的《經濟分析史》當教科書，期末交一篇報告。數學系爲外系學生開四門統計學，我修第一門「基本統計學」，因數理是我的專長，不花多少功夫，學期成績也得到 A。

南伊大的教授看起來比較有自信，講課淺顯清楚，學生容易吸收。第一學期結束，我獲得全 A 的成績，順利申請到學費獎學金。學期結束空檔，申請打工，和美國學生一起清掃女生宿舍，每小時工資$1.60。

我在 South Beveridge 單獨住，後來一位老美搬進來同住，室友 Charles 是伊利諾州中學教師，到南伊大修教育課程，我們互相學習做菜，我教他炒牛肉麵，放洋蔥、紅蘿蔔、芹菜等作料，一盤香噴噴的炒麵。他教我烤牛排，他的方法與眾不同，他用T-Bone Steak，灑胡椒粉，蒜切成小塊，鑲入肉中，放烤箱，幾分鐘後取出來，一道香噴噴的牛排，入口即化。

感謝有車的同學接送，到超市購買日用品，假日隨陳博中兄開車去 Murphysboro，參觀蘋果節（Apple Festival），街上人群爭看花車遊行，空曠草地攤販雲集，出售各式各樣的蘋果、蘋果派。

1968 年 4 月 4 日，Martin Luther King Jr. 被害，全美黑人爆動，Carbondale 的黑人學生縱火燒民房。第二天，上統計課，教授 Dr. Stark 一進門就宣布：「Dr. Martin Luther King Jr. was assassinated yesterday. Out of my respect for Dr. Martin Luther King Jr. , I cancel the class today.」當時覺得這位教授很有正義感，停課向黑人民權領導人誌哀致敬，學生也表贊同。Stark 是很優秀的教授，可是我後來越想越覺得不對，學校沒有宣布停課，他不應該自己叫停。

暑期將至，台灣留學生開始討論到那裡打工，去過 Lake Tahoe 的人都津津樂道。我跟香港學生一起到西部打工，車主 Walter Lai（黎偉德）開車，帶四個乘客：周妍玲、Andrew、白人青年和我。按照搭便車慣例，司機負責開車，乘客負擔全部汽油費。Walter 短小精幹，開車技術一流，全程估計約 32 小時。香港學生很勤勞節儉，出外絕對不進餐館，而是自己攜帶麵包、花生醬、一簍橘子和最便宜的罐裝飲料，連可口可樂也算奢侈品，捨不得買。三餐吃麵包加花生醬，夜間停在公路旁邊，稍微休息，便繼續上路，往西部開去。

Lake Tahoe 位於內華達和加州交界，面積約 6.4 平方英哩。我們從內華達州的 Carson City 入山，穿過松林，呈現眼前碧綠色的大湖，攝人心魄，湖面如鏡，碧波與藍天合一，遠眺 Sierra Nevada 山脈，即使夏天，山頂仍然白雪皚皚。我們打工的地點在 South Lake Tahoe，湖濱公路兩旁賭場林立，著名的 Casino Hotels，有 Harvey's Lake Tahoe、Hyatt Regency、Harrah's Tahoe。悶熱的夏天，舊金山灣區旅客湧入 Lake Tahoe，賭場紛紛開張，提供暑期就業機會，吸引大批中西部大學生。

Walter 載我到賭場，祇有我下車留在 South Lake Tahoe，其他乘客繼續往西。我跟幾位台灣來的留學生同住，每天四出找工作，問了好幾家大小餐館、旅館，最後在 Harrah's Tahoe 找到清掃工作。

1968 年聖誕節假期，位於密蘇理州 St. Joseph 的第一長老教會舉辦冬令營，邀請外國學生參加，已經辦過幾次。呂武吉兄邀我一起去。我們乘灰狗巴士，連夜趕到 St. Joseph，街頭白雪紛紛，我平生第一次遇到下雪，當地報紙特別用大標題報導：「Taiwanese Students saw Their First Snow in St. Joseph.」

教會派人安排住宿，一位老年人知道我們從台灣來，便說：「你們台灣人眞行，不必靠美援，其他國家爭取美援。」參加的外國學生約二十多位，來自泰國、香港、日本、奈及利亞、黎巴嫩、阿拉伯等國。當時日本經濟正蓬勃發展中，舉世刮目相看，故日本學生特別受到優惠照顧。

第一長老會人才濟濟，牧師 Dr. Cowan 派他的秘書 Bruce，帶領外國學生參加教會活動，參觀當地好幾家工廠，包括著名的 Wilson Museum。我覺得教會是接觸美國社會的橋梁，瞭解美國風土人情的捷徑。

第二年暑假，我又去 Lake Tahoe 打工，這次坐吳桐的車，和鄭惠和、徐傳禮等人同行。我拿地圖當導航，到尼布拉斯州境內，公路兩旁牧草茂密，牛群散布原野。吳桐瞅盹，幾乎撞上平交道的火車，我驚呼叫醒他，才躲過車禍。到達 Lake Tahoe，先到吳桐的朋友家換洗，再去找住宿，我和南伊大新聞系鄭惠和、政治系徐傳禮同住，不久香港人 Eaden Yu 和他的弟弟也搬進來。我們一起搭伙，由鄭惠和掌廚，其他人洗碗筷，收拾善後。Harrahs Tahoe 賭場時，我們就開始上工。

八月中，我轉到加州 Fullerton 的 Hunt-Wesson 公司繼續打工，過時的番茄醬，烘乾當肥料，我擔任包裝工作，每袋裝滿 100 磅，一位名叫 Jesus 的西裔當工頭，工資每小時$2.80。我出身農村，習慣粗重的工作，加上年輕，還可以應付。彎區有好幾家電台，全天播放古典音樂，晚間躺在床上聽世界名曲，耽溺於悠揚樂聲中，舒解疲憊的身心，不久即安然入睡。

打工直到開學前，我才回校。我和詹德來搭 Walter Lai 的車，順便到安娜罕遊狄斯奈樂園，第一次欣賞奇景：「It's A Small World」，歎爲觀止。

九 芝加哥輔友社

SIU 反越戰罷課，1970 年五月，Kent 州立大學四位學生反戰示威，被國民兵誤殺，罷課風潮演變成爆動，學校被迫停課，無限期關門。方人和教授夫婦為慶祝舊曆新年，邀請台灣留學生到他家聚餐，令人備感溫暖。有天路上遇見，方教授問：「你快畢業了嗎？」我說：「還沒，我要到芝加哥去。」方教授有點驚訝，可能覺得我的處境不妙，其實這是我到美國留學最低潮的時候。

一時徬徨無所適從，我突然想到詹德來，他結婚後在芝加哥打工，我乘灰狗巴士去找他。我到他家時，剛好魏蕚也在，承蒙詹德來夫婦接待，住了幾天。在 Fullerton 街上閒逛，看到中文招牌：「輔友社」（Chinese Friendship House），我好奇按鈴，一位漂亮小姐（王秀鑾）開門，我問：「能不能進去參觀？」她遲疑片刻才說：「好！」客廳擺幾張沙發，牆角掛中央日報和一些中文雜誌。我終於踏入「輔友社」——海外的家。

「輔友社」創辦人伏開鵬神父，上海輔仁大學前訓導長，1962 年提供華人留學生住宿。1970 年，台灣學生最多，其次是香港、越南學生。伏神父親自打掃抽水馬桶、粉刷牆壁。伙食由學生輪流採購、輪流煮飯，月底結算，餘款交給伏神父。

午餐時，男、女學生坐在一起進餐。許多年輕的修女也加入伙食團。虎尾回來的女修士 Mary，問：「有誰知道雷鳴遠神父？他叫 Frederic Vincent Lebble，比利時派往中國的傳教士。」她想找一位留學生，繼承雷鳴遠的名字。舉座留學生面面相覷。我跟她說：「我讀中國近代史，曉得雷鳴遠神父，他在義和團事件時，到過中國傳教。」潘瑪利大為讚賞，當場為我取英文名字 Vincent，記念這位偉大的神父。

第參輯

教會生活點滴

一、聖恩教會植堂經過
二、信仰見證
三、落櫻繽紛的啟示
四、聖恩教會慶祝母親節（2014）
五、費城慶祝母親節
六、迷途知返
七、李泰祥音樂欣賞
八、有朋自星洲來
九、秋日登鮑曼塔
十、張金鶯的見證
十一、飛越嘉南平原
十二、和解的眼淚
十三、他們有槍，我們有花
十四、季刊十年

一 聖恩教會植堂經過

新澤西州台美教會爲對外宣教，特別在 1995 年慶祝十五週年時，提出「植堂」計劃，預定五年內成立一所新教會。由於上帝憐憫和全体會衆同心努力，願景終於如期實現，聖恩長老教會於 1999 年 4 月 4 日復活節獻堂。

1995 年，筆者向教會借 10 本聖經和 1 本聖詩，開放賓州寓所當查經班，人數約 12 名。同時在謝敏川牧師指導下，進行兩次宣教與植堂試驗。起先筆者不自量力，在教會內，推行每位信徒「帶一人入教」運動，使人數加倍增長。但會衆站邊線看獨腳戲，甚至有人說：「哦佇 NJ 毋識半人，哪有法度招人來禮拜？」結果如何，不問可知。

後來，筆者又代表教會，與賓州 Woodside Presbyterian Church 商議合作計劃，帶賓州慕道友到該會禮拜，嘗試一個多月，沒有多大成效。不過賓州地區先後受洗的信徒，有杜智惠、洪國輝、蔡宗元、莊榮輝母親、藍錫坤、陳姿容、Kelly Lan、Jerry Lan、Edward Chiang，還有許貧敏受堅信禮。我們盡量撒種，願一切榮耀歸於上帝。

兩次試驗雖無成果，筆者仍不灰心，進一步向教會建議，將賓州與溫莎兩個查經班合併，成爲新教會。謝牧師同意構想，於 1996 年終信徒大會，正式向會衆宣布植堂計劃，並預定於 2000 年獻新堂，紀念設教 20 週年。

1998 年 11 月，小會成立「植堂籌備委員會」，差派林美瑛、李梓義、謝慶賢、周恩輝、彭宏治、蘇英世、劉照男等人爲籌備委員。筆者負責擬定具體目標與執行步驟，經小會採納，作爲執行藍本。總目標將開幕禮拜，訂在 1999 年 4 月 4 日復活節。第一步：找會堂。透過中會，接洽在

Lawrenceville 附近的教會。第二步：找會友。鼓勵溫莎區及賓州信徒，帶領台美人參加禮拜，禮拜人數預計爲 30 人。第三步：找主日崇拜人員，包括組織牧師、司會、司琴，以及主日學教師。

1998 年 12 月，全盤設教計劃，在信徒大會中議決通過。1999 年 1 月 10 日，中會議長 Rev. Van Brugan 退休宴會，謝牧師率長執事 10 名參加，小會書記陳東亮在會中宣布設教計劃，獲得熱烈的掌聲。1999 年 1 月 23 日，中會總幹事 Rev. Joyce Emery 親自帶隊，實地勘察三間教會。參加的人員有謝牧師、林美瑛、謝慶賢、彭宏治夫婦、蔡其芳、周恩輝、蘇英世和劉照男。參觀的教會有：Hamilton Square（由長老 Bob Woodman 接待），Slackwood（由長老 Carol Ward 介紹），Lawrenceville Road 則由 Emery 牧師親自開門參觀。這三間教會的設備與地點，都很合適，最後決定設在 Slackwood，因它人少，使用空間較大。

1999 年 2 月 28 日小會，與 Slackwood 教會小會開連席會議，出席者有謝牧師、林美瑛、謝慶賢、李梓義、黃晉文、周恩輝、劉照男等七名，Slackwood 教會，有 Floyd Fletcher 牧師、Mark Thomas、Arlene Filson、Beth Clark、Fred Mitchell、Bill Mansmann、Frank DuMont、Carol Ward 等八名。會後 Mark Thomas 特地前來握手，鼓勵說：「你們爲福音，主必供應。今後有兩個教會支持，一切困難必能克服。」

1999 年 3 月 13 日，植委會在 Slackwood 教會舉行。出席：謝牧師、林美瑛、謝慶賢、李梓義、蔡其芳、彭宏治、陳美端、周恩輝、蘇英世、劉照男。議定事工分配：聘蔡清波牧師爲組織牧師，劉照男當財務授權人，周恩輝任書記，陳美端任會計，林云雲、周恩輝爲總務，蔡其芳負責接待，林美瑛領詩。

創會感恩禮拜，1999 年 4 月 4 日復活節舉行。天氣晴朗，午後四點，Slackwood 教堂擠滿了兩百五十多人。崇拜開始，林美瑛領兩首詩。筆者當司會，用台、英語致歡迎辭。青少年手鐘團表演，李梓義祈禱，陳東亮讀經，李智惠獻唱（Dexter Lai 當助手），聖歌隊獻詩，謝敏川牧師講道，蔡其芳司獻，蔡清波牧師祝禱，Slackwood 牧師 Floyd Fletcher 致歡迎詞。到此爲止，植堂異象蒙上帝憐憫，已經得到初步的結果。這一階段有數不清的同工一起打拼，教會兄姊同心同德，團結合作，加上中會大力支持，以及姐妹教會慷慨接納，共同見證上帝奇妙作爲。

開幕後第一個禮拜，筆者擔任司會，提早到教堂，整個祝禮拜堂祇見林美瑛練吉他，準備領詩，此外空無一人。但不多久，蔡清波牧師、牧師娘、彭宏治夫婦與張秀美陸續到達。當天台灣國大代表到會演講，好像有些同鄉對國代比上帝更有興趣，故參加禮拜的不多，筆者十分著急，當場默禱，懇求上帝憐憫赦免。禮拜後，蔡牧師召集同工檢討，清點人數，成人與兒童總共 36 人，超出預定目標 30 人，上帝多加 6 人以示鼓勵。

洪健棣牧師感慨說：「恁信心太小，爲什麼不向上帝多要人？至少目標 100 人。」摸索幾個禮拜，事工進度還算順利，可是靠幾個家庭擔任整個教會各種事工，終究力不從心。特別是司琴人員短缺，常在緊要關頭出狀況，妨礙崇拜。有時禮拜間已到，可是司琴、領詩人員姍姍來遲，或缺席而未先通知，使牧師和司會急如熱鍋螞蟻，會衆則呆坐乾等。最暗淡時，連講道牧師也因交通事故等原因不能來，臨時由蔡牧師匆忙上台。

在普林斯頓神學院進修的陳尚仁教師夫婦，和蔡慈倫牧師，富有正義感和同情心，大力支持。蔡慈倫牧師畢業後，又有一對健將陳偉傑、洪美鈴夫婦，欣然入門，使場面有了轉機。這一對可敬的基督家庭，立刻發揮音樂恩賜，開始全面性的事奉，擔任司琴、領詩、獻詩、主日學等工作，連聖歌隊也開始參加崇拜。

Slackwood 教會長執和會眾，經常鼓勵我們，酷熱的 1999 年夏天，特別爲我們裝冷氣。中會於 1999 年組成「新教會發展委員會」，Fletcher 牧師任主席，委員包括 David Luck（Kingston Church）、Ray Olson（Ewing）、蔡清波牧師、張文旭、李梓義、周恩輝、劉照男。委員會代行小會職責，起草新教會法規，聘請牧師，並向東北區大會與 PCSA 總會申請五年發展資助。張文旭每會必到，而且全家出動，無分寒暑，直到 2005 年 12 月教會獲准獨立爲止。中會總幹事 Joyce Emery 稱讚台美人團結合一的奉獻精神，她常說：「韓國教會，應該多多向你們學習。」

聖恩教會牧會對象，以未信的台灣同鄉爲主，所有禮拜節目，儘量保持輕鬆活潑。除謝牧師與蔡清波牧師輪流講道外，曾經應邀蒞臨講道牧師，有王成章牧師、陳尚仁教師、康進順牧師、那赫莫牧師、廖學銘傳道、洪健棣牧師、董俊蘭牧師、蔡慈倫牧師、胡志疆牧師、鄭連德牧師等，他們扶持弱小教會，雪中送炭的義舉，令人敬佩。

教會同工，同時也積極參加台灣同鄉主辦的各項活動，贊助公協會在溫莎區舉辦的民俗節。1999 年 11 月 3 日，邀請王成章牧師，以「活在這世紀末」爲題，吸引 90 位同鄉來聽道。12 月 19 日，慶祝聖誕節，舉辦聖餐及兒童音樂會，參加人數達 70 人。2000 年，吳耿志「漫談台灣國防」，和鍾心堯「攝影的樂趣」，也有很多聽眾。這些可敬的同鄉，每次聚會踴躍參加，慷慨贊助。

聖恩教會在上帝祝福中創會完成，實現中會 2000 年獻堂宏願。感謝上帝恩典，以及眾信徒美好奉獻，整個過程是件奇蹟。這些參加開拓教會的同工，祇不過是一群默默無聞的平常信徒，祇因奉中會差遣，順服主耶穌的吩

咐，向萬民傳福音，他們就甘心樂意，背十字架，站在最前線，爲主做見証。創會以後，他們堅守崗位，同心祈禱讀經，在團契小組事奉，一路上，蒙聖神保守，每個人生命更新，從而提升教會活力與宣教熱誠。歷年來訪的牧長，同表嘉許，教會兄姊也肯定說：「恁教會足溫暖，人足合作！」

二 信仰見證

我是台中市庄腳人，到美國留學後才信耶穌基督成爲第一代信徒。信主前，我在台灣民間宗教崇拜的環境，親見百姓供奉衆多的神明。我上大學後才接觸到「上帝是宇宙惟一眞神」的信仰。從多神崇拜過渡到一神信仰必須跨越極大的鴻溝，首先我必須探索誰是宇宙萬物的創造者？我以爲祇有地球上的人信上帝，而地球是太陽系的一個星球，豈能代表整個宇宙？如果別的星球也有人類存在，這些外星人也相信上帝，那麼「上帝是宇宙惟一眞神」的說法，就能成爲普遍的眞理了。

1969 年 7 月太空人阿姆斯壯登上月球，發現月球無人居住，由此推測，其他星球恐怕也沒有人類存在的跡象，更遑論他們的宗教信仰了。因此我祇得回過頭，開始思考上帝是宇宙惟一眞神主宰的道理。

1970 年我在芝加哥籌備婚禮，因爲人地生疏，找不到教會。恰巧好友周鉅原、陳紅珠夫婦認識一位浸信會牧師 Jim Godsoe，他答應爲我們證婚。Godsoe 牧師介紹一所位於密西根湖畔的小教會 Lakeshore Baptish Church，在那裡我們順利完成婚禮。

婚後一個星期，Godsoe 牧師到我住的公寓成立查經班，小小的客廳容納七位學員，包括牧師夫婦、王萍華小姐、一對美國印地安人夫婦和我們夫妻。Godsoe 牧師講解《馬太福音》。我對福音一竅不通，但很驕傲，不但不專心追求眞理，卻專門找難題質問牧師。例如：「當年納粹屠殺六百萬猶太人，上帝在哪裡？」牧師說：「我不知道爲什麼上帝容許這樣悲慘的事發生？」看牧師答不出來，我暗自竊喜。

一個月後，我們讀到《馬太福音》第五章「登山寶訓」。耶穌說：「虛心的人有福了！因爲天國是他們的。」一連串哀慟、謙和、憐恤、心地善良、使人和平等軟性的呼召，使我深受感動而軟化。耶穌的話像一面明亮的鏡子，讓我看清自己的面目。

除了驕傲和自負，我習慣凡事不順眼就怪別人。《馬太福音》說：「爲什麼看見你弟兄眼中有刺，卻不想自己眼中有梁木呢？你自己眼中有梁木，怎能對你弟兄說：『容我去掉你眼中的刺呢？』你這假貌僞善的人，先去掉自己眼中的梁木，然後才能看得清楚，去掉你弟兄眼中的刺。」耶穌的話像一把利劍直指心窩，使我聳然驚醒。

現在我剛結婚，將來怎麼辦呢？學業、前途茫茫未知，祇好把未來交托在耶穌手中。我和太太商量後，決定受洗當信徒。我們在 1970 年 10 月 20 日舉行浸禮，成爲新造的人，距查經班成立後約一個月。此後一生全靠上帝帶領了。

首先，德州農工大學入學申請，久無消息，我請 Godsoe 牧師幫忙，打電話問農工大學註冊組。註冊主任接電話，叫他的秘書去找我的申請資料，在等資料的空檔，Godsoe 問註冊主任：「我有一位親感名叫 Brayan Heaton，你是否認識他？」註冊主任回答：「我認識他，我們同在一間浸信會服事。」如此巧合可眞出人意料，因此當天學校就把入學許可發出。我接到入學許可就開始準備去德州農工大學就讀。

1971 年元月份我們啓程南下，臨別前的主日，Lakeshore 教會牧師邀請我們站前面和會衆道別，詩班唱：「願主保護咱後會有期」，這麼好聽的歌，可惜祇唱前半段指揮就叫停，我有點失望，繼而一想，自己祇不過是台灣來的窮學生，白白得到祝福，應該感謝。

老友江昭儀送我們到灰狗車站，揮別風雪中的芝加哥，平安抵達陽光普照的德州，牧師的親戚 Mr. Brayan Heaton 親自到車站迎接，暫住他的豪宅，受到親切的招待。翌日，Heaton 太太開車載我們去見外國學生顧問，接洽台灣學生，一位張姓同學開車到豪宅接我們，台灣學生聽到我們到德州享受「紅地毯式」的歡迎，無不驚奇讚嘆。其後，我們得到很多素昧平生的留學生和美國人幫忙，這些人白白付出不求回報，完全出自他們的信仰。

屈指一算，我信耶穌已經 46 年，如果有人問：「你的生命有否改變？」我會說：「有啦！有變卡好，無變卡壞啦。」

再要問：「你的生命有什麼改變？講給我聽聽看！」我會回答：「耶穌赦免我的罪，我是新造的人，心裡有喜樂，以往臉上的愁容換成笑容，讓遇到的熟人感覺奇怪。」

我在 The College of New Jersey 教書，學生到我的辦公室來，得到我高興的接待，他們也很開心；但是也有少數學生問：「What's funny? 你笑什麼？」我還得花功夫向他解釋：「因爲我很高興看到你，歡迎你來，請坐！」我從內心發出的喜樂，竟然被人誤會，眞是冤枉。

還有那一年，世太會在德國科隆 YMCA 舉行，美國同來的底特律同鄉，頭天早餐時，知道早餐費用要個人自已付，對導遊有了怨言，我們夫婦卻是心存感激，處之泰然，導遊夫婦特地走來，和我們同桌，問說：「看你們喜樂與人不同，你們是不是信主的？」

另外我還有很多顯著的改變，例如：我習慣一到學校就先祈禱才開始一天的教學生活。上課前，我也先祈禱再走進教室。學生看到老師臉上的笑容，受到感染也會用微笑回應。

後來他們終於明白這位台灣教授比較有耐心。經濟系每學期開 12 門經濟學原理，有位身障生選我的課，州政府派一位 Sign language 女士站我旁邊，用手語翻譯，我說一句，她用手語翻譯一句，可是現代經濟學很多術語非手語所能表達，因此她經常打斷我的講課，考驗一個人的愛心和耐性。

2000 年 12 月 12 日我應邀到 Nassau Presbyterian Church 向中會報告新教會植堂經過。事先我準備一篇演講稿，晚上七點多進入美輪美奐的聖殿，參加聖餐後 Slackwood 牧師 Floyd Flecture 讓我走上講台，報告新教會信徒見證，例如：「洪國輝老師的見證」、「林春子老師的藝術人造花展」等，會衆聽得鴉雀無聲，講完後，謝敏川牧師、Flecture 牧師、中會總幹事 Joyce Emery 牧師以及許多牧長，都來和我握手致意。這是我一生極大的榮幸，願榮耀歸於上帝。

2005 年 10 月 11 日蘇惠智牧師突然打電話到我的辦公室，派我當天晚上到 Presbyterian Church of Milford NJ，向 NewBrunswick 中會報告聖恩教會升堂案。我以習慣的笑容面向兩百位牧長們大聲請安：「Good evening! I'm elder Liu of Grace Taiwanese Church. How are you all?」底下會衆齊聲熱烈回應。我簡單報告新教會籌備事宜，感謝中會總幹事和幾位牧師協助，致完辭，新教會議案無異議通過，接著會衆不約而同起立唱聖詩「天下萬邦萬國萬民」讚美上帝，獲得 standing ovation 的殊榮。聖恩教會於 2005 年 12 月 4 日慶祝升堂禮拜，約兩百人參加。

回顧 46 年來的基督徒生活歷程，見證了上帝的話：「你們將進入的土地有山，有谷，也有雨水的滋潤。上主你們的上帝從年初到年終都看顧這遍土地。」（申命記 11 章 11-12 節）昔日鄉下看牛的孩子，有緣跟基督連結，終於得到豐盛的生命。信耶穌是我們一生最大的成就。

三　落英繽紛的啟示

德拉瓦河畔的賓州 32 號公路，是我們出入必經的道路。春天一到，這一條林蔭公路，沿途花木，含苞待放，美不勝收。

公路旁，有一顆小小的櫻花樹，栽在山坡上，長得楚楚動人，每天上下班的人，都會從這顆櫻花樹前經過，可說是人見人愛，而我特別喜歡它。

彼時，樹林仍在酣睡，然而粉紅色的櫻花，已經悄悄開滿樹梢。我慢慢開車，一定要向櫻花讚美歌頌一番，然後才依依不捨地離開。

幾時開始，酣睡的樹林，已經吐出新芽，櫻花也逐漸凋零。有一天下班時，我又來到心愛的櫻樹前，一陣清風吹來，霎時，樹上花朵，紛紛掉落。

那告別枝頭的花瓣，先在空中飛舞，隨風飄蕩，有的剛脫離枝頭，有的早落的停在草地上，把綠色的草坪，染成粉紅色的地毯。然後散落滿地，留下淒美、浪漫無痕的春夢，使我感動莫名。

啊！我算什麼，竟然遇到落櫻繽紛最美的瞬間。

仔細想想，那是主耶穌受難的季節，散落櫻花提醒我，紀念耶穌的愛。

主耶穌基督！祢把最美的生命獻給世人，人算什麼？祢這樣愛世人！

我們是必朽的人，祢竟如此眷顧我們！

四 聖恩教會慶祝母親節（2014）

2014 年 5 月 11 日，聖恩教會慶祝母親節。小會議決定由男士和青年準備午餐，讓母親們休息一天。平日過慣飯來張口的老爺生活，男士聽到爲母親節燒菜，竟然面帶難色。好在教會可敬的姊妹們，並不要求山珍海味，祇要幾道家常菜便心滿意足，如此卑微的心願，讓人暗暗敬佩。

我準備四道菜：燉紅薯、蒸玉米、雞絲湯麵、最新鮮的 lotus。今年冬季特別寒冷，蔬菜長得很慢，綠油油的青菜剛好趕上母親節。禮拜日我到教會時，男士們帶來的食物擺在餐桌。聖歌隊練習鄭明堂：「阮要感謝您，媽媽！」出席人數 9 位，約平時的半數。

參加禮拜人數約 30 位。趙牧師邀請會衆上台分享「我的母親」。林云雲姊說：「從小未曾體驗母愛，任何歌頌母親的歌曲子，我都唱不下。我今年終於想開了，參加聖歌隊，爲了母親節獻詩。現在才瞭解，我的母親的確愛我。」她勇敢的告白，爲母親節獻上「和解」的見證。

趙牧師鼓勵青少年分享母愛。16 歲半的 Billy Joe，首先響應，他感謝媽媽下班回來，爲他們煮飯，洗衣服，沒空休息。他的哥哥 Daniel Joe，不甘落後。剛晉升 Eagle Scout 的 Edward Chiang，今年升大學，說他離開家，一定會懷念媽媽。Mathew Chen 學鋼琴，感謝媽媽長途接送，花費很長時間，今天特別爲他媽媽趙家麗姊，獻鋼琴曲〈Romance in D -flat major by Jean Siberlius〉。澎湃的琴韻，傳達他的心願。教會青少年各個台風極佳，神態自然，充滿自信。

許資敏姊說：「我們對子女照顧無微不至，對母親卻沒有相對的關切，趁母親還在時，應該及時把握盡孝的機會。」家中么女的趙家麗姊，出自開明的台灣家庭，令人羨慕，他說：「從小我媽媽就擁抱我。她喜歡乾淨，廚房用過的碗筷，當天洗清潔，絕不浸泡過夜。我向媽媽學習，到今天仍保持良好的清潔習慣。」

周恩輝兄回憶幼時：「我媽媽住家的飲水含礦物質，容易患腎結石，必須喝啤酒沖刷。啤酒和生魚片一起吃異常鮮美。感謝媽媽，從小讓我享受人間美食。蘇文寬姊很多地方像我母親，感謝她加入聖恩教會。」

陳麗雲姊說：「我女兒起初要求代看嬰兒一個月。一個月過去，要求再看兩個月。現在已經四個月，我還在當 Baby Sitter。我女兒以前很愛打扮，現在當媽媽沒時間，角色轉換，讓她看到媽媽的偉大，身教勝過言教。」

輪到我上台，想說幾句母親節感言，竟不知從何說起。本來想說我這一生繼承母親記憶力和種菜技術。但禮拜前，突然覺悟，母親影響我最大的地方不僅是記憶力和園藝，而是「教育」。

本來，教育的重要性不言自明，讓子女受教育原是父母親最基本的義務。爲什麼我家兄弟讀書如此困難呢？主要原因是我母親遇到一位堅決反對教育的婆婆。我祖母幾乎剝得我們接受教育的權利。

我祖母認爲讀書無用，家族中出過一位不務正業的讀書人，專攻占卜，又耽溺於賭博，結果把全部的良田通通輸光，落得傾家蕩產。1910 年，祖父母被迫從大甲，流落到台中大坑，當佃農傭工維生。祖母對讀書人深惡痛絕，終生勸阻子弟入學，她生三個男孩和五個女孩，除么兒唸完淡水中學初一，沒有一個子女讀完小學。

1945 年，日本投降後，國民政府明令嚴禁講日語和讀日文書刊。祖母搜清家中所有的日文書藉，堆放庭院前，親自坐鎮焚燒，印刷精美的書刊，付諸一炬，既不眨眼，也毫不手軟，可見祖母禁書之堅決徹底。趁祖母忙著焚書，我四哥偷偷地拿一本歌謠，藏於褲袋內，後來就靠這本歌謠集，繼續學他的日語。

母親早年受過私塾庭訓，略通詩書算術。嫁到目不識丁的劉家當長媳婦，註定當牛馬。她生下兩個女兒和六個男孩，深知鄉下人，唯有讀書才能「出頭天」。母親崇尚教育的主張，和祖母「讀書無用論」勢同水火。祖母生性強悍，享有絕對權威，母親敢挑戰祖母的權威，無疑自討苦吃，受盡歧視打壓自不待言。例如晚餐時，祖母和幾位未嫁的姑姑，有說有笑，母親冷落在旁，祇要一插嘴，餐桌上立刻鴉雀無聲，讓她吃暗虧，眼淚往肚裡流。

在大家庭遭人奚落，母親惟獨寄望子女讀書出頭。我的二哥，自幼聰明伶俐，母親鼓勵他學醫，二哥存零用錢，省吃節用，以便將來學醫，自縫錢袋，繫於腰部，跑路時銅錢叮噹，引起同學垂涎，陸續被一位名叫傅家榮的小學生告貸，累積到兩圓未還。當時兩圓日幣可買 40 碗麵。二哥於 1943 年，小學畢業前，死於盲腸炎，彌留之際，還念念不忘：「傅家榮欠我兩圓！」母親爲他慟哭，也爲自己薄命，遇人不淑哀哭凡二十年，眼睛幾乎失明。

我讀初中時，父親剛去世，每學期爲了向叔叔要錢繳學費，苦惱萬分，等到註冊快過期，才硬著頭皮向大人要錢。要錢繳學費，祖母就搬出「讀書無用論」，加以阻撓。

晚近經濟學家研究，教育對經濟發展影響很大，因而獲得諾貝爾獎。我母親在戰前就曉得教育決定個人前途，她一生爲子女教育犧牲，受盡委屈。我們兄弟幸運能從祖母「讀書無用論」的權威下解放，順利完成大學教育，完全歸功於母親當年堅持子女受教育。

五 費城慶祝母親節

2015 年母親節，感恩教會邀請我們到費城聯合禮拜，會後有盛大的筵席，還有餘興節目和信仰見證。聽到這好消息，聖恩會友欣然赴約，35 位兄姊分乘數輛汽車，浩浩蕩蕩開往費城。趙主亮牧師前往證道，詩班獻詩，在餘興節目中表演尊巴舞（Zumba）。費城同鄉聽到禮拜後跳尊巴舞，覺得十分新奇，爭相走告，敬拜人數增加不少。

大家聚集在美崙美奐的主堂，向熀輝長老當司會，邀請會衆開始敬拜。聖恩詩班首先獻詩：〈春天花開讚美主〉，由台灣民謠〈四季紅〉改編，歌聲從心裡發出來，唱得興高采烈，所以得到指揮林純英老師再三稱讚，其實應歸功於林老師教導有方。陣容堅強的費城感恩教會詩班，獻兩首台灣歌曲：〈天上星〉和〈親情〉，由向熀輝長老指揮，曲子選得好，歌聲更加動聽，難怪他們詩班吸引那麼多愛好歌唱的同鄉。

趙主亮牧師證道：「多國之——美女撒拉」，推崇《舊約》最偉大的賢妻良——撒拉，這位絕世美人，爲後代樹立美女的必要條件——「順服、溫柔、安靜。」據說有人聽到這些珍貴的「婦道」，當場搥胸跺腳，懊悔沒帶牽手一起來。趙牧師講道聲音宏亮，習慣用填充題和即席口試，跟會衆密切互動，所以從頭到尾，波濤起伏，絕無冷場。閉會前，康滄海牧師爲偉大的母親們代禱。

舞林高手Joe 和 Grace Yung，帶領跳尊巴舞：〈你是我的小蘋果〉。聖恩教會由 Grace 和 Joe，每月定期教授兩次尊巴舞。演員穿綠色制服列隊，等舞曲響起，便翩翩起舞。Joe 說尊巴舞步，取自 Cha Cha、Cumbia、Selsa，但我們都是外行人，祇要模仿舞師的動作，不多久就會跳。費城同鄉大開眼界，立刻下海一起共舞。賓主沈醉在優美的歌聲中，默默地跟隨舞師，手舞足蹈，不知不覺，渾然忘我。

晚餐由費城兄姊精心策劃，無論從會場布置到取菜順序，甚至餐後的收拾工作，都有明文規定。林美惠老師的藝術插花，擺在桌上，使整個會場顯得聖潔高雅，勝過五星級飯店。習慣飯來張口的男士們，瀟灑地當招待，聽鈴聲響，就到廚房端菜，一共六道菜加一盤水果，由謝定旺牧師祝禱後開動。豐盛的晚餐向母親們聊表心意，感謝她們一年到頭忙，祇有今天這一餐，她們才能坐下來，安心享受一頓美食。

插花老師林美惠，先講如何與花對談，然後講她個人信仰見證。她拿出玫瑰花、牡丹、康乃馨、 球花等，聽衆都能準確說出花名，和它們代表的意義。但是當她拿出一小簇藍色的小花，除了一位女士說出花名爲「勿忘草」（Forget-me-not），沒人知道它的芳名。難怪，根據德國童話故事，上帝爲所有的植物命名，卻忽略一株小花。小花嚷著：「主，勿忘我！」上帝回答：「那就是你的名字。」

林老師說她因「勿忘草」的啓示，幫她脫離人生最淒慘的困境，重新站起來。那一年，她丈夫死於癌症，留下三個未成年的女兒。她母親準備來美國幫忙，離開台灣前，不愼跌倒，頭部撞到大理石地板而身亡。台灣親人叫她帶三個女兒回去散散心，可是禍不單行，在台灣又發生車禍，一個女兒當場喪命，另一個女兒重傷。短短八個月內，喪失三位生命中最親密的人，任誰也無法承擔如此重大的災難。

林老師說埋怨上帝，找教會長老訴苦，爲什麼神不直接告訴她災難的原因？長老祇有迫切爲她禱告，請求神直接向她說話。她看到教會司琴信手彈來，琴聲如流水般扣人心弦，而她自己連樂譜都看不懂，爲什麼上帝不給她些微的恩賜？一連串的質問，上帝仍舊沈默不語。

直到有一天，她到長木花園（Longwood Garden），被攝人心魄的鬱金香花海迷住。仔細看，花圃底下佈滿密密麻麻的勿忘草，幾萬朵藍色小花，構成洶湧澎湃的星海。鬱金香栽在星海上，才顯得高高在上，燦爛輝煌。

原來上帝藉著「勿忘草」，向她說話：「我沒有忘記妳！」並且讓她明白不必當人上人；祇當人中人，做個陪襯的角色，成人之美，人家不知道妳又有什麼關係？得到這寶貴的啓示後，她停止抱怨，專心研究插花藝術，也開班授課，很多作品放在盛大的場合當裝飾品。經過這些年不斷地探索研究，她的技藝日益精進，除了舉行師生展外，還參加「費城花展」。現在她的作品，已經成爲衆人注目的藝術品。

這次在費城慶祝的母親節，無論講道，獻詩，尊巴舞蹈，盛大的筵席，還有兄姊之間的情誼，都令人感動，難以忘懷。林老師的見證提醒我們，天下母親像默默無聞的勿忘草，無私地奉獻一生而無怨無悔。在這特別日子，願上帝祝福、紀念她們。

六　迷途知返

很久以前曾經來過這間教會，因爲種種原因沒留下，在外面繞了一大圈後終於再回來，並且在 2013 年正式轉籍入會，歸屬這個溫暖的大家庭。我深愛聖歌隊和婦女團契，學到很多功課，不僅台語進步，從烹飪班學到精美餐點，Zumba 韻律操鍛鍊身體，生活更加多采多姿。

很喜歡牧師主持的週二「快樂查經班」，我從未缺席。有一次，牧師問我們：「什麼是神蹟？妳有沒有經驗過？」神蹟，當你遇到就曉得；好比無花果，採一粒來喫就知道。

婦女團契主辦的讀書會，又在賓州舉行，聽說他們家後院很美，悶熱的夏天坐在樹林下乘涼，觀賞花園盛開的各種花卉，在嘹亮的鳥聲中聽讀書心得報告，實在是一大享受，所以同鄉趨之若鶩，座上賓客常滿。

我滿懷期待，興沖沖地開往賓州。GPS 指引我沿德拉瓦河畔的鄉村公路向北走，沿途綠樹蔽天，右邊大河緩緩地流，從樹林空隙，窺見兩岸綠樹的倒影映在水面，景色嫵媚動人。

去年我打算搬家，曾經來過這個交通方便的社區觀察，房子很漂亮，祇是價錢太貴，我們買不起，最後還是決定在紐澤西定居。

出門前，爲今天要穿什麼衣著費了一番工夫，我翻箱倒櫃，找出幾件不同長短的褲子，七月酷熱最適合穿短褲，試一件迷你褲，照照鏡子，左顧右盼，鏡中反映我優美的身段，修長的腿，看起來很滿意。憑良心說，在阿嬤級的女士中，有幾個身材如此苗條呢？側身再瞄一眼，不知何故，一抹陰影掠過心坎，好像有人說：「妳穿這麼短，眞 sexy!」

聽到此話，不管有意無心，總是叫人感到不舒服，趕緊把迷你褲換掉，免得被人指指點點。我身穿白色涼衫，露出兩隻均勻手臂，下身特地穿著淺藍色的長褲，以免再被指責。然而，本來就很精緻的髮型，加上白皙姣好的面容，又掛著一副太陽眼鏡，雖然儘量穿著保守，還是蓋不住摩登的外表。

女主人剛從加州回來，預估出席應有三十位左右，訂購的食品、飲料和水果，擺滿餐桌。我遲些到達，教會來的兄姊十多位，早已安坐樹蔭下。

我今天的穿著還不至於招蜂引蝶，祗怕樹蔭下蠢蠢欲動的蚊蟲。在寧靜的午後，我靜下心聽讀書心得報告，聽得津津有味，忘掉蚊子騷擾，直到感覺手臂發癢，乘女主人報告完結的空擋，向她借防蚊劑。

「好像樹下有蚊子，請問有防蚊劑嗎？」女主人才起身離席，到屋裡找防蚊劑。冷不防，有人在我後座批評：「因爲妳穿得太短，太 sexy，蚊子才找妳。」我的穿著遭到挑戰。我回頭反問：「又不祇我一個穿短袖，Linda 也穿短袖，爲什麼妳不說她，就專門找我碴。」她素來對人粗魯無禮，正義感驅使我站起來防衛自己。

「我以前講妳好幾次，妳並沒怎樣，爲什麼今天講妳就……不高興？」我回過頭告訴她：「妳說這種話，教人感到不舒服嘛！」

她堅持：「我以前講，妳都沒怎樣。」

我說：「妳以前說我穿得太短，太 sexy，還掀我的裙子，想看我穿什麼樣的內褲，今天是第四次，不要以爲人家讓妳就得寸進尺。」

夏日炎炎正好眠，那些睡意惺忪的聽衆，突然間因驟然刮起的野風而驚醒，睜開眼睛，密切注意蕩漾的餘波。

她乘講員上台報告時離席，憤憤不平地進入屋內，跟在女主人背後，無頭無尾的重複：「我以前講她好幾次，她並沒怎麼……」女主人到處找防蚊劑，大概猜想她講什麼，但沒回答。她自知沒趣，打開前門，走到外面點根煙，把心裡的悶氣大嘴大嘴噗出來，吸完煙，又折回原座。

我坐在樹蔭下聽報告，本來很開心，突然間遭到一記悶棍，頓時頭暈目眩，連續幾位的心得報告，一句也聽不進去。我的嘴巴緊緊閉著，心裡越想越氣，太陽眼鏡遮蓋的雙眼逐漸模糊，不知何時開始，眼淚不停地滴下來。

有人提議：「我能不能報告《可蘭經》？」聽到這樣偉大的建議，大家嚇得不約而同作鳥獸散，奔赴擺滿點心飲料的餐桌，先享用點心再說。我乘機離開會場，顧不到點心，也來不及向主人告別，一個人從松樹下的角落悄悄離開，找到停在路邊的車子，憋了一肚子氣，打道回府。

朝原路回去，原本清澈的德拉瓦河，我感覺河水渾濁，公路樹蔭蔽天令人窒息。滾滾的河水，正如我起伏不定的思緒，想起剛剛發生的一幕。以前私底下受辱，忍耐一點就算了，今天是眾目睽睽下的屈辱，越想越氣。尤其不可思議的是，創傷來自這所心愛的教會，一個微弱的聲音切切地響自耳際：「哎呀，算了吧！以後不要去受罪了。」

回到家，我哭得傷心，像在外面受了委屈的女生。第二天是禮拜天，我決心不上教堂，乾脆睡晚一點，窗外太陽高升，還賴在床上，思緒混亂，心裡沒有平安。要是往日，我已經吃早餐，準備出門去教會禮拜了。

突然電話響起，週日我家本來很少電話，如果有，一定和教會有關，莫非上帝知我心意，特別差派天使催我上教堂。

「我是 Cathy，能不能麻煩妳來接我到教會？」

Cathy 是新來的教徒，很少跟我聯絡，爲什麼今天特別打電話來呢？她說固定接她的教會詩班班隊長剛好生病不能來，才請我去載她。

「我已經決定今天……不去了！」

其實我想說：「永遠不去，」話祇說一半。

「爲什麼不去？」聽得出 Cathy 很焦急的聲音，她先生不准她開車上教堂，沒人接，她肯定去不了教會。

我常勸人上教會，「爲什麼不去？」不就是我勸人常說的話嗎？今天反而是新會友勸我，我因情緒混亂不去禮拜，怎麼可以讓會友受到我的影響，而不能去敬拜上帝？剎那間，聖靈的光照讓我看到自己的盲點，也給我勇氣提起慧劍，斬斷綑綁手腳的亂麻，砍掉累積心頭的重擔，我說：「好吧！我去接妳。」

我開車去接，帶她到詩班練唱，我們坐在一起形同姊妹，敬拜完畢，我又帶她回家。禮拜中，我彷彿聽到微弱的聲音在叮嚀：「教會原是罪人的團體，容得下各種不同的角色，不過因人多口雜，講話的藝術顯得特別重要，好話能造就人，說話不小心也會傷人。」我心突然平安，當下把煩惱交托給上帝，整個人輕鬆愉快，眞高興今天來敬拜。

當我異常憤怒，決心離開教會時，祇因 Cathy 的一通電話，讓我噩夢驚醒，迷途知返，改變一切。上星期，Cathy 聽不懂牧師用台語講的「神蹟」就是指奇蹟而言，現在她懂，我也懂，難道我個人這段經歷不是神蹟嗎？

上帝的恩典使罪人悔改，使迷途的人回頭，我相信這就是神蹟。爲了感恩，我選擇原諒她，她聽人勸告也向我道歉，並且幾次在公開場合對我示好，雙方在基督的愛中和解，使教會的氣氛更加和諧，這互相原諒的體驗又是何等珍貴！

七 李泰祥音樂欣賞

音樂大師李泰祥於 2014 年 1 月 2 日去世，享年 73 歲，紐澤西聖恩教會婦女團契，特別在同年 1 月 18 日，爲他舉辦「李泰祥音樂欣賞會」，以資紀念。

李大師的作品非常多，我們嘗試從他的代表作《橄欖樹》、《一條日光大道》和《告別》開始欣賞，然後逐漸涉及其他名曲，包括管絃樂曲。這次欣賞會在周恩輝、鄧綺文夫婦家舉行，當天寒風刺骨，屋外白雪飄飄，但李泰祥的歌曲傳來故鄉台灣暖和的陽光和深厚的感情，聽衆如醉如癡，欲罷不能。我們尤其特別鍾愛《告別》。

我們收看的《告別》，是崔苔菁和李泰祥聯合演唱的。首先由崔苔菁感性的女中音，唱出《告別》開頭的名句：「我醉了！我的愛人，在你燈火輝煌的眼裡，多想啊！就這樣沉沉地睡去，淚流到夢裡，醒來不再想起。」她慢慢揮動左手臂，堅定瀟灑地繼續唱：「在曾經同向的航行後，你的歸你，我的歸我。」

她指向另一位歌手，此刻李泰祥出現在舞台，發出蒼涼高亢的歌聲，哀求道：「請聽我説，請靠著我，請不要畏懼此刻的沉默。再看一眼，一眼就要老了。再笑一笑，一笑就走了。在曾經同向的航行後，嗚……」。

這句長長的「嗚……」，在空中迴旋，然後彼此揮別：「各自曲折，各自寂寞，原來的歸原來，往後的歸往後。」

此時樂團打擊樂器，發揮洶湧澎湃的氣勢，把全曲推到最高峰。但仍意猶未盡，非要加上男高音無言的呼喚：「嗚！嗚！嘔……」，讓餘韻繼續飄揚，將缺憾還諸天地，一切盡在不言中。

《告別》的歌詞，是李格弟年輕時代的傑作。據說這首詩徹底改變台灣現代詩的風格，也開創李格弟本身輝煌的詞人生涯。李泰祥在名詩的架構上，譜出動人的旋律，《告別》由此走紅，名揚四海。我一向欣賞古典音樂，沒想到李泰祥的作品引導我進入新奇的音樂寶藏，美不勝收，不知不覺，我已經感動得淚眼模糊。

李泰祥最受歡迎的貢獻在流行歌曲，但他也寫很多管絃樂曲。從作曲技巧看，他有嚴謹的學院訓練，深受現代作曲家影響。例如《浮雲歌》伴奏的韻律非常細膩動聽，像馬勒的第一號交響曲，弦律雖重複出現，猶覺得清新自然，令人心靈翩翩起舞。

有人說：「李泰祥的《狩獵》，讓我想到普羅高菲夫的《彼得與狼》。」其實它有點像《仲夏夜之夢》的詼諧曲（scherzo），螢火紛飛，寒光閃閃。《狩獵》由著名的「樂興之時交響樂團」演出，動用12 個定音鼓，由兩位鼓手擊鼓，描述獵人和獵物之間驚心動魄的對峙，鼓聲咚咚，震撼人心，磅礡氣勢，勝過 Richard Strauss 的交響詩《查拉圖斯特拉如是說》（Thus Spoke Zarathustra）。

台灣出現很多大師級的詩人，像三毛、李敏勇等人，他們爲李泰祥提供紮實的核心價值和創作意境。方樂評家認爲貝多芬作風粗獷（ruggedness），擅長掌握一首詩突顯的感情（dominant sentiment）。舒伯特除了達到突顯的感情，他的心靈細膩，善於捕捉詩人描述的細節，對於馬的奔馳，森林的風聲，狂風暴雨等情景，無不刻畫入微。相比之下，李泰祥則擅長運用節奏，不和諧音和大幅度跳音，靈活調配，呈現戲劇性的張力，把詩人的意境賦予突顯的感情。

總之，李泰祥流行歌曲，具備普遍人間性和獨特個人性，柔媚細膩，頗能觸動女性心弦，所以在校園民歌流行的時代，表率羣倫，紅極一時。

李泰祥偏愛的女聲，是清亮、高亢、乾淨的歌聲，如：齊豫、唐曉詩、許景淳。李泰祥和他的女弟子們心靈相通，合作無間，看她們在演唱會柔腸寸斷的投入，使聽衆感動得淚眼汪汪，就不足爲奇了。

有緣聆聽李泰祥的作品，眞是福氣，可惜在海外台灣人社區，他的知名度並不高，作品從來沒有在美東夏令會的「台灣之夜」出現過。甚至連介紹台灣歌的節目，也沒有提到他的名字和作品。這種忽略實在是無法理解，也令人深感遺憾。

我在紐澤西，舉辦「李泰祥音樂欣賞會」，聽衆反應熱烈。大家聽後，競相走告，如獲至寶。正如唐曉詩所說：「李老師的歌曲百聽不厭，重要的是它經得起時間的考驗，這麼多年之後，再聽他的歌曲依然令人感動。」一位姐妹說：「我回家聽《告別》，已聽了 20 多遍，仍感意猶未足。」來自新加坡的音樂老師林純英博士深深感慨，新加坡地緣優異，爲何不能出現像李泰祥一樣，具有特色又有代表性的音樂奇葩？

台灣美麗之島，雖然被外來統治者視爲洪荒化外之地，卻是文化燦然，能夠孕育出如此偉大的創作心靈，應非歷史的偶然！

八　有朋自星洲來

「我哥哥有一對天生敏銳的耳朵，音感非常的好。」一向謙虛的趙牧師娘林純英博士非常自信地向我介紹她的大哥——新加坡國立大學交響樂團指揮林順利先生。林純英博士說：「新加坡藝術學校（Singapore School of the Arts）有一所美輪美奐的音樂廳，剛建時，特別請我哥哥去試聽音響效果，建築師遵照他的意見調整修改。」爲了促進星洲文藝復興，星洲政府當局投下巨資創辦這所藝術學校，培植青年演藝人才，請來試聽音響效果的音樂家絕對不是泛泛之輩。

我平生崇拜音樂家幾乎到無可救藥的地步，在我心目中，名音樂家像天上的星星，可望不可及，但是牧師娘卻如此平易近人，反而令人有點近廟欺神的錯覺。《約翰福音》記載，有人找拿但業去見拿撒勒的耶穌，拿但業就問：「拿撒勒會出甚麼好的嗎？」我是現代的拿但業，而且有眼不識泰山，居然敢問：「妳哥哥學什麼樂器？鋼琴還是小提琴？」她說：「都不是，他學中提琴。」我有點失望，因爲我認爲中提琴不是「主流的樂器」。我很冒失地問：「他中提琴拉得好不好？」牧師娘寬宏大量，毫不介意，始終逆來順受，笑臉迎人，親切地回答：「1981 年，新加坡全國音樂比賽，我哥哥獲得中提琴組第一名。」

「嚇死人！他有沒有到美國進修？」「他得到新加坡公共服務全額獎學金，進伊士曼音樂學院修中提琴和指揮。」「他現在在哪裡？」「在新加坡，他擔任國家青年交響樂團指揮 6 年，自 1994 年起擔任新加坡國立大學交響樂團指揮至今。」牧師娘列舉的資歷，每項都是出類拔萃，擲地有聲，好得令人無話可說。原來牧師娘的哥哥這麼傑出，何時有緣見到他呢？

2011 年 6 月 12 日禮拜日，我趕到教會參加詩班練唱，看到一位中年人靜靜地坐在後排打盹，經介紹是牧師娘的哥哥林順利先生（Lim Soon Lee）。剛從新加坡來，飛行 20 多個鐘頭，旅途困頓，時差尚未恢復。

當天禮拜，我當司會。向會眾介紹來賓，我早已掌握充分資訊，有腹稿在案：「這位是從新加坡來的名指揮，林順利先生。」我重複牧師娘先前提供的履歷，會眾先是鴉雀無聲，然後報以熱烈掌聲，林兩度起立向會眾鞠躬，如同音樂會曲終謝幕。

崇拜後的交誼時間，我迫不及待地向他請教音樂問題：「順利兄！聽牧師娘說你主修中提琴，有哪些好聽的中提琴 CD，請你推薦。」「你可以聽巴哈，莫扎特，舒曼…。」「舒曼寫過哪些著名的中提琴曲？」「舒曼的弦樂五重奏，還有 Fairy Tales for Viola and Piano 都很好聽。」「我很喜歡舒曼的作品，我會先到 You Tube 去試聽。請問現在有哪些著名的中提琴演奏家？」「William Primrose 拉得不錯。」「我聽過 Primrose，他的確拉得不錯。你喜不喜歡德國女中提琴家 Tabea Zimmermann?」「哦！Zimmermann，我在德國進修時跟她合作過，我看著她長大，她拉得很好，她的 CD 可以買。」「我年輕時代很愛聽 Hector Berlioz 的名曲 Harold in Italy，中提琴獨奏，弦律非常優美，讓我印象深刻，Primrose 和 Zimmermann 都演過這首曲子，Berlioz 把中提琴的特點發揮得淋漓盡致，令人百聽不厭。」「是啊！我在 Eastman 音樂學院第一年，老師教的就是這首曲子，弦律非常動聽。喔！你懂得很多……。」

「謝謝，在大師面前班門弄斧。我從小喜愛音樂，可惜家貧，又生在二次大戰動亂時代，沒有機會學琴也沒有天分，祇好從欣賞入門，當個忠實的聽衆。我以前很愛聽蕭邦的鋼琴曲，現在受舒曼朦朧的風格吸引，我覺得舒曼作品留下很大的想像空間，曲調飄忽不定，任人揣摩，有深度，所以我願意下功夫瞭解它。」他說：「舒曼的鋼琴協奏曲很難彈，very elusive and unpredictable。除了舒曼，你還喜歡哪些作曲家？」「我喜愛的作曲家非常多，譬如舒伯特，他寫的每首樂曲我都喜歡，不過我最近常聽門德遜的仲夏夜之夢，有一段描寫螢火蟲紛飛的夜晚，音樂氣氛神秘迷人，虧他寫得出這麼好的曲子。獨唱和合唱部分也很動聽可愛。」當時我對仲夏夜之夢很著迷，抓緊機會向大師報告心中感受，多麼令人興奮。

不知不覺談到忘我的地步，我獨佔他的交誼時間，別人沒機會插嘴，祇見林夫人卓錦芬老師走過來打招呼，看我們談話專注投機，不便打擾，略微打招呼就離開。

長年指揮交響樂隊，他說他的肩膀常常隱隱作痛，由時已久，不知道會不會恢復過來？我說：「順利兄，你要繼續作運動，繼續指揮你的樂團，你的肩膀一定會恢復。」我曾經患五十肩，藉著運動得到醫治。

談指揮，我們的話題進入另一主題。我請教：「你指揮的特點在哪裡？」「我掌握 tempos，這就是我指揮的特點。」我記得華格納說過，樂團指揮之優劣決定在 tempos，即操控音樂速度。林大師用一個字 tempos 點出指揮精髓，可說是微言大義，不著痕跡，聽者要有基本音樂常識才跟得上。他繼續說：「貝多芬第 3，5，6，7，8 號交響曲我都很熟，不必練習就可上台演奏，我看當場的感受，improvise，來調整樂曲的強弱快慢，因為我曉得掌握貝氏音樂的 tempos，控制小聲（pianissimo），小聲呈現貝多芬音樂的神髓。現今年輕指揮喜歡大聲，快板，我認為真正功夫在小聲和慢板。」

Improvisation 可譯成即興演出，我說：「我知道爵士樂團最擅長即興演出。你提到那些曲子，都是我喜歡聽的交響曲，但是我最欣賞第九交響曲的第三樂章，合唱前那樂章眞是天籟之音。」偏離話題，我有點懊悔；但他不介意，而且很巧妙地回到正題：「寫第九交響曲時貝多芬已經耳聾，完全聽不見，但耳聾毫不影響他的創作……。小聲才顯出音樂的深度和力量（power）；不過我是靠一個更高的 power 來指導我。」同爲信徒，我立刻瞭解林大師所指的更高的 power 是什麼。於是我補充：「你指的更高的 power 就是上帝了。」畫蛇添足的應對，林微笑：「從事音樂演奏，使我經驗上帝的大能，也爲了榮耀上帝，因此每次出演後都覺得很充實。」到此爲止，可說聽君一席談，勝讀十年書。

回到家，打電話邀請林順利、卓錦芬夫婦和趙主亮牧師三位貴賓於 6 月 14 日蒞臨賓州寒舍。當天天氣晴朗，我們沿德拉瓦河畔的河濱公路向北開，目的地是名作家賽珍珠的農莊。沿途綠樹蔽天，樹影投在平靜的水面，煙波生色，水光接天，令人心曠神怡。生活在車水馬龍的星洲人，踏入人煙稀少的賓州鄉間，相信應有獨特的感受。

林太太和我太太張秀美忙著逛鄉村小店，我們坐在暖和陽光下，繼續交談。音樂表現人類心靈最深的感情，偉大的音樂出自偉大的心靈與人格，所以林大師強調「做人成功，學音樂才能成功。」他說：「我鼓勵學生走出去看世界，做人比音樂更重要，a good person makes good music，不必求十全十美，彈錯也沒關係，嘗試新方法，練習不必求 100 分，能達到 90 分就好，正式登場才獻出百分之百。」平生第一次聽到：做人成功是音樂成功的先決條件，語出驚人，道人所未道。談到音樂與人文關懷，使我想起伯恩斯坦，他生前栽培很多年輕指揮，提供五十多場少年音樂會（Young People's Concerts），促進音樂家庭化、大眾化，此種「代際」關懷和負擔不就是大師和普通樂匠的分野嗎？

「你喜歡哪個指揮？」「我最佩服伯恩斯坦，他到德國指揮維也納愛樂

交響樂團，演奏馬勒的交響曲，起先德國人不服，認爲他不懂得馬勒。猶太人做事很仔細，馬勒是猶太人，樂譜寫得很詳細，哪裡該強或該弱，交代很清楚，沒有多少空間好發揮。伯恩斯坦常在正式演出時改變音樂速度，看當時他在指揮台上的心情和感受，把速度放慢或拉長休止時間。」我說：「這種 improvisation 的指揮法，指揮者和團員是不是要有高度默契才辦得到？」「是的！這種默契要很長的時間才能培養出來。」

林大師於 2005 年率領新加坡青年交響樂團到維也納參加比賽，輪到他們上台，他先向聽衆鞠躬行禮，再回過頭面向樂隊，全體團員不約而同報以會心的微笑，霎那間，指揮和團員之間的默契，形成一股電流，震撼心靈，使他深信這次演奏一定會成功。比賽結果，來自三十多個國家樂團中，新加坡青年交響樂團脫穎而出獲得第一名。這位星洲來的名樂人，靠一個更大的能力（power），創造美麗音樂榮耀上帝，國際比賽榮獲首獎，不僅實至名歸，更爲他的信仰作美好見證。

九　秋日登鮑曼塔

賓州鮑曼山野花保留區（Bowman Hill Wildflower Preserve）遠在天邊，近在眼前，很多聖恩教會兄姊從來沒有聽過賓州有這樣的勝境。聖歌隊於 2014 年 10 月 18 日在教會舉辦靈修會，中午閉幕後，一行 16 人分乘五部車開往賓州，沿 32 號河邊公路往北，不久就抵達鮑曼山目的地。

鮑曼山野花保留區佔地約 134 英畝，顧名思義，專門保存賓州土生的花卉和植物，爲了防止野鹿，四邊用八呎高的鐵欄杆圍住。車子開入保留區，欄杆大門自動開關。整個園區包括森林、沼澤地、草原、水塘和小溪，構成一座綜合的大花園和植物園。

有人說：「現在已經是秋天了，不但百花早已凋零而且落葉滿地，到處光禿禿的，有什麼看頭呢？」其實不然，森林區隱藏無窮的奧秘，很多勝景到秋季才顯露出來，如何欣賞要看遊客的慧眼和童心。

幾位爬山郊遊的老手，踏入保留區，直呼不虛此行，可見她們獨具慧眼，有備而來。大家魚貫躋入林中小徑，沿階梯走下山谷，谷中豁然開朗，別有洞天。馬路貫穿森林，橫跨清澈見底的小溪。許多小徑步道從馬路兩旁伸展出去，曲徑通幽，不知盡頭。

我們選擇接近溪面那條 Azalea Trial By The Creek，路旁灌木羅列，雜草叢生，若是春天，應有「雜花生樹」的盛況，如今僅存殘葉枯枝，零散的雜藤纏住樹幹。令人驚奇的是槳果掛滿樹梢，不僅美觀，而且爲鳥類備辦度過寒冬的食品。越過倒塌的樹幹，突見小池塘隱藏在山腰，水草依然青翠，路邊紫色的野花傲然地露出草叢，迎接遊客，在凋謝前讓人欣賞它、讚美它。緣溪的步道轉向山坡，不久又隱沒林中，最後帶我們回到馬路。

馬路通往山頂的鮑曼山高塔（Bowman Hill Tower）。鮑曼山是這附近最高的山頭，在晴朗的日子，視線直達紐澤西州首府崔頓市（Trenton）。美國獨立戰時，華盛頓將軍曾經在山頂設瞭望台，監視對岸敵情，策劃攻擊行動，終於在 1776 年聖誕節，率軍強渡德拉瓦河。耽溺佳節的德國傭兵，突遇奇襲而措手不及，大都未戰而降。這場關鍵性的戰役，扭轉革命頹勢，史稱「崔頓之戰」（The Battle of Trenton）。建國後，賓州民間紀念開國元勳，在瞭望台舊址建立石塔，永誌獨立建國的偉績。馬路直達山頂，越爬越陡，女士們舉步維艱，紛紛落後，甚至有人嫌腳疼，中途脫離隊伍。倒是幾位阿公，老當益壯，步履穩健，無論上山下坡，都一直走在隊伍前面。落葉滿徑，腳踩乾枯的落葉，發出清脆響聲，此起彼落，有位姊妹認爲有置身天堂的感覺。

從落葉的形狀，可知樹木種類繁多，有楓、檫、櫸、香柏、胡桃等，其中楓葉爲數最多，有五瓣的糖楓（sugar maple），即加拿大的國徽，也有三瓣的紅楓（red maple）。儘管葉狀不同，顏色卻一樣鮮豔奪目，非紅即黃，而且樹不分高低，落葉統統歸根。

我們陸續抵達鮑曼山高塔，完成攻頂的壯舉。高塔果然名不虛傳，停車場早已告滿，還有車輛繼續開上來。這歷史性的建築物，用石塊累積，呈方形，高 125 呎，海拔 380 呎，塔尖拔出樹海，直指雲霄。不少遊客「欲窮千里目」，乘昇降梯到塔頂看風景，我們衹在底下逗留。山頂視線毫無攔阻，往東遠眺，德拉瓦河谷以及周圍 15 英哩內的屋舍，歷歷可數，田園景色，一覽無遺。

踏著落葉下山，還有一處必看的景點——新建的水池。草原上出現一間

木屋，好像是誰的森林家屋，門戶洞開，歡迎參觀。然而走到屋前才知是假象，徒然一片牆壁而已。水從木屋前流入池塘，經淺灘，往下再注入另一蓄水池，四邊用巨石圍繞，突顯陽剛之美。仔細觀察，整片園景經過精心設計，處處表現虛中有實，靜中有動，而且潺潺流水伴隨鳥啼。大家流連在這理想的婚禮場所，欣賞幽雅寧靜的情調，不忍離開。

回到遊客中心，外面找張椅子休息，聽趙牧師大聲招呼：「裡面辦公室很舒服，有桌椅，到裡面坐！」辦公室在二樓，一排落地窗，面向森林，窗下擺放舒服的靠背椅子，選個位子坐下來，窗外樹幹林立，馬上感到坐在森林中，輕風吹拂，葉片紛紛掉下來。三個餵鳥筒（feeder）吊在窗前，一群小鳥圍繞鳥筒，啄食太陽花籽，掉地上的花籽讓松鼠撿到便宜，可惜這群天之嬌子也趕上時髦，跟人類一樣患了肥胖症。

經兩小時登山越嶺，大家感覺腳酸，面帶疲憊，全身拋往座椅，坐下去就不想起來。室內交誼，備感溫馨，有人分享礦泉水、零食，有的閉目養神，有的談天說地。最令人感興趣是窗外各種鳥類的名字，原本常見的野生動物，因食物充裕，吃得太肥而很難辯認。剛好有一位女士坐在旁邊辦公，向她請教：「What kinds of birds are they?」她說：「不知道，但我有一位內行的同事，可惜她今天沒來。」回家上網查詢，那天看見的鳥類是：Dark eyed Junco、Cardinal、Gold Finch、Tufted Titmouse 等。

我們是野花保留區的常客，以往單獨探訪而自得其樂。這次團體出遊，享受野外的團契生活，尤其有機會和新朋友交換信仰心得，閑話家常，留下一段美好的回憶。

離開保留區，從河濱公路遠處往回看，才看清楚整座山的眞面目。它像一把四方形的菜刀，指向德拉瓦河之濱，野花保留地隱藏在山谷中，鮑曼塔聳立於稜線的最高點，遠遠望去像座燈塔。落日餘暉，把整片樹林染成橘黃色。稀疏的鐘聲，從對岸教堂傳過來，送別遊客和夕陽。

十 張金鶯的見證

聖恩教會於 2014 年 8 月 17 日，歡送林秀清、張金鶯夫婦喬遷加州。趙主亮牧師講道前說：「我剛到聖恩牧會時，謝敏川牧師帶我去拜訪鄭寶鼎、張錦雲夫婦。鄭寶鼎見面就說：『你來很好，我請你吃飯。先跟你講，我們要搬到加州去。』初次見面就表示要搬家，讓我印象深刻。聖恩教會會友，前年歡送張睿，去年歡送陳登滿、張麗瑛夫婦，他們一去就沒再回頭。今天歡送秀清、金鶯，請有機會回來看看，願上帝祝福你們。」

聖歌隊獻唱金鶯最喜歡唱的〈至好朋友就是耶穌〉、〈願主保護咱後會有期〉。趙牧邀請同鄉發言，會衆彼此謙讓。爲了把握時間，我首先上台報告，以便拋磚引玉。

我覺得張金鶯踏入聖恩教會，是一連串的偶然，非常戲劇化。起先，她在美容廳電頭髮時，偶然聽到旁邊一位講台語的女士：「您從台灣來嗎？故鄉在哪裡？」「我家住斗六，您呢？」「我住新營。」兩人都畢業於嘉義女中，既是小同鄉，又是中學校友，見面倍覺親切。楊淑琴邀她到聖恩教會：「這附近有一所台語教會，請您來禮拜！」台語教會引起金鶯好奇，祇是忙著上班，好久以後才來參加禮拜。

2003 年母親節，金鶯專程來聖恩教會。進入會堂，遇到一位穿長裙的女士招呼，她拿一本來賓簽名簿：「請您留下姓名住址，以後可以聯絡。」金鶯說：「我的手受傷無法寫字。」「請您告訴我姓名，我幫您寫。」「我姓『張』，名叫『金鶯』。」聽到「金鶯」名字，她哇的一聲大叫：「您是張金鶯！」「那您叫什麼名字？」「張秀美！」「妳先生是不是劉照男？」「是。」「啊！妳就是張秀美！」這突然的驚喜，好像發現新大陸。

張金鶯本來就認識張秀美，大學時代同住一棟女生宿舍，唸研究所時，和當助教的張秀美，在台大經濟系辦公室常見面。到美國後，隨先生搬來搬去，最後才定居紐澤西中部，四十多年從未曾聯絡，今天不期而遇，彼此竟然認不出對方。

不久，張秀美告訴我：「今天有一位來賓，台大經濟系畢業，她說認識你。」我覺得很納悶，平生衹認識人，從來沒有被人認識而不知的先例。乘禮拜前空擋，我去打個招呼。我看到一位平易近人，但完全陌生的女士。她大略提到她在德州唸書，當年她就聽到我的名字。那天因敬拜節目快要開始，來不及深談。後來慶祝母親節，金鶯領了一朵白色康乃馨，紀念母親，選個位子坐下來，敬拜節目依次進行，當時由陳尚仁傳道代理教會牧師職。

後來金鶯告訴我，她先生林秀清，1973 年隻身來美留學，在德州和我同校。秀清家書提到，他和幾位同學應邀到我家聚餐。金鶯和張秀美是舊識，而我又是學經濟的同行，能友善照顧她先生，滴水之恩，四十年後未忘。這些年來，她想見當年照顧她先生的陌生人，沒想到今天不期而遇，像遇到親人一樣，心中驚喜非筆墨能形容。她想立刻回去，告訴家中的秀清。

禮拜閉會，金鶯立刻飛奔回家報告：「我今天在教會遇到張秀美和劉照男。」她把秀清拖上車，帶到教會。我們兩對夫婦在停車場見面，臨時召開「迷你校友會」。林秀清外表紅潤，臉上笑呵呵，人很豪爽。闊別四十年，我已記不得當年聚餐一面之緣，他幫我回憶：「我 1973 年在 Texas 讀一年就離開，曾經和麥朝成到你們家吃飯，被你們請了兩次。」我們請過單身漢同學，座上客居然有林秀清其人。我說：「我已經記不得誰來吃過飯，我當時是窮學生，請您兩次，難怪我幾乎破產。」

我是沉默寡言的人，常常自歎衹認識別人而常被人遺忘，金鶯姐 1973

年就記得我們，正好提供一個反面的證據，可見秀清、金鶯都是有情有義的人。而今異地相逢，這一連串的偶然，必定出於上帝安排。

最近好朋友不斷離開，搬到外州定居，有時候免不了孤單，好在秀清、金鶯還住在附近，週日禮拜和同鄉會活動還能時常見面。沒想到現在他們突然宣布喬遷加州，以後見面就不容易，願主保守，後會有期。

接下來，劉芬絨姊妹上台說：「我因爲參加週二快樂查經班，對金鶯姊的認識多了一點，非常敬佩她。她其實能力很強，很有成就，但是她很謙卑。她總是笑咪咪，常常鼓勵我，是一位帶給我溫暖的姊妹。」

金鶯姊出生在一個重男輕女的鄉下貧困家庭，家族的長輩認爲女孩子不需要讀書，反正以後是別人家的媳婦。但是她的媽媽非常疼愛她，知道這個女兒很聰明，所以一直瞞著家人讓她上學，白天都說金鶯姊是在田裡幫忙，所以不在家。甚至高中時，因爲家離嘉義女中太遠，常常第一、二堂課趕不上，但是她的毅力克服了所有的困難。照樣的從小到大，總是第一名。媽媽都把她的獎狀珍藏起來，直到現在。金鶯不但獲得全台灣數學競賽第一名，還考上台灣大學。甚至最後還到美國留學，大家都稱她爲「台灣阿信」。

不但如此，金鶯在人生的各個角色都很稱職，孝順父母、幫助兄妹、順服先生——在先生允許之下受洗，之後高興感恩到從沒跟先生吵過架，也陪育兩個優秀的好兒女。現在她要搬到氣候溫暖的加州，離兒子近一點。雖然我們百般不捨，但是我們還是要祝福他們在那裡享受快樂的退休生活。

金鶯向會眾說：「感謝主，讓我分享信主的經過。1973 年，我先生到 Texas 唸書，隻身在外，我常替他擔心，幸運遇到劉照男和張秀美，好心邀請他聚餐，出外有人照顧，讓我放心不少。」

「次年，我帶八個月大的嬰兒到美國，一手抱嬰兒，一手提簡單行李，經兩天半的旅途，來到紐約市法拉盛定居，到針織廠縫毛線衣。第二年懷孕待產，沒有健康保險，產後第二天，就出院回家調養。舉目無親，突然發生血崩，整個人陷入昏迷狀態，昏睡中我看到祥和的天使，向我說話：「I'm with you. I'll watch over you.」連續出現三次，至今仍記得很清楚。我感謝上帝留下一條命。那次以後，我每天早上向上帝感恩，從來沒有間斷。

「我最小弟弟，當朋友貸款的保證人。朋友生意失敗，拖累保證人。我弟弟將被關入監獄，父親打電話哭訴求救，要我寄錢回去還債，我必須認眞工作。我乘火車上下班，經常遇到同一位剪票員，不知何故，他讓我免費乘車前後約兩年之久，節省車費，幫父親還債。」

「美林證券公司上班，我負責電腦部門，午夜公司電腦系統失靈，我必須趕緊回辦公室處理。有時候工作拼到午夜才回家，精神恍惚，開車闖紅燈被警察發現，我乾脆問警察：『現在已經晚上十二點，你爲什麼還不回去照顧太太和小孩呢？』警察搖搖頭，沒開罰單，讓我過關，又省一筆錢寄給父親。」

「我在繁忙的生活，體驗上帝的恩愛，我最喜歡的聖詩是：〈至好朋友就是耶穌〉，百聽不厭。我不忍離開這個溫暖的教會。」

有一天，我好奇問她：「能不能談談妳怎樣決定受洗歸主？」

她說：「自從看到天使，我每天眼睛張開就先感謝上帝。後來我在聖恩教會禮拜，蘇惠智當牧師，成人主日學分兩班，我和張麗瑛參加周恩輝主理的『慕道班』，因爲人少，才敢把藏在心裡，不好意思問牧師的問題，坦白提出來。我最大的疑問是：《聖經》說世人都犯罪，爲什麼我有罪呢？我又沒有犯罪？恩輝說：「《聖經》講的罪是 Sin，和社會一般講的罪 Crime 不同。」經他點破，我才恍然大悟，亮光解開，讀《聖經》向前跨越一大步。我覺得很多同鄉誤解罪的含義，錯過接觸《聖經》的機會，實在很可惜。」

「黃明娥知道我在讀《聖經》，特地借我一套英語版的《聖經入門》DVD，我花一年時間聽完它，對整本《聖經》進一步瞭解，很多地方，英文解釋比中文清楚，易懂。」

「我在美林上班，壓力大，晚上常失眠。有一次秀清到中國出差，我生病在家，乏人照顧。陳麗雲用補藥燉肉帶來，她看我臉色蒼白，人很疲倦，帶我到她家吃飯，又到美東超市購買食品雜貨。」

「週日到教會，每次見到黃醫師，都很關心問我：『妳現在身體好不好？晚上好不好睡？』噓寒問暖，讓我感覺來到教會，像回娘家一樣溫暖。」

「我很高興參加賓州讀書會和戶外活動，欣賞美麗的花園，享受精緻的台灣點心，和教會兄姊相處，其樂融融。我眼睛開刀，陳大溝夫婦突然來拜訪，並且帶很多好吃的食物，足夠吃整個禮拜。」

「其實我很早就想受洗，但不敢向教會要求，也不敢向先生說。有一次，像往常一樣，先生陪我去『週二查經班』，他坐我對面，親眼看到我聽道理流露喜悅神情。上完課，踏出教會，他突然對我說：『妳可以受洗了！』終於得到先生同意。我向趙牧師要求受洗，趙牧師建議在復活節舉行洗禮，但是我寧願提前以免變卦，所以教會安排於 2013 年 3 月 25 日舉行洗禮。我的吳姓好友很樂意跟我一起受洗，但因丈夫反對，她祇好忍痛放棄。」相較之下，秀清不愧爲開明體貼的好先生，而金鶯也比人幸運多了。

秀清和金鶯在聖恩教會最後一次禮拜，是 2014 年 8 月 31 日，聖歌隊上台獻唱：〈主活著〉，已經開始唱頭兩節，才看到他們剛剛進入禮拜堂，因爲他們今天把一些傢俱送給 Josh Young 和立芸，所以晚幾分鐘到教會。聖歌隊女高音部唱得特別整齊，天籟之音令人動容，整個禮拜堂異常肅靜，又是一個偶然的離別，我禁不住眼淚奪眶而出。

禮拜散會，太陽西下，猶記 11 年前，我們在教會停車場見面，現在送別，看他們的座車開往一號公路，深感人生聚散無常。最近我寫一篇〈飛越嘉南平原〉，總結金鶯傳奇的一生，她承認一生最大的成就，就是信靠耶穌基督，信耶穌使她的生命更加豐盛，更加圓滿。

十一 飛越嘉南平原

2005 年 10 月，李登輝到紐約市台灣會館演講，受台美人盛大歡迎，一群紐澤西同鄉特地到他下榻的旅館晉見，李前總統看到張金鶯，就很驚奇地說：「金鶯啊，妳也來哦！」語氣親切，像睽違已久的熟人，同鄉見狀，露出驚訝的神色，心裡暗想這位平易近人的林秀清嫂，究竟是何方神聖，受到李前總統如此垂青！

1 童年時代

張金鶯，1946 年生於台南縣新營鎮茄苳腳，世代為嘉南平原的自耕農，啜飲嘉南大圳之水。童年時代，出入家鄉的甘蔗園，走遍稻穗飽滿的田埂，對「八田與一」的德澤和遺愛，心懷感恩。這位堅韌的台灣女性，她的一生充滿傳奇色彩。

張姓家族人口眾多，聚集在數棟四合院的住宅區，務農為業，水源來自烏山頭水庫，輪流栽種稻米，甘蔗和雜糧。父親張瑞草繼承祖傳田園，和族人守護幾塊農田，勉強度過戰後物資極端匱乏的時期，但因體弱多病，應付一年四季繁雜的農事，頗感力不從心，好在家中有女可供使喚，金鶯從小就是父母親的好幫手。

金鶯回憶童年生活，說：「我早上六點起床，開始做家事，走到村莊共用的水井挑水，把全家飲用和盥洗的水注滿水缸。水缸灌滿，太陽已上山。然後我戴上斗笠，肩膀荷鋤，隨父親到田裡工作。午飯時間，母親準備好便當，叫我送到學校，給哥哥吃。」

阿嬤反對女孩子受教育，說她們長大嫁出去是別人的，唸書浪費錢，卻把男孩按時送入小學栽培。大哥張森哲，二哥張至昌，都進「新民國小」就讀，午飯由金鶯親自送到學校。她說：「我提著便當到校，交給哥哥們，自己坐在教室後面的牆壁下當旁聽生，聽得津津有味。」

1950 年代，台灣農村尚無電燈，太陽下山後，屋外蛙鼓蟲鳴，一片漆黑，嘉南平原上空，星光燦爛。屋內靠搖晃的油燈照明，晚飯後，她一邊幫母親清理碗筷，一邊聽哥哥溫習功課，撿拾拋過來的片段資訊，點點滴滴累積在心頭，等白天工作時慢慢反芻體會。金鶯生性靈敏，即使當旁聽生，她的功課進步很快，不久受到新營望族沈金山老師的注意。

「沈金山老師看我上課專心聽講，知道我是讀書的料子，專程到我家遊說，父母都沒受過教育，阿嬤不讓我去上小學。」由於父母親深受文盲的困窘，本來有意讓她唸點書，當沈老師說小學畢業可以考師範學校，享受公費待遇，父親為之心動，瞞著阿嬤，暗中送金鶯入學，成為正式生。阿嬤白天看不到人就問：「金鶯哪裡去？怎麼沒看到人？」父母親掩護她：「她到田裡工作去了，晚上才會回來。」

舊社會對婦女的歧視、束縛，使她們縱有才華也難以發揮，金鶯在夾縫裡求生存，運氣好，在這偶然的機緣，突破祖母的阻擋，正式進入「新民國小」就讀。

過慣優渥生活的現代人，很難想像早期鄉下人的困境，當然更難想像村童打赤腳上學的模樣。他們手提鹹草編織名叫「加志」的書包，頂著大太陽，走在千瘡百孔的泥土路，灰沙滿面。金鶯說：「我每天要赤腳走 45 分鐘路，到校上課。下課回來立刻到田裡幫忙。」

哥哥穿過的舊衣服，金鶯撿來穿，從背後看十足男生模樣，但屋裡屋外的工作，樣樣熟練，比傭工還可靠。每當西北雨下過以後，蚯蚓鑽出地面，糾纏蠕動，足以使都市千金小姐看得花容失色，金鶯知道那是養鴨的上等飼料，趕快到處撿蚯蚓，賣給養鴨人家。

嘉南大圳供水，無法滿足嘉南平原農作物之所需，因而實施「三年輪灌」的給水制度，農民輪流種水稻、甘蔗、玉米和雜糧。輪到水稻期，金鶯和家人早上 3 點，守在溝渠邊，等圳水流到，就引入稻田，倘若錯失灌溉機會，稻禾將枯萎，影響收成。種甘蔗最省工，但獲利不多。輪到雜糧的季節，她協助家人種番薯、蔬菜等經濟作物。蘆筍是勞力密集的作物，外銷到德國，筍農必須於清晨日出前，爭先恐後挖掘白嫩的蘆筍，以便符合外銷標準。金鶯眼明手快，動作迅速，比男生管用。

即使夙興夜寐，備極辛勞，小學仍然名列前茅。文盲的母親曉得女兒聰明伶俐，希望女兒幫她完成心願，所以一再叮嚀：「金鶯啊！妳要好好讀書，才不會像我這個青瞑牛（文盲）。」乖順的她總是點頭回應：「好啦！我會認眞讀書。」

金鶯以全校第二名成績，畢業於新民國小，獲鎭長獎，母親很高興，覺得她自已跟女兒一起小學畢業，女兒的畢業證書也算是她的畢業文憑，所以特別珍惜它。

金鶯小學畢業，順利考上嘉義女中，從鄉下到嘉義市路途遙遠，她要換兩次車才能到嘉義市，先乘客運汽車到新營，再從新營乘火車到嘉義。客運汽車經常客滿，過站不停，金鶯很感歎地說：「客運汽車經常客滿，開到我等的車站就越過去不停，常常要等下一班車。等我趕到學校，已經快 10 點，因此第一、二節課都經常曠課。因而我的國文和英語都沒學好，影響到現在。」

2 全省第一

金鶯趕上第三節的代數，任課歐陽平老師訓練嚴格，循循善誘。那年教育廳舉辦初二代數抽考，她得全省第一名，獲教育廳長劉眞頒發的獎狀，爲嘉義女中爭光，嘉女教師們咸認歐陽老師教導有方。家人在地方上揚眉吐氣，阿嬤不知代數是什麼碗糕，但知道「全省第一名」，就像秀才及第一樣光榮。母親趕緊把那張薄薄的獎狀收拾起來，和小學畢業證書一同珍藏。

海外同鄉聽到這樣的陳年舊聞，感到不可思義，大家好奇地問：「全省那麼多學生參加比賽，妳是鄉下窮人的子女，憑什麼妳能得第一名？」金鶯說：「我也不曉得，我祇是很注意聽講。下課休息十分鐘，我把當天的指定作業和習題全做完。」其實，金鶯唸書全神貫注，心無旁鶩，憑她的聰明和毅力，後來無論中學和大學都名列前茅。

十五歲時，替母親接生。即使事過五十多年，她仍然很自豪地說：「我弟弟是我接生的。」

金鶯母親一共生下六個子女，每隔三年生產一胎，跟嘉南大圳「三年輪灌」的週期不謀而合，可能是輪到種甘蔗那年比較悠閒，容易懷孕。母親 46 歲時發現肚子日漸膨脹，以爲長瘤，原來懷孕了，將要生第六胎，待產陣痛中，緊急叫金鶯去燒熱水，消毒剪刀備用。金鶯應聲準備，折回臥室時，嬰兒的頭已經露出來，她趕緊用手把嬰兒拉出來，一個可愛的小男生哇哇地生下來，很幸運，母子均安。從前摩西的姊姊站在尼羅河岸注視蘆葦叢的搖籃，千古留傳；金鶯勇敢地幫助母親接生，態度從容，臨危不亂，誠然世間罕見。

金鶯初中畢業，榮獲保送直升高中，嘉義女中扣留保送生的畢業證書，所以她本來打算讀師範學校，沒有畢業證書就無法報考了。爲了安慰家人，她立志將來報考師大，享受公費待遇。

1964 年清明節，金鶯唸高三，鄰居有一位剛入門的媳婦，清理廚房時，不小心把灶灰倒入蔗葉堆，火苗點燃甘蔗葉，引起火災。當時風大，金鶯家首當其衝，消防車趕到時，整棟建築燒燬大半，祇剩下豬舍，還有她的獎狀和畢業證書。她說：「我母親把獎狀和小學畢業證書藏在紙袋中，我家失火時，燒掉傢俱細軟，但母親急忙搶救證書，保存得好好地，等我出國時才交給我，最近搬家我又找到這封紙袋。」

火災使張家陷入困境，父親向姑媽借錢重新蓋房子，全家擠進豬舍住一個月，這筆債務大半落在金鶯肩上，等她大學當家教，才慢慢幫父親還清。

3 志願師大，誤中台大

大專聯考，金鶯本來衹塡兩個志願，第一志願師大教育系，第二志願成大工商管理系。級任老師蔡德信看她衹塡兩個志願，覺得奇怪，問她什麼原因？她坦白承認家境貧困，爲了減輕家庭負擔，師大有公費，成大可以通學，其他院校的費用超出家境負荷能力。蔡老師知道她成績很好，叫她考慮塡寫台大，告訴她到台北可當家教，生活費不成問題。於是她重新塡，第一志願台大商學系，第二台大經濟系，然後依次是師大和成大。

金鶯說：「大學聯考放榜那天，我家沒有收音機可聽轉播，第二天到街上買份報紙，看放榜的消息。我先找師大教育系，找不到我的名字。再找成大工管系，也找不到名字。最後發現錄取台大經濟系，我有點失望。回家，拿著報紙指台大經濟系給父親看，父親知道我沒有考上師大，很生氣，把報紙摔到地上。」

事隔半世紀，金鶯到今天還清晰記得，當年她父親坐在椅子上，聽到錄取台大的消息，不但不爲她高興，反而生氣摔報紙。爲什麼女兒金榜題名，帶給他如此的失望與憤怒？理由很簡單，因爲台大沒有公費。

1964 年，嘉義女中有 300 位畢業生，12 位考取台大，金鶯因成績超過師大標準，錯過入學機會，但後來還是嫁給師大畢業的林秀清，前生注定和師大有緣。

金鶯第一次離家北上，揮別稻穗飄香的嘉南平原，進入車水馬龍的台北市，她應該像一般大學新生從聯考的重擔解放，迎接自由自在的大學生活，然而她沒有這份福氣。她背負沉重的債務和家人的期望，進入台大。

台北物價貴得令人咋舌，台大提供每月新台幣 180 元的清寒獎學金，她必須省吃節用，早餐花一塊錢，中、晚餐各兩塊錢，隨便填飽肚子，又怕人知道她節儉。兩位兄長祇受中學教育，畢業後相繼服兵役，老大在空軍服三年兵役，老二海軍三年，家中靠她微薄的獎學金和擔任兩個家教收入接濟。

中學忙著趕車通學，大學四年，忙著當家教賺錢，幫父親還債。除此之外，她的大學生活一片空白。

4 經濟系「女狀元」

班上同學計劃出國留學，有的大三開始準備考托福，她有自知之明，無錢放洋，祇得留下來唸研究所。1968 年考上台大經濟研究所，成爲當年唯一的女生，故有「女狀元」之美譽，出入系辦公室令人刮目相看。研究生得國科會獎助，每月八百塊台幣津貼。她到農復會協助李登輝教授：「探討台灣農村機械化」的研究計劃，探討的結果發現台灣耕地面積太小，不符機械化條件。從此和李教授建立長期師生關係，她的碩士論文：《高雄加工出口區評估》，指導教授也是李登輝。

那個年代，李登輝曾經派人專程駕「烏頭車」，從台北到台南鄉下去接她。新穎摩登的汽車，農民從來沒有見過，駛入田間小路，農夫放下鋤頭，好奇觀望，放牛的牧童更是看得目瞪口呆。「烏頭車」開到村莊曬稻埕，婦女兒童群集圍觀，整個村落轟動，比新娘車還希奇。

研究所畢業後，金鶯賦閒在新營老家，拿鋤頭重新下田幫忙耕作。有一天，突然接到台北打來的一通電報，改變她的計劃。那是郭婉容教授的電報，郭教授邀請她到剛成立的「賦稅改革委員會」工作。「賦改會」擔任國民政府遷台後最重要的稅制改革，由旅美經濟學家劉大中博士主持，主要目的在求稅收增加、稅負公平、透明，將原來所得稅，從間接稅改爲直接稅。

委員會指派金鶯到台灣南部，用抽樣方式，選擇幾個大城市的「稅捐處」，調查各種稅收數額，協助「賦改會」擬定賦稅政策。

「賦改會」寶貴的工作經驗，幫助金鶯申請到 University of Rochester 全額獎學金。金鶯準備出國學習當時最熱門的「計量經濟學」。文法科本來就不容易獲獎學金，獲全額獎金更加困難，但金鶯父親認爲金鶯必須先結婚，才能出國。於是 1971 年，金鶯和哥哥介紹的林秀清結婚。1973 年，秀清到美國德州進修，一年後轉到紐約市 Polytechnic Institute of New York University，攻讀塑膠化學。

1974 年，金鶯帶八個月大的嬰兒，飛到紐約市和丈夫團圓。離家前夕，回顧嘉南平原黃金沃野，溝渠縱橫交錯，源遠流長，感念「八田與一」的偉大貢獻，專程到他的墓園祭拜。家鄉父老惜別本村最優秀的女兒放洋，那些望女成鳳的族人，爭相拿著金鶯穿過的舊衣服，希望自己的女兒穿上之後也很會唸書，跟金鶯姊一樣優秀。

5 遇見天使

金鶯母子兩人，萬里迢迢踏上征途。飛機從台灣起飛，經過日本、夏威夷、LA、Dallas、NYC，全程兩天半，旅途疲憊不堪。李登輝爲她送別祝福，交給她四張百元美鈔，途中飢餓難熬，到機場飲食店用百元大鈔買食物充飢，票額太大被拒，不得已繼續挨餓，苦撐到終站紐約市。

抵達紐約市法拉盛 Flushing，先生正在攻讀學位，她必須放棄全額獎學金，放棄進修機會，當起主婦，在家中看顧嬰兒。法拉盛有很多縫織工廠，容易找工作，她學織毛線衣，乘地鐵到工廠取材料回來縫製，按件計酬。有一天，她從電視上看到福特總統夫人穿她縫織的毛線衣，感到驚喜。

1976 年，金鶯生下女嬰，取名 Julie。窮留學生買不起健康保險，產後第二天就必須出院。很不幸，回家後發生血崩，陷入昏迷，生命危在旦夕。

昏迷中，依稀回到星光燦爛的嘉南平原，在淡黃的油燈下，她，當母親生產期間的看護，母女相依為命。如今在這燈火輝煌的紐約大都會，祇有她一個人在家，連天上的星星都神秘地隱藏著，誰來看護她？難道有好心的鄰居，還是上帝的天使呢？

終於天使出現，她看到了天使！她清楚記得，祥和的天使來到她身邊，用英語安慰她說：「I am with you. I will watch over you.」一連三次，使她心裡充滿寧靜平安。她確信上帝保佑她，讓她活下去，她說：「從那次以後，我每天早上醒來，就感謝上帝。」

丈夫於 1977 年取得 Ph.D，金鶯與有榮焉，說：「我也拿到 Ph.D，我的學位是 Push Husband for the Degree.」正如從前母親分享她的小學畢業文憑一樣欣慰。

6 一鳴驚人

1980 年，金鶯隨丈夫遷到首都華盛頓，兒女上學，金鶯在報紙看到一家公司招聘廣告，徵求會計員，她打電話去應徵，用生硬的英語毛遂自荐：「I am the person you are looking for.」對方回答：「Good, come over for an interview.」

這家名叫 Scan 的公司，因前任會計員打破電腦磁碟，弄亂電腦資料，公司運作失靈，五百多位員工的職業受到威脅。金鶯就任後和電腦部門主任合作，用會計知識交換電腦操作技術，重新建立電腦檔案，釐清公司的財務報表，設立後備系統，會計工作逐漸上軌道，總經理嘉勉金鶯的貢獻，給她加倍的薪水，那五百位員工的職業，因公司恢復運作而得到保障，大家都對她刮目相看。

1980 年代，電腦剛在起步階段，會計電腦化走在時代的尖端，金鶯的貢獻受公司肯定，但因先生換新工作，她衹好離職，隨丈夫遷到匹茲堡。總經理寫一封介紹信盛讚她工作認眞、可靠、表現優異。透過職業介紹所，她很快找到匹茲堡地區的公司，繼續上班工作。

1986 年，金鶯隨夫遷到匹茲堡，以豐富的電腦知識與經驗，著名的 Alcoa，禮聘她處理「存貨管理」（Inventory Control System）。她發現製造業電腦化尚在起步階段，比不上銀行、金融業。Alcoa 所屬八間工廠，採用老式記帳方法，速度慢又不精確，有時生產過多，有時又太少。金鶯從銷售量，估計生產量，把各種產品銷售量按標籤、Zip Code 等資料，輸入電腦，替公司建立電腦化的存貨管理系統。她應用大學會計知識，管制應受帳款，每三個月必須翻新，防止客戶積欠變成呆帳，因而影響公司營業利潤。各地工廠要求的各種明細帳單，從電腦快速轉載。可惜，隨著先生換工作，她不得不離職。Alcoa 爲她舉辦歡送會，八個工廠廠長，都從美國各州專程趕來參加，親自感謝她。

這位嘉南平原孕育出來的女兒，不辜負父老鄉親的期望，腳踏實地，吃苦耐勞，創造近乎奇蹟的人生。她在校是模範學生，對鄉土有情，對父母盡孝道，在幾家美國公司上班，工作表現優異，在家相夫教子，養育兩位傑出的兒女。兒子John 在加州執業律師，女兒 Julie 當婦產科醫生，在明尼蘇達開業。兩老退休後，經常到明尼蘇達看顧外孫，享受天倫之樂。

7 一生最大的成就

不僅如此，金鶯是上帝的女兒，那年血崩遇見天使後，天天感謝上帝，不斷地尋找教會服侍，終於 2013 年在紐澤西聖恩長老教會受洗。起先在 2003 年因偶然的機會經人引導，到聖恩長老教會禮拜，參加主日學和「週二快樂查經班」。她最喜歡唱聖詩：「至好朋友就是耶穌」，而且百唱不厭，因此，這首聖詩變成「查經班」的班歌。有時候遇到先生出差或生病，教會兄姊細心關懷照顧她，讓她心存感激。

2013 年，先生同意她受洗當基督徒，她立刻向趙主亮牧師報告這大好消息，並且要求提前舉行洗禮儀式。從此生命依附創造宇宙萬物的主宰，帶給她平安、喜樂與盼望。那一陣子，紐澤西同鄉看她容光煥發，心情愉快，前後判若兩人，甚爲驚訝。毫無疑問，認識耶穌基督是她一生最聰明的選擇也是最大的成就。

像嫁出去的女兒，2014 年 9 月，金鶯在教會兄姊的祝福下，離開紐澤西和她心愛的聖恩教會，聖歌隊爲她們獻唱：〈至好朋友就是耶穌〉和〈願主保護咱後會有期〉，祝她們一路順風。她們搬到加州定居，以便接近兒子，彼此相互照顧。

十二　和解的眼淚

小時候，人見人愛的我家長女 Christina，到了高中二年級，像許多青少年一樣，情緒逐漸不穩定，脾氣不好，動輒得咎。我因工作繁忙，早出晚歸，每天下班回來，拖著疲憊的身心，回到家裡看什麼都不順眼，與女兒相處便沒有耐心，談話不投機，經常不歡而散。因此女兒看到我便擺出一張臭臉，形同仇人。

女兒上了大學，應該比較成熟懂事才對；但事實上我們互不信任的緊張關係並沒有改善。女兒在我面前，像一隻刺蝟，出門時她故意把門「砰」地用力關上，整個房子跟著微微震動，之後便揚長而去。回來時，我問她到哪裡去？她偏偏不理我，並且反唇相譏說：「我按時回家，管我到哪裡去！」

她公然挑戰我做父親的權威，傷了我的自尊，所以我也採取不予理會的態度對付她。當女兒向我說話時，我就擺出不耐煩的姿態，聽不到半句，就把耳朵關掉。這種緊張對峙的局勢持續惡化，讓我非常煩惱，不知怎麼辦。

一個週末，女兒突然打電話來。

「Daddy！我們去吃飯。」

「好啊，到哪裡？」

「日本餐廳。」

我載她到餐廳，途中父女兩個人沒說半句話，彼此之間，相距十萬八千里。我心中暗自盤算，如何處理這尷尬的場面呢？想來想去，我不知說什麼才好，也不知怎樣開口。

在教會，時常聽說祈禱能產生奇妙的力量。袛好心中默默禱告：「上帝啊！請您賜給我智慧，並醫治我們父女之間的創傷。」

進入餐廳以後，侍者帶我們到角落裡的一張小餐桌，父女分邊對坐，我才發現我的女兒始終擺出她慣有的「招牌」，一張繃緊的臭臉。不難想像今天這餐日本料理，吃起來絕對不會愉快。

侍者遞來兩份菜單，我大略看一下，就匆匆點菜。菜點完鬆了一口氣，面對女兒，我突然冒出一句話：

「Christina，I'm sorry！」

這句從天外飛到我口中的話，震撼力如此之大，以至於我女兒大聲問：

「What?」然後眼淚不斷地滴下來。

我說：「你印像中的 Daddy，是不是很風趣，很和藹？」

「Yea!」她一直哭著。

「你從前非常可愛，最近是不是常常擺著臭臉，像隻刺蝟？」

「Yea!」她哭得更厲害。

「因爲你這樣不耐煩，所以當我們交談時，我聽不到一半就把耳朵關掉。現在我向你道歉，好嗎？」

女兒已經泣不成聲。

「以後如果 Daddy 對你沒耐心，請你提醒我； 如果你對 Daddy 態度不好時，我也會提醒你，好嗎？Let's work out together. Ok?」

簡單幾句出自肺腑的良言，使女兒經年累月積在心中的怨毒，霎時化成淚水，如同冰塊溶解在暖和的陽光下，瞬間消失。解凍後的心湖，風平浪靜。

刺蝟也許不可能變成溫馴的小白兔，但毛蟲變蝴蝶，是可以肯定的。我女兒像回頭的浪子，靈命立時更新。眼前，我又看到我從前疼愛過的好寶貝，我不但重新得到一個乖巧溫柔可愛的女兒，也經驗到禱告奇妙的力量。

十三 他們有槍，我們有花

今年在美國發生很多殺人兇殺案件，到目前爲止已經有 337 件，幾乎每日都有兇殺案發生。兩天前，Colorado 州 Planned Parenthood 又有槍擊案，3 人死亡，受傷 9 人。歐巴馬總統再次呼籲：「夠了！不應該拿到的軍用武器，卻真容易拿到，咱們應該防止。感恩節剛過兩天，就要安慰死者的家屬！想起來真傷心！」各位兄姊！咱們能活到今天，感謝上帝保護我們。幾乎每次兇殺案發生後，美國總統歐巴馬會發表聲明，譴責兇手，慰問家屬，兇殺的現場擺放鮮花和臘燭，紀念死者。兇手有槍、百姓有花。

在國際上，11 月 13 日，法國巴黎發生恐怖分子攻擊案，130 人死亡，受傷人數 368 人。這是二次世界大戰以來最大的慘案。巴黎恐怖攻擊發生的時，我們在在台北圓山飯店開會。Ikebana International,The 13th Asian Regional Conference（Nov.12-15,2015）亞洲地區插花藝術協會在台北圓山飯店舉行。

國際插花協會亞洲地區年會，成立 50 年，宗旨是「以花會友」（Friendship through flowers）。397 人來自 10 多個國家，大多數是台灣人和日本人。從美國去的也不少，阮賓州約 20 人參加。國際插花協會成立 50 年，是超越種族、國家、宗教和政治意識的國際性團體，會員因爲愛花，共同研習插花藝術，相互觀摩、分享。在圓山飯店現場，陳列 200 件花作品展覽，非常亮麗。現場是幾位著名的插花老師，從新加坡、Srilanka、Okinawa，來示範表演。日本「草月流」第四代掌門人，現場示範，並且親自修改每一位學生的作品。

開會中，我們聽到巴黎發生恐怖分子攻擊事件，黑暗、驚惶的場面，和插花藝術的和平快樂，是兩個不同的世界。槍和花，再次形成強烈的對比。

1 他們有槍，但是我們有花，花能保護我們

巴黎恐攻，震撼國際社會，這座美麗光明的城市，籠罩險惡陰霾，人心惶惶，可以想見。在 11 月 14 日，恐攻之後第一天，法國電視頻道 Canal+ 的節目「小新聞」（Le Petit Journal）的記者主持人巴特（Yann Barthès），在死傷最慘烈的巴塔克蘭劇院（Bataclan）外面，訪問了一個顯然是亞洲裔的小男孩和他的爸爸。

記者（問小男孩）：「你知道發生了什麼事嗎？你知不知道那些人爲什麼做那些事？」

小男孩：「我知道。因爲他們很壞很壞。壞人不會做好事。我們要很小心，我們要搬家。」

爸爸：「別擔心，我們不用搬家，法國就是我們的家。」

小男孩：「可是這裡有壞人，爸爸……」

爸爸：「沒錯，可是每個地方都有壞人。」

小男孩：「他們有槍，他們會開槍射我們，因爲他們很壞，很壞，爸爸。」

爸爸：「沒關係，他們有槍，但是我們有花。」

小男孩：「但是花沒有什麼用，花是用來……花是用來……」

爸爸：「花當然有用，你看，每個人都在獻花。花可以對抗槍。」

小男孩：「花可以保護人們嗎？」

爸爸：「可以。」

小男孩：「蠟燭也可以？」

爸爸：「蠟燭是要紀念昨天過世的那些人。」

小男孩：「花和蠟燭會保護我們。」

爸爸：「是的。」

記者（問小男孩）：「你有沒有感覺好一點？」

小男孩：「有，好一點了。」

這個訪問登上網站，約兩千萬人點播，CCN 記者 Anderson Cooper，再次到巴黎訪問他們。」

2 他們有槍，但是我們有上帝，在耶穌基督的恩典

眞水的花，會安慰人。但是上帝才是我們眞正的依靠。上帝是宇宙的創造者，祂創造美麗的花，我們相信上帝與我們同在。

《聖經》說：「神是我們的避難所，是我們的力量，是我們在患難中隨時的幫助。所以，地雖改變，山雖搖動到海心，其中的水雖匉訇翻騰，山雖因海漲而戰抖，我們也不害怕。

十四　季刊十年

十年前（2003 年 7 月 1 日）聖恩季刊第一次問世，創刊號牧師的信息由陳尚仁教師（現任台灣神學院院長）執筆：「上帝已經聽見、看見了。」無論編排或封面設計和現在的季刊完全不同。第六期（2004 年 11 月 28 日），牧師的話改由蘇惠智牧師執筆：「感謝聖恩」。第七期（2005 年 2 月 27 日）季刊特輯紀念二二八事件。接著聖恩季刊有個大轉變，2006 年 12 月 10 日 Catherine Tsai 負責 Grace Church Newsletter，取代過去的季刊。Grace Church Newsletter 祇發行四期（2006 年 12 月 10 日至 2007 年 11 月 25 日）。2007 年底，蘇惠智牧師離職，前往加州迦南教會牧會。其後季刊停止出版整整一年，讓教會兄姊懷念不已，頻頻期待何時再見季刊。

爲了繼續聖恩季刊的發行，鼓勵會友同鄉寫稿，聯絡感情，傳播福音，2009 年起，我們再次請陳艷紅姐負責編輯，我個人負責拉稿，齊頭並進，分工合作，艷紅姐經驗豐富，她不僅負責篇輯也擔任拉稿工作，自創刊號（2003 年 7 月 10 日）起直到第七期（2005 年 2 月 27 日）。我印象很深刻，艷紅姐花很多時間設計季刊封面，她嘗試用各種不同的字體描寫「聖恩季刊」，經多次商討結果，最後才決定採用目前的字體。

季刊，顧名思義，每三個月發行一次，一年四次，說多不多，說少不少。每次季刊快到期，我急得像熱鍋上的螞蟻，多虧教會兄姊的貢獻和付出，讓季刊如期出版，直到今天。

拉稿的工作並不輕鬆，我習慣上總在本期季刊出版分發之後，馬上爲下期邀稿，如此安排，讓作者至少有三個月時間完成稿件。我不祇邀稿，我一定記下那些答應寫文章的兄姊，然後不厭其煩地提醒她們不要忘記季刊。當初找人寫稿，我遇到很多人說：「No！No！」「我不會寫！」「我沒時間寫？！」「我沒有故事可寫！」一大堆堂皇正當的理由。多年下來，感謝上帝，祇要我開口，兄姊總是非常高興的答應，有時我連開口都不必要，What a Big Difference!

拉稿多年，我非常感謝周恩輝兄，他總是在截稿日期前，稿件一定送到我的電腦，從未失誤，而且每一次的稿件比上一次更加精彩，圖文並茂。他不僅是一位傑出的工程師，也是會寫文章的人。每次收到他的稿件，我總是說聲「謝謝」，感謝恩輝兄勤於下筆，感謝上帝讓我們有這麼盡責的弟兄。

我之所以能擔任多年的季刊拉稿事工，我先生劉照男功不可滅。我有一個「In House Writer」可以依靠。每個人都有惰性，總要有人在後面push，照男亦不例外，雖然我一再催促，他老神在在，不爲所動，時間一到，他總是有很多精彩文章呈現在季刊。感謝主，讓我有這麼好的伴侶。

我相信每個人收到季刊時，一定迫不及待的翻開相片剪影，看看誰的玉照出現在本期。我們要由衷地感謝牧師娘林純英，她不厭其煩拍下我們的生活百態，活動剪影，彙集送交編輯部的楊慶麗姐和方榮基兄，讓他們選擇。感謝牧師娘精彩的攝影作品。

我們更要感謝慶麗和榮基兩位大功臣的鼎力相助，沒有他們兩位幫忙，怎麼可能出版季刊呢？每期出版前，他們兩位犧牲至少兩個星期日，編排文稿，相片插圖，送交印刷廠，這不是一件輕鬆的工作，也不是每人都能勝任的工作。感謝上帝賜給我們這麼好的同工。

我誠懇呼籲大家拿起筆來，寫下你的生活點滴，個人見證，旅遊見聞，聽道感想，讓文字補捉您在世上的旅程。文章是愈寫愈流暢，不是不寫，而是偷懶，而偷懶定不見容於上帝的。請繼續支持與耕耘，讓我們的季刊開花結果，年年豐收，見證上帝的宏恩。

第肆輯

台美同鄉會活動

一 我到橋頭接聖火

1987 年 10 月 31 日，美東各地同鄉約一千多人，聚集在紐約市 Mahattan Battery Park，參加 FAPA 舉辦的「台灣民主聖火」長跑運動開幕典禮。當天下午天朗氣晴，惠風和暢，先由一位女士，手執火炬向自由女神像點火，然後交給黃信介。黃信介舉起火炬，高喊：「台灣人萬歲！」「台灣民主萬歲！」他振臂一呼的堅決神態，不愧爲民主鬥士，令人感動。彭明敏教授等社會賢達和衆議員索拉茲、托里西里也參加盛會，並致詞鼓勵。

「民主聖火」在自由女神祝福下點燃，光芒四射，象徵台灣人追求民主自由的決心。當天儀式簡單隆重，禮成後，「民主聖火」隊主導全程長跑，目的地在首都華盛頓國會山莊。但沿途所經過的地方，由熱愛台灣的同鄉「老、中、青、幼」四代，以接力方式陪伴，有時代跑，讓隊員乘車休息。

波士頓至華府，是美國人口最稠密的地區，也是工商業最發達的心臟地帶。海外同鄉本著疼台灣的熱情，將「民主聖火」傳過美國心臟地帶，然後橫度美洲大陸，最後抵達故鄉美麗之島。這一個草根性的群衆運動，爲人類追求民主自由，樹立不朽的楷模。

我住在美東快將六年，因地緣的關係恭逢盛會，深知這是一生極其難得的機遇，所以專程帶全家人到紐約市，參加「民主聖火」點燃儀式，也親自參加賓州北部的傳遞活動。我不屬於任何團體，也沒有人邀我參加，完全自動自發。

聖火隊從紐約市出發，經過紐澤西中部的崔頓（Trenton），進入賓州東邊小城 Morrisville。紐澤西和賓州之間有座鐵橋，名叫 Calhoun Street

Bridge，我們在橋頭恭迎聖火。

Calhoun Bridge，像一條沈睡的巨龍，躺在德拉瓦河上，秋天紅葉的倒影映在水面。當我到達橋頭時，住在賓州「雅里」（Yardley）附近的台灣同鄉，也都來支援。「雅里」的台灣人不過八戶左右，今早每家全都出動，出席率達百分之百。尤其派出八名健將，參加長跑，算比率也可能是各地之冠。長跑健將中，有一半爲第二代台美人，計有 Vivian Lee、David Lan、Samuel Liu、Jack Chiang 等青少年。他們犧牲睡覺時間，不怕寒冷，清早就起床趕到橋頭，準備加入長跑行列。

我站在橋頭，不到幾分鐘，看到一隊身穿綠色上衣的紐澤西同鄉，沿橋邊人行道跑過來。爲首一位同鄉擎著火炬在前開路。增援的車隊則走橋中央，在警車前導下，駛過 Calhoun Street Bridge，堂堂進入賓州州境。我們事先與紐澤西同鄉約好在橋頭會師，紐澤西同鄉的護送隊伍，支援到橋頭爲止，餘程由「雅里」同鄉接棒，繼續往南跑。費城同鄉會陳玲珠會長準備熱茶與點心，甘美的上等烏龍茶，人人讚不絕口。

賓州這邊，先由李常吉醫師跑第一棒，陪同一起跑的同鄉，有連勝英、孫紫娟、連春子（Katy Lien）。第二棒由 Vivian Lee、David Lan 並肩同跑。火炬本身不輕，火焰常遭路上野風吹滅，必須重新點火。Sam Liu 與 Jack Chiang 兩位 14 歲青少年，接第三棒。有些紐澤西同鄉跟著火炬一起跑，人多勢衆，所到之處，引起路人注意。有人問：「你們爲什麼而跑？」宣傳車上的英文字似嫌太小，行人看不太清楚才問。

賓州同鄉輪番接力，從州界 Calhoun Bridge 開始，奔向 Oxford Valley，經 Langhorne、Neshaminy，沿一號公路直奔費城。「雅里」的同鄉已盡全力支援了 15 哩，從此跑到費城獨立廳，尚有 40 哩之遙。

當我們準備撤離時，發現「民主聖火」長跑隊發生困難，不知道下一段路誰來支援，因此陷入進退兩難僵局。領隊方菊雄兄臨時忙著看地圖，他認爲費城同鄉將到一號公路與十三號公路交接處會合。但事先沒有聯絡好，長跑隊在該地點等了一點多鐘頭。對此耽誤，部分隊員頗有怨言。護送的管區警察等得不耐煩，自行離開，下個管區的警察又沒有出來值勤，結果「聖火」隊在沒有警車前導下，與街頭交通同時行進。遇到十字路口，我親眼看見街頭汽車和長跑隊員交叉而過，幾乎相撞，非常危險。

此時總部若有人鎮守，遙控整個行程，事先向各地同鄉先行聯絡，若發生困難時，領隊方菊雄兄一通電話打回去，便可得到支援，何以連起碼的聯絡網都無法建立？策劃聖火運動時，不是列了很多顧問嗎？這些顧問到哪裡去了？要不是各地同鄉自動自發出來支援，可能會遇到更大困難。

賓州的「雅里」與「華盛頓渡河」，同爲美國獨立革命的搖籃。1776年聖誕節在「雅里」對岸發生的「催頓」之戰（The Battle of Trenton），扭轉整個獨立戰爭的局勢。民主聖火在紐約市傳遞自由女神的火種，通過「催頓」，轉到「雅里」，接受美國革命洗禮，承先啓後，可歌可泣。願民主自決運動，像野火一樣在台灣漫延，把獨裁政權徹底燒掉，還我故鄉，福爾摩沙，美麗之島！

二　2014 年美東夏令會觀感

2014 年美東夏令會，已經在風景優美的 East Stroudsburg University（ESU）圓滿結束。幽靜的校園，連接避暑勝地 Pocono Mountains，我們滿懷期待，乘興參加，果然遇到很多老朋友，認識更多的新朋友，享受精彩的節目，看到「三代同堂」的感人畫面，淋漓盡致，滿載而歸。2014 年 3 月中，服貿協議點燃「太陽花學運」，平地一聲春雷，喚醒台灣意識，海外社團熱烈支援學運，立時風起雲湧，四海同心，因而促進夏令會的出席率，620 多位鄉親共襄盛舉，場面熱絡，超過近幾年記錄。

Pocono Mountains 在賓州東北部，佔地 2500 平方哩，境內包括六個州立公園和一個國家公園。江山之壯麗，源自澎湃的德拉瓦河，大河環山而繞，形成著名的 Delaware Water Gap。1981 年，我應聘到 The College of New Jersey 教書，從賓州北部搬來東部，一路疲憊不堪，經 Water Gap 山明水秀的路段，清風迎面吹來，晴空無雲，滿山紅葉的倒影，映在如鏡的水面，景色美得令人著迷。定居美東以後，我常借機來此爬山野餐，聽到夏令會在 Pocono 山區舉行，馬上報名參加。

我們提前一天出發，沿鄉村公路向北。七月初，天氣悶熱，到達 Pocono，路旁森林茂密，林下溪水潺潺，溫度立刻降低，過了山區，氣溫又回升。

ESU 座落在 Pocono Mountains 東邊平原地帶，因為是白天，我們很快找到校園入口。註冊地點在學生宿舍，主辦單位盧主義、Helen 和幾位志工，已經坐鎮崗位接受報到，這些可敬的先輩，任勞任怨，貫徹始終，令人由衷敬佩。參加 TANG 的第二代青年，也紛紛抵達。

1 舊雨新知

這所平民化的大學，成立於 1893 年，校舍整齊完整，設備新穎。全校學生約六千多人，女生佔多數。暑期沈睡中的校園，突然擁入六百多位東方面孔，操著怪異的語言，成群結隊，師生員工看得目瞪口呆。餐廳服務員非常友善，工作效率和服務態度都是無懈可擊。台灣同鄉們都能遵守餐廳規矩，排隊領菜，不爭先恐後。幼童們在教師率領下，列隊入餐，高舉小手，亮著餐券，讓服務員稱讚不已。

爲了會見老朋友，我們找一張適當的餐桌，以便打招呼。老朋友們乍看起來歲月不饒人，但幾天相處歡談，便又青春復活湧現，看不出臉上的皺紋。歷屆好幾對恩愛夫妻結伴同來，今年卻沒看到人影。有的因丈夫過世，太太自己來。也有先生坐輪椅，太太幫他推進推出，上車下車，照顧得無微不至，一生奉獻而無怨無悔。

「Guess what! Who's here?」有人在我背後追問。回頭看是宏治、美端夫婦，英姿煥發。宏治、良治兩家兄弟同在會場，享受「迷你」家庭團圓。

「迷你」團圓到處可見，排隊領菜時，一位約八歲女生叫張太太：「阿嬤！阿嬤！」阿嬤忙著取飲料，沒聽到孫女。我問那小女生：「妳媽媽是不是 Linda?」她說：「是！」另一女生叫白髮男士：「阿公！」走過去擁抱他，看到另一位頭髮更白的男士也叫：「阿公！」乖乖地獻上擁抱，原來第一位是內公，第二位是外公，兩個親家和孫女，難得餐廳歡聚。

2 太陽花

2014 年 3 月 18 日，爆發「太陽花學運」。3 月 30 日，美東社團聚集在紐約市的「時代廣場」，我冒雨隨紐澤西同鄉會的包車，北上支援。強烈的冷風從街頭橫掃而來，雨點打在頭上，我寫：〈這世間值得居留，因爲有你們！〉獻給學運的年輕朋友們。這首詩掌握台人心中的感受，登載《太平洋時報》，各方反應良好。好友李南衡把它交給《民報》發表，很多讀者都說「讚」。東海大學中文系教授吳福助，在他教的「辭賦研究」課程，朗誦此詩，並派人送給學運團體。我在 ESU 餐廳遇到學運領導人吳崢、王年愷、沈清楷和何浩明，親自獻給他們，吳崢當場閱讀並向我道謝。先前，夏令會執行總幹事李儒英兄邀請我主持：「服貿協議是什麼碗糕？」我花了兩個月時間準備，審查支持和反對服貿的各種意見，發現台灣有很多優秀的教授，他們肯下功夫研究，提出精闢見解，難怪能啓發學生。反觀馬政府官方主持的公聽會，大都宣讀空洞的政令而已。服貿協議和哪國簽都不是問題；跟中國簽就不一樣，台商投資中國受害重大案件約三千件，沒有一件得到公平解決。青年學生看穿中共統戰陰謀和馬政府無能，才挺身抗爭自救，發出震撼人心的怒吼：「我是台灣人！」

我到校之後，立刻去試試電腦視聽設備。花了一小時，沒結果，找謝已兄一起試，也沒進展。我知道大事不妙！美東夏令會籌備一年，如果電腦、麥克風出問題，講員無法按時進行，聽衆乾等，時間拖延下去，影響下一個節目，一切努力即將白費。第二天早上，ESU 派技術人員到教室示範，我和謝已兄初步瞭解 CD 播放程序。

我和學運代表主持的討論會，安排在晚上，臨時更換教室，必須重新瞭解視聽儀器的操作。晚餐後突然傾盆大雨，我乘雨歇空檔，奔赴會場，調控電腦、麥克風，因謝已兄協助，又提早準備，所以節目能準時開始。學運是衆人關注的議題，整個教室擠滿聽衆。應同鄉要求，大會臨時增加一場學運討論會。

3 插花展覽

離開熱鬧滾滾的餐廳，往地下室，你會發現一個寧靜美麗的展覽室，室內春光明媚，百花齊放，那就是林美惠老師和學生主持的插花示範及展覽。林老師在費城授課多年，桃李成群，多位高足正式取得插花執照，其代表作品每年出現 Philadelphia Flower Show，深獲好評。

爲了花展，她們默默犧牲奉獻，不但提早一天出發，還帶滿車的插花材料和花器。個人作品陳列於現場，放眼望去，春光蕩漾，美不勝收。每件藝術品都是多年累積的成果，呈現作者的匠心和創造力。林老師帶領插花工作坊，指導 17 位同鄉，講解「草月流」的基本原則，涉及追求天地人合諧的意境，又親手修飾學員的作品，理論實務兼顧，使學員獲益良多。

4 台灣之夜

「台灣之夜」是歷屆夏令會的壓軸戲，今年亦不例外，節目非常精彩，田土伯特別從加州來，六百多位聽衆，聚集 Abeloff Center 大禮堂。演員帶來不同的 CD、Memorial Sticks，臨時安裝於視聽器材，難免出差錯。負責電腦操作的謝己兄、蔡宗元兄煞費苦心，疲於奔命。雖然田土伯坐鎮指揮，「台灣之夜」仍遲半小時才開始，好在各項節目幸能順利進行。美中不足是在緊要關頭，有些 CD 無法上網，演員站在舞台乾等，音樂遲遲響不起來。

TINY TOT Program，是今年夏令會首創節目。平時在餐廳看到的幼童不多，今夜她們一律穿制服，一個個上台，越來越多，在舞台上一字排開，赫然 25 位古錐的兒童，隨著音樂起舞，兩位可敬的老師在台下示範。左邊一位小女生舞步嫻熟，可能是某位老師的千金。正中央高個子男生，別看他木然呆立，他沒有臨陣逃跑，反而勇敢隨隊上台，代表「輸人莫輸陣」的台灣精神。有人交給他一面國旗，立刻成爲偉大的旗手，從小卒成小英雄。

連續出場有 Juniors Program（6-11）, Junior High（11-14）, High School（14-18）。這些 TINY TOT 和 Juniors 的家長，都是第二代台美人，小時由父母帶來參加，現在帶他們的子女一起來。這些家長有的會講流利的台語，有的完全「莫宰羊」，但不影響「天黑黑」的演出。她們站兩排，一位用台語講：「天黑黑」，另一位用英語道：「Under the Dark Sky」，朗誦後又有合唱，把這首家喻戶曉的民謠，演得生動活潑，獲得如雷掌聲。

更加感人的畫面，出現在謝幕，TANG 的負責人 Goodwin Chen，邀請

美東台灣人夏令會台灣之夜

全部演員上台，130 位亮麗的第二代寶貝，在熱烈掌聲中列隊走上舞台。接下來，Goodwin Chen 邀請所有的阿公、阿嬤，通通上台接受表揚。於是老、中、青三代站滿舞台，展示台美人幸福家庭團聚。以前父母帶兒女來夏令會，現在兒女成家，帶她們的兒女來參加。也因爲孫兒孫女參加，阿公、阿嬤專程而來，有些來自加州和中部。今夜同台接受表揚，受到大會肯定讚美，不僅實至名歸，也是理所當然。

夏令會圓滿閉幕，這溫馨感人的畫面，將永遠留在人們心中。回程經過 Delaware Water Gap，大河環繞 Pocono Mountains，緩緩地往南，流經費城入海。江水滔滔，日夜不息，夏令會堂堂進入 45 週年，願我同鄉相親相愛，後浪往前推，源遠流長。

三　2015 年美東夏令會的返鄉之夢

第 46 屆美東夏令會，由紐澤西同鄉主辦，在總召集人林素梅和她的團隊精心策劃下，終於圓滿閉幕。夏令會仍在 East Stroudsburg University 舉行，擔任專題講員和節目主持人，大多數是年輕人，整個會場彌漫著興奮的氣氛。

大會主題：「心的所在就是故鄉」，掌握時代脈動，也主導各項節目的內容與安排。美東鄉親老、中、青三代 650 位，基於對土地認同的共識，有緣聚集一堂，編織返鄉之夢，盼望未來實現「新時代台灣人」的美夢。

美國在台協會理事唐若文應邀演講，李應元、王定宇、范雲、李惠仁等名人，分享寶貴的街頭抗爭經驗，綜合各家分析，可知台灣本土意識普遍抬頭，「太陽花學運」和「九合一大選」結果，證明青年人能改變社會。目前台灣新的政黨如雨後春筍，紛紛出現。可以預見，明年 1 月 16 日的總統大選，將是一場精彩的「決戰 116」。

「心聯故鄉」的大會主題，藉插花藝術表達。作品擺在大禮堂舞台前。右側是陳月娟的作品：茫茫的故鄉浮上心頭，一雙白鷺鷥啄食稻田中。左側是陳玲珠的傑作：玫瑰花和康乃馨圍繞著的家，夏櫻叢中露出一盞檯燈，燈光象徵家人殷切的盼望。這兩件藝術插花極具創意，提升會場氣質。

頗負盛名的林美惠師生花展，在科技大樓隆重開幕，共展出 20 多件作品。每一件附加標題，刻畫作者心中的故事。

第一件是吳雪容的：「小城故事」，古色古香的花車，載滿菊花和大紅色的康乃馨。有人問：「什麼故事？」她笑而不答，耐人尋味。另一件杜智惠的「花燃」，卻透露一些蛛絲馬跡，顧名思義，「花燃」，象徵伊人心中熾熱的渴望。擺在最後的作品，是林美惠老師的：「霸王妖姬」，用蒼松擁抱著飽滿的滿天星、菊花以及粉紅色的蘭花，形成陽剛與陰柔強烈的對比。整體而言，從「花燃」、「野百合之戀」、「初夏之舞」、「含情脈脈」到「霸王妖姬」串聯起來，不難發現這耐人尋味的「小城故事」，是一首性感香艷（sexy and seductive）的史詩。

心與故鄉，藉網路聯繫。今年夏令會開創不少前所未有的特色，其中網路運作，和年輕世代展現的才華與魅力，令人感動。大會借重年輕人的特長，採用網路報名，也通過臉書現場實況報導。好幾位留學生負責操控電腦，使各項節目順利進行，避免重蹈去年電腦失靈的覆轍。

「王康陸記念音樂會」演奏最後一首曲，突然聽到行動電話聲「嗶！嗶！」從天而降，全場聽衆爲之一怔，以爲有人忘記關機。經電腦操控者解釋，原來那是從台灣打來的 Call In，大家才恍然大悟。現場聯線的「正晶限時批」節目即將開始，李晶玉和彭文正出現銀幕上，和美東夏令會同鄉討論時事問題。Q&A 時間，年輕人發言簡明扼要，而且相當踴躍。

心愛的故鄉，藉著下一代傳承。第二代台美人，帶第三代登上舞台，幾乎包辦「台灣之夜」，表演的歌舞，被同鄉譽爲「簡而甜」（Short and Sweet），恰到好處。這群明日之星，是台美人的寶貝。以往「台灣之夜」，向外州借調名嘴當主持人，今年由兩位高中生負責，他們在舞台上主持節目，隨機應變，表現青春活力和穩健台風，可圈可點。

夜市小吃，實現「返鄉」的美夢。晚會結束後，人潮魚貫湧入「台灣夜市」，小攤提供台灣香腸、肉粽、黑輪、太陽餅、仙草冰和愛玉冰。大人和小孩，甚至三代同堂，一起享受家鄉小吃，擁擠的盛況，比美台中逢甲夜市。遠處國慶日煙火光芒四射，大會小型的煙火在旁邊呼應，霎時天燈飛揚，雷聲、閃電與歡笑匯成巨浪，把夏令會的氣氛推向最高潮。

四　感人的 New Jersey 野餐

感謝 New Jersey 同鄉會 2014 年 8 月 2 日舉辦野餐，老、中、青及幼童一百多位，聚集在溫莎湖邊公園，湖光秀色，綠草如茵，能有如此快樂的饗宴，應感謝林素梅會長和理事會會員辛勞，在幕後奉獻寶貴的時間和精神，準備食品飲料，籌畫餘興節目，讓我們乘興而去，滿載而歸。

這次野餐令人驚喜的是，很多青年人出席參加，大部分來自 Rutgers University，也有從普林斯頓大學、哈佛大學、賓州大學等地的學生和教授。因爲注入青春活力，會場立刻生動活潑。當天氣溫不高，涼爽舒適，微風輕輕吹拂肩頭的髮絲，同鄉們談天說笑，銀髮族也春風滿面，共享愜意歡樂時光。

反服貿黑箱作業，引起太陽花學運，平地一聲春雷，喚醒台灣意識。隨著學運光榮落幕，人已散曲未終，理事會邀請此刻在 Rutgers 進修的韓采燕同學講解學運始末，介紹遍地開花的後續公民行動，例如：「黑色島國青年陣線」與「民主鬥陣」的自由街頭示範區營隊，「割闌尾計畫」——割掉發炎的爛委，罷免不適任的選區立委，以及「島國前進」展開的「公投法」修正運動。

土生土長的外省第三代，采燕的爺爺當年隨蔣介石退守台灣，父親終生擁護國民黨，她突破「死忠」的庭訓和家規，毅然選擇參與學運，捍衛民主，將個人生命依附這塊大地母親。從她與現場衆多的年輕人身上，我們看到台灣新生代的能量和魅力，也看到台灣的前途和希望。

采燕分析學運引起共鳴的原因，學生善於應用網路高科技，促成野火迅速蔓延。她也指出以往社運的缺點，祇找理念相同，看法一致的同志，忽略對反對者溝通交流，所以陷入固步自封而凋零。有鑑於此，此次太陽花學運另闢蹊徑，突破藍綠、族群、甚至世代對立，槍口一致向外，粉碎中共統戰陰謀，展現靈活的外交手腕，和高度的政治智慧，令人激賞。我們的年輕人創造時代，改變歷史，是台灣未來的希望之光。

今年美東夏令會，有位台獨聯盟先進公開讚揚學運，他坦承獻身台灣獨立運動，窮畢生之力，尚且壯志未酬，而學運一夕之間，竟然扭轉乾坤。何以學運能呢？從采燕的分析，終於得到解答，在公園野外，上了一堂紮實的民主政治課，多麼令人感激和感慨！

同鄉會理事，中生代的汪俊延說：「學運期間我剛好在台灣，佔領立法院時我也在現場，學生表現愛心、節制，跟以前的社運不一樣，我深受感動。台灣需要的是愛，不是恨。」短短幾句，像牧師講道一樣，令人動容。

分享精闢見解後，采燕主持餘興節目，她背著行動麥克風，帶領童心未泯的鄉親玩團體遊戲，在老、中、青三代不分彼此，熱情合作參與下，歡笑聲不斷，順利達陣。可以想見若在街頭抗爭上，在運動中，當老、中、青三代齊心協力，一同站出來，關心台灣前途，一起爲民主奮鬥，將是何等壯觀！眞佩服素梅和理事會的眼光，深知薪火傳承的急迫性，創造老、中、青三代同樂分享結緣的機會，一步步，把棒子交給年輕人。

分離前，夕陽出現傍晚的天際，象徵島嶼天光，懷著不可言說的激情，大家依依不捨，爲這難得的夏日野餐，再次獻上感謝。

附錄 韓采燕來函

照男前輩：您的文章寫得眞好，特別是把我寫得太好了，我都懷疑自己有你筆下的那般精神抖擻，對抗權威，害我都不好意思了，謝謝你！不如把這篇文章分享到 TAANJ 的網站？或是投稿到《太平洋日報》？

另外幾點小建議，在後續活動部分，或許可以增加「島國前進」的公投百萬連署修正運動，另外，割闌尾計畫：割去發炎的「爛委」：罷免不適任選區的立委。

嗨！照男前輩，再看一次您的大作，依舊感動您的文采與誠摯的心意。

我有點小建議，我希望可以淡化「英雄」色彩。此次活動，是在大家的合作下，才得以圓滿成功。每個人的出席、熱情參與，正是活動成功的關鍵。就像台灣這次的太陽花學運能夠成功，靠的並不是少數幾個英雄領導人物，而是像你我一樣願意關心社會、願意參與，一同爲台灣前途奮鬥的每一個人。每一個人的投入參與，造就了社會改變的可能。萬人響應，這才是台灣未來的希望。

五　2018 年美東夏令會的志工團

第 49 屆美東夏令會，2018 年 7 月 4 日圓滿閉幕。媒體報導的焦點常放在政府官員或重量級講員，然而容易被人遺忘的，還有一批志工團隊，扮演抬轎的角色，她們的貢獻如此之大，卻在銀幕上消失，我們應該開始記錄這些默默無聞的抬轎者，讓她們的汗馬功勞留傳下來，變成台灣人的共同記憶。本文目的在於向志工團隊致最高敬意。筆者所知有限，疏漏在所難免，請多多包涵。

今年夏令會總召集人謝己，因人手極端欠缺，任勞任怨，費盡心力，終於順利圓滿，他和賢內助黃小芳貢獻最大，備受各方讚譽。謝己於本年二月分開始招募義工，成立籌備委員會，好幾次親率幹部：翁進治、何智勇、王博文、黃小芳、張秀美等六位，到 West Chester University 勘查會場設備，商討借用細節，來回奔波，備極辛苦。

張秀美負責幕後吃住問題。對內，主持籌備委員會，推動各項事工，並且親自與 TANG（Taiwanese American Next Generation）團隊聯絡。她的服務精神和能量，獲得大家的讚揚，有位同鄉大聲說：「妳應該去當外交官！」WCU 負責人說：「You are the best!」TANG 的領導人 Jenn Kao（高怡貞）感嘆地說：「We would be dead without you」。

今年參加人數超過預期，主辦單位預估 400 人左右，實際出席 550 位，新生代台美人（TANG）出席 234 位，佔 42.55%，形成一股新興力量，爲夏令會注入新血，這是本屆夏令會特色之一。TANG 的志工團有 50 位成員，利用高科技包辦大會最麻煩的註冊手續和分配住宿， 其一百多位兒童需要妥善照顧，幫手多多益善。

TANG 提出：「Light up the Dark」（光照陰影），研討如何在打拼中成長（Growth through times of struggle）。針對成長中遭遇的失敗和挫折，勇敢面對，學習在跌倒中，爬起來，繼續往前走。Jenn Kao 和她的 TANG 志工團，發掘一種代表台灣精神的寵物「台灣高山犬」，當學習對象。原住民飼養的獵犬，驍勇善獵，具備堅強而機警的天性，非但防衛自己，而且保護主人，與大會：「愛台灣鄉土、護台灣主權」的主題不謀而合。第二代台美人的智慧和眼光，令人刮目相看。台灣土狗一向被人瞧不起，現在正式列入世界犬種之一，廣受愛狗人士喜愛，已經變成台灣國寶。

TANG 設計 T- shirt，用「台灣犬」當標記。又在「台灣之夜」，由高中學生表演今年主題：「Light up the Dark」的短劇，描寫一個台美女青少年，生長過程遇到很多挫折，例如父母期待、語言障礙等，當她徬徨無助時，來到夏令會，遇到很多命運相同的青年人，大家一起向「台灣犬」看齊，學習彼此互相接納。

大會手冊封面及帆布紀念袋，由黃小芳設計，顯示優雅的氣質。手冊內容，由何智勇編排，經過好幾次校對更改，於 6 月 25 日交印刷廠，張秀美和何智勇親自到印刷廠鑑定，次日，600 本精美的大會手冊正式完工。何智勇是客家人，不會說福佬話，但愛台灣之心絕對不落人後，他默默工作，有好幾次在緊要關頭，幫了大忙。

6 月 22 日，最後一次籌備會，參加人員：何智勇、翁進治、黃小芳、謝已、王博文、劉照男。第二天早上，趕到謝已家製作名牌，動員 12 位同鄉的人力。製造名牌的志工團：張志銘、張盛隆、莊幸代、李儒英、蔡美演、杜智惠、蔡宗元、吳千惠、張秀美、劉照男、謝已、黃小芳等 12 位。

6 月 30 日，最早抵達會場的先遣隊，準備註冊，這批志工團計有：張志銘、何智勇、張秀美、劉照男、陳智惠、王博文、翁進治、盧主義、黃小芳、謝己。7 月 1 日下午，正式註冊，負責註冊的義工，由組長張志銘（Andy Chang）擬定明確的步驟，坐鎮指揮。組員有：陳智惠、黃淑怡、林禮惠、楊麗玉、吳千惠、王秀瑟、黃小芳、張秀美、劉照男。張志銘特地設計電腦系統，操作起來省時省力。感謝遠來的貴賓、優秀的講員、音樂家、僑委會、插花協會、以及各地同鄉踴躍參加。TANG 代表在開幕式領唱國歌，趙夏蓮主唱「台灣翠青」，由周慧香伴奏。感謝鄭義勇牧師爲台灣故鄉和同胞祈禱，也爲過世的鄉親如陳弘毅等禱告。

謝己和陳初雄負責接送貴賓，勞苦功高。7 月 1 日，謝己於夜半到費城機場接嚴詠能及打狗亂團 4 位，隔天午夜，又去接立委蔡易餘和助理，來回奔跑，令人心疼不已，同鄉若袖手旁觀，不伸出援手，會累死總召集人謝己博士。7 月 1 日晚，陳初雄去接吳明基，眼看宿舍辦事員快下班，貴賓還沒來，我們決定先幫他註冊，取得房卡和餐卡，但不敢睡，等晚上十一點，陳初雄接吳明基安抵會場，我帶他到房間後，才回去就寢。

新澤西州舞林高手林芳梅、楊尤貲，領銜「尊巴舞」，引領人手舞足蹈。吳千惠主持「排舞」，備受歡迎。華府同鄉吳倍茂的「太極拳」，爲夏令會固有的晨操活動。吳同鄉教暖身運動法和基本走路步法，奠定太極拳基本功法，光暖身運動法就値回票價，終生受用不盡。

林美惠師生舉辦的插花展、插花示範和工作坊，吸引衆多觀衆。他們不辭辛勞，親自攜帶插花材料和器具到會場，努力創造會場的活潑熱鬧，增添視覺美感氣氛。舞台兩旁的大型作品，右邊由陳月娟、陳月姿姊妹設計水牛，呈現台灣鄉村景觀。左邊是林美惠及學生 Pat Lee、Sim Ho 插的太陽花。杜智惠和陳玲珠還設計音樂五線譜，特別爲「陳文成博士紀念音樂會」布置，爲會場平添幾許藝術氣氛。

筆者主持三場財經專題：李銘正的川普稅制改革，歐楊吉林的財務規劃，林能傑的股票投資，都很精彩實用，吸引不少聽衆，同鄉踴躍發問，並且報以熱烈掌聲。

台灣夜市熱鬧滾滾，食品由黃小芳策劃，台灣香腸由陳月娟、林禮惠等負責，綠豆凸由余秋惠和林宏雄製作，甜圓仔湯由黃小芳調配。因陳麗菁前往會場途中發生車禍，失去一位重要的幫手。「台灣之夜」前半場結束後，有大群 TANG 的兒童青少年先行湧入夜市，但紙盤和餐具不夠用，何智勇和一位來自紐約的同鄉，馬上冒著大雨，黑夜開車去 Giant 超市購買，還去了兩次才買齊。

閉幕典禮後，還要辦理退房手續，發還房卡和餐卡押金。張秀美連夜整理 600 份押金信封，冒著大雨應付提早離開的同鄉。最後一天，協助退還房卡押金的志工，有：周春美、何智勇、張秀美、劉照男。老將王博文和陳智惠，協助清理註冊會場，撤走所有的剩餘文件。我們向校方負責人道謝，贈送帆布紀念袋，彼此互祝旅途愉快，正式將場所歸還校方。

7 月 4 日大會閉幕後，最後離開會場的志工：Jenn Kao、Alex Chang、Audrey Chen、周春美、何智勇、陳智惠、王博文、張秀美、劉照男、黃小芳、謝已。我們雖然疲憊，但滿心感謝，因爲已經完成一件歷史性的任務。

六 守護台灣自由的第二代台美人

由大紐約台灣同鄉會主辦的「守護台灣自由」及入聯合國運動，於2018年9月22日進入高潮。當天紐約港口秋高氣爽，美東地區台灣人社團約500人聚集在碼頭公園，向中國駐紐約總領事館抗議，隨後由第二代台美青年帶領，遊行示威，從曼哈頓島邊，穿越時報廣場、中央車站、直到聯合國總部的哈瑪紹廣場，全程約2.8英哩。

這次整個「守護台灣自由」運動，都是第二代台美人精英策劃與執行。紐約同鄉會爲台灣加入聯合國奮鬥了廿五年，終於培育出這批優秀的第二代。

2018「守護台灣自由」籌備委員會成員：Alex Chang（張力元），Mu-Hua Chien（簡睦樺），Gloria Hu（胡慧中），Tian-Liang Huang（黃天亮），Jennifer Liu（劉佩芸），Jenny Wang（汪采羿），Joshua Wang（王中煒），Eason Wu（吳丞竣）。這批愛台灣的青年才俊，有在校的研究生和年輕的專業人才，她們委身於社區公共事務，例如 Passport to Taiwan 和美東夏令會，犧牲奉獻的精神，令人由衷敬佩。

大紐約區台灣同鄉會會長吳丞竣（Eason Wu）致辭表示：「我是在台灣長大，來美國唸書的台灣人。歡迎華府、波士頓、Abany、新澤西、紐約市、加拿大等地同鄉。我們有一個歹鄰居，想併吞台灣，台灣是台灣人的，不論過去，現在和將來，都是不變的事實。中國越打壓，台灣人越團結，大家走出來爲台灣出聲，Keep Taiwan Free（守護台灣自由）。」

中國打壓台灣生存空間，引發台美人公憤，年輕世代富正義感，紛紛站出來，捍衛台灣的民主與自由。節目主持人汪采羿（Jenny Wang）表示：我們一起合作，讓我們的聲音被聽到，我們的聲音越來越強大，越來越響亮。今年跟以往不同，航空公司被迫在網站，把 Taiwan 改爲 China Taiwan，我們不能接受，面對中共的挑釁，我們必須出聲抗議。我們絕對不懦弱，不氣餒，時間就是現在。

汪采羿出生於美國，心懷台灣，關心人權問題，參與守護台灣自由及入聯運動，已經有五年的歷史。汪采羿手持麥克風，聲音高昂清脆，縱橫街頭，極具群衆魅力。目前她在紐約大學修習國際事務碩士學位，主修人權和國際法。汪采羿介紹東土耳其斯坦代表，祖拜拉、夏木希丁（Zubayra Shamseden）女士，並發表精彩的演講。

祖拜拉問：「守護台灣自由的意義在哪裡？」她說：「對 13 億中國人，民主政體是你們長久的夢。守護台灣自由，表示你們享有敬拜的自由，不必向習近平和共產黨磕頭。對圖博人、維吾爾人、蒙古人而言，守護台灣自由，教你們不要輕信中國政府的空頭承諾。不必活在坦克、大炮、高科技監視、集體拘留的社會。不必被迫結婚，與壓迫你的政府官員住在一起，同桌吃飯。不必畏懼夜間失蹤，妻離子散。渴望自由的中國人，站起來捍衛台灣的自由。」

這篇演講辭出自長期被中國壓迫者的心聲，控訴中共暴行，情文並茂，像一首史詩，震撼人心。汪采羿說：「人有的聲音往往被埋沒，以致聽不到；我聽到，並且替他們大聲喊。」台灣人享有的自由，像一盞明燈，讓 13 億中國人民看到希望。台灣民主自由，是中國獨裁政權的噩夢，勢必剷除而後快。汪采羿在紐約街頭帶領呼喊：「Keep Taiwan Free！」爲愛好自由的台灣人打氣加油，願她的聲音被中國人聽到，不至於被淹沒。

胡慧中（Gloria Hu）接受美國之音記者訪問，表示：「我以台灣民主爲榮！國際社會罔顧人權，任憑中國打壓台灣，不過問李明哲關在監獄，罔顧中國強迫航空公司把 Taiwan 改成 China Taiwan。但現在已經覺醒，中共必須爲它的暴行負責，中共絕對不能抹去台灣，Keep Taiwan Free!」她說：「最近國際社會對理解台灣的報導，有著根本的改變，從 New York Times 和 Washington Post 輿論，可以看出來。世人終於認識到台灣是一個民主國家，雖然台灣實行民主政治已經有 30 年歷史，台灣政府由人民選舉，台灣的存在暴露中國政府的不正當性，中共不但打壓台灣，也在整個東南亞地區侵犯人權。」

胡慧中提到美國聯邦參議員 Marco Rubio，寄信支持這次「守護台灣自由」運動。Rubio 參議員信上說：「我欽佩你們把中國共產政權孤立台灣，封鎖她參與國際組織的惡行，公開揭露所做的努力。美國與全球民主國家應該和台灣站在同一陣線，台灣是美國的重要盟友和夥伴，台灣實行民主政治，有繁榮的市場經濟，分享維持印度—太平洋和平的共同目標。今後美國在文化、經濟、安全方面與台灣加強聯繫，比以前更加迫切。謹代表佛羅里達州人，祝福你們，未來盼望與台灣人民站在一起。」

胡慧中雙親爲加拿大移民，搬到紐約地區已經三年，從去年開始參加籌備「守護台灣自由」運動。她的祖父是台灣長老教會牧師，所以她對教會歷史和海外台灣人的認同，深感興趣。她的文章散見於《台灣前哨》和《想想論壇》。無論街頭演說或媒體採訪時，胡慧中口若懸河，充滿自信，不愧爲牧師的孫女。

第二代精英，個個都是帥哥美女，口若懸河，無論在大衆面前，媒體鏡頭，都呈現高度的熱誠和無比的愛心。我從心裡發出由衷的敬佩。民進黨立委：陳曼麗、林靜儀、李麗芬，和時代力量徐永明立委，專程從台灣趕來加油。駐紐約辦事處的代表，也在場爲台灣出聲。

名政論家陳破空先生在哈瑪紹廣場，代表民運人士，支持台灣加入聯合國。他說：「中共侵犯人權，違反聯合國憲章，根本沒資格當會員國。台灣是民主楷模，更有資格加入聯合國。我要告訴台灣人民，除了加入聯合國之外的，還有其他的路可行，若突破台美關係，和美國建交，很多國家都會跟

紐約市「守護台灣自由」示威遊行

進。四十年前，世界最大的敵人是蘇聯，美國聯中抗蘇，姑息養奸，養虎遺患。四十年後，世界最大敵人是紅色中國，美國與台灣聯合抗中，台灣存在地球村，聯合國接納台灣爲會員國。」

最後，由主持人汪采羿介紹遊行示威的籌備人員，同鄉以熱烈的掌聲表達衷心感謝。

華府同鄉會會長簡明子教授，和 40 位鄉親租車，早上 8 點由 D.C.出發，我看到台灣公報社長韋傑理先生、吳倍茂教授，和張玉華姐。新澤西同鄉會先由副會長陳家慧和小藍接待，會長孫揚盛「緣投桑」中途上車。車上遇到不少台美教會的會友，包括謝敏川牧師夫婦，和張文旭長老夫婦等老朋友。費城同鄉會謝己會長，客家鄉親何智勇 4 人幫，德拉瓦州同鄉陳初雄夫婦，陳月娟五人，聖恩長老教會張資寧、曾惠花牧師，杜智惠、張秀美、劉照男也有五人小組，總共 37 位代表中澤同鄉會，其中謝敏川牧師年紀最大，全程奉陪，精神可嘉。感謝中澤同鄉會安排交通和行程，同鄉會理事小藍早上送我們出征，傍晚迎接我們凱旋歸來。能夠和第二代青年在紐約街頭爲台灣打拼，全體同鄉格外感到光榮。

七　年輕世代守護台灣、香港自由

長期以來，中共打壓台灣人的國際生存空間，文攻武嚇，無所不用其極，引起海外台美人公憤自不待言，原本對政治冷感的年輕世代，紛紛站出來反抗中共，捍衛台灣民主與自由，形成一股澎湃的浪潮，和香港反送中抗爭相呼應，遍地開花，讓老共疲於奔命。我們相信星星之火可以燎原，被壓迫的中國人即將揭竿而起，推翻暴政。

年輕世代主導的「守護台灣自由」運動，於 2019 年 9 月 7 日圓滿結束。美國前國安顧問葉望輝說：「這次遊行特別重要，因為香港局勢讓全世界再度看清楚中共對法制與治理的種種作為，又因為明年一月份台灣將舉行總統選舉，台灣面對中共威脅與施壓，此時對台灣展現支持，至關重要。」

今年主辦「守護」與「入聯」的成員，包括 Alex Chang（張力行）、Gloria Hu（胡慧中）、Jenny Wang（汪采羿）、Eason Wu（吳丞竣）、Jenny Kao 等人，這些在校唸書，或在職場工作的年輕人，犧牲週末和假日，全力投入策劃示威活動的各項環節，又親自在紐約街頭現場主持造勢活動，沿途帶領群眾呼口號，勞苦功高，有目共睹，可惜主流媒體忽略他們的貢獻。本文目的在介紹主辦活動的幕後功臣，並致最高敬意。

Alex Chang（張力行）是此次活動最大的推手，在幕後策劃各項示威活動的細節，默默付出，任勞任怨，辛苦不為人知。溫文有禮，善於體貼別人的 Alex Chang，現職是美國大銀行的投資顧問，經他通知，各地台灣同鄉紛紛響應。我們費城同鄉登上紐澤西同鄉會的包車，由會長陳家慧小姐率領，一團 50 位，浩浩蕩蕩地前往支援。

抵達紐約 Astor Square 現場時，我們發現示威的群衆，以紐約同鄉會爲主幹，包括來自費城、德拉瓦、中澤、北澤、波士頓、DC 等地，此外尙有香港代表團，藏、維吾爾的自由人士，和來自台灣的「台灣聯合國協進會」代表，老、中、青和幼童，總共 500 多人。是日天氣晴朗，士氣極爲高昂。

按照計劃，於午後 12：30，先在 Astor Square 造勢。主持人 Jenny Wang（汪采羿），出生於美國，參與守護及入聯運動已經有六年歷史，目前在紐約大學國際事務碩士學位，攻讀人權和國際法，任國際人權基金會「奧斯陸自由論壇」的顧問。

汪采羿手持行動麥克風，縱橫街頭，發出比常人高八度的聲音，高昂清脆，極具群衆魅力。她邊呼口號，邊介紹來賓上台演講，按出場次序計有：徐儷文處長、葉宜津立法委員、馬紹爾島大使、Jeffery Ngo、唐紹齊、Frances Hui（許穎婷），維吾爾代表祖拜拉、夏木希丁，西藏代表 Tender Dorjee，蔡明憲等人。

不朽的老兵蔡明憲，大聲疾呼：「我們被邊緣化，因此必須格外打拼，不祇是守護台灣自由，更希望台灣獨立，加入聯合國，你們同不同意？」群衆報以熱烈掌聲。感謝蔡明峰全程錄影登在 taiwanus.net，爲海外台人留下光榮的史蹟。

西藏代表 Tender Dorjee 指出，中共的「一國兩制」最早在西藏實施，是徹底的「殖民主義」，台灣人不要上當。

中英文俱佳的維吾爾女士祖拜拉、夏木希丁，控訴習近平獨裁政權，設高科技集中營，拘押三百萬維吾人。這些高科技已經應用在監控香港。她要台灣人守護擁有的自由：不必活在坦克、大炮、高科技監視、集體拘留的社會，不必被迫結婚，與壓迫你的政府官員住在一起，同桌吃飯，不必畏懼夜間失蹤，妻離子散。

台灣人常常被狐假虎威的中國人霸凌，還記得 2015 年底轟動一時的的「周子瑜事件」，引起台灣人怒吼，終於送小英登上總統寶座。2019 年，「周子瑜事件」在波士頓重演，這次主角是香港女生，Frances Hui（許穎婷）。她在波斯頓公車上，遇到一個亞洲人問她：「妳是中國人嗎？哪裡來的？」「香港！」那個中國人開始粗魯地對她說：「香港屬於中國，妳是中國人。」Frances Hui 受到無端的霸凌和侮辱，在 Emerson College 學生刊物，發表以「我來自香港，不是中國」爲題的文章，此文一出，馬上受到該校中國學生圍剿，但也引起世人，包括 Hillary Clinton 和 Elizabeth Wareen 聲援支持，讓醜陋的中國人，赤裸裸地暴露無遺。

這位勇敢而且漂亮的香港學生，上台說：「希望大家要記住，『今天香港，明日台灣』這句話，香港人和台灣人不可以再妥協，不可以再讓步，因爲今天如果你還覺得一國兩制是沒有問題的話，你就是不相信香港人的聲音，今天香港人站在香港的街道上，用他們自己的身軀去擋住子彈，就是爲了要讓台灣人知道這就是接受『一國兩制』的後果。『一國兩制』本來就是一個謊言，今天香港人要警惕台灣人，如果你擁護自由民主的話，就請你們繼續跟我們走下去，守護台灣民主，守護香港自由，不妥協，不害怕，因爲我們在這裡爲了民主，爲了自由，爲了公義，爲了人權，跟你們在這裡手拉著手，好嗎？」

許穎婷穩健的台風與群衆魅力，風靡全場，她和汪采羿、胡慧中兩位小姐，肯定是耀眼奪目的明日之星，時代創造英雄，英雄創造時代，我們深深感謝她們，以她們爲榮。

下午 2 點，遊行隊伍準時啓程，領隊是 Eason Wu（吳丞竣），前大紐約區台灣同鄉會會長，目前在一家著名零售公司任數位產品經理。去年遊行路線從中國駐紐約領事館開始，由北向南，走到聯合國廣場。今年則改由從紐約市的 Astor Square，由南往北，沿 Broadway，走到中國駐紐約領事館前，全程約 2.9 英里，有人用計步器測量，約一萬五千多步。Alex Chang 跑前跑後，爲衆人加油打氣，親自壓陣，並維持隊伍安全。

我和太太隨紐澤西同鄉，走在隊伍中段，回應由胡慧中帶領的口號。Gloria Hu（胡慧中）雙親爲加拿大移民，搬到紐約地區已經四年，目前在哥倫比亞大學攻讀公共衛生碩士學位。她的祖父是台灣長老教會牧師，所以她對教會歷史和海外台灣人的認同深感興趣。無論街頭演說或媒體採訪時，胡慧中口若懸河，充滿自信，不愧爲牧師的孫女。

吳丞峻在隊伍前方喊：「UN for Taiwan！」汪采羿在後頭：「Keep Taiwan Free！」胡慧中在中段：「Keep Hong Kong Free！」此外還有幾位青年人帶領，鄉親們不甘示弱，吶喊之聲響徹紐約街頭，令人動容。不少市民和觀光客發聲助陣，掌聲此起彼落，可見民主與自由是普世價値，不願做奴隸的人們，一起怒吼吧！

我們於下午四點抵達中國領事館。汪采羿主持示威造勢，上台演講的有：胡慧中、藏代表 Ngawang Tashi、2019 台灣聯合國先生和小姐、台灣原住民、大支（Dwagie）、吳丞峻等。

胡慧中向鄉親感謝來參加今年守護台灣自由的遊行。她坦承：「以前我攏用英語演講，最近參加香港人的造勢活動，聽他們講廣東話而深受感動，我覺得台美人有自己的語言是很有意義的。所以今年希望大家可以接受我頇顢的台語。今日我特別感謝每年從 DC、Boston、New Jersey 坐巴士，開車來的媽媽、爸爸、阿公、阿嬤。想要跟大家解釋這對阮第二代有甚麼影響。

是恁的奉獻打拼，阮才知台灣人的勇敢和決心。是恁的奉獻打拼，阮才能考慮怎樣對台灣認同，來了解美國認同。是恁的奉獻打拼，阮才能瞭解自己是台灣囝仔是甚麼意思。是恁的奉獻打拼，阮才會跟 Tibet、香港、維吾爾族朋友倚做夥。所以阮一直足感謝大家對阮的關心，信任，阮上大的希望，就是能夠仝款照顧下一代在美國出生的台灣囝仔。」

吳丞竣宣布參加人數約五百人，為五年來最多的一次。他致閉幕詞說：「很多人問我：『UN for Taiwan 喊了 20 幾年都進不去，都沒成功，為什麼還要在這裡呢？』UN for Taiwan 今年不會成功，明年不會成功，我想接下來五年也很難會成功。但我希望這個活動可以繼續下去，讓大家知道這個議題的重要性，不祇是第一代、第二代、留學生，甚至很多小孩子都走出來了。祇要把這個議題一直傳承下去，相信在哪一天，哪一年，我們就會加入聯合國。今天出來參加的人都是一個重量，當這個重量達到一定程度時候，我們就能推翻極權政府，我們就能加入聯合國。我希望更多的年輕一代參加，我們明年見！」

八　第 50 屆美東台灣人夏令會觀感

第 50 屆美東夏令會，於 2019 年 7 月 4 日至 7 日，在 West Chester University, Pennsylvania 圓滿結束。這次夏令會的主題：「台灣是我的 DNA」，由紐澤西台灣同鄉會、「新生代台美人協會」（TANG）、「海外台灣青年陣線」（OTD）聯合主辦，總召集人爲中澤台灣同鄉會會長孫揚盛（緣投桑）、TANG 的執行長曾怡臻、OTD 執行長彭康豪。這幾位擅長運用高科技的青年才俊，和他們的團隊成員，精心策劃大會的節目。

從去年接辦以來，主辦單位總共開了 11 次籌備會，每次會議，甚至連會後檢討會（7/22/19）和慶祝野餐會（7/27/19），都在高龍榮和林素梅家舉行。林素梅姐任勞任怨，貫徹始終，她是夏令會的最大推手。如果「刻苦

第二代台美人參加美東夏令會

耐勞」和「百折不回」是台美人的 DNA，那麼素梅姐就是我們的榜樣。

2019 年，適逢美東夏令會 50 週年，與台灣關係法 40 週年。緣投桑表示：「在這個特別具有歷史意義的時刻，我們將會以這兩個主題爲核心，討論並回顧台灣人與台美人社群在美國一路走來的打拼點滴，傳承「台美人」的認同，深耕在地，展望未來，持續深化與美國的連結。」主辦單位決心全力衝刺，台灣同鄉寄以厚望的結果，夏令會辦得有聲有色，成果輝煌。參加人數 632 人，包括 TANG 243 人，OTD 30 人。

1 TAC / EC

今年夏令會最大特點是節目精彩，講員陣容堅強。開幕式由僑務委員會會長吳新興致詞，接下來 Arthur Waldron 專題演講，其餘的講員有卓榮泰、章家敦、苗博雅、邱顯智、王丹、呂秋遠、陳耀昌、范疇、江孟芝等人，都是一時之選。節目雖然偏重於台灣政經、選舉文化和台灣人的認同，不過也有豐富的文化節目，如布袋戲、歌仔戲、網球賽、太極拳、插花藝術展等活動。

名政論家章家敦呼籲，台灣經濟應和中國切割，不應再與中國掛鈎，因爲中國經濟從 2015 年起就因爲工資上漲，地價飆升，稅率大增而開始衰退，促使外資企業紛紛撤離，台商不要重蹈覆轍。同鄉對蔡英文褒貶不一。苗博雅認爲，民進黨推行的重要改革，得罪很多既得利益者，應支持她連任。如果蔡英文落選，表示她的改革失敗，以後無論誰當總統，攸關台灣前途的重要議案，就很難推行。

2 王康陸音樂會

歷年來，王康陸博士紀念音樂會維持極高的水準，今年更上一層樓。費城同鄉張秀美、陳玲珠等，包辦舞台設計，舞台上花枝招展，光彩奪目。兩位節目主持人，用台灣話和英語，敘述王康陸爲台灣奮鬥的一生。這篇有血有淚的史詩，與琴韻歌聲交織，產生震撼人心的戲劇性效果。

上半場開場，由 DC 室內合唱團演唱：〈鬼湖之戀〉，〈白蘭花〉。接著，依序由小提琴家譚元培獨奏：〈流浪者之歌〉；楊嵐茵鋼琴獨奏；鄭育婷單簧管獨奏；女高音何佳陵獨唱：〈花樹下〉，遊唱詩人選曲：〈Tacea la notte placida〉（一個寧靜的夜晚）。DC 合唱團呈獻的「鬼湖之戀」，發揮原住民粗獷的風格與神韻。女高音何佳陵音域寬厚圓潤，演唱歌劇名曲〈一個寧靜的夜晚〉，顯出不凡的功力，不愧爲紐約大都會歌劇院的名歌星。

王康陸音樂會演奏家

下半場，Julia Kang 大提琴獨奏 David Propper 的〈匈牙利狂想曲〉，琴藝不同凡響。蔡懷恩的長號；新亞鋼琴三重奏，演出楊嵐茵作品〈Ballade〉，旋律優美，媲美拉赫曼尼諾夫。翁清溪的〈月亮知我心〉和楊嵐茵編曲：〈阿里山的姑娘〉。紀念音樂會最後由 DC 室內合唱團，演唱王明哲的〈台灣〉結束時，全場聽衆起立，鼓掌歡呼。光這場音樂會，就值回票價，不虛此行。

最後，王康陸夫人鄞美珠女士上台，對這些音樂家的傑出表現讚譽有加。她簡單報告王康陸一生從事非暴力的民主運動，並強調台灣遇到空前的危機，應以香港爲誡，絕對不能被中國統一。

3 TANG

「新生代台美人協會」（TANG），今年參加人數 243 位，佔總數的一半，年齡從五、六歲孩童，到三十多歲的家長。今年主題：Discover。跟據 TANG 執行長 Audrey Tseng：「We want to cultivate and unlock every participant's hidden potential to confidently express who they are and who they want to be.」TANG 是未來的希望，也是今年夏令會最大的成就之一。本年 7 月 13 日，蔡英文總統行經紐約市，TANG 執行長 Audrey Tseng，以及幾位幹部如 Alex Chang，特地到紐約中央公園，陪同蔡英文總統健走，海外年輕人與小英互動熱絡。

4 OTD

「海外台灣青年陣線」（OTD），今年約有 30 人參加。根據 OTD 在大會手冊上的廣告：「今年的主題是『Identity 認同』。是什麼樣的文化，讓我們在面對世界時，能抬頭挺胸，驕傲而大聲的說出：『我是台灣人』呢？」OTD 推出第一屆文化松，邀請各路好手發揮個人的才能和團隊合作，大膽嘗試將台灣文創專案，做系統性的整合及傳承。

OTD 文化松成果報，於大會閉幕前宣布，由彭康豪主持，提出五個專案：1.二二八歷史再呈現。2.中國人風向雞。3.逆統戰。4.Write Taiwanese。5.名單：海外台灣人「口述歷史」計劃。OTD 成員經過 40 小時腦力激盪，提出的每一個文創專案都很重要，可見青年人關懷台灣文化與認同。

夏令會主題：「台灣是我的 DNA」，甚至連講員 Gordon Chang（章家敦）、Coen Blaauw 等都公開承認，台灣是他們的 DNA。然而，什麼是台灣島嶼的 DNA？

台大醫學院名譽教授陳耀昌精闢的解說：「台灣不是單純的漢人世界，而是一個民族大熔爐，混種的程度，遠遠超乎我們自己的想像。但在混雜之中，卻具獨特性，『多樣而獨特性』是我想到的對台灣最好的形容詞。」

這個多樣而獨特的血緣關係，孕育「勤奮耐勞」和「百折不回」的台灣精神，這種精神，維持夏令會凡 50 年之久。願新一代台美人，薪火相承，繼續發揚光大。

九　紐澤西聖恩教會「花之展」

聖恩教會婦女團契於 2015 年 4 月 25 至 26 日舉辦插花藝術展，節目由張秀美和杜智惠策劃，全體會員協助。展覽的作品都是林美惠老師和 7 位高才生的傑作。除了花展，還有插花示範和工作坊活動。

今年冬天特別冷，直到四月底，紐澤西鄉間的樹木才剛吐出新芽，但櫻花已經迎風怒放，梨花掛滿樹梢，處處呈現春回大地的景象。由於春曉的啓示，聖恩教會「花之展」，藉插花藝術把上帝創造的美景帶到室內，融入個人生活環境中，從而陶冶性情，美化人生。教會在這裡特別感謝林美惠老師和學生們的插花作品，一共 26 件，每件代表作者的創意和審美觀，令人讚嘆不已。

這些可敬的插花藝術家，來自不同族群和宗教信仰，她們學習多年，並且獲得國際插花協會的認證，仍然虛心研究，精益求精。出展前夕，每件作品都經林美惠老師再度修改，無論增加一朵花，減少一片葉子，甚至換個角度，其結果大不相同，可見林老師手藝高人一等。

來賓進入會場，馬上看到一幅「春之聲」，就在入口處，從壁上懸掛的竹籃，若即若離地銜接地上的花籃，譜成天人合一的組曲，這是杜智惠的大手筆。

環視會場陳列的作品，琳琅滿目，爭奇鬥豔。作品祇標示作者的芳名，而無標題，留下空白，讓觀衆發揮想像力，自由詮釋。你認爲這一件代表步步高升，我覺得旁邊那件象徵靜影沉璧，暗香浮動。那邊有花團錦簇拼搏的力道，緊接著爲枝頭喧鬧，春意蕩漾。既有清絕幽雅，我見猶憐的孤芬；又有寧靜安祥，淡泊自娛的雅趣。甚至連枯枝落葉也能榮登寶座，並且出類拔萃，傳誦一首動人的史詩。

那位出生波蘭的女士，融合東西方文化，以鮮豔的顏色，和造型特異的容器取勝。

林老師提供三件作品，利用普通的花卉和葉片，以最少的材料表現最高的意境，簡約中見飄逸，許多觀眾欣賞後，仍覺餘韻悠揚，不絕如縷。

當天有三位老師，示範插花技術。出生越南的 June Wu，示範如何編織葉片。每片葉子，隨她的巧手，欲彎欲曲，隨心所欲。陳玲珠展示如何善用季節性花卉，她用杜鵑花和水仙組合，完成一盆迎春勝景。波蘭女士 Grazynka，專攻花器硬體的選擇和組合。三種示範，讓觀眾領略插花技巧的基本原則。

工作坊插花學習活動，由杜智惠主持，本來限定名額 12 位學員，結果來了 15 位。材料取自賓州鄉間常見的灌木和野花。經教師詳細講解後，學員開始按 Ikebana 插花原則，安排主枝多長，副枝多高，採用什麼角度。一小時之後，大功告成，每個學員對自己的「傑作」都感到十分滿意，個個笑顏逐開。學員們從來沒有機會接觸正式的插花課程，現在終於美夢成眞，難怪每個人都興奮無比。

這是一場難能可貴、溫馨感人的「花之展」，吸引觀眾超過一百人。由於花藝創作者全心盡力，以致成果豐碩圓滿，觀眾深受感動，全場瀰漫著喜氣洋洋的氛圍，賓主盡歡。

策劃人張秀美，每天都最早到會場，最晚離開，始終如一。趙主亮牧師率領聖恩教會全體會員，無論大人小孩，從會場布置到收拾善後，發揮最高的事奉熱忱。這一切都能見證教會生活的可敬可貴：有上帝的祝福，就會有愛；有愛的地方，尙水（最爲美麗溫馨）。「花之展」，不光是聖恩教會錦上添花之筆，更能進一步榮耀上帝，啓發世人聰明智慧，體悟神恩啊！

十　這世間值得居留，因為有你們！

站在《紐約時報》廣場，聲援你們抗爭，
一想起你們，就禁不住淚眼模糊。
我親愛的孩子們！這世間不配有你們。

冷風從街頭橫掃而來，雨點打在我的頭上，
分不清這是雨水，還是淚水？
我親愛的孩子們！這世間不配有你們。

長夜漫漫，黑箱作業更甚於黑夜。
鎮暴的員警說：「用盾牌打，流血才會多！」
手無寸鐵的群衆紛紛倒下，警察們鼓掌慶祝。

那隻瘋狂的白狼（張安樂），發出野性的哀嚎：
「你們不配當中國人！」
在警棍、盾牌之後，他們終於祭出最後那張「神主牌」。
「我們本來就不是中國人！」
「我們是台灣人！」
這正義的怒吼，
粉碎了他們的神話和圖騰。

你們改寫台灣歷史，你們是新時代的希望。
我親愛的孩子們！
你們才是這片土地的主人。

太陽爬上山，島嶼已經天光，你們可以回家了！
你們是勇敢的台灣人，
這世間值得居留，因爲有你們！

太陽爬上山，島嶼已經天光，台灣遍地開花了！
你們是新的台灣人，
這世間值得居留，因爲有你們！

——獻給「太陽花學運」的年輕朋友們，2014 年 4 月 20 日
紐約市時報廣場，支援「太陽花學運」。

第伍輯

賓州田園生活

一、我家後花園仔
二、書中花自開
三、花園春季大掃除
四、愛的大能
五、花，是生命
六、溫暖滿人間
七、懷念吳德耀校長夫人薛瑛女士
八、最長的一日
九、夜半訪客
十、夏眉《踏歌行》讀後感
十一、夏眉《背叛者》讀記

作者賓州住宅

一　我家後花園仔

近幾年來，美國新澤西聖恩教會婦女團契，在我家後花園仔舉辦讀書心得分享會，每次都很成功。2012 年 6 月 16 日那天，有 28 位兄姊蒞臨賓州寒舍，盛況更是空前。會前幾天，太太阿美就開始準備肉圓、蘿蔔糕、豆花、仙草凍等台灣小吃。我把藏在地下室的鋁製椅子全部搬出來，擺在兩棵橡樹下，外加一張小桌子放水果飲料。布置過的會場，像小型露天劇場，引起鄰居注目。鄰人 Andy 和女友散步回來，好奇地問：「你們在辦婚禮

我家後院讀書會

嗎？」剛好阿美在場，連忙回答：「不是，我們今天有讀書心得分享會。」

午後，太陽懸掛樹梢，晴空萬里，天氣好得出奇，群芳競艷的後園，散發著陣陣幽香，樹上鳥兒看到人群，叫聲特別響亮。先到的姊妹，躺在椅中聽鳥啼，笑稱：「我在欣賞鳥聲交響曲。」來賓到齊後，先請兩位醫學院學生開始報告，接著兄姊輪流上台，暢談閱讀心得，介紹的書以現代英語作品爲主。教會兄姊個個能言善道，態度輕鬆自然。喜氣洋洋的午後，賓主同享良辰美景，經歷一個難忘的讀書遊園會。

兄姊們步入我家後花園，驚喜之聲前呼後應，原來喜歡拈花惹草的雅士還不少。有人說：「你家後院，美得像天堂。」也有位姊妹說：「如果我每天有這麼好的景色可看，我的壽命至少增加十年。」明眼的女士指出紅花綠葉叢中，點綴著雕像、鳥屋、鳥浴池等裝飾品，經過主人細心安排，使花圃自然和諧，多采多姿，呈現獨特的風格。

深知種花辛苦的人，驚奇地問：「你們每天要花多少時間來整理花圃？」有人說：「我會買各種花苗，但不知道如何穿插安排才好看。」我們是愛花又愛種的人，園藝和戶外都是極爲重要的日常活動。每年春天，櫻花未凋，我們就開始籌備春耕，取出各色各樣的種子撒在花盆裡，準備移植之用。到了四月中，霜期已盡，我們整理花圃以便栽種，栽種完成，最後加蓋一層厚厚的腐草（mulches），防備雜草萌生，所下的工夫跟照顧孫兒女差不多。太太愛花如命，種花成爲舒解工作壓力的妙方，每天早晨上班前澆花、拔草兩小時。傍晚回來，又忙著移植花苗、剪除枯枝，做到天黑才進入屋內。

去年春天，一對雙生孫兒出世，探望孫兒比什麼都重要，園藝工作祇好請人代勞。聘請的園藝專家發揮經營 Longwood Garden（長木花園）的專業工夫，我用四小時做完的小花圃，她要磨一整天。約定工作七天，她請了兩天病假，若多聘幾天，豈不是要付給她退休金？

因樹木繁茂，造成過度濃蔭，我們請有執照的樹醫來整修。五位樹醫踏入後院，沒有馬上開始動手術，卻把工具放地上，坐林蔭下乘涼。我覺得奇怪，怎麼活生生的樹醫（Tree Doctor），變成懶洋洋的樹獺（Sloth）呢？問領班：「老兄！你們是來作工呢？或是來野餐的？」領班半睡半醒：「不是啦！我們樹醫見過很多住宅，但像你家這樣美觀的後院，還未見過，所以先休息休息再說。」說完呼呼大睡，人家稱讚庭園漂亮，你拿他沒辦法。

其實我自己很喜歡砍樹，除非萬不得已，才請人幫忙。為了開闢菜園，我必須清除一排 Bradford Pear Tree。讓樹自己倒最省力，朝控制的方向倒，最為安全，所以我運用「骨牌原理」（Domino Effect），從東邊開始鋸，每棵鋸到八分為止，最後那棵則徹底地鋸倒，霎時整排樹依次連續崩盤，自然力加上人為操控，產生如此奇妙效果。想當年，東歐共產國家崩潰，也是這樣接二連三，世人拍掌叫好。

收工時，順便砍掉一棵老態龍鍾的大樹，當作再會全壘打。我拿鋸仔鑽入荊棘叢，匍匐搜索找到樹幹的位置，下手前先測測風向，知道風從西邊吹來，我就從東邊向樹幹中心鋸 V 字型，再從西鋸，聽到「嘀噠」一聲，樹還沒倒下，我就趕快爬出荊棘叢，沿小徑漫步回家。走到半路，聽到樹幹裂開聲，頃刻間，大樹向東倒得乾淨俐落。

俗語說：「桃李無言，下自成蹊」。我們從來沒有登過廣告，也沒有開記者招待會，但經常有慕名而來的不速之客。家對面的鄰居太太 Marian，是醫院護士，不知什麼時候開始，也當起導遊，而且她選的景點竟是我家後院。有天我在屋內準備功課，聽到外面吵雜聲，打開門，Marian 和幾位女士圍繞花圃交換心得。她看到我在家，有點不好意思地說：「呃！我以爲沒人在家，帶朋友到你的後院看看。」我說：「沒關係！歡迎妳們來！妳不是看到園門那塊石板，上面寫著：Welcome to Our Garden 嗎？歡迎光臨。」Marian 介紹我家後花園，講得頭頭是道，比我還內行。看來這不是她第一次舉辦的園遊會。Marian 於八年前死於癌症，從此以後，未曾看到不告而來的鄰居。

另一群不速之客，則是耶和華見證會信徒。她們來訪的目的不是看花而是傳教，對象是我太太（Doris）。她們兩人一組出動，按期來訪，見到我就說：「We come to see Doris。Is Doris home?」「No，Doris is not home。」下次又來，重複同樣的話，不見黃河心不死，傳教傳到這種地步，令人佩服得五體投地。

某天，鈴聲響處，兩位中年婦人在門外，自我介紹自己是小學老師的見證會員，讚賞門旁那排秋海棠，迎接早晨日光，鮮紅色的花朵，大放異彩。她問：「什麼花長得這麼好看？是否來自戈壁沙漠？」我說：「不是，它是從附近花店買回的秋海棠（Nonstop Begonia）。」話匣子圍繞著花卉打開，顯然兩位都喜歡拈花惹草的見證信徒。

我邀請她們參觀後園，國色天香的牡丹，和花團錦簇的繡球花，讓她們大開眼界。其實，陽光照射下，任何花朵都是嫵媚動人。我帶她們看一簇 Lobelia，枝頭散布滿天星斗的紫色小花：「妳看！這叢花何等的嬌豔！每朵花的花瓣，神韻天生，呈現充沛的活力，隱藏上帝創造的奧祕！」提到上帝，她們連連點頭。我又提議：「妳們要不要看菜園？」見證員驚奇地反問：「你也種菜？你種什麼菜？」我說：「You name it; I have it. 你講得出的菜，我都有。」這時，她們才想起今天專程來訪的目的，看腕錶說時間不容許，匆匆忙忙從手提包中取出福音單張，要我交給 Doris，便立刻告辭。

我們的訪客，也有從花園後面來的。後院連接一大片叢林沼澤地帶，沒有住家。一天傍晚，我低頭鋤草，從背後樹林裡無端鑽出四隻小黃狗，蹦蹦跳跳，又活躍又好奇，想看我在挖什麼寶貝。因離我太近，被後面趕來的母黃狗大喝「吆！吆！」兩聲，小狗群立刻鑽入叢林內。即將躲入林中的母狗，回頭與我對看，我才發覺，牠們不是家狗，而是一群野生的狐狸。

在這人跡罕至的後花園邊界地帶，有一天，居然有女士騎駿馬，穿越草叢。她穿亮麗的賽馬裝，紅色上衣，白色馬褲，看到我正在清除荊棘叢，要求我暫時停止工作，免得驚動她的座騎。她有著美艷的容貌，馬上英姿，像出塞和番的王昭君，可惜大部分身影被樹林遮住，祇在幾處芳草沒徑的空間，留下驚鴻一瞥的倩影。

暮色靄靄的冬日，我在園中掃除落葉，一對男女從樹林裡冒出，男士著便裝，女士穿黑色絲袍，披頭散髮，臉色慘白，深黑眼窩裡閃出兩顆午夜魅眼，狀如女鬼，讓我嚇一跳。驚魂甫定，我才想起那天正好是 Halloween，這位婦人異想天開，裝扮女鬼，聊以過節。他們選擇這條小徑，以為沒人看到，卻無意中碰到我。

為了提昇後花園規格，太太阿美回賓州州立大學修園藝師（Master Gardener）課程，2011 年隨普渡大學農學院舉辦「英國花園之旅」，我們隨團專程到倫敦，參觀很多著名的英國花園。太太現已經取得園藝師證件，經常當義工美化環境，服務社區，認識很多志同道合的朋友。在家附近運河邊散步，阿美遇到一位名叫 Joan 的資深園藝師，久未見面，她有小道消息急於奉告，她說：「我的朋友 Nancy 問我，這附近社區有一個很漂亮的花園，知不知道主人是誰？我想可能就是妳的後花園仔。」這位 Nancy 是誰？她的消息從那裡來？外面喊得如此熱鬧滾滾，我們還蒙在鼓裡。

我家後院本來是一片農田，剛搬進時，空無一物，所有的樹木花草都是我們親手栽種，日積月累，才有今天的規模。經 26 年精心耕耘，後花園終於大致完成，很榮幸得到朋友讚賞，老園丁肯定，甚至引起園藝師注意，白白獲得豐盛的恩惠，衷心感謝眾多朋友的厚愛有加，以及慈悲上帝綿綿不盡的恩寵！

二 書中花自開

我一直很喜歡讀書，整天工作後，回到家作完家務事，馬上找本書，坐在角落看書，祇要一卷在手，所有的憂愁和煩惱，都隨之消失。

猶記得四十多年前，在大學時代，每遇颱風季節來臨，我躲在宿舍寢室被窩裡看書，蚊帳圍繞的小天地，像座城堡，既平靜又安寧，不怕外面颱風豪雨，那種讀書滿足的感覺，眞是無以倫比。

來美之後，結婚生子，工作不曾中斷，書本正是陪伴我一路走來的良伴。不像一般「盈盈美代子」的姊妹，在家享受清福，有的是時間，我，每天上班早出晚歸，既回學校修課，又種花，哪有閒工夫坐下來，把一本書從頭到尾讀完？我祇不過利用睡前十五分鐘或半小時看書，看多少算多少。我和一般人不一樣的地方就是「恆心」，能持之以恆，日久見功夫，每月讀完兩三本，四十年下來，讀過的書本，排滿整個書架。

有一陣子，我喜歡 James Michener 的作品，他一生寫過的大河小說，不下 40 本，我讀過將近三分之一以上。例如：「Alaska」、「Hawaii」、「Texas」、「The Source」、「Centennial」等等。Michener 是講故事的高手，寫書喜歡從盤古開天以前著手，往往寫了三分之一的篇幅，恐龍還沒出現。想想看，恐龍退出歷史舞台之後，要多久才有人類始祖亞當，那先知亞伯拉罕，更不用提了，所以他的書每本都很厚，一定要有耐心才讀得完。

我讀書範圍涵蓋古今中外，東方白《浪淘沙》，李喬《寒夜三部曲》等有關台灣人的大河小說，我都仔細唸完。最近比較常讀的是英文小說和《聖經》。我選擇目前最暢銷的小說，例如：Ken Follett：「Fall of Giants」、

Walter Isaacson：「Steve Jobs」、Jamie Ford：「Hotel on the Corner of Bitter and Sweet」。利用睡前時間閱讀，不多久，就一本一本 K 完。用短短的時間，欣賞作者畢生心血創作的結晶，何樂不爲？

關於《聖經》，我本來一竅不通。四十年前隨先生受洗，成爲基督教徒。受洗前，整本《聖經》，我祇讀到《馬太福音》第五章，勉強唸完「登山寶訓」，深受感動而歸主。多年來，牧師們一再強調要讀《聖經》，我偶而翻翻看，從來沒有認眞學習，直到最近幾年，才開始有系統地查考。

基督教起源，和以色列歷史、文化有密切關係，我認爲讀《聖經》必須瞭解猶太人的歷史背景。所以我也看猶太民族的歷史書，例如：Solomon Grayzel：「A Histroy of the Jews」、Abram Sachar：「A History of the Jews」、Cecil Roth：「A History of the Jews」。這些由以色列人自己寫的歷史書，入木三分，讓我眼界大開，幫我瞭解《舊約》的人物和世代興衰。

最近出版有關《聖經》的書，要算普林斯頓大學教授 Elaine Pagels 所寫的「Revelations」。她介紹《新約》〈啓示錄〉列入正典的歷史淵源和爭議，使我們瞭解歷代信徒如何認識耶穌基督的本質，「尼西亞信經」的形成，以及《新約》、《舊約》如何列入正典的來龍去脈。本書是研究《約翰福音》、《約翰一書》、《啓示錄》必備的參考書。

當我拿起《聖經》來讀，感覺非常親切，好像上帝就在面前向我講話。我不祇讀中文版，看不懂的章節，就查考英文版，相互比較之下，時常茅塞頓開，驚呼：「啊！原來如此。」我經常準備一本小冊子，專門用來記錄《聖經》的金玉良言，經多年累積，已成爲身邊寶貝。

今年聖恩教會推行讀經運動，趙牧師鼓勵兄姊在兩年內，把《新約》、

《舊約》讀透透。對於這樣基本的要求，我舉雙手和雙腳贊成。到目前為止，我根據教會設計的讀經表，每日按進度讀，從未間斷。祇要找一個舒適的沙發，安靜下來，讀書不必發很多時間，但是一定要有恆心。

我深信每位信徒都一定要勤讀《聖經》，它是上帝賜給人類的無窮寶藏，等待我們去挖掘。願教會弟兄姊妹互相鼓勵，努力讀經，並且養成讀書的好習慣。

三　花園春季大掃除

2019 年春天的腳步來得太快，才四月初，賓州的櫻花早已盛開，住家附近的運河邊，聚集很多釣客，鱒魚季節到了。太太阿美的報稅工作進入白熱化，她每天早出晚歸，但心中念念不忘花園的整理工作。我們家前前後後，共有十二個小花圃，經過三十三年精心規劃，每個花圃栽滿各種奇花異草，呈現獨特的風格。喜歡賞花的同鄉很多，但祇有少數內行人才知道，花園必需整修，工程不小，同鄉聽到搖頭，而庭景專業認爲有利可圖，紛紛打電話來，願意承包代勞。

我從小農村，蒔花種菜輕鬆自如，整理花圃是鍛練身體的機會。但因報稅雜事纏身，萬不得已，才請庭院專業人士代勞。

庭景專業，做事按部就班，我用兩小時可完成的清理工作，專業要磨一整天。他們每次三個人一組，經理負責收錢，工頭授命給工人，工人聽命於工頭，按時計酬。

我打電話給去年庭園整理的專業，發現該公司已經改組，換了新的老闆。等了幾天，新的老闆才回覆：「你付 $2000，我們明天就動工。」阿美覺得這個人索價太高，馬上回答：「等一等，我會跟你聯絡。」電話掛斷後，阿美找到去年的帳單，一看去年的價款是 $1350，平白漲了 $650，差點上當。

我打電話去 Victoria Mulches 9Co.，訂 14 cubic yards 的覆蓋物（mulches），於 4 月 10 日用大型卡車運到。覆蓋物倒在車庫前面，像一堆小山，小土鏟放入手推車，推到花圃，用雙手灑在花叢間。我推著小車，想到「愚公移山」的寓言故事，寒暑易節，始一返焉！

先從屋前花圃開始，每天早晚工作四小時，幾天下來，屋前三個花圃完工，覆蓋堆減少四分之一。

庭景專業來電議價，阿美說：「你再晚一點來，我們已經做完了！」「還剩下多少立方碼的覆蓋物？」「我怎麼知道剩下多少立方碼？你來看就知道了。」「好，我下星期一早上來看看！」

每天不停工作，不過幾天，屋前的花圃全部完工，開始屋後的玫瑰花園、牧丹花園，逐一清理。

我家花圃，經過三十三年慘淡經營，到處隱藏名貴花卉幼苗，庭景專業閉著眼睛拋灑覆蓋物（mulch），不管冒出地面的花苗埋在地下，表面上歌舞昇平，地底下卻是哀鴻遍野，我自已動手後，才眞相大白。

幾時開始，櫻花悄悄地落盡，綠葉長滿枝頭，報稅季節已經結束。星期一天早上，專業蒞臨寒舍，我說：「感謝你親自來看。我們以後有工作，會請你來幫忙。如果你明天能夠上工的話，你要多少錢？」「我要看看還剩下多少工作。」他到屋前完工的花圃，讚許：「你們做得很好！」繞到後面，「你們的花圃不少啊！」然後說：「我的工作已經排滿了，兩星期後才能輪到你家。」我說：「兩星期後，我們在夏威夷度假。」

蒔花種菜，是永遠保持青春的妙方。我們家衹不過是普通住家，絕對不是白金漢宮，也不是長木花園。我們喜歡戶外活動，種很多蔬菜，90% 送人。一位從香港到普林斯頓神學院進修的女士告訴我，她一生吃過最甜最好吃的西瓜，是我種的 sugar baby watermelon。其實屋後花園之美，在於貴賓和親朋好友蒞臨參觀，帶來滿滿的祝福。花要人欣賞，人以花聯結友誼。

我珍惜存在的每一片刻，活出結實的生命，心存感激。蒔花種菜，整理庭園，讓我覺得每天都是陽光普照，不知不覺，人已經年輕二十歲。

四　愛的大能

1981 年我們搬到賓州蘭封（Langhorne），認識台南人杜智惠，到現在快要四十年了，親眼看到她度過數次人生驚濤駭浪，經歷最大的熬煉而得勝有餘。早年，她的丈夫因癌症過世，留下十一歲獨子，家庭重擔全落在她身上，但她卻堅強地站起來，栽培孤兒完成學業。1994 年再婚，夫婿黃維城醫師晚年罹患帕金森氏症，她無怨無悔地推輪椅，當 24 小時看護，熬過 12 年頭，直到丈夫過世才卸下重擔。

當兩位丈夫先後離世，孩子能平安長大，成家立業成爲她最大的盼望。Charles 沒讓母親失望，醫學院畢業後，在波士頓醫院當醫生，事業有成，房子也買了，就是遲遲不肯結婚。關心的朋友常問：「Charles 什麼時候結婚？」沒有答案；退一步改問：「Charles 有沒有女朋友？」也沒有答案，後來大家心裡明白，乾脆不問。轉眼 Charles 快到五十歲，卻好像想終生當單身貴族似的，讓母親急得像熱鍋上的螞蟻。

信主多年，她深知母親代禱的力量足以憾動世界，所以從十多年前開始，她就一直爲 Charles 禱告，希望兒子能找到一位心愛的伴侶。

2017 年 4 月 12 至 14 日，「第十一屆國際插花大會」在沖繩舉辦，她向我們展示 Charles 從埃及寄來的照片，背景是金字塔和一望無際的北非沙漠，Charles 和女友 Shannon Fegley 兩人騎在駱駝背上。杜智惠深信她的禱告已經蒙主垂聽，上帝正在動工，大家替她高興。

2018 年二月份，Charles 帶女友去印度旅遊，在著名的泰姬陵，浪漫地向 Shannon 求婚，當場得到答應，訂婚戒指容後補送，因爲他們要到珠寶首飾中心 Abu Dubai 購買，在那裡鑽戒物美價廉而且免稅。

婚禮訂於 2019 年 2 月 23 日，地點在紐約上州 Catskills Mountains 的 Villa Roma Resort 觀光旅社。想到兒子馬上要結婚，晚上睡覺時，禁不住地「微微笑」；夢中醒來，常常問自己，這是眞的嗎？這怎麼可能？

婚禮籌備工作如火如荼地進行，400 塊鳳梨酥，17 隻吉祥紙鶴，50 隻小鶴，還有很多細節都自己動手。插花姐妹們問她：「有什麼事需要幫忙嗎？」她都說沒有，衹是新娘希望在會場入口處和來賓簽名桌各擺一盆大型插花。插花姐妹們個個都是高手，大家都樂意奉獻最誠摯的祝福，成品果然不同凡響，150 多位來賓，個個選藝術插花拍照，貼在紀念冊上永久留念。

我們進入擁擠的禮堂，儘管被陌生的人潮和擴音喇叭淹沒，卻忘不了趕快和賓州同鄉一起慶祝，終於親眼看到 Charles 結婚了。

杜智惠和陳月娟早一天到達，花了一番功夫布置會場，她們用精緻的插花小品和吉祥的紙鶴當桌花；小型的紙鶴掛在水晶燈底下，以燈光舞影呈現台灣風味，俊釆星馳，翔鶴滿天飛。

婚禮按時開始，挺拔英俊的新郎站內廳，等著新娘入場，賓客列隊站兩旁。掌聲響起時，穿紅色禮服的新娘，拿一束鮮花，由父親陪同，像隻火鳥奔跳入場，投入新郎的懷抱。火辣辣的旋風，立刻風靡全場。新娘手上的捧花，聖潔高貴，是杜智惠的傑作。

晚宴間樂團助興，嘉賓歌舞歡笑，共享香檳美酒和豐盛的「包肥」自助餐，狂歡到晚上十點才結束，大家意猶未盡。

我們恭逢盛會，見證母愛的偉大，見證愛的力量使這對新人跨越種族和文化的鴻溝，締結連理，願新人早生貴子，永浴愛河，白頭偕老。

次日賓客三五成群，享受女方家長爲遠來賓客所準備的泰式早餐，餐後各自啓程回家。賓州來的同鄉圍坐圓桌，奇怪沒看到 xxx 夫婦？不久 xxx 太太出現，笑眯眯地說：「我們早上度蜜月！」同桌人聽到馬上會意。Villa Roma Resort 像一座陸上的「愛之船」，恭喜她們夫妻趁機享受人間天上的樂趣。

回程經過賓州北部，沿德拉河邊公路南下。同車的插花小組：吳雪容、林美惠老師、張秀美和筆者，回憶昨晚的婚禮，對這位單親媽媽的命運和依靠上帝的信心，深深敬佩。

電話鈴響起來，杜智惠來電道謝，原以爲她陪新人回台灣度蜜月，所以我問：「妳在哪裡？」

「已經在家了！我送陳月娟回 Delaware 州，在她家喝了一碗熱茶就自己開回來，現在家裡。」

我問：「妳一個人負責這麼大的婚禮，禮成後多少收拾善後的工作？妳從北方開到南方，繞了一大圈，至少五點多鐘，卻跟我們同時間到家，這簡直不可思議，妳怎麼這樣厲害呢！」

她說：「這就是「The Power of Love」（愛的力量）。我不斷的祈禱，祈求上帝賜予好天氣，讓賓客順利到達，婚禮順利進行，然後賓客平安回家。你看我的祈禱應驗了，沒有下雪，遠道而來的賀客興盡而回，像 xxx 夫妻趁機度蜜月，你說這不就是愛的力量嗎？」

一年前含淚送走長期臥病的丈夫，沒想到，現在含笑迎進活潑賢慧的洋媳婦。十多年來的代禱，上帝一直在聆聽；堅定不移的母愛，無止境的主恩，見證愛的力量。

杜智惠兒 婚禮

五 花，是生命

太太退休後學習草月流插花，受業於林美惠老師，每週二定期上課，風雨無阻。平時在家裡，全心全意投人練習，幾乎廢寢忘食。國際插花協會的座右銘是「以花會友」，太座應邀當費城分會財務，認識許多插花同好，花道逐漸升段，作品出現在著名的費城花展和美東台灣人夏令會。

林美惠師生和陳月娟從 2014 年到 2019 年，幾乎包辦每年美東台灣人夏令會的舞台設計，對於發揚大會主題和傳達台灣風土人情，貢獻良多。筆者榮任「插花丈夫」，幫忙打雜，深知她們默默地付出，辛苦不爲人知。

花是有生命的，接觸鮮花的女士，因長期呼吸鮮花的香味而更加年輕亮麗。北美洲草月流研習會（North America Sogetsu Seminar）於 2019 年 5 月 12 日至 16 日在夏威夷舉行。主辦單位提出：「Flowers are Life」（花是生命）。這個不同凡響的主題，掌握花道的精髓，把人與花合一的人生觀發揮極致。

夏威夷是度假勝地，又有草月流掌門人將蒞臨示範，因此吸引 300 多位會員，分別來自美國各州，加拿大和墨西哥，其中有 20 多位費城地區的代表。筆者恭逢其盛，見證「花是生命」。

林美惠師生集思廣益，到處收集材料，終於創造一件精美的作品（下圖），陳列在皇家夏威夷觀光旅社的通道，與各地好手的作品分庭抗禮，毫無遜色。

日本草月流第四代掌門人，勅使河原茜的示範表演，果然名不虛傳，大

張秀美的插花同伴

批慕名而來的觀眾，擠滿夏威夷大學的 The Kennedy Theatre，總共 750 多位。河原茜帶來十多位助手，幫忙拿器具和插花材料，她邊插邊用日語解釋，另一女士作英語翻譯。她示範小型插花 6 件，大型插花以竹桿爲基礎，用夏威夷本地生產的植物和花卉當材料，舞台中央一大片棕櫚葉，呈現色彩絢麗的夏威夷風格。當作品完成時，河原茜大喝一聲，舞台上的竹片依次散開，像孔雀開屏，旁邊的燈籠逐漸膨脹，直到顯出白色的漢字「心」，觀眾報以熱烈掌聲。有人說：「這是河原茜最好的創作。」

費城來的三位女士，清早到 Waikiki 海邊散步，在海灘上擺姿勢拍照，這時有一位晨跑的男士加入，擺出同樣的姿勢。吳雪容把與陌生男子合拍的照片寄給她先生，向他拉警報：「早起的鳥兒被蟲吃了（被人勾引）」。她先生心慌，趕緊懇求：「路邊的野花不要採！」Waikiki 海灘美死了！誰能保證美女不被蟲兒吃掉呢？恐怕不容易吧，但對愛花如命的女士而言，不採路邊的野花肯定更難。

她們自 Waikiki 海灘散步回來，看到一部垃圾卡車載滿乾枯椰子樹，大小椰子纍纍成串還帶著鬚根，在花道偶像的眼裡，這簡直是上等的材料，想把它帶回家，說時遲那時快，卡車已經開走了，較年輕的吳雪容快速追趕，追了一段路，突然想到還有六天的環島旅遊，帶椰樹枝上船實在很麻煩，於是決定不再追了，目送垃圾車揚長而去，心中懷著無比的悵然與無奈。

插花展覽最後一天清場，所有的作品必須拆下來，插花者都是遠道而來，再怎麼名貴的花材也帶不走，祇有割愛，統統丟棄，張秀美和杜智惠眼看房角滿堆的花卉，愈看愈捨不得，立即挑選打包，裝滿兩箱，費了九牛二虎之力，抬到 UPS 郵寄，心甘情願地付了一筆嚇人的運費，回家一看才知有些花卉已經枯萎，兩人終於大夢初醒，白當花癡。

會後我們參加愛之船環島旅遊，船到大島（Haiwaii Island），女士們忽然想起在費城，時常有人向一家座落在 Hilo, Haiwaii 的批發商買花，於是拜託導遊帶我們去參觀。店主是第四代日本後裔，很親切地介紹本地出產的花卉，夏威夷得天獨厚，無論天堂鳥，蝴蝶蘭或 heliconia 都比外地鮮艷亮麗。臨別，店主送每人一份禮物而又畢恭畢敬站在店外，等我們的旅行車開走，還行九十度鞠躬禮，第四代仍然保留日本傳統的禮貌，太太覺得不可思議。有一天，我們去 Diamond Head 登山回來，路旁一列計程車等候客人，第一輛車司機是一位飽經日曬，外表像夏威夷土著的女司機，馬上來召喚客人，問：「你們要到哪裡去？」「到 Waikiki」，「請上車，去 Waikiki 車費約$15，加小費，」「我們想坐 Trolly 回去，」「Trolly 是私人經營的，要先訂票才能上車。」看她那麼親切招呼，我們說：「妳很會做生意！像猶太人。」「我就是猶太人！」夏威夷有猶太人而且還當計程車司機，眞是超出意料，所以我們又問：「眞的嗎？」她肯定地重複：「我就是猶太人！」

上車後，女司機開始問：「你們從哪裡來的，哪裡人？準備待多久？我帶你們參觀島上各景點，一天衹要 $300 加上小費，保證比乘 Tour Bus 便宜，而且計程車比較自由，你們想到哪裡都可以。」這麼會作生意的計程車司機並不多見，其她的性格特別開朗，笑容燦爛，沿途不斷地重複：「「生命是美好的，上帝是偉大的！（Life is good，God is great!）」

耶穌說：「但我告訴你們，就是所羅門極榮華的時候所穿的，也比不上這花中的一朵。」（馬太 6：29）花是上帝偉大的創造，花就是生命。

六 溫暖滿人間

電視節目主持人 Oprah Winfrey 提倡撰寫「感恩札記」，每天記錄五件值得感恩的事。我一向支持她的理念，並且加以發揚光大，把注意力集中在自己目前擁有的福分上，珍惜當下的每一分鐘，活出結結實實的生命光輝來。我不但自己身體力行，也鼓勵朋友寫感恩日記，相信祇要我們心中充滿感恩，臉上就會出現笑容，進而感染別人，日久見功夫，人與人之間就能和睦相處，世間就會充滿上帝的慈愛。

上帝的愛感動慕道友，紐澤西州聖恩教會週五晚上的查經班，是寒夜裡的喜宴。慕道友張宜利、李濛夫婦從未缺席，追求眞理不遺餘力，最近她們在紐澤西州萬國教會受洗，聖恩教會四位美女前往獻詩祝賀，獻上美妙的歌聲，讚美上帝。

我住的社區有一家人，因爲住宅意外慘遭祝融，四部消防車前來滅火，很多鄰居紛紛伸出援手，有的邀請留宿，有的捐款，有的準備餐點，有的志願幫助清掃，大家充分發揮守望相助的精神，整個社區彼此關懷，更加團結。

有一天，我開車去檢查，在家門前遇到鄰居，久未見面，彼此熱烈地噓寒問暖。到了檢查站，又遇到一位素不相識的技工，口口聲聲：「My friend!」如此友善的互動，即使索取昂貴的費用也欣然接受；但他的收費相當公道，有些修理項目還免費，對陌生人如此優待，讓我心存感激。

上帝的愛，藉著音樂打動人心。我在網路發現韓國電氣提琴女演奏家 Jo A Ram，一位擅長演奏鄉村藍調的高手，頭髮飄飄垂於胸前，容貌不算美艷，卻很耐看。她知道聽眾不祇聽音樂，也渴望視覺享受，所以精心設計髮型和服裝，塑造獨特的個人風格。她演奏時盡心、盡性、盡力地投入，全身隨絃律擺動，臉上散發青春魅力，聽眾心花隨之起舞。她拉出的琴聲、舞台風格和臉部表情，構成三絕，令我徹夜欣賞欲罷不能，不知不覺忘了自己的年紀。隔天早上起床，太太問：「昨晚為什麼那麼晚才睡覺？」我抱著她，悄悄地說：「I love you!」音樂遇到休止符，無聲勝有聲。

我到 Fox Chase Cancer Center 健康檢查，因為行前沉醉於網路古典音樂節目，心中仍有歌聲在迴盪，精神頓覺輕鬆，遇到所有的人，即使是病人，都覺得美好無比。我的醫生是阮明妃，出生於越南，哈佛大學畢業。這位氣質高雅的女人，臉頰閃出紅韻，我讚美她比去年漂亮年輕，我說：「我很高興看到妳，妳的確比去年漂亮！」我接著又說：

「我珍惜存在的每一分鐘，盡量活出充實光輝的生命！」她看到我那麼開心，有點羨慕說：「我也想早點退休，像你一樣快樂過日子！」又說：「我怕下雪天開車，都叫我先生載我上班。我先生在教書⋯⋯。」為了避免談她的先生，我說：「妳千萬別退休，妳的病人需要妳照顧啊！」接著的話題，幾乎涵蓋園藝種菜、古典音樂、鄉村藍調等，我們一直聊，簡直忘記今天會面的目的了。阮明妃醫師檢視我的病歷，說：「你的情況很好，幾個指標顯示進步很多。」我告訴她，稍早護士量我的血壓偏高，於是她又幫我仔細再量一次，也許是談話太開心所致，竟比護士量的高出很多。她馬上打電話給藥房，吩咐我吃藥後，隔半小時再回來量。

服藥後，我去驗血站，幾位患者坐在候診室，護士小姐來來去去，點名叫人。穿白色制服的護士，前胸扣得緊緊的，臉上掛著一副撲克牌面容，看來是訓練有素的護理人員。

突然有人叫我的名字：「XXX!」我以響亮聲音回答：「I am Here!」呼聲與應聲相稱。祇見一位熱情的女士在招呼，我也以相稱的熱情回應她，偶然相遇，彼此撞出的火花，使兩個陌生人立刻變成熟人。她的胸前開叉甚低，皮膚粉紅，渾身散發的能量，跟一般的護士完全不同，我暗暗驚喜，跟著她進入實驗室。她的一舉一動十分優雅，手續操作格外小心，我感激讚嘆：「I love your energy!」她說：「I love yours too!」心心相印，多麼可愛！

她看了我的就醫記錄，說：「你來 Fox Chase Center 檢查，已經有二十多年了！」我說：「是啊！我以前的醫生是 Dr. London，他已經過世了，他是一位好醫生，我想念他。」她知道 Dr. London，問我現在的醫生是誰？這是你今天最後一項檢查嗎？馬上就離開嗎？我深深感謝她爲患者提供額外的關懷，差點要說：「I thank you from the bottom of my heart!」我心裡直想要輕輕地告訴她：「I love you!」

我眞不敢相信自己的運氣，一切手續已經完成，將要離開醫院時，迎面一位黑人服務員推輪椅進來，上面坐著老婦，我向服務員點頭微笑，嘉許他的敬業精神，他送給我值一百萬元的笑容。唉呀！這是名副其實的「再會全壘打」，早上我空手而來，現在滿載而歸，上帝奇妙的恩典，使我敬畏。

上帝的愛充滿人間，如同天上。週五查經班圓滿結束，我們離開教會時，已經晚上九點多。取道一號公路北行，一輪明月出現在東邊，起先光度不太強，又被幾片烏雲遮蓋，露出大大的圓圈。

我們往西，月亮在背後跟著。到了德拉瓦河邊，天空無雲，明月大放光芒，像一面鏡子，掛在河邊樹林上，河面波光粼粼，神秘寧靜，我讚嘆上帝創造的景色如此美麗，祂的愛如此祥和圓滿，令人驚喜。經過河邊公路，快到家了，月光穿過岸邊的樹林，時隱時現，一直陪伴我們平安回到家。教會姐妹說：「美麗的夜晚，伴隨幸福的人兒，這是神的無上祝福啊！」

上帝透過各樣人、事、物，隨時供應世人最渴慕的愛和安慰。祇要你感覺需要，上帝的愛就會跟隨著你！

溫暖的小提琴旋律，瀰漫著寂靜的夜晚，我陶醉在甜美的回憶裡，細數近來幾件不尋常遭遇，實錄如上。感謝上帝，願主的愛天長地久，永遠常存！

七 懷念吳德耀校長夫人薛瑛女士

1960 年新生訓練，吳校長強調東海大學是一個大家庭，師生關係至爲密切，不像他在國外大學的經驗，直到畢業典禮才遠遠的看到校長。東海四年，我們很榮幸常常瞻仰校長伉儷的風采，畢業餐會，本來有機會與校長夫人握手寒暄，卻因靦顏而錯失良機，如今她已經安息主懷，謹以此文追憶。

1960 年聖誕節在體育館的燭光晚會，全校師生應邀參加，館內排滿餐桌，燈火輝煌，全校師長盛裝列席，學生們也都穿著乾淨，喜氣洋洋。那場盛大的「彌賽亞」演唱會，女高音就是吳校長夫人。後來幾次燭光晚會和「彌賽亞」公演，夫人都擔任女高音。

當年文學院男同學大都來自中南部，外表樸實，害羞而不善交際，第一次參加聖誕聚餐，看到這麼大的餐會，眞是嘆爲觀止，內心覺得又溫暖又好奇。大一經濟系男女生混合同席，第一次和女生一起用餐，感覺很拘束，當校牧任賜瑞牧師用國語謝飯禱告後，我們這桌眼看著桌上的美食，卻不好意思挾菜，祇低頭扒飯。這時，女同學關敏看不下，就嚷著：「光吃白飯嗎？」經她提醒，才開始大方用餐。

餐後，緊接著燭光晚會，禮堂的燈光漸漸熄下來，管絃樂團奏聖歌：「請來忠信聖徒」，赫赫有名的「聖樂團」，人手一支蠟燭，排成兩行，邊走邊唱，從禮堂後面走向舞台，使我想起華格納歌劇《唐懷瑟》中莊嚴神聖的「朝聖者合唱」。我們的餐桌靠近走道，聖樂團員從我身邊走過，微弱的燭光顯出聖潔的面容，時隔半世紀，記憶猶新。

四位獨唱歌手站在聖樂團前，男高音吳文修先生是台灣中部名聲樂家。

然而，大眾注目的焦點還是校長夫人。夫人身材修長，容貌溫和高雅，歌聲清脆甜美，中氣十足，我們坐在底下當忠實的聽眾，深深佩服，也感到十分光榮，衡諸國內外大學，不知那位校長夫人有如此崇高的藝術造詣。

漫步校園，看見建築風格獨特的校長公館，尤其那叢爬在牆壁上的長春藤，在台灣並不常見。建築師選出象徵長春藤盟校的植物當點綴，與主人身份相稱，同時也表達「東西此相逢」的創校理念。館內的東海第一夫人，不僅是聲樂家，也是學貫中西，才德兼備的女士。

其實，吳校長夫人豈衹才德兼備。1961 年，宋美齡蒞臨大度山，探訪吳校長伉儷成為東海校史上的盛事。路思義教堂於 1962 年破土興建時，吳校長夫人頭上綁條絲巾，應酬於賓客之中，無愧為吳校長賢內助兼親善大使。

1963 年東海最著名的地標落成，《時代雜誌》創辦人亨利．路思義家族蒞臨剪綵，感恩禮拜由周聯華牧師主持，吳校長夫人獻詩讚美神。路思義先生固然是世界名人；其夫人克蕾．布斯．路思義（Clare Boothe Luce）更是風華絕代，英國首相邱吉爾稱她為美國最有勢力的人，她蒞臨中華民國，榮獲蔣總統夫人親自接待；蒞臨東海大學，除了吳校長伉儷，沒有人可以與她分庭抗禮，當年轟動一時的國際新聞，現在已變成歷史（The rest is history）。

1964 年畢業典禮後，畢業生應邀加入「東海大學校友會」，出席的人並不多。郭永助學長代表校友會，感慨地說：「我們以後要在一起像今天這樣，容我不客氣地說：恐怕不可能……。」吳校長卻引用湯恩比的話鼓勵我們：「今天來參加的很少，但任何團體有貢獻的也是湯恩比所說的『創造性的少數』（Creative Minority）。」畢業後，我們果眞無緣相聚在一起；但仍然銘記校長的話，努力當「創造性的少數」。

離校前，吳校長招待第六屆畢業生，聚餐地點在學生中心——「銘賢堂」。本來以爲校長招待的餐會和其他飯局一樣，大家隨便進場，找個位子坐下去就對了。可是當我們抵達會場時，發現吳校長和夫人站在門口歡迎畢業生，因爲他們兩位是主人。糟糕了！怎麼和吳校長及夫人握手寒暄！大學讀完，智識略有進步；可是我們的人際關係仍然停留在入學時的水平，害羞的本性並沒有改善，踏進餐會這一關比期末考還難。

於是幾個男生混在一起，你推我擠，硬擠進去，吳校長見狀十分驚愕，但吳夫人卻不動聲色。輪到我進場，也祇匆促地和校長握手，對站在旁邊的夫人一句感謝的話都說不出來。我回頭看，後面進來的幾位女同學態度自然，和校長寒暄時，面帶笑容，從台北來的同學顯然比較老練。

校長夫人，請原諒並接受我們遲來的感謝！以往我們以妳爲榮，祈求妳在天之靈保佑東海，日益茁壯。

八　最長的一日

2011 年冬天，美國賓州費城地區下雪不斷，當農曆虎年接近尾聲時，我家最長的一日，即將開始。

二月份一開始就下大雪，第二天學校停課了。我家阿美繼續上班，早出晚歸，天雪再大，不影響她工作的熱誠。她的本田（Honda）汽車，已超過維修期限，爲了防止爆胎或其他事故，我打電話到 Firestone 掛號，平生最怕車子在公路上拋錨，不管天氣好壞，我決定明天非去維修不可。

晚上九時，鄰居兩隻狗汪汪叫，阿美下班回來。我開門見山宣布：「我欲（要）牽妳的車去 Firestone 換機油，明天你駛（開）我的 Lexus 去上班。阿美：「你有看天氣預告否（嗎）？明天會落冰（下冰），比落雪擱卡可怕（比下雪更可怕）！」我說：「你的車子眞久攏無（很久都沒有）檢查胎壓，胎壓過低開起來很危險。機油也得愛（要）換了。」阿美：「明天是農曆除夕，你知否（你知道嗎）？」

來美定居幾十年，我早已忘掉家鄉台灣過年習俗，經阿美提醒，才略爲警覺，新年快到了。但想到汽車維修，事關生命安全，不能掉以輕心，我理直氣壯地說：「除夕跟車子維修有什麼關係？開車安全重要，還是慶祝除夕重要？」阿美暫時關閉尊口。我又說：「我的 Lexus 輪胎半新，胎壓絕對沒問題，駛（開）在冰路卡（比較）安全啦！」我退休後很少外出，Lexus 擺在車間，四個輪胎看起來還很新。

連夜冰雹像子彈，砰砰地敲打屋頂和窗門。第二天早上起床，發現又停電了，電力公司算準早晨七點停止供應電力，時鐘正好停在七時正，分秒不差。聽說不知那顆樹倒了，壓到電線，也許電力公司正搶修中，不久就可恢復供電。

我開阿美的 Honda 去換機油，薄冰覆蓋的公路，光溜溜像溜冰場，我小心翼翼地沿著德拉瓦河畔公路往南走，沿途社區都停電，才知事態嚴重。準時趕到 Firestone，候客室衹有一兩個顧客，櫃台服務員以往一副冰冷的臉，今早格外友善親切，辨事乾淨俐落。他好像說：「很多顧客都缺席，你連這種惡劣天氣，還能準時赴約，眞難得。」

我把幾張優待券交給服務員，看帳單，換機油、檢查胎壓等工作加起來，衹收兩元。十一點多車子修好，牽車回到家，電還是沒來，室內溫度下降，我肚子餓。早餐沒吃，修車後，雖然經過 All Country Buffet，又沒去吃午餐。整天停電，屋內溫度已降至冰點，我穿厚厚的夾克還不夠禦寒，已經三餐未進半點食物，肚子餓過頭，反而不覺餓了。

捱到晚上七點正，突然間，燈火一閃，電冰箱呼呼呼活轉起來了，暖氣機轟然啓動，暖氣也呼呼呼跑出來。電終於來了，但阿美還在辦公室工作，什麼時候才會回來呢？

忙了一整天，阿美習慣地收拾辦公桌，準備下班。她自言自語：「今天是農曆除夕，早點回家好好慶祝！」離開前先撥電話回家，卻發現電話接不通，是不是今早家裡停電，到現在還沒修復？說是提早離開辦公室，看看腕錶，已經是晚上七點多，外面冷冰冰，又黑漆漆一片。阿美一邊開車，一邊盤算今晚菜單，想到 H Mart 韓國店去買火鍋作料，除夕吃火鍋，憧憬著餐桌上熱騰騰的菜香肉味，陣陣飄來。

車子高速馳在賓州黑暗的 95 號公路上，打開收音機，聽新聞和氣象報告，經過 Oxford Valley Mall，突然感覺左後方車輪發出「啪！啪！

啪！」，好像有張紙粘在輪胎上。阿美立刻關掉收音機，想聽個究竟，但決不相信這部高級 Lexus 會發生故障，所以繼續向前開。

一連串啪啪啪之後，便是「砰！」然爆炸聲，響徹荒郊。這可不是迎春的爆竹，而是輪胎爆炸，平生最擔心的事終於發生了。緊急關頭，阿美記得老公說：「遇到爆胎時，應減速，慢慢開到路旁換胎。」公路兩旁到處積雪，找不到安全空間停車，慢慢又拖了十多分鐘，才在路橋下停車。

阿美走出車外求救，揮舞著毛線衣，想引起過路車輛注意，看那位好心人肯停車幫忙，也希望公路警察及時出現。但是很多車輛疾馳而過，始終無人停車協助，也無警車經過。

阿美的手機忘了充電，緊急求救時，高科技產品形同廢物。阿美衹好摸黑沿 95 號公路往北走，還好州際公路優先除雪，路肩清潔溜溜的。在雪地中步行一哩路，才看到公路右前方，隱約有很多住家，微弱的燈光透過樹林，閃到公路。但是公路到住家之間，隔著樹林，林下是無法滲透的荊棘叢林，走不進去。阿美衹好沿著路肩，繼續又走了一哩多路。

這時，阿美突然想起最近在教會唱的聖詩〈境遇好壞是主所定〉：「境遇好壞是主所定，上帝在照顧你！站主翼下，穩當免驚，上帝在照顧你！上帝在照顧你！各日在顧，各日導路，上帝在照顧你！上帝在照顧你！」阿美現在在荒野，黑夜行走，形單影隻，路途危險，迫切需要救主的扶持看顧。雪地夜行，阿美跌倒再爬起來，心裡並不害怕，深知上帝在保護她。走著走著，終於找到一個缺口，可以穿過樹林了，阿美心想，還好今早出門前穿褲子和長筒鞋，否則不堪設想。

公寓外圍又是一道高過胸膛的籬笆，無法跨越，阿美想：「若是老公在就有幫法，我老娘全副上班打扮，還得耐心找個墊腳處，長筒鞋陷入雪中，半走半摔跤！」後來奇蹟似地找到土堆，剛好可以墊腳，阿美爬過籬笆，她走向最近的一棟公寓，前門半開，朦朧燈火下，一女人站在門外吸煙。阿美喜出望外，連忙高聲打招呼，邊走邊叫：「Hello！Hello！」那女人向她看看，竟視若無睹，一句話沒說逕自走進屋去，順手把門關上。

阿美無處可去，決心走去敲門。良久，一白種青年人出來開門，他看起來是我們大兒子的年紀，「你需要幫忙嗎？」阿美解釋來意：「我的車子在公路上爆胎，我走到這裡請求幫忙。」

阿美往門內看，剛才那位吸煙的女士，抱嬰兒躲在臥室門邊。那位白人說她太太很害怕，才趕快把門關上：「她很膽小！」阿美表示不要緊，沒關係：「我瞭解。」

男人問：「妳要電話嗎？要不要進來？」阿美：「不必了！謝謝你；但我要跟我先生聯絡。」「妳可以用我的手機。」「我在哪裡呢？」

「妳在 Heatcock Meadow。」「喔！那麼離超市 Giant 不遠罷？」「不遠。」「我載妳去 Giant。」「多遠？」「大概半哩。」

「沒關係，我自己走去。請借用你的手機給我先生通電話。」

快到晚上八點，家裡電話鈴響起來，我拿起聽筒，是阿美打來的。我連忙回應：「Hello Hello！」等待她宣布慶祝除夕的好消息。電話中她似乎跟人說：「有人接電話，我先生在家。」然後接著說：「老公啊！我的車子在公路上爆胎！……」

「爆胎」！！！一記悶雷平空打下，使我震驚，心往下沉，她有沒有受傷？我無法相信，保養得好好的 Lexus 會出毛病，僅祇讓她駛（開）一天，就發生如此重大的變故。我盤算夜晚在公路旁換輪胎的種種狀況，這將是最長的一夜了。她卻興致高昂地細述路上的奇遇：「我走了兩哩路，幸運找到這個住家，向人借手機，原以爲家裡停電，居然打得通。」

想想看，在交通繁忙的州際公路，雪中摸黑走兩哩路！簡直是虎口餘生，從地獄走回來。她個性天生樂觀，沒有半句怨言，電話打通的喜悅，遠超雪地歷險的苦楚。

我問：「妳現在佇哆位（在哪裡）？」「我欲（要）走去超市 Giant，你來接我。」「就是消防組對面那間 Giant 嗎？」「是啦！那個人說要載我去，我說不必。我現在欲（要）走去 Giant，你緊來（快來）！」

我說：「我馬上到！」整天未脫厚夾克，我不必著裝，祇拿車鑰匙就出門。開到 Giant，才停車，阿美就從超市走出了。

回到家，鄰居的狗又汪汪地叫起來，迎接夜歸人。才入門，隨手打開冰箱，想找點食物充飢，冰箱裡面空空，今年除夕年夜飯，祇喝北風。看看時鐘已過午夜，讓 Lexus 停在州際公路邊，明天再請人拖去修理。今天，眞是最長的一日。

九 夜半訪客

1998 年我在紐澤西州立大學（TCNJ）經濟系教書，某夜，上完最後一堂課，我隨學生走出教室，準備回家。突然斜對面的電梯，喀嚓一聲，門開處，一個東方人朝我走過來，仔細一看，讓我嚇了一跳，來人竟然是睽違多年的大學同學林伯豪。

「林伯豪！」我驚呼：「你不是在北京嗎？怎麼人在這裡？」這突然相逢，如幻似夢，令人措手不及。

「哎呀！說來話長！」伯豪很感慨地說：「我看破了中國共產黨。」看

紐澤西州立大學商學院夜景

破中共？這不就是國黨早已說過而且婦孺皆知的「眞理」嗎？但是林兄的感慨，引起我的興趣。他在 70 年代保釣運動時，以台灣學者的名義投奔中共，現在又從中國逃出來，好不容易離開他「夢中的祖國」，萬里迢迢跑來找我，必定有什麼要事，急待解決吧。

「我知道你在北京大學教書，常常想哪天有機會到中國旅遊，順便去找你，沒想到今晚遇到你。」「我有事想請你幫忙，才來找你。」

闊別三十一年（1967-1998），他的外表沒多大變化，倒是人發福了，舉手投足也比較沉穩，可是臉上還掛著大學時衆人熟悉的笑容，所以我一眼就認出來。

林伯豪在 M 大學時代和我同屆，因爲我們住在同一棟宿舍，幾乎天天見面。他有圓圓胖胖的外表，笑口常開，很有福氣的樣子，在他身邊笑料不斷。他的功課乏善可陳，大致在及格邊緣，柔道可是一枝獨秀。天分加上苦練，他很快晉升初段，不久又平步青雲，堂堂當上柔道隊長。我參觀好幾次校際柔道比賽，在他領導下，M 校校隊表現可圈可點。

柔道隊員通常都是男生，但 M 校校隊卻有位名叫葉末綠的中日混血美女，長得婀娜多姿，人見人愛。柔道練習時，男女雙方短兵相接，是否假戲眞做，其詳固非局外人士所知，然則林伯豪靠近水樓台之緣，獲美人垂青，因而雙雙出入校園，早已成爲校園花邊新聞。當年 M 校社會系是連絡革命感情的溫床，愛侶特別多，前有林正義和唐新凌，現有林伯豪和葉末綠，長江後浪往前推，害得我們這些不善交際的書呆子，祇有乾瞪眼的分。

出國前夕，我和幾位同學到林府辭別，他家在台北市一棟外觀平常的大樓，裡面陳設簡單樸素，但林伯對我們噓寒問暖，口中唸唸不忘那位混血美女，還招待我們一頓豐盛的午餐。

林伯豪到美國大學進修時，正趕上 1970 年代反越戰時期，示威遊行正在校園內洶湧澎湃地進行，台灣來的留學生無不大開眼界。不多久又遇到「保釣運動」，林伯豪和他的同志，出於自發自覺的愛國熱情，領導全美各校留學生，聚集華府示威遊行，向國府大使館抗議。國民政府按「愛國有罪，造反無理」的反動邏輯，把這些愛國留學生通通列入黑名單，因此林伯豪返鄉之路遭到封殺，他衹好改變方向，投奔「共產中國」。此後我和林伯豪從未見過面，也失去了連絡，直到今天晚上。

夜已深，人去樓空，整個商學院教室衹剩我們，太多的往事，不知道該從何說起，我請他留下電話號碼和通訊地址。我想知道爲什麼他今晚特別來找我？美國這麼大，哪裡不能去，偏偏跑到紐澤西，又專程來我們這所州立大學。伯豪說：「離開中國後，我到堪薩斯州立大學修完社會學博士學位，爲了找工作，我又到你們紐澤西學院修完管理學碩士課程，現在正準備學位考試，有一門「管理經濟學」我覺得很困難，考題是你出的，請你幫忙。」

已經修完碩士課程！估計他在我們學校至少待一年，多少時候，他經過我的辦公室門口，卻過門不入，直到最後，爲考試所逼才硬著頭皮來找我。

商學院把密封的「管理經濟學」考卷交給我，我大概猜測哪一分試卷是他的，答得相當好。取得商學院的碩士學位後，他順利找到工作，上班地點在美南佛羅里達州。搬到佛州前夕，他跟我約好，帶太太和兒子來我家住一晚。

我住在賓州費城北邊，住家附近就是美國革命搖籃「華盛頓渡河」（Washington Crossing）公園，距離學校約二十分鐘。傍晚，林伯豪沿德拉瓦河邊公路開到我家，沿途欣賞林蔭道路，河水反映落日餘暉。他心中不無感觸，搬到佛州以後，回美東的機會也許不多了。

林伯豪帶他的「愛人」朱慕蘭和一個七歲大的兒子，欣然來訪。我家太座準備便餐招待客人。閒談中，我大略瞭解他「回歸祖國」的情形。1975年代，我們這位台灣出生的「保釣運動」健將投奔「祖國」，人日報還用頭條新聞報導。接著，他被安排到北京大學教書，在大學部教英文和「社會學」，課外還擔任北大柔道隊教練。

中共爲籠絡海外華人學者，在這位樣板人物身上下了一番功夫，給予前所未有的禮遇。儘管中共官方表面上大肆宣傳他，但一般人卻有不同的看法，林太太她說：「國內看到回歸的報導，在背後笑他，罵他傻瓜，說是人在外國好好的，幹嘛回來受罪？」我問他：「你經過文化大革命，那麼多政治運動，你怎麼能平安無事？」「我在北大，還不至於被鬥。」「你怎麼能離開中國？」「我申請到美國進修，用留學名義離開中國。」其實，中共外交部勸他學成歸國，爲祖國效力，但網開一面，容許他把妻小一起帶走，沒有留下人質。

芳名朱慕蘭的林太太，來自北京，時年約四十左右，明豔照人，雖然生過小孩，體態輕盈如燕，乍看起來，就知眼前這位北京小姐絕非等閒之輩。太座好奇地問：「林先生！你娶到這麼漂亮的太太，可眞有福氣呀！」問到林太太的來歷，可就嚇我一跳。朱慕蘭小姐是北大歷史系教授的掌上明珠，不僅如此，她是「中央芭蕾舞劇團」的演員，參加江青主導的革命樣板戲「紅色娘子軍」演出。雖然她不是戲中的主角，但能演個工農兵角色，撐著紅旗在舞台上虛晃幾招，也夠風光的了。當時全中國芭蕾舞團屈指可數，能入選當團員絕對不簡單，不但要才貌雙全，還要深「紅」才行。我好奇問：「妳是如何入選的？」朱慕蘭說：「中央派人到中國各中小學，選拔五官端正的少女，鑑定臉型身材，甚至量手、腳的長度和比例。甄選合格的少女，送到北京芭蕾舞學校，由俄羅斯聘來的芭蕾舞專家訓練。」

朱慕蘭小姐隨「愛人」來到美國，立刻放下身段，洗卻鉛黛，自甘下放到中國餐館當起女侍。儘管餐館薪資不高，她決心向資本主義生活水平看齊，很快就學會用高檔的化妝品，還買了一部二手貨的紅色跑車。

有些中國來的女孩，喜歡在丈夫的老朋友面前教訓自己的丈夫。朱慕蘭小姐亦不例外，那夜在我家，她趁機在我的面前對她的「愛人」提出批評。她抱怨說：「林伯豪人太胖，喜歡喝可樂！我要他戒掉可樂，他偏不聽。現在老朋友面前，看他還聽不聽！」伯豪乖乖地站在客廳挨批，不敢吭聲。我覺得可樂事小，若可樂僅僅是冰山的一角，這就茲事體大了。想想看，人家年輕漂亮，又有江青同志「中央芭蕾舞劇團」顯赫的背景，今天夫妻之間出了狀況，絕對不能掉以輕心。於是我向她保證：「吾友伯豪，煙酒不沾，不喝可樂挺容易，肯定他會戒掉，而且現在就戒。」我特地用北京人「挺好」、「肯定」的口頭禪勸勉她，看在教書匠面上，也許我的保證使她放心不少。

就寢前，慕蘭小姐向我太太要面霜，我家太座化妝品琳琅滿目，應有盡有，光不同品牌的面膏，就有好多種。太座先在「賓客房」找到資生堂高級面霜，交給慕蘭小姐。她瞧瞧品牌就立刻退回說：「我的皮膚很敏感，不能用這種化妝品！」太座又翻箱倒櫃，找到一瓶「密絲佛陀」給她，慕蘭搖搖頭說不行又送了回來。最後，太座把自己御用的「雅詩蘭黛」奉上，慕蘭小姐才勉強接受。事後太座如此說：「到朋友家作客，有什麼用什麼，將就一點嘛，何必這麼認眞！」賓主之間還爲化妝品討價還價，費了一翻折騰。

我們眞是井底之蛙，對中國人的印象，仍停留在改革開放前，全國到處一襲毛裝，女生一律清湯掛麵的「刻板記憶」，曾幾何時，中共無產階級以驚人的速度翻身，我們還不曉得。慕蘭來美國才幾年，買了豪華跑車又用高檔次的化妝品，染上「走資派」浮華習氣，使太座看了傻眼。

林伯豪一生多彩。大學時代，混血美女葉末綠跟他形影不離，70 年代到美國留學，榮膺「保釣運動」健將，當起守土衛國的風雲人物。繼而回歸「祖國」，躋身中國最高學府——北京大學，得天下英才而教之。最後娶到「中央芭蕾舞劇團」美麗的朱慕蘭小姐，英雄美人，有情人終成眷屬。泰戈爾說：「祇管走過去，不必逗留路旁的花朵，因爲一路上，花朵自會繼續開放的。」他一路上採到美麗的花朵，帶給我們感嘆驚訝。這位夜半訪客，像一葉扁舟，航行在回憶的洪流，今宵停泊在費城，明日將航向南方的佛羅里達州，願他們在鮮花盛開的旅途上，相親相愛，一路順風！

十　夏眉《踏歌行》讀後感

夏眉《踏歌行》全書主題可以濃縮爲「侷限的愛情（CONSTRAINED LOVE AFFAIRS）。夏眉細膩地描繪兩性間的糾纏關係，尤其善於捕捉夾縫中爆出的火花。她筆下的愛情故事，不是奔放、自由、按常軌發展的愛情，而是壓抑、束縛、越軌的畸形之戀。女主角身在人間，卻捕捉天邊的彩虹。然而彩色的夢雖然美好，終究是泡沫幻影。結果，這些愛情故事的結局若非「懷念那已失去的」，不然就是「坐在窗台上的沉思」，沉思的結果，落得「幽窗冷雨」，最後主角日薄西山，奄奄一息。

這種侷限性的愛情，首先出現在那篇：〈懷念那已失去的〉。女主角已名花有主，但她喜歡的對象，竟然是摯友「依依」的白馬王子。出於「依依」在她面前失神落魄的迷戀，她受到感染，也開始向同一男生展開她的狂想和追求。然而這兩對戀人都放不下舊情的重負，暗度陳倉的結果，導致矛盾與折磨，徒增痛苦的呻吟和無聲的哭泣。

〈坐在窗台上的沉思〉，描寫住在紐約的「千春」和住在加州的未婚夫「亞倫」，兩人離多聚少。「千春」懷孕三個月，從加州飛回，在機場遇到年輕、斯文的男士「漢斯」，從此發生另一件侷限性的愛情。夏眉透過生花之筆，刻畫女性寂寞心靈，渴望被寵被愛。在壓抑和矛盾中，「千春」遇到新歡，陶醉在春夜的甜蜜和芬芳，怎奈肚中胎兒日漸長大，夏眉大膽地描述「千春」徘徊在舊情與新歡的糾纏中，最後不得望著「漢斯」的背影，茫然消失於生命中。

在〈幽窗冷雨〉，瀕臨垂死邊緣的「高橋」，望著窗外迷濛的雨絲，他心愛的人是「素娥」，但卻奉親之命和媒妁之言，勉強娶了姐姐「素香」。

在沒有愛的婚姻中，夫妻感情不睦，家暴和孩童虐待時常發生，「高橋」又陷入長期失業。

「素香」從台灣得到四百萬美元匯款，爲了報復「高橋」對她虐待，採取整人爲快樂之本的手段，當著朋友面前羞辱擺布他，使他走向窮途末路，最終以癌症結束他坎坷的一生。夏眉技巧的把「高橋」臨死前的鏡頭分開，部分放在小說最前面當開場白，另一部分放在最後當故事的結尾，而讓「高橋」看到「素娥」出現，才瞑目而死。

在〈踏歌行〉中，夏眉詳細記載女主角「林安寧」，在斗六鄉下的童年、小學、中學的生活。十九歲時，初次遇到男主角「忠勇」。「忠勇」念醫學院，對「安寧」死心塌地，耐心追求，但「安寧」卻明顯地不喜歡他，嫌他不夠浪漫，她寧願追逐天邊的彩虹，對一個有婦之夫的同事產生戀情，心中有壓抑不住的渴望和癡戀。無形中，她繼承乃父風流放蕩的情種，此種孽緣正爲父親深惡痛絕，等挨到父親結實的巴掌，她才醒過來，從彩虹高空掉落到人間。此後，「安寧」還是刁鑽任性，在她父親護航指引才想到「忠勇」的長處，終於接受他的追求，踏著婚禮進行曲完婚。

嚴格說來，夏眉筆下的「安寧」是個「五不」的角色。她不漂亮，不熱情，不積極，不主動，也不敢被愛，我看不出她有什麼可愛之處。相反的，「忠勇」應該是一表人才，名校出身的開業醫生，是仕女追求的對象，我也看不出他有什麼不可愛的地方。在兩個看不出之中，我們清楚地看到落花有意，流水無情，一個可愛的他愛上不可愛的她。

也許，這是夏眉的特長和貢獻。她突破傳統風花雪月的架構，另闢蹊徑，展現高度的藝術手腕，讀者要有耐心才能欣賞夏眉小說藝術的堂奧。

夏眉一向認同孕育她的土地——台灣，所以她關懷平凡的鄉土人物，尤其是弱勢邊緣人物。在〈野渡無人〉，養女「菊花」才十歲，每天早上起床，先餵豬和雞鴨，然後做早餐，侍奉養父母，家事做完再去上學。養父母沒有虐待她，因爲她是能幹的忠僕兼養女。某日，養母叫她拎隻雞給「做月子」的阿姐。「菊花」帶雞上學，遭同學恥笑，但她逆來順受。散學後，拎著雞坐船渡河到姐姐家，姐姐正需要幫手，所以盡量榨取她的勞力，叫她殺雞、做飯、清掃等一連串家事。

天下大雨，姐姐不留她過夜，反而叫她回家：「妳快走吧！太晚了怕過不了河。」走到黑夜大雨中的江邊，見無人撐渡，她又摸黑回到姐姐家，敲門亦沒人應門，不得已她再度走回江邊，自行划船強渡凶湧的大河，半渡中，人船盡付東流。臨終前，留下脆弱的呼叫：「救命呀！」但因野渡無人，她叫天天不應，叫地地不靈。這絕望的哭聲是呼天搶地的哀嚎，也是震撼人心的控訴。

薄命的養女「菊花」，可說是台灣人悲情的縮影，被生父母遺棄在先，又被養父母榨取剩餘勞力在後，但她發揮人間各種美德，燃燒自己的生命，逆來順受，無怨無悔。她像一朵開在山澗的花蕊，自生自滅，了無痕跡，令人憐惜。但願台灣人的祖先，有位亞伯拉罕，在天國等她，安慰她說：「我親愛的孩子，妳已經息了世間勞苦，到我胸前安息吧！」

十二　夏眉《背叛者》讀記

繼《踏歌行》和《馬德里的黃昏》連續問世後，夏眉又有新書出版了。這本《背叛者》收集十篇已經發表的短篇小說，由春暉出版社於 2016 年元月份出版。

托爾斯泰在《安娜·卡列尼娜》開場白說：「幸福家庭都是相似的；不幸家庭有各自的不幸。」家庭離不開婚姻，每個不幸的婚姻也有獨特的不幸。夏眉小說集道出婚姻面面觀，書名爲《背叛者》多少代表她的風格與偏好。她不歌頌美滿婚姻和幸福人生，卻從人性灰色地帶檢驗各種婚變的形態，揭露家庭糾紛的源頭和背叛行爲，她的文筆簡單直接，刻劃人性赤裸裸的愛恨情結卻異常剔透。

配偶的容貌與文化素養孰重？且看〈一個守諾言的男人〉的心路歷程。明澤是富家子弟，年輕時巧遇洗衣婦的女兒彩鳳，雖僅小學程度但艷麗非凡，遂不顧家人反對，堅持娶她爲妻，並且保證不遺棄她。婚後帶她到美國建立美滿家庭，起初他們是人人羨慕的佳偶，但語言和教育程度逐漸構成適應新環境和夫婦溝通的障礙。步入中年後，明澤的價值觀改變了，他渴慕一個談話投機，社交場合體面的伴侶，明澤遇到同行的麗池，志趣相投而相愛，口頭上向髮妻保證遵守諾言，實際上他已經移情別戀。

〈友情〉這篇文章篇幅很長，作者說它有兩個並行的主題。一是，同性之間，可能會有幾近愛情的存在。林秋野和林清泉很投緣，心靈相通，展開一段充滿詩與音樂的友情。第二個主題是林清泉有精神分裂症的基因，作者認爲不應該結婚，故藉清泉的身世與他的決定來表示作者個人的看法。如果把這兩個主題放在一起考慮，夏眉筆下的「友情」，是因爲清泉不想結婚才發展出來的，終究是有條件，而非十全十美。自古以來，稱讚友情的文學作品很多，藉一曲《高山流水》成爲知音，傳頌千古。清泉、秋野之交，美則美矣，用現代的的眼光看，難免淪爲斷袖之癖。

〈孤雁〉是一位東歐旅行團中獨來獨往的女士，芳名叫「茉莉花」，藉攝影的機會和有婦之夫的李清潭接近，兩人在旅途中逐漸發展親蜜關係，清潭的妻子雖然看得一清二楚，卻沒有出來阻擋。清潭想擺脫家庭悲劇的陰影，想忘卻自身的愧疚，脫離冰冷的婚姻生活，所以一意孤行地追求一位陌生的女子。但他能否得到「孤雁」的歡心？他沒有信心也沒有把握，最後像初戀的少年人把心裡的相思寄給「孤雁」。兩位陌生人在旅途中相遇，嚐到短暫的、似有似無的戀情，但她們這段緣份會不會有結果？小說留下空白，留給讀者無限的遐思和無可奈何的嘆息。

〈君家住何處〉林希帆與李月湄兩個陌生人在退休村相遇，找到黃昏之戀，偶然問起「君家住何處？」彼此竟然還是同鄉，而且曾經有一段青梅竹馬的童年回憶。一般人相見之初就會談到家鄉背景，然後牽絲攀藤，很快涉及童年，本文等到交往後期才問「君家住何處」，似乎有點牽強，但她處理得天衣無縫，可以看出她的寫作功力。一道好菜若加入珍貴的作料，會令人回味無窮，同理，作者用共同的童年當調味品讓黃昏之戀倍覺溫馨。

〈背叛者〉是本書最具代表性的作品。若晶到美國留學草率地嫁給明輝，接連生下三個兒女。唸了一輩子書，突然中斷，深感遺憾。最大的隱憂「每聽到孩子的啼哭，她的腸子就會糾結在一起，肚子發疼。」她不甘心當家庭主婦，更不願受丈夫管制。就業後，遇到讓她敬畏傾心的公司老闆，一個名叫「貝根」的英國人，兩人合作無間，不但工作上有亮麗的成就，而且開始進行新的愛情關係。若晶已經是三個孩子的生母，在選擇新歡的同時，她必須擺脫善妒難纏的丈夫。另一方面，她必須跟時間競賽，抓緊即將褪色的青春。當我讀到若晶決定私奔前夕，陷入舊情和新歡兩難維谷之際，深深爲她嘆息，當女人可眞辛苦！然而若晶堅決私奔，一看到貝根就說：「我跟定你了，這輩子。」這樣的宣告相當浪漫，也十分殘酷，令人驚心。

〈無處話淒涼〉的男主角走不出父母的陰影，「傷痕」的女主角因自卑，走不出自已的陰影，影響家庭糾紛。兩篇文章主題明確，較容易瞭解。

〈蠱惑〉是本書的壓軸戲，從敏子帶康成回台灣開始，作者用對話方式，敘述一個謀財害命的懸案。小說女主角充滿機心，言語具殺傷力，勾引男人，惡意攻擊女人，她的魔掌正指向涉世未深的康成。最後敏子帶康成回美國，脫離魔咒。〈蠱惑〉結構嚴謹，首尾相連，一氣呵成，的確是一篇上乘的寫實小說。

《背叛者》全書角色大多數是受過高等教育的知識分子，擔任自由職業，唯獨〈吃苦瓜的日子〉兩個孤兒，從小做苦工，僥倖即將翻身之際，又遇到戰後「祖國」治台，物價飛漲，一夜之間變成赤貧階級，結果一個餓死，另一上吊自殺。她們的結局類似《踏歌行》中的薄命養女「菊花」，被洪水淹沒前發出脆弱的哀嚎：「救命呀！」

2013 年在我家後花園舉辦〈一個守諾言的男人〉分享會，老中青三代約 30 多人參加，她們從事各種行業，可以說是一般讀者群的縮影，大家踴躍發言，提出令人拍案叫絕的觀點。首先從文章的標題和內容看，男主角明澤不是「守諾言的男人」，所以很多人說「守諾」文不對題，但有人認爲諾言守到什麼程度才算守呢？也有人說夏眉故意用「守諾言」諷刺男主角的背叛行爲。

有讀者認為，女主角彩鳳本身也有問題，她沒有繼續充實自己，既未完成高一點的學位，也無法適應美國生活環境，終於夫婦之間，心靈距離越來越遠，丈夫因空虛而渴求彌補，讓第三者麗池有機可乘，所以明澤外遇的果，其實種因於彩鳳的失學。

從「門當戶對」的角度看，明澤起初不按既定習俗，選擇小學程度的彩鳳，後來又回歸「門當戶對」的遊戲規則，選擇志趣相投的麗池。顯然，舊社會價值觀繼續支配他的行為，這種價值觀表現在貧富不平等的互動關係，也就是說，明澤認為富家子有權占據傭人的女兒，也因為他是富家子可以尋求外遇，享受齊人之福。教會牧師認為人生在世難免遭遇種種試探，婚姻更不例外，所以在耶穌的「主禱文」中，有「免於試探」的懇求。他勸大家多多祈禱以便保持良好的婚姻關係。夏眉作品引起廣泛的閱讀興趣，由此可見一斑。

夏眉是一位勤奮耕耘的作家，想像力豐富，深具洞察力，作品不斷更新而且有深度，她善長描寫人性深沉的心理狀態，心機的殺傷力、致命的誘惑，婚變與掙扎，故以《背叛者》命名，劇情錯綜複雜，深具震撼力，讓人難以忘懷。她對自創的角色不作評論，留給讀者很大的想像空間，寫作的喻意和用意耐人尋味，因為文筆流暢，所以越讀越有深度。她喜愛旅遊，足跡遍及全球，見聞既廣，小說體材因而更加豐富多彩，而異國風情巧妙地融入小說中，產生身歷其境的美感。本年度，有這一本難得的好書出版是台美人的光榮，我鄭重推薦。

第陸輯 旅遊見聞

一、東非風情

二、東非獵艷

三、東非獵奇

四、東非風情——犀牛過境，請讓步

五、青春作伴摘龍眼

一　東非風情

豐田越野車奔馳在東非一望無際的草原上，背後揚起漫天沙塵，車底下飛砂滾石，乘客提心吊膽，疾行的小車隊不僅驚動路旁的羚羊群，原本悠閒自在的駝鳥和長頸鹿，也抬起頭來望著遊客闖入牠們的原鄉。突然鼻聲「吺！吺！」此起彼落，幾百隻牛羚（Wildebeests）形成縱隊出現在眼前，司機馬上停車，等牠們橫過馬路走向水邊去。

長途奔波不勝疲勞，我在半睡半醒的狀態中，抵達東非野生動物王國——坦尚尼亞（Tanzania）。

東非草原落日

這趟爲期 14 天的東非行，是 OAT（Overseas Adventure Travel）旅行社辦的，名叫「塞倫蓋提野外探險（Safari Serengeti: Tanzania），團員共 15 人，除了我們夫婦兩人，其他都是來自美國各州的白人，大家相處親如家人。三位坦尙尼亞人當導遊兼司機，操流利的英語，對鳥類動植物以及人文生態都有深刻的認識。

導遊 Anglebert 向全團團員約法三章：「二不」，「一要」。「二不」是不談政治，不談宗教。「一要」是要家人或朋友分開乘車，以便認識新朋友。大家都遵照導遊指示，取得良好效果，所以這趟旅遊不是非洲歷險記，而是名副其實的「愛之旅」，使我衷心感謝。

OAT 安排的行程包括參觀坦尙尼亞三個最著名的國家公園，我們從第三大的塔倫吉利國家公園（Tarangire）開始，再到第二大的戈倫戈羅火山口（Ngorongoro Crater），最後才到最大的塞倫蓋提國家公園（Serengeti National Park），如倒吃甘蔗，漸入佳境。

塔倫吉利國家公園面積約 1000 多平方哩，因塔倫吉利河貫穿南北得名，每年七到九月旱季，河床尙有水窟，野生動物喜歡在清晨和傍晚時傾巢而出。爲了把握黃金時間，我們早上五點半起床，六點半準時出發，分乘三部越野車，疾行狂奔，進入公園後才減速，然後司機打開車頂，讓遊客可以自由探頭，觀賞動物出沒。

首先出現的是疣豬（Warthog），雄豬帶家小鑽出灌叢，兩三隻長頸鹿伸長脖子吃合歡樹葉。草原中有些沼澤，羚羊、斑馬、大羚羊（Waterbuck）紛紛出現。狒狒（Baboon）背著小猴遊蕩。十幾頭大象和小象走到池中，各種動物依傍水邊，和平相處，沒有紛爭，我太太說這是動物王國中的聯合國。旅遊到此，親眼看到那麼多野生動物，實在幸運。第二天早上我們又路過同一沼澤區，卻四周靜悄悄地，什麼動物也沒有看到。

接著專程前往馬賽（Maasai）部落參觀。圓形茅屋點綴的村莊，成群牛羊圈在牛棚裡，三個高瘦的馬賽男人身裏紅毯，出來迎客。年紀六十多歲的酋長用簡單英語致歡迎辭，立即嬉皮笑臉問我們說：「你們猜猜看，我有幾個妻子？」來訪前，導遊曾說馬賽人用十幾隻牛就能換娶一個太太，眼前這位老爺，我想他擁有很多牛，娶妻不難，不過我看他那把年紀，顯然經不起一個太太，別說兩個，當他宣稱擁有四個太太，卅多個兒子，大家「哇」了一聲，感到不可思議。

酋長帶弓箭進入牛棚，向小牛脖子發箭取血，盛在牛角形容器中，他自已先喝一口，邀請遊客試試看，並說明這是馬賽人迎賓之禮。大家推來推去，沒人敢喝，惟有從加州來的女士 Charlene West 自告奮勇，勉強喝了一口。導遊要我也去試試，但若是鮮乳我就奉陪，鮮血我實在不敢領教，所以我終究沒喝。

我們走出牛棚，由於鞋底沾了牛糞，小孩子拿樹枝幫遊客擦鞋，看他那麼勤快，我賞給他一元美金，他手中還握著兩張美鈔，肯定是其他遊客給的。牟利的動機與生俱來，在這偏遠地方的遊牧族也不例外，我們從小孩行為看到市場經濟功能，他主動為外國觀光客服務等於從事國際貿易，將他的勞動力輸出，為坦國賺外匯。一美元在坦尙尼亞是很大的數字，很多貧家庭每天生活費都低於兩元，導遊、司機一天工資才美金十元，主要收入靠旅客小費，旅行社建議遊客每天付小費十元給主導遊，兩位司機每人各付八元。

緊接著歌聲響起來了，一群盛裝的馬賽婦女，先由一位矮小婦人領唱一句，衆婦人合唱呼應，簡單曲調不斷重複，無頭無尾，唱時腳步前後移動，脖子上掛著小珠項鏈，在肩膀上下扭轉如波浪，白色項鏈代表已婚，藍色未婚。明眼的遊客發現婦女群中有一位健美的馬賽少婦，身材高挑，牙齒特別整齊潔白，還戴一副極其摩登的墨鏡，若是生在美國，她必定是個模特兒無疑。罕見的美齒可能來自含鈣豐富的牛奶與牛肉，至於牛吃的草，則出自非洲得天獨厚的土壤。

我們個個身穿部落服莊，配帶應有的飾物，都自動加入圈圈舞，跟著「荷！荷！荷！」咿呀唱合，舞之蹈之，竟忘了身在何處，遊客全都變成馬賽人了。熱舞進行中，三個婦女一組，以浪形舞步，湧到男士前面，右邊那人用右肩膀輕輕碰擊男士，然後折回去，另一組婦女也如法炮製，碰擊下一個男士再折回去，女舞者採取主動與挑逗性的舞姿。男士則單足跺踏，跳到圈中展現彈性和衝力。據導遊解釋這是原始求愛之舞，女士用歌聲舞姿吸引異性，男士則以跳躍的腳力和高度傳遞健美訊息。不難想像，在黑夜星空下，他們圍著營火，發出原始呼叫，粗獷吆喝聲伴隨著火堆煙霧，一起衝向天空，連接天上繁星點點的銀河，此情此景彷彿身在天上，不在人間。

曲終人未散，大家又陸續擠入茅屋，說是要開座談會了，我才從幻想中醒來。小茅屋竟容納 15 位遊客，3 個導遊，4 位馬賽婦人，加上幾個小孩進進出出。來自密西根的 Emmy Lou Cholak 首先發言：「感謝馬賽人的熱情好客，讓我們畢生難忘，Asante sana（Thank you very much）。」導遊用坦尚尼亞國語 Swahili 翻譯，馬賽婦人聽到，立刻不約而同鼓動舌尖尖聲叫：「啦啦啦…」，遊客也跟著尖聲：「啦啦啦…」，主客啦成一團，一時尖叫聲充塞整個茅屋，很久才恢復平靜，餘音還繞梁不絕。

遊客想知道的無非是：「你們的婦女一天到晚忙些什麼事？」「你們如何用口傳保留你們的歷史呢？」「為什麼你們都理光頭而不留頭髮？」賢慧的女主人逐一詳為解說，對答如流。輪到我問：「你們村莊第一夫人（First Lady）是哪一位？」女主人這時才記得自我介紹，她丈夫就是那位先前迎客的酋長，一共娶了四個妻子，她是「大某」，也就是你所謂的「第一夫人」。旁邊兩位是二姨和三姨，坐在對面那位是四細姨。大家眼睛跟著看過去，不看猶可，原來四細姨就是那位牙齒潔白的美少婦，還帶一副摩登的太陽眼鏡。這樣漂亮的妙齡姑娘，竟然嫁給瘦巴巴的老頭，大家無不爲她叫屈，我太太說她幾乎當場昏倒（drop dead）。

話題轉入馬賽人的婚姻和家庭。大家問第一夫人：「你先生娶細姨，是不是要先徵求你的同意？」答案是肯定。又問：「那麼多太太，都住一起，或者分開住？」她回答說：「分開住，先生爲每位太太單獨建茅屋。」原來大太太的茅屋在村落入口的右前方，二房在左前方，三房在右後方，四房在左後方，依次排成圓形。又問：「先生住哪裡？他晚上到哪裡睡？」她回答說：「先生有他自已的茅屋，裡面祇擺椅子會客用，沒有床，他晚上一定要到太太家睡。」遊客打破沙鍋問到底：「他怎麼決定到哪位太太家睡？」女主人先頓了一下，然後說出很有智慧的話：「你看我家牆壁上畫了許多花，我把房間整理乾淨漂亮，我先生就會常來。」又問：「若是你們太太之間發生爭執，如何排解？是否請先生出來調解？」她回答說：「我們私下自行和解，或請家族長輩調解，再大的爭端也絕對不讓先生介入。」

我太太問：「我眞不懂，爲什麼你們馬賽婦人甘願當細姨，甚至當人家四姨太？爲什麼不等機會嫁人當大某？」導遊輕描淡寫的回答：「馬賽部落陰盛陽衰，能找到丈夫就不錯了，那有選擇的餘地？女兒願意犧牲自已，如此可爲娘家賺幾隻牛當聘禮。」

輪到女主人發問：「你們要生幾個小孩，怎樣計劃控制呢？」她想知道如何避孕。又問：「離婚後的單身婦人在貴國怎麼生活呢？」團裡單身女遊客特別多，無不樂意分享離婚後如何獨立自主的經驗。第一夫人主導整個座談會，展現她的權威和氣度，令人佩服，其他三位馬賽太太坐在那裡乖乖聽講。第一夫人這樣能幹，後宮由她坐鎮，事無大小都在掌控中，讓酋長夜夜高枕無憂。然而，可憐的四細姨，翻身之日將遙遙無期了。

旅途中，我們常常回憶馬賽村莊風情，談話焦點離不開這朵無情荒地的紅玫瑰——酋長的四細姨，內人忍不住從照像機中找出相片，我問：「她戴的那副墨鏡看起來很熟悉，是哪裡來的？」太太說：「是我借給她的。笨蛋（Stupid！）」原來我太太早就盯上她了。

二　東非獵豔

整天在非洲草原上來回奔馳，筋疲力盡。晚餐後，觀光客紛紛回旅社休息，會客室祇剩球迷和三位導遊，眼盯著電視看 2010 年世界盃足球賽。「艾麗絲！回去睡覺吧！」祖母示意要她馬上回寢室。艾麗絲瞪著祖母，搖搖頭，執意留下來：「等一下再走！」兩人用肢體語言，隔著會客室討價還價。艾麗絲固然想看足球賽，但她堅持不回寢室，卻有更好的誘因和目的。

草原獵奇（safari）是我們到東非的共同目標，誰也沒料到，青春活潑的艾麗絲（Elise Caruso）會偏離正路，嘗試另一種探險，非洲大地致命的誘惑，使她徬徨迷失。

艾麗絲來自密西根州，今年剛高中畢業，專程陪祖母（Emmy Lou Cholak）來坦尚尼亞旅行。祖孫兩家相隔約四小時車程，見面機會不多，祖母說：「我一輩子當醫生，直到退休，累積些儲蓄。與其將來將遺產分給子孫，不如現在招待他們到國外旅行，彼此享受一段快樂的團聚！」祖母慶祝艾麗絲高中畢業，包辦了全部旅費，祖母孫女兩人同住同行，一路上有說有笑，形影不離。

艾麗絲和意大利歌王卡羅素同姓，我覺得巧合，問她：「妳知不知道著名男高音卡羅素？」她說：「我知道。」我問：「卡羅素跟妳家有沒有什麼關係？」她說：「我們祇是同姓而已，他跟我家沒什麼關係。」我說：「我相信很多人問過妳相同問題，是不是？」艾麗絲點頭。我說：「卡羅素是我高中時期最喜歡的男高音，今天遇到跟他同姓的小姐，眞是太巧了。」她點頭微笑。我問：「你喜不喜歡歌劇？」她說：「當然喜歡！我跳現代舞，從音樂韻律發展新的舞踏形式。」正要請教現代舞時，祖母叫她過去照相。

祖母是賞鳥協會會員，帶著一副名貴望遠鏡專程到非洲賞鳥。三位導遊中，Emannual 對鳥類最內行，自然成爲祖母的顧問和嚮導。Emannual 現年 29 歲未婚，英語很流利，也會講些日語和中國話。祖母耳朵不靈光，任何鳥類名字必須重複說幾遍才瞭解，Emannual 不厭其煩，反覆解說，祖母甚是感激，所以祖孫檔中又擠入 Emannual，草原上三人同行，形影不離。

初次看到這些導遊，個個身材魁偉、皮膚黑鴉鴉，兩顆眼睛炯炯有神，令人心生畏懼。但是踏入非洲大陸，起居安全通通仰賴他們，日久漸漸習慣，開始羨慕他們身上流露的原始粗獷之美。

艾麗絲有語言天分，又肯用心學習，不到幾天，她已經會用Swahili 語作簡單會話。在火山口遇到小販兜售紀念品，年輕的小販手握一把頸鍊問她買不買，艾麗絲用土語回答：「No, Asante sana, Nakumo mutanta!（No, Thank you. Peace be with you）」調皮的小販用無懈可擊的英文反問：「What does that mean?」在荒野地區聽到這樣道地的英文，講話的態度和語氣又充滿挑逗的意味，讓我嚇一跳。青春的確能使少年人超越人種與國界的鴻溝，刹那間達到心靈相通的境界。

某日特別節目是野外求生示範，遊客在路邊集合，導遊帶一位馬賽人來主持。這位馬賽武士身高六呎多，著藍色披肩，手持長柄標槍，腰繫木槌，全身裝備儼然出草的勇士，相形之下，我們這批老弱的西方遊客像群可憐兮兮的俘虜。馬賽武士從路徑出現的足跡辨別動物種類，從植物根葉花果，說明哪些可以充飢解渴，哪些可以醫治百病，在他口中，非洲草原簡直是一座寶藏。

艾麗絲緊跟武士身旁，聽得津津有味，不久就要求和他合照，祖母乘機攝取鏡頭留念，長髮披肩的白種佳麗依偎在草莽勇士身旁，鮮明強烈的對比，令人目眩神迷。武士見小姐可愛，竟然得寸進尺，公開宣布：「我要娶妳當姨太太！」祖母說：「她剛剛高中畢業，還沒達到結婚年齡。」武士不放鬆，繼續問艾麗絲：「當我的姨太太好嗎？」艾麗絲笑著回答：「No, Bi Bi said no（不行，祖母說不行）。」武士說：「我用五頭牛買妳。」艾利斯回答：「No, Bi Bi said no」。艾麗絲重複用祖母教的話當擋箭牌，擋掉馬賽戰士的求婚鬧劇，幸好她沒當成非洲新娘。

我跟她開玩笑說：「我付妳一頭牛當聘禮，行不行？」她回答說：「才一頭牛？那跟本是白送的！（One cow? It's nothing!）」我說：「我們都是美國人，算便宜些，好嗎？」她說：「不行，你太太 Doris 會宰我！（Doris is going to kill me.）」她毫不在意這些無傷大雅的對話。

祖孫兩人搭 Emannual 的越野車沿途賞鳥，她坐司機旁，祖母坐在後座忙著觀看四方，一旦發現有趣的目標，就請司機停車，遊客馬上站起來跟她向外看，艾麗絲整個優美身段呈現在司機眼中，難怪 Emannual 經常回頭向右看，看美女比賞鳥重要，「近水樓台先得月」，兩人逐漸發展微妙關係。

吃飯時，祖孫兩人習慣預先留座位給 Emannual，餐後一起散步交換賞鳥心得。有一次，正巧旅館前飛來一對愛之鳥（Love Birds），停在欄杆上，Emannaul 心血來潮說：「右邊那一隻是艾麗絲，另一隻是我。」艾麗絲心裡明白，但因祖母在場，不敢輕舉妄動。

艾麗絲平易近人，自動參加馬賽村莊粉刷牆壁和蓋屋頂節目。一位馬賽婦女走到牛棚，雙手捧大把新鮮牛糞回來，放在遊客面前，用手揉糞，摻沙加水，動作熟練大方，遊客看得目瞪口呆。她邀請遊客取糞塗牆，沒人敢碰牛糞，祇有艾麗絲自告奮勇，赤手挖糞刷牆，完工後又爬到屋頂用乾草蓋屋，十足馬賽村姑模樣。

有次同車出遊，我問她：「非洲五大動物中，妳最喜歡的動物是什麼？」她回答：「我最喜歡獅子和大象。你呢？」我說：「我最喜歡水牛（Cave Buffalo）。」她問：「爲什麼你喜歡水牛？」我說：「牠們比較合群，被攻擊時曉得聯合抵抗，不像其他動物祇顧逃命。而且水牛外形看起來很親切，很像台灣水牛。」下車後，Emannual 問我：「艾麗絲在路上乖不乖？」我向他保證：「她在我控制下，當然很乖！」Emannual 好像遇到可以角力的對手，有點失望。

我太太帶祖孫和幾個遊客去買紀念品，店裡陳列各種木製雕刻，艾麗絲買一副馬賽男人雕像，看到木刻水牛就提醒我太太：「妳一定要買這隻水牛，這是妳先生最喜愛的動物。」結果祖母和我太太各買一隻木雕水牛。

旅行接近尾聲時，剛好遇到世界盃足球進入決賽階段。晚餐後，大家圍坐電視前看實況轉播。祖母先回寢室。三位導遊和少數球迷留下來。艾麗絲因祖母不在場，享有免於被監視的自由，待了很晚。看完球賽，年輕導遊理所當然陪她走回寢室，不難想像，夜幕籠罩下，那位年輕、黑種導遊像飄忽的幽靈，他射出的午夜眼神，瞪著艾麗絲如黑豹窺視牠的獵物。

第二天早上，艾麗絲向人炫耀掛在手腕的一條鍊子，大家看得有趣，我問：「誰送妳的手鍊？好漂亮！」她說：「Emannual 送的。」

世界盃足球決賽，西班牙和荷蘭爭奪冠亞軍，艾麗絲照例跟導遊看轉播，祖母催她回去睡覺，催了幾次沒結果，祇好自已先回寢室，留她一個人陪導遊看球賽。艾麗絲曉得祖母的望遠鏡沒有紅外線功能，夜間看不到她，然而薑是老的辣，祖母的觸覺無所不在，花前月下，還得小心翼翼，提防那雙看不見的老花眼。果然，祖母神通廣大，不僅無所不在，而且無所不知，艾麗絲豈能瞞得過老阿嬤？

翌日是離開坦尚尼亞前夕，晚餐桌上，艾麗絲滿臉不耐煩，偶而又跟祖母頂嘴，好像發生什麼不愉快的事情。當我們起身回寢室休息時，祖母突然要跟我們談話：「你有空嗎？我想告訴你艾麗絲發生的事，昨晚她很不高興，整晚都不跟我說話。」我太太說：「當然有空，她發生了什麼事？」祖母說：「這是女人對女人之間的對話，你回去可向你先生報告。」

祖母說：「我好意邀請艾麗絲來坦尚尼亞，享受快樂旅途，你看現在竟落得這樣的結果。她看上了 Emannual，兩人找機會在一起，昨晚我叫她回寢室睡覺，她偏不肯，就想留下跟他混，我相信 Emannual 吻了她。」

終於揮別坦國，踏上歸途。候機室裡擠滿外來的觀光客，包括很多回歐洲的大學生。我看到祖孫坐在一起等班機，顯然她們已經和解，恢復先前的良好關係，不過艾麗絲似乎心事重重，失去往日的笑容。

她與年輕導遊像兩顆彗星，偶然互相吸引，頃刻間，又不得不按自已的軌道，各奔前程，留下一段甜蜜的初戀，短暫而又無可奈何。非洲致命的誘惑使她迷惘，也使她成熟。

噴射客機衝向高空，往事像窗外的煙霧，慢慢消失，彷彿祇剩一對「愛之鳥」在一望無際的東非草原上，比翼雙飛。

三 東非獵奇

Serengeti National Park 是坦尙尼亞最大的公園，面積約 5700 平方哩，等於台灣的六分之一。每年六月到十一月旱季來臨，南邊草原衰退，百萬隻牛羚和斑馬走向北邊，直抵肯亞境內。十二月到翌年五月雨季，大地復蘇，百萬草食動物又長途跋涉回來，這種罕見的「野生動物大遷移」，常在電視頻道出現，蔚爲奇觀。2010 年七月初當我們到達時，大遷移季節剛過，因此大部分牛羚和斑馬已經遷離，可是眞正值得看的大型哺乳類動物和其他各種鳥獸仍棲息公園內，除非身歷其境，否則無法感受原野探險的驚喜和震撼。

傍晚，我們從東南邊駛入公園，馬路中央架設小拱門，象徵國家公園起點，入關後便是一片浩瀚無邊際的大草原。

越野車揚沙疾馳，驚動沿途喫草的羚羊、斑馬和長頸鹿。晚煙熄熄，野火按預定計劃燃燒蔓延，燒掉枯草催生嫩苗。抵達露營區時，個個飢餓不堪，導遊立刻分配住宿，每兩人住一小帳棚。八個獨立帳棚中，我們分到第一座。先把行李放下，來不及察看室內設備，就馬上走到餐廳等吃飯。

大帳棚搭成的餐廳，裡面放一張可坐 20 多人的餐桌，白色桌巾上擺著蠟燭，沒想到荒原中還能享受燭光晚宴。七位坦國人擔任服務員，端來西式餐點，有沙拉、湯、正餐及甜點，菜色豐富可口，各種飲料免費供應。餐廳外面，夜黑風高，伸手不見五指，必須自備手電筒照明。繁星鑲在沒有月亮的天空中，更覺分外明亮。一位熟悉天文的隊友，提醒我們看北半球難得一見的南十字星（Southern Cross）。

摸黑回到帳棚，在微弱的燈火下，仔細看內部設備，這時我們才發現這座「阿里巴巴」行宮，顯然比童子軍營帳豪華。室內分兩個隔間，前面寢室放兩張床和梳妝台，後面設有抽水馬桶和浴室。服務員用手推車送熱水放在帳外吊桶中，旅客從帳內浴室沖洗，熱水祇熱到「不是冷水」的程度。在偏遠之地，食品和飲水都用大卡車長途運來，能洗溫水澡已令人感激不盡。

早晚溫差很大，冷風徹夜呼嘯，穿厚毛線衣睡覺，蓋毛毯還覺得冷。獅子和鬣狗（Hyena）在附近遊蕩呼叫。帳棚外面擺了兩張椅子和水盆，野獸乘夜黑跑來飲水，吸水「嗖！嗖！」之聲清晰可聞。早晨由服務員提盆熱水到帳棚口，並親自敲門喊起床。

爲期四天的 Serengeti Safari 是這次東非旅遊的頂點，主要觀賞目標放在非洲五大猛獸——大象、獅子、水牛、犀牛和豹。第一天清晨乘導遊 Erick 的車出遊，先遇到捕獵高手鬣狗（Hyena），按形體大小判斷性別，雌的較大。「湯生瞪羚」到處可見，時常跨越馬路，妨礙交通。太陽還沒出來，山坡上一群沉睡的水牛，臥在草叢中，三隻當衛兵的牛，朝不同方向張望警戒。Erick 是祖魯族獵人，體形魁梧如張飛，獲有出獵執照，常帶外國顧客到特定地區打獵。他稱讚水牛機警聰明：「牠們遇到獵人就四方散開，有的向東，有的向南，如果獵人向東追，冷不防往西逃的水牛折回，當你回頭看時，牛角已觸到屁股。」他曾經用半自動槍獵水牛，連射 25 發子彈，水牛仍未倒斃。我問他有沒有吃過水牛肉？他說吃過，而且比普通牛排好吃，爲什麼呢？他說因爲此地草料比一般飼料更有營養。

行經沼澤地帶，大象一群一群不斷出現。樹林外面隱約可見三百多頭水牛，漫步草原，極爲壯觀，可惜離馬路太遠。小池裡河馬擠成一團，方形頭顱浮出水面，一對冠頂鶴在池邊表演求愛之舞，先是耳鬢斯磨相濡以沫，再則展開翅膀翩翩起舞，遊客看得津津有味，「祇羨鴛鴦不羨仙」，多少人自歎不如。今天最大收獲是前後看到 27 頭獅子，其中五頭 3 個月大的幼獅待在路旁等母獅回來，不怕車子和遊客，我們繞了一圈回到原地，母獅已經回來，帶幼獅到岩石上玩。

導遊傳授看動物要領，他說：「野生動物很敏感，聽到人聲吵雜就躲開，所以要先安靜看，不要問問題，看完再拍照，等大家都拍完才發問討論，我們有充分時間仔細觀賞，不像其他旅行團急著趕路。」

他駕越野車，靈巧地閃過來往的車輛，不但眼觀四方，爲遊客找稀奇景物以搏歡心，又耳聽八方，回答遊客不停的轟炸，還一路分享他親身經歷。他唱作俱佳，講到驚險處，兩道目光從黑鴉鴉的面容射出，驚心動魄。他模仿女生對話，翹起櫻桃小口，唯妙唯肖。西方女遊客大都單身出遊，對非洲「致命的誘惑」情有獨鍾。她們專程來此蠻荒之地尋求新奇，以彌補缺憾的婚姻，導遊看多了便積下很多有趣的故事。

有一天雄獅和母獅在路旁交配，吸引了大批遊客，十三輛車子一字排開，人人爭看好戲，靠近現場有兩位女士站在車上，看得過癮竟大喊加油。雄獅對「雞婆子」啦啦隊員，毫不領情，反而怒火中燒停止交配，大吼躍向女士，好在車內有人把她們推入車內，雄獅撲空轉而攻擊車輛，路過的越野車無一倖免。女士喧嘩行爲引起公憤，深受遊客指責。

一群獅子臥在樹上，有兩位女士要求把車子開到樹下以便拍照。導遊遵照要求把車開到樹底下，女士抬頭忙著拍錄影片，一幼獅在枝上走動，不小心跌下來，正好從車頂摔入車內。幼獅在車內跳躍，急得找出口而咪咪求救，有人叫打開門讓牠出去，門卻打不開，等門能打開時母獅來了，開門則引進母獅，不開門則幼獅不得出，進退兩難之際，母獅躍入車內，把幼獅寶貝啣走。兩位女士嚇得花容失色，沒心情繼續出遊，要求馬上回旅社，導遊起初不知原因，後來才知她們嚇得衣褲盡濕。

有位白女士不顧法令用麵包餵鳥，被園警發現，白女辯稱：「沒有呀！我吃麵包時，麵包屑掉到地上，鳥自己跑來吃的呀！不是我餵鳥。」園警假裝離開，召來便衣監視，女士不疑有他繼續餵，便衣園警出示證件，當場捉到現行犯。園警說：「Honey！你餵鳥違反我們的法規，應罰款美金 500 元！」女士知道闖禍了趕緊佯裝無知：「我不知道你們有這種規定，我是外來的遊客耶！」園警說：「剛剛有位官員警告你了，你爲什麼還繼續餵呢？」白女自知理虧，想到罰款便哭起來：「很抱歉，我沒有錢！我身上祇有一百元而已。」她打開錢袋證明沒錢，園警堅持：「你不遵守我國法律，我們祇好請你回國了。」女士被送往機場，遞解出境。

我向導遊說：「你的閱歷眞多，可寫一本書。」他馬上又講一個歷險記：「有一年我帶六位歐洲人打獵，晚上沒地方過夜也沒有帳棚，我們就在空曠處圍著火堆席地而睡。半夜來了一群獅子圍著獵人觀察動靜，一頭幼獅好奇，走入營地掀開我的睡袋，我張眼看到小獅玩睡袋，獅爪陷入帆布脫不開，母獅走過來把牠拖走，母獅鬍鬚幾乎觸到我的臉，我差點被牠吃掉，以後我再也不敢隨地過夜。」

非洲五大猛獸祇剩豹（Leopard）還沒看到，豹体重約 130 磅，暗黃褐色外皮，黑色空心斑塊，長尾巴正好當做爬樹的平衡桿，喜歡夜間出獵，獨來獨往很不容易發現。因爲導遊眼光敏銳，加上我們運氣好，前後遇到三隻豹。第一隻出現在傘形合歡樹上，一具羚羊獵物高掛技頭，僅見尾巴，無緣窺見全豹。第二次在合歡樹上看到豹臥枝椏間，露出長尾巴，獵物放樹腳還沒拖到樹上，我們耐心等，但等了很久不見豹影。第三次看到豹趴在大樹下的岩石，吸引許多車輛聚集圍觀，但這隻野貓祇顧睡覺，偶而大略更換位置而已。

導遊曾經陪一位著名獵人，專程從歐洲來狩獵，他們先在樹幹上掛餌，引誘大貓出洞。發現豹跡後，再構築掩閉所，人藏在掩體內，槍口伸出鎖定目標。當獵人沿血跡斑斑的草徑追蹤時，受傷的豹假裝向前走，然後再從原路折回，埋伏在半途中伺機出擊，等獵人走近時才躍出草叢，咬人致命，著名獵戶反而輕易地變成困獸口中的獵物了。幸好獵人命大沒死，我們今天才能分享他的原野歷險記。

這些人獸鬥智，獵與被獵的故事，像隱藏在草原中的伊索寓言，衹流傳於營火旁，鮮爲外人所知。衹因我們選擇較少人走過的旅程，才有機會撿到幾則花絮，不顧淺薄呈現讀者面前聊以獻曝，倘有豐富寶藏等待探搜。我們遠道而來，深入不毛，在動物原居地，看盡「非洲五大」和其他鳥獸，心願已了，對野生動物和生態系統，以及非洲風土人情更有特殊感情。

黃昏時，橘紅色的太陽掛在邊大草原，這是旅程的終點，隊友趕緊攝取最後鏡頭，但導遊老馬識途，請大家稍等，他曉得最適當的地點取景。正前方有一棵孤立的傘形合歡樹，他把車子停下來讓大家好好攝取鏡頭。當時滿天晚霞，整個圓圓的落日正好鑲在 V 字形枝椏間。後來我們在教會報告分享東非之旅時，凡是看到這張相片的朋友，無不嘖嘖稱奇。圓滿的落日，圓滿溫馨的旅程。

我們參加過很多旅行團，難得遇到這麼好的導遊和隊友。初見面時都是陌生人，同遊不到幾天就能打成一片親如家人，快到分手時反而覺得依依不捨。離別前夕，大家熱烈擁抱，互道珍重，存感恩之心向上帝獻上感謝。來自密西根的隊友 Emmy Lou 引用Dr. Seuss 的話相互勉勵：「不要因分手而傷心，要爲曾經相聚而歡笑。」（Don’t cry because it’s over. Smile because it happened.）願後會有期，願後代子孫有機會看到非洲珍禽異獸，漫遊在無邊際的大草原，願無情荒地盛開有情之花，也願 Serengeti 公園永久長存。

四　東非風情——犀牛過境，請讓步

離開馬賽部落，途經原始獨特的馬賽市場，遠遠望去，萬頭攢動，塵土飛揚。市場分兩區，東邊廣場婦女擺地攤賣手工藝品和家庭用品，西邊畜牲市場，往來都是強悍的馬賽男人，交易以牛爲主要媒介，牛代表馬賽人的財富，牛越多越富有。陸續有族人持木棍趕牛入場，觀光旅客如想拍照，趕牛人則大聲喊：「Money！Money！」要求遊客先付錢再照相。小販見遊客就蜂擁圍來，半強迫兜售頸鍊等紀念品，動作有點粗野，安全堪慮，趕快上車爲妙。車子將出發，清點人數時發現少了紐約來的兩位猶太女士，導遊費很大功夫才在婦女地攤市場找到人，她們脫隊去買毛毯。

翌晨從阿魯沙（Arusha）前往戈倫戈羅高原（Ngorongoro Highlands），進入高原地帶，生態環境迥然不同，大片香蕉園過後便是綠色稻田，稻作一年三熟，居在路旁設小攤賣香蕉，甘蔗和柑橘，景物頗像早期台灣農村。1960 年代，台灣派很多農耕隊到非洲各國，教土著種稻米，幫助國民政府建交，爭取聯合國代表權，至今導遊仍念記台灣人貢獻，餐廳所吃白米飯很像蓬萊米，可能是當年農耕隊留下的成果。

夜宿青山環繞的高原客棧，庭前有花園、菜圃和果實纍纍的咖啡園。問導遊 Anglebert：「這地帶是不是坦尚尼亞最美的地方？」話未出口已知白問，導遊定會宣傳還有更美的地方。果然不出所料，他說坦國東南部的景色比這裡更美。

暫時過夜，下一站是戈倫戈羅火山口（Ngorongoro Crater），此爲世界最大的死火山口，火山盆地像巨型圓劇場，直徑 12 英哩，環繞四周是兩千呎高的山壁。盆地中有森林、草原、沼澤地帶，溪水流入翡翠湖泊，土地肥沃，水草茂盛，素有「非洲伊甸園」之稱。生態環境多元化適合各種鳥獸棲息繁殖，光大型哺乳類動物就有三萬多頭，密度之高，爲全非洲之冠，這是短期內能夠看盡非洲珍禽異獸最好的地方，每年吸引很多遊客。

今天旅程主要在於參觀火山口動物保留區，午後便直接開往 Serengeti 國家公園，車程約十二小時，早餐時，遊客各自準備午餐便當。早期從歐洲來的獵戶認爲大象、水牛、獅子、犀牛和獵豹最不容易捕獲，所以稱爲非洲五大（Africa's Big Five），我們已經看過大象和野牛，大家好奇問：「什麼時候能看到獅子？」Anglebert 說：「今天可能看到獅子。」然而遇到什麼動物全靠運氣，連老練的導遊也不敢保證。

不過他又很謹愼地加了一句：「讓我們把目標放高：找黑色犀牛！」瀕臨絕跡的犀牛，衹在動物園看得到，經他提起，心中燃起一絲希望。最年輕的導遊 Emmanuel 較有信心：「我們會見到犀牛，如果帶你們看到犀牛，我的任務便完成了，我們就立刻開往機場，送你們回美國去！」雖然是半開玩笑，卻可看出，即使在坦尙尼亞人眼中，犀牛仍然是極其稀有的動物。

我們五位旅客乘 Emmanuel 的車，大清早往高原出發，山路蜿蜒，越野車吃力向上爬，進入熱帶雨林，兩旁林木茂密，晨霧籠罩山谷，如入夢境。馬賽村落零星散布，放牛兒童見越野車駛來便向遊客熱烈揮手，遊客也熱烈地揮手回報，彼此留下難忘的一瞥。野草芳香，吸引成群斑馬、牛羚，偶而看到野牛、大象出沒草叢。車行至山頂向下遠眺，火山口是突然陷下的大盆地，茫茫無邊際，隨著陽光忽明忽暗，呈現海市蜃樓，氣象萬千。

越野車從兩千呎高的山頂往下滑，抵達盆底，沿著河邊馬路，進入沼澤地帶，幾隻長頸鹿和駝鳥站在路旁，大家早已習以爲常，不感到稀奇。河馬池（Hippo Pool）裡有六七隻河馬浸在水中，露出棕色背脊，才引人注目，沒人知道牠們如何翻山越嶺進入火山口。小鵝湖（Goose Pond）紅鶴成群覓食，外型高貴的冠頂鶴（Jewel-Crowned Cranes）成雙戲水，埃及鵝（Egyptian Geese）從尼羅河千里南下築巢產卵。環繞馬加底湖（Lake Magadi），沙灘上有五千隻牛羚，密密麻麻像一堆螞蟻。成群結隊的牛羚通過馬路，車輛祇好停下讓路。

Emmanuel 四處張望，發現目標時再用望遠鏡觀察，蘆葦草叢有母獅出現，不久又看到雄獅。前面很多越野車停留，我們也趕上去探個究竟，見一頭雄獅臥在路邊，稍一伸手便可摸到鬃髮。草地上三隻母獅，虎視眈眈注視湯生瞪羚（Thomson Gazelles），預料一幕活生生的草原出獵劇即將上演，大家耐心地等著看好戲，但等了很久卻不見獅子採取行動，已到午餐時間，越野車一部一部開走，顯然遊客比獅子更沒耐性。

野餐地點在 Lake Magadi 湖之南，當地備有洗手間（坦尚尼亞人稱 Happy Room）。遊客來來往往，每人拿著自備午餐盒，坐在湖邊草地上享用。我躺在草地上午睡片刻，湖中有幾隻河馬載沉載浮，離岸約廿呎，加州來的同伴 Charlene West 女士說：「What a nice spot to take a nap！」邊說也跟著躺下休息，今天我們終於看到非洲最著名的大獵物——獅子，沒人計較犀牛在哪裡。

本來準備離開火山口，直接開往 Serengeti National Park，才上路不久，Emmanuel 打開收音機聽到號外消息，有人發現犀牛，他們幾個導遊用 Swahili 語交談，指出犀牛出現的地方。Emmanuel 火速倒轉折回，現場已有卅多部越野車，排在馬路上，遊客個個站在車上，屏息停氣地注視前方。Emmanuel 開到最北邊才能停車，立刻用望遠鏡搜索，發現遠方蘆葦草叢確有一隻犀牛站在那裡，他叫我們仔細觀察。

犀牛向南走動，各部越野車紛紛發動引擎跟著往南移，Emmanuel 找不到空間停車乾脆開到最南邊，恭候犀牛大人駕到。犀牛大人走到半路，突然轉方向，朝著擠滿汽車的公路踱過來。牠是受到保護的稀有動物，享有絕對優先權，車輛人馬必須讓路，可是車隊像道牆擋住去路，沒有人讓路，事實上也因車子多無法讓。這隻兩噸半重的巨獸像坦克車，不怕觀衆，慢慢往前走，有人擔心牠會攻擊遊客，但牠卻溫馴和平地穿過車隊，橫過馬路，沒有翻車撞人的行爲。

過了馬路，這隻重量級的犀牛突然跑起來，當時草原上有大群牛羚集結，犀牛從南邊一角切入牛群，使得附近悠閒吃草的牛羚，也突然躍起狂奔，立時塵土飛揚。導遊說：「你看連牛羚也曉得牠厲害，所以紛紛四散走避。」犀牛穿過灰塵，越過草原，繼續向東走，所有遊客目送牠漸行漸遠，最後消失在地平線上，結束一幕珍貴難忘的「再會全壘打」。

四個小時後，我們到達 Serengeti 公園入口，停車休息，三位導遊說要去辦理入園手續，請大家稍等，但等了很久還沒回來，我和太太走到入口旁邊小商店，想買幅公園地圖，看見三位導遊正和兩位園警激烈爭辯，個個爭得面紅耳赤，園警毫無讓步跡象，最後 Emmanuel 不得已走到對面辨公室繳款，付了美金 50 元，我太太問：「How come you have to pay him money?」Emmanuel 說：「I'm paying the food for tonight.」，他聽起來怪怪地，但不願多問。

事後才知都是犀牛惹的禍，由於車隊擋住去路，觸犯犀牛保護法，園警沒有當場下罰單，祇抄下車牌號碼，通知各地警察局，在場卅多部越野車通通都列入黑名單，等到 Serengeti 入口時才追究違法之責，剛才的爭辯就是因爲擋路事件。一張罰單的價碼等於五天工資的總數，爲了觀光客蒙受莫大損失，於心不忍，我們幾位乘客幫司機付清罰款。

坦尙尼亞從前有三千隻犀牛，因非法盜捕濫殺，幾乎絕種。1980 年代整個 Serengeti 國家公園僅存兩隻，而且都是母牛，無法繁殖。1994 年有人發現一隻公牛從火山口往西走，好像身負傳宗接代的任務，毅然穿越百哩的曠野，抵達 Serengeti 終於和母牛團聚，前後生出四頭小牛。近親繁殖影響後代健康，所以非洲國家聯合成立「犀牛保育計劃」，從南非空運新牛種，每次空降都成爲國際新聞，現今 Serengeti 已有 36 頭黑色犀牛。

目前火山口有十多隻犀牛，全在保護之列。坦國當局組成特勤警衛隊，設觀測站和通訊系統，密切關注犀牛生態活動，每天至少有兩輛巡邏車，到處巡視，約束遊客，防止獵戶入侵，我們遇到的就是這批執法如山的園警。

火山口是天然的大動物園，各種珍禽異獸應有盡有，可是當犀牛出現時，人人爭相一睹廬山眞面目，既使遭受罰款付出昂貴的代價也不懊悔，直到旅程終點我們再也無緣見到第二隻犀牛，可見這隻盤據火山口的「老大」是多麼稀奇！

五 青春作伴摘龍眼

駛往墨西哥的豪華遊輪 Carnival Destiny，四百多位台灣鄉親，大家作伴參加 2009 年美東夏令會。晚餐對號入坐，我們這群從新澤西聖恩教會來的迷你旅行團，四人同桌，阿娥（黃明娥）和阿芸（林芸雲）坐一邊，太太阿美和我坐另一邊。難得有這樣好福氣，和「阿」字輩女士同享晚餐。土耳其籍的餐廳服務人員，輕快地遞碗盤，還用台語問：「好吃莫？」顯然有人教他台語。我們也乘機教他豎起大姆指說：「Taiwanese，讚！！」他重複幾次，馬上走到李正三兄夫婦那桌，現買現賣，大聲喊：「Taiwanese, 讚！」引起全桌人大笑，侍者不明所以彎身問正三嫂：「What is 讚？」

享用大餐時，賓州費城魏淑珍姊前來打召呼，手中拿著一把龍眼，說是朋友特地從加州帶來的。我向她討幾粒，讓大家吃吃看，剝開皮發現籽大肉薄，啞然失笑。不過感謝她的好意，我們在夏令會閉幕後，將留在邁阿密多住幾天，準備到南部 Everglades 國家公園參觀，到時恐怕會找到 QQ 甜甜的龍眼。

夏令會終於圓滿落幕，我們一行四人離開遊輪，租了一輛車參觀 Everglades 國家公園。早上從 9336 號公路南下，兩旁皆爲鄉村景色，佛州農場大都呈四方形，外圍種椰子樹當界標或擋風，裡面栽植各類作物。路口一家規模頗大的農產品店名叫「羅拔在此」（Robert Is Here），店面擺著西瓜、木瓜、芒果、芭樂、時鐘果等台灣常見的熱帶水果，好像回到故鄉。以爲沿路應該還有很多水果攤可隨時選購，所以沒停車下馬，過後才知，整條公路，僅此一家水果店而已。

沿路景色，美不勝收，我們全神貫注找龍眼，非找到不肯罷休。路過一片低矮的樹林，究竟是荔枝還是龍眼？從車中望過去，不易辨別，直到十字路口，才看到幾棵矮樹上，還有纍纍的果子，掛在枝椏。阿美想停車下來，探個究竟，剛好園主在樹下走動，阿芸認爲既有人在，若是龍眼，採來吃也不算偷，說時遲，那時快，當我們舉棋不定時，車已經駛離農場，阿美主張轉頭回去，我說不要回去，阿娥和阿芸都認爲應回去看看，阿美順從自己的膽識（follow the guts），馬上掉頭往回開。

下車走近樹林，不看猶可，一看之下令人大喜過望。果然是龍眼，在這陌生的南半球，突然遇到故鄉的名產，簡直像回到老家一樣的感覺。顧不了主人是誰，立刻摘來吃。看外形可知是改良品種，小而圓的是「鈕扣眼」，大而橢圓的是「福眼」，都跟台灣產的一樣甜美。

園主戴草帽，看到顧客自動找上門，而且個個興高采烈，就走來介紹這種果樹叫 Longan，隨手剪下一小串，每人祇給一粒。這老頭實在有夠「凍霜」（嗇吝）。

園主說有 Chinese 告訴他：「中國古早有個皇后，生病時想吃龍眼，派人到南方，一趟要走 600 哩……。」我想這位皇后應該是楊貴妃吧，她想吃的恐怕是嶺南的荔枝，而不是龍眼。阿美邊採邊吃說：「我小時候在外婆家的龍眼樹下長大，看到你的莊園和龍眼，覺得很親切。」園主注意聽我們的出身背景，因而逐漸瞭解我們所以興高采烈的原因。

問起價錢多少？起先開價每磅 $2.50，女士們還價 $1.50，討價還價後，最後以 $1.75 成交。紐約唐人街每磅要 $3.99，而且又不新鮮。至於買多少呢？阿娥說：「我家最近增加了三個人，我要買十磅。」阿芸盤算：「週末蔡丁貴教授將到我妹妹家聚會，到時有很多人，非要廿磅不夠。」阿美遇到她一生最愛的水果，毫不猶豫地宣布：「我也要廿磅！」總共五十磅。這可不是小數字，想想看，如何帶上飛機？下機後，又如何提上火車搬回家？當時衹想買，都沒考慮到運輸的問題。

雷聲隱隱從遠處傳來，細雨紛紛，時下時停。蚊子成群飛到我們身邊，連衣服都叮過去，我們忙著趕蚊子，也忙著吃龍眼。園主拿一瓶驅蚊劑，幫每人噴灑臉、手和腳，然後才開始摘龍眼。他從龍眼樹的低枝開始剪，樹頂的要梯子才剪得到，園主又回去取梯，動作慢吞吞，每剪一串就下梯，放好後再上梯。蚊子不停地攻擊，急性的阿美看得火大，馬上要我充當臨時義工，推薦我是農家出身的熟練工人，園主不置可否，於是他剪我接，兩個人聯合之下，很快便採好。我隨園主到工寮內裝箱打包，女士們則走到另一農場，繼續吃他們的龍眼，直到狼犬跑出來汪汪叫。

我和園主進入圍牆內，以爲內有別墅，誰知竟是破舊不堪的工寮，連門牆都沒有，遍地枯枝敗葉，工具紙箱隨地亂丟。工寮搭在茂密的樹林中，林深不知邊際，雜草高過腰際，顯然是毒蛇出沒之地。園主承認有蛇，他曾用槍射殺過。園主說他現年六十五歲，兒子在外工作，衹留他一個人看守農場。因佛州和東南亞氣候相同，適宜栽種東南亞作物；不過龍眼並非年年豐收，加上肥料人工成本都很高，利潤極爲有限，他將試種火龍果。閒聊政情，對前任州長和前任總統布希兄弟多所指責，我猜他是民主黨員。

我們離開農場後，直奔 Everglades，立刻遇到新困擾，天氣悶熱，龍眼很快變質，爲了保持新鮮，我們花了很大功夫包裝儲存。翌日清早，我們從 Ft Lauderdale 機場飛回家，托運行李時，女服務員要求開箱檢查，取出一串福眼，連問這是什麼果子？我們向她解釋了半天，這是佛州名產 Longan，好吃得要命，她還是大搖其頭，半信半疑。

美東夏令會和佛州之旅，充滿溫馨的回憶，使我們感激不盡，特別珍惜這段結伴採龍眼於海角，重溫兒時舊夢。至於路上經過一波三折，也無怨悔，任何困難，都在同車共濟下，一一解決。人回來了，龍眼也一起帶回與人分享。

第柒輯

世紀大疫的沈思

一、早餐在費城
二、早安！幼苗
三、追雁的小男生
四、白斬雞傳奇
五、恩典滿滿
六、費城花展——Ikebana 花魁
七、新冠肺炎歷險記
八、灶腳透菜園
九、華盛頓渡河公園
十、舊金山來去匆匆
十一、阿嬤的生日卡
十二、泰勒公園的廊橋
十三、最後歸宿
十四、沉影
十五、孤燈下的耕耘者——吳福助教授側記
十六、教堂邊的菅芒花

一 早餐在費城

2020 年 2 月 29 日，「費城花展」隆重開幕。今年 Ikebana 插花展覽的重頭戲，是由草月流 Bux Mont Study Group 的姊妹們負責。因爲所有的插

費城小咖啡店

花作品都是用新鮮的花材，必須天天加水，才能維持新鮮美觀，我太太當會長，要去會場幫忙，所以清早 5 點起床，陪太太搭第一班列車到費城。進入花展會場前，先到 Reading Terminal Market，享受一頓豐盛的早餐。

Reading Terminal Market 建於 1893 年，本來是火車終點站，後來改成美國著名的室內市場，有一百多個攤位，販賣各種農產品、魚肉、花卉，冰淇淋、西點麵包、餐飲，項鍊耳環，應有盡有。無論白天或晚上，遊客川流不息，午餐時，更是人潮洶湧。

Reading Terminal Market，和「費城獨立廳」、「自由鐘」，並列爲費城著名觀光景點，凡到費城的旅客，都必須來此朝聖，至少享受費城最著名的美食。「Philly Cheese Steak」，用長條麵包，夾帶大量的切片牛肉、炒洋蔥、起士，灑一些滷青椒，再潑一杓肉汁，用白紙捲起來，如此簡單的美食，風靡全球，包君滿意。

我們魚貫進入市場，在擁擠的角落裡，有一家咖啡店，走近時，空中瀰漫著濃濃的咖啡香氣，許多聞香而來的遊客，早已大排長龍，直覺這不是一家尋常的咖啡店。因此，我們跟著排隊，點了一杯「大號」的阿拉伯咖啡，兩塊法國麵包。市場爲顧客準備很多桌椅，不難找到座位。既然已經坐下，便打開杯蓋，一股濃濃、燒焦的味道，馬上溢出來。不喝猶可，祇淺嚐一口，那帶點苦苦但卻厚重的氣味，與衆不同，令人讚嘆：「這是五星級飯店的水準。」再喝一口：「哇！這樣的水準，才能與大都會費城相稱。」一杯大號的熱咖啡，一下子喝光，意猶未盡。

回頭望著那家咖啡店，一樣排隊長龍不斷，我問太太：「這家不起眼的咖啡店，叫什麼名字？」太太說：「這是鼎鼎大名的 Old City Coffee！」我再問：「你怎麼知道呢？」太太冷冷地回答：「你看我是誰？」唉呀！差點踩到地雷。

Old City Coffee，是 Ruth Isaac 女士個人創立的品牌，創始於 1985 年。為顧客提供高級阿拉伯咖啡，現磨現煮，熱騰騰，香噴噴。勤快的服務，加上低廉的價格，形成一個大眾化的商店。

坐在那裡，看著忙碌的費城市，人來人往，我們也開始計劃今天的行程。我與太太商量先去參觀花展，中午回來喫 Philly Cheese Steak，午餐後再回花展巡迴觀賞。傍晚時，到唐人街那家「天旺大飯店」，剁了一隻烤鴨，買些西點麵包，帶回家。太太欣然點頭，跟我手牽手，步入「費城花展」大門。

二　早安！幼苗

臥病快半個月，早上起床，拉開窗簾，陽光照在我的臉上。我和往常一樣，第一件事感謝讚美上帝，順便向太陽說：「早安！」下了樓梯，走到廚房，太太早在圖書室看報紙，再向太太問安。

樹林裡傳來啄木鳥啼聲，路邊的水仙花，幾時開始迎風招展？已經暮春了，我的菜園毫無動靜。

於是，我等不及什麼黃道吉日，便決心種了一包小黃瓜。第二天，用土鏟挖了兩個小菜圃，準備種茼蒿、菠菜、小白菜和九層塔。我小心翼翼地把種子撒下去，蓋了一層超級沃土，然後放一層厚厚的稻草，以便保持溫度和濕度，便大功告成。

祇是長久以來，缺乏運動，我蹲著鬆土撒種，站起來感覺頭昏，把土鏟當枴杖，勉強站起來，不辨東西南北。這時候，我記得教會姊妹說：「你要慢慢站起來，先讓血液循環，才不會昏倒。」

正巧當天晚上下雨，剛才撒的菜種得到充滿的水分，顯然盡人力之後必有天助。

翌日，我鼓起勇氣，一口氣挖了一大片耕地，可種 20 顆稀有的義大利黑色蕃茄，因爲遵照教會姊妹「蹲下去後，慢慢地站起來」的忠告，果然沒昏倒。

耕地挖好了，請太太鑑定，看合不合格？我太太用「長木花園」的標準審核，審核結果，不問可知。即使我達到「長木花園」水平，上面還有「白金漢宮」，誰能通過呢？

說到蕃茄，各位兄姐還記得「劉老滷牛肉」嗎？我每鍋放十個蕃茄，那甘甜誘人的肉汁，令人垂涎。今年這 20 顆蕃茄，與衆不同，當我在拼老命時，心中盤算秋天的收獲，每顆蕃茄至少生產 30 粒，總生產量是一個驚人的數字，想到這裡，臉上浮出笑容，力氣就來了！

我在菜園中，四顧無人，好好地自我反省：「你有沒有老人痴呆症？你會不會太囉嗦？」經過一番坦白的自我檢討，我敢肯定地宣布：「還沒有痴呆症！」爲什麼？因爲我會分辨「格林菜」和「茄茉菜」的不同。我們教會恐怕找不到第二人具備這種常識了。

果然，馬上有人問：「劉長老，什麼是格林菜和茄茉菜呢？從沒有聽過啊。」我還花了一番功夫，解釋兩者的差異，才讓那位台大中文系畢業的高材生，茅塞頓開說：「你一點就通了，我用台語一唸，就明白了，這兩種青菜都是我的最愛！」

至於「囉嗦」嗎？豈有此理！我一輩子裝啞巴，當「聽者」多於「講者」，到現在沒變，囉唆什麼？都是你亂講嘛！

復活節過去，啄木鳥飛走了，路旁的水仙花開始凋零。我埋在土裡的種子何時發芽？我把稻草掀開，赫然發現菜苗已經出土，成排的幼苗，像羅馬軍團的戰士，傲然挺立，散發強韌的生命力，實在令人感動！

我驚呼：「親愛的小朋友們！你們什麼時候來到人間？這疫情擴散的世界，人心惶惶，你們象徵復活與重生，我爲你們歡呼歌唱，爲你們獻上感謝與祝福！」

親愛的小朋友們，請站好，園丁老師要點名：「小白菜！」「是。」「菠菜！」「在。」「茼蒿！」「到！」「九層塔！」沒有回答。園丁老師大聲喊：「九層塔！」「有！」

早安！我的幼苗，你是我的復活與重生。早安！太陽。讓我們一同感謝讚美上帝！

三　追雁的小男生

這一陣子，每天傳來都是負面消息，多少人送醫，多少人死亡。爲逃避疫情的新聞轟炸，我們跑到菜園自我隔離，每天向幼苗道早安！

今天，陪太太到德拉瓦運河小徑散步。雖然是傍晚，散步的人還不少，有牽狗的婦人，也有被狗拉著走的老人。大家見面時，點頭微笑，保持距離，心照不宣。

每年的鱒魚季節，政府單位在運河中儲放大量的鱒魚，供人垂釣。一位東方少年，全副武裝，很有耐心，不斷地揮舞著釣竿，可是沒看到那一條傻瓜鱒魚，願意上鉤。再往前走，又有三個男人，各個手握精製的釣竿，可見是有備而來的老釣客，但魚群精明，就是不賞光。

我們沿著運河，看風景，欣賞花草。樹林下的野花，貼著地面，爭相鬥艷，人若想欣賞，心須先放下身段，謙卑地蹲下來。我喜歡聽啄木鳥，而太太都在觀察收集插花材料，看到可用的，通通撿回來。

突然，一個男人推一輛雙人娃娃車，從我們身邊疾駛而過，起初以爲他跑步運動。我們想要探個究竟，車內小主人翁是男生嗎？年紀多大？可惜娃娃車用布簾覆蓋。那個男人的身手矯健，一會兒，把我們拋在後面。

經過一段路窄的住宅區，林蔭盡頭，地勢豁然開朗，眼前一片約 50 英畝的草地。廣闊的青翠草地，有大群「加拿大雁」（Canada Goose）聚集，這些永久居留賓州的候鳥，偏愛這片草地，動輒幾百上千，唧唧喳喳，好不熱鬧。

被小男生追的野雁

我們已經走了 45 分鐘，到達這座橫跨運河的拱橋，便是我們經常散步的終點。運河小徑繼續往北，終點還在 30 多英哩之外。

運河裡，有 30 多隻雁在戲水，又有兩隻從空中降落，快要接近水面時，伸出腳掌，在水上划行，停在水面時，立刻和河中雁群用脖子相互接觸，相互問候，像久別重逢的親友一樣親切，經過一陣喧嘩的歡迎儀式，才安靜下來。我們常常聽到「沉魚落雁」，今天我們和幾位遊客眞有福氣，親眼看到「落雁」英姿，拍手叫好。

空曠的草地上，雁群呱呱叫並四處散開，引起我們的注意。仔細觀察，有兩個年齡大約三、四歲的小男生，在追逐雁群，後面站一個大人。他們不就是剛才娃娃車的小家庭嗎？已經堂堂進入草地，玩起抓雁的遊戲！

這些野雁，每隻 3 呎高，重達 14 磅，灰色的羽毛，黑色的脖子和嘴巴，眼圈呈現白色，非常顯著。本來牠們都是飛行千里的候鳥，來到賓州沃土，吃喝無慮，和人類一樣，也患了超重的毛病。

一個小男生比較收斂，追到雁子起飛爲止，就停下來。另一個小男孩，特別淘氣，而且行動迅速，追到雁群起飛四散，還緊跟不捨，硬要抓到才甘心。胖嘟嘟的野雁，挺著肥臀，雙腳左右搖擺，若來不及走避，便展翅低飛，呀呀叫。兩個小男孩在雁陣中捉迷藏，如入無人之境。草地的盡頭是鄉村公路，濱臨德拉瓦河，過河即紐澤西州，晚鐘從對岸長老教會的尖塔渡河而來，一片寧靜祥和。

突然，草地上的三個人，怎麼變一個人呢？我猜想，可能是小孩玩得痛快，不肯走，這麼小的年紀，曉得自由可貴。祇見老爸左右手各抱一個，放娃娃車中，推車離開草地，爬上山坡，通過路橋，消失在山頂上的社區中。

我們很少看到這樣清新生動的畫面。新型冠狀病毒所引起的關閉和隔離，剝奪世人的自由，一夜之間，世界變了，如詩人 Haroon Rashid 所說：「擁抱和親吻成爲武器，不相互探訪是愛的關懷，美貌和金錢都是一文不值。地球還是好好的，祇是人類被關在籠子裡。」

我們都被關在「籠子裡」，因此懷念過去擁有的自由和正常的生活，看到追逐野雁的小男生，在綠草如茵的伊甸園中，享受與生俱來的自由，也就特別羨慕。疫情終止前，追逐雁陣的自由，帶給世人卑微的希望，像黎明前的一線曙光。

回程，又遇那位釣魚的東方少年，我太太好奇地問：「有沒有釣到什麼？」他很興奮地說：「河裡有很多大魚，我釣了兩條彩虹鱒！」我們爲他高興，爲他加油。和釣大魚一樣，自由也須要耐心等待，上帝會把小男生的自由，賜給世人，祂的應許，以彩虹爲證！

四 白斬雞傳奇

幼時住台灣鄉下，有一年冬天，阿嬤燉鴨給家人進補，全家二十幾人聚在廚房。昏暗的燈光下，阿嬤卻從整鍋肉，不偏不倚地撈了一支鴨頭給我。今天想起來，我阿嬤一定是抽獎的高手，可惜我們都沒有遺傳到她的DNA，所以買股票常常虧本。

後來母親當家，我也長大了，自己會想辦法，不必仰賴阿嬤施捨。有一次，母親準備的晚餐，有機蔬菜排滿桌，中間放一盤白斬雞，是當晚主菜。

我經過餐桌，看到白斬雞，薄薄的黃皮，黏著厚厚的白肉，便偷偷拿一塊，放入口中，感覺油膩滑潤，好吃極了。於是欲罷不能，連續吃三塊，意猶未盡。母親看整盤白斬雞少掉三分之一，知道有異，馬上追出來，指著我說：「你偷揑菜，我欲甲您阿嬤講（告訴你祖母）。」我感到十分見笑（羞恥），但是母親沒有深責，當場原諒我，轉身回廚房，剁幾塊雞肉補上去。

1952 年春節過後，我帶兩個弟弟到豐原外婆家，在幾位舅舅家輪流作客，享受溫暖的款待。輪到五舅家，眾人圍坐餐桌，已經開動了，五妗端三隻雞腿，分給我們三個小不點，一人一隻。五妗夾了一支雞腿放我碗裡，在那物資匱乏時代，受到如此高規格待遇，使我目瞪口呆，至今想起來，仍覺受寵若驚，無限感激。

2003 年，陳尚仁教師完成普林斯頓神學院博士學位，回台前，全家暫住寒舍。屋外，暖風徐徐吹來，賓主圍著圓桌共進晚餐，祝禱後，我突然想到童年時代，榮獲雞腿款待的往事，特地夾了一支雞腿給陳牧師的女兒——陳以恆，並且說：「這是我小時候得到的特殊待遇，今天轉贈，並祝你們全家衣錦還鄉！」

年約 12 歲的陳以恆，接到雞腿就哭起來。我不明白她爲什麼哭，心想是不是因爲太感動才哭呢？牧師的女兒愛心滿滿，到底與平常人不同。

我問牧師娘申美倫：「以恆爲什麼哭？」牧師娘問以恆，然後回答：「以恆以爲拿到雞腿，就不能再夾其他的雞肉，才哭。」

我有點失望，但繼而一想，時代不同，價値觀念跟著變，夾雞腿的禮貌可能已經過時了，所以對接受者會產生不同的反應。再者，牧師生活清苦，很少吃肉，有這種反應也是可以理解的。我說：「以恆，吃完雞腿，你還可以夾雞肉！」

我對白斬雞的偏好，始終沒有變，並且臉皮厚厚地到處宣傳，連遠在加州的 Wendy（蘇和子小姐）都知道。有一天，Wendy 從拉斯維加，到普林斯頓女兒家看顧孫女，特地打電話來說：「我今天做了一隻椒鹽白斬雞和司空餅（Scones），等一下帶去給你。」

普林斯頓到賓州寒舍約半小時，必須經過德拉瓦河上的大橋，這座大橋擴建多年，工程浩大，車道縱橫交錯，即使白天也很難辨別，何況大雨滂沱的晚上。不過白斬雞已經做好，盛情難卻。尤其，Wendy 是江湖奇女子，靈敏能幹，應變自如，我對她的駕駛技術深具信心。

夜已深，雨下個不停。我站在窗口向外張望，一有車燈出現就會驚喜：「Wendy 到了！」直到午夜，Wendy 才出現在家門口，手捧著司空餅和白斬雞。我何德何能，配得這深夜專送的禮物？我受之有愧，感激莫名。

五　恩典滿滿

我們家的房屋芳齡 34 年，堂堂邁入中年。人到中年以後，難免百病叢生；房屋到了中年也是一樣，維修問題接踵而來，不是雨槽堵塞，就是水管漏水，而且，偏偏等到主人生病時，問題才發生。套句老話，眞是「屋漏偏逢連夜雨。」

去年（2019）患感冒期間，樓上盥洗室的水管破一個小孔，水從毛孔噴出來，我用毛巾墊在地上吸水，暫時將就一下，心想等恢復健康，再找人來修理不遲。可是過了幾天，樓下天花板開始出現浸水痕跡。接著，水一點一點滴下來。不多久，我坐在沙發上，眼看著天花板崩塌，漏破了一個大洞。霎時，積水傾盆而下，挾帶泥灰，撒滿地毯。

幸好，水電承包商 AJ 馬上來修理，整整花了兩個禮拜才修好。我們向保險公司要求賠償，經紀人說：「你不能說水管漏水（leak），要說水管破裂（burst），因爲漏水是正常維修，保險公司不賠；破裂是意外，才會賠。」結果保險公司照章行事，賠了一半。

今年（2020）春天，我們小倆口都患了感冒，碰巧又是報稅季節，太太抱病上班，不小心撞破車庫門柱，撞出一個空隙，雖然不是門戶洞開，但螞蟻、蟋蟀，甚至松鼠、蛇等不速之客，都有可能乘隙而入。太太雅好插花，用過的材料，捨不得丟掉，通通藏在車庫裡，滿滿一大堆，形成理想的鼠窩、蛇窟和昆蟲館。每當夜闌人靜，蟋蟀在車庫叫春，便知事態不簡單，而且相當嚴重。

車庫空隙未補，固然惱人，還有一個更嚴重的問題，就是汙水排水管漏水。排水管在地下室，可能漏很久，我們沒有發覺，直到煤氣公司來檢查暖氣爐才發現。這位維護技術工人好像發現寶藏一樣，認爲我家整個排水管系統，年久阻塞，必須換新，而他公司旗下有家水電工，專門修理排水管，因而問說需不需要現在接洽呢？我暗自叫苦，因爲水管換新工程何等浩大，費用動輒幾千上萬，我答應考慮。我馬上去拿水桶來接水，過一段時間回來查看，已經八分滿。顯然，這是一個名副其實的心腹大患，晚上做夢夢到了，都會驚醒。

最近，承包商 AJ 派兩位技工，Rob 和 Daniel 來我家。主要任務是換幾個水龍頭和修理車庫，但不包括換水管。比較年輕的 Daniel 負責修理車庫，他聽我大略說明問題所在，便胸有成竹，開始動工。

我和 Rob 到地下室關掉水源，順便請他檢查排水管，看看是否需要換新。Rob 不假思索說：「用Silicone Sealant 封住水管接頭就可以，我去拿。」Rob 走到他的車子，拿 Silicone Sealant 回來，在銜接處的細縫塗了一層縫膏，便大功告成。我愣了一下，如此簡單，爲什麼煤氣公司建議全部換新呢？我的運氣太好了，心腹大患迎刃而解，又省了一大筆修理費。

我到車庫看修理進度，Daniel 已維修完畢，站在車旁休息。他指給我看，隙縫修補後，已經達到天衣無縫的地步。至此，我的心腹大患全部解決，似乎可以高枕無憂了。我家地下室需要打掃，因爲心情愉快，乘機動工，打開吸塵機之前，必須把地上的木塊、紙張檢起來。我看到牆角有幾個老式的「捕鼠器」，隨便用手檢起來，突然「捕鼠器」的機玄發動，鐵環「啪！」一聲，打下來，原來要夾老鼠的鐵環差點夾住我的姆指，幸好我的姆指抓另一端，沒有被鐵環打到。但這當頭棒喝的一夾，把我喚醒。

看到第二個「捕鼠器」，我就格外小心，先讓它失去功能，才撿起來。

我突然覺得，上述這一連串的好運，都是上帝的恩典，尤其，鐵環沒有打到我的姆指，讓我逃過一劫，更是恩上加恩。「好加在！好加在！感謝上帝！」趕快向太太報佳音。

六　費城花展——Ikebana 花魁

費城地區插花高手雲集，歷年來屢次在舉世聞名的「費城花展」大顯身手。各流派專家呈獻的作品，琳琅滿目，各顯神通。每年「費城插花協會」，皆會指定一件「領銜作品」（Main Featured Display），放在最顯眼的位置，佔最大空間，做爲 Ikebana「花魁」。因爲是代表性的作品，由費城地區登記在案的八個插花小組，輪流負責設計。

Ikebana 花魁

今年（2020）輪到草月流 BuxMont Study Group 負責「花魁」。BuxMont SG 自 2016 年創會以來，這是首次大顯身手，全體會員感到十分興奮。BuxMont 小組的指導老師林美惠，親自草擬「花魁」的藍圖。

根據林老師初步的構想，名副其實的「花魁」要求氣勢恢宏，美輪美奐，所以她繪製的藍圖，中間一座高聳的拱門，有美麗的 Quinces 攀附環繞，象徵吉祥如意，步步高升。拱門左下方有漂流木墊基的飾品，右邊有圓弧形籃子做陪。整個架構呈現華麗高貴，給人穩重溫馨的感覺。

本來可以按照藍圖進行沙盤推演，但是，2019 年美東夏令會在 West Chester University 舉行，小組姊妹全力支持夏令會，除了負責大會舞台布置和籌備小型的作品展覽之外，還有工作坊的教學示範，大家都忙得團團轉。夏令會結束後，日本草月流掌門人，敕使河原茜應邀到長木花園示範表演，這是畢生難逢的機會，絕對不會錯過。等大家喘口氣，準備重新思考時，林美惠老師仍在病中，還未復原，以至於群龍無首，一籌莫展。眼看到了 2019 年底，小組又要應付「年度展覽會」等大型插花活動，一個接一個，使整個計劃再度擱淺。

「花魁」創作，直到 2020 年初，才積極動員，全力以赴。第一件要解決的就是製造拱門。我們認識教會一位退休的會友 Fred Mitchell，他喜歡做木工細活，由張秀美代表接洽。Fred 按藍圖施工，幾經周折，花了整整十天，才大功告成。面對這座特製的拱門，插花小組的姊妹們目瞪口呆，不知所措，大家左看右看，都不順眼，覺得拱門低闊笨拙，缺乏應有的恢宏格局，有人主張退回去修改，也有人嘗試各種不同的陳列方法，最後經過大家一再討論，決定用最簡單的方法，把拱門墊高。一經墊高，賞花者必抬頭仰望，拱門的氣勢就自然突顯出來了。因而請 Fred 再製作一個墊架。至此，主體製作總算解決了。

緊接著，括花小組姊妹聚集在林老師的工作坊，一起思考如何美化拱門？如何創造一幅山水兼備，遠山含黛的景色？經過腦力激盪，撞出靈感火花，她們祇用幾片樹皮黏合塑造，放在拱門外，如此便有奇峰突起，從天外飛來的氣勢，虛實莫辨，如夢如幻。

幾位姊妹甚至專程到紐約花卉批發商店找特異的材料，找來找去，還是回到藍圖擬定的花種——Quinces 最理想。此花是美東華人過舊曆新年必備的吉祥物，狀似梅花，葉呈橢圓形，色白略帶淡紅，中文給它取一個生僻的名字，叫「榲桲」。

動用十五枝 Quinces，由杜智惠和吳雪容編織了一串花圈，給拱門戴上美麗的華冠。每枝枝頭裝一小瓶子，供應水分，保持新鮮。拱門裝飾完成，旁邊陪襯的飾品也逐漸到位，例如，從台灣帶回來的籃子，從紐澤西州剪到的杜鵑花，以及得來不易的石頭、漂木等都發揮功能。當萬事俱備祇欠常青樹枝，衆人集思廣益，確定非得採用台灣國寶級的紅檜（Hinoki Cypress）不可，恰巧我們家前門種了兩棵紅檜，爲了藝術祇好忍疼犧牲，剪兩枝樹齡超過三十多年的國寶，放在適當的位置，起畫龍點睛的妙用，象徵青春永駐，萬古常青。

這件集體創作的成品，美輪美奐，於「費城花展」開幕前夕，安置在插花舞台上，堂堂登上 2020 年 Ikebana「花魁」寶座。從遠處看，華麗的拱門聳立於舞台，產生表率群倫的效果，成爲觀衆矚目的焦點。只要近觀細研，便會發現拱門之外，別有洞天，遠山含黛，似眞如幻，絢麗多彩。整個作品意境深邃，有點像唐詩：「曲終人不見，江上數峯青」（錢起〈湘靈鼓瑟〉）的韻味。作者芳名：林美惠、杜智惠、吳雪容、張秀美、Ann Tran。

過去多年，我們參觀「費城花展」，太太一定率先欣賞 Ikebana 展覽，並留下深刻印象，那時她還是局外人。後來她拜師學藝，經草月流名師指導，加上同好間切磋琢磨，花藝進步神速，現在已經晉級榮升爲局內人。這次姊妹合作無間，同心協力，不分晝夜，完成「花魁」的創作使命，終於完美地呈現在世人面前，過程雖然艱辛繁雜，大家卻都滿心歡喜，充滿無限的感激之情。

張秀美作品

七　新冠肺炎歷險記

蔓延全球的新冠肺炎已經奪走百萬生命，至今（2020 年 11 月）人類還未擺脫疫情的困境，不僅疫苗和特效藥尚未問世，即使有效的治癒方法仍在試驗階段，意見紛紛。本年三月初，筆者和內人身體不適，立刻求診家庭醫師，經兩位內科醫生診斷，皆判定是普通感冒，於是以治療普通感冒方式處理，病情卻毫無進展，還差點喪命。病癒後，我們去做「抗體檢測」，竟呈現陽性反應，證實我們感染過新冠肺炎，與醫生的診斷不一樣。這次患病與復原的經驗，驚險萬分，值得與人分享。

三月初，我太太因爲參加「費城花展」的 Ikebana 展覽，過分勞累，感覺喉嚨發癢，接著開始咳嗽。因她每年在這個時候都有感冒症狀，故認爲祇是普通感冒，服用現成的感冒藥，卻毫無效果。剛好又值報稅季節，她抱病上班，連續一星期咳嗽不止，引起同事側目。三月中，會計師事務所同事召開會議，決定派人打電話到家裡勸說：「全辦公室的人都擔心會受到你感染，請你不要來上班！」這是前所未有的「忠告」，爲了公共健康，太太答應暫時不去辦公室，並且表示：「我已經約好下週一去看醫生。」

三月十六日早上，我們到診所看病，候診室空無一人，太太問家庭醫生：「我的病是不是新冠肺炎？」醫生診斷後說：「祇是普通的傷風感冒，不是新冠肺炎。」這是疫情擴散，人人自危的時期。太太再次確認：「是新冠肺炎嗎？」醫生再度肯定地回答：「不是！」太太離開診所，到 CVS 買藥，走進店門，感覺雙腳浮在空中，踏不著地，便知病情非比尋常。

翌日，太太躺在床上睡整天，無法起床，沒有吃飯，祇喝水而已。其後兩天，病情更加嚴重，全身酸痛，走幾步就氣喘如牛，彷彿離死不遠矣。

不久，我也開始出現感冒病狀，四肢無力，關節疼痛，全身發冷，晚上做惡夢，睡不著覺。此時，整個美國陷入疫情恐慌，學校停課，餐館休業，教會停止聚會，路上車輛稀少，呈現前所未有的空城現象。我硬撐一個禮拜，以爲遲早會恢復正常，最後不得不打電話找醫生。

我開車去診所，向女醫生抱怨：「I'm dying!」醫生按普通感冒治療，開了抗生素，並且安慰說：「Don't say that, you're young! You'll be alright!」我戴著口罩，搖搖晃晃地走出診所，看到走廊長板凳，有個男人坐在那裡，我把外套放在空位上，準備穿好外套再出門，那個男人突然吼叫：「You are disrespectful⋯！」說完站起來，離開座位，還一直嘀咕，我感到莫名奇妙。這個人是誰？竟然把「新冠肺炎」歸罪於我，還把我當做痲瘋病人，避之唯恐不及。太太陷入死蔭幽谷，我也跟著跌入谷底，奄奄一息。

到了四月初，太太病情稍減，當屋後的櫻花綻放花苞時，知道春天的腳步近了，她勉強開始做些修剪工作，清除繡球花和玫瑰枯枝，工作約一個小時，便覺得很累。第二天，繼續把大理花的球根埋在土裡，又釘了五呎長的竹竿備用，總共十五根竹竿，聳立花園中，象徵堅忍不拔的毅力。太太每天清早起來，看完報紙後便開始整理花園，先清除雜草，把相同的花種移植在一起，呈現花團錦簇、光彩奪目的效果。在她悉心照顧下，各色各樣的花卉擠滿花園，爭奇鬥艷，美不勝收。隨著花園欣欣向榮，她的健康迅速恢復。

我也拿著土鏟，到菜園整理菜圃。今年天氣反常，已經過了四月中旬還下霜，遲來的霜凍死剛種下的蕃茄和青椒。第二批種下不久，再度被低溫摧殘殆盡。直到五月中旬，霜期已盡，種了第三次，終於活過來。我是一個「屢敗屢戰」的園丁，因爲久病纏身，耕作時汗流滿面，淚水如雨點。可是栽種後，既有新栽的成就感，又有收穫的盼望，收工時，心存感激，順便採些早熟的有機蔬菜帶回家去，洗完熱水澡，感覺全身舒暢無比。

作者與太太

如果我們像一般患者住醫院接受治療的話，也許活不到今天。幸虧留在家裡，除了到花園菜圃工作，曬太陽之外，每隔兩天就去郊外散步，來回約三哩路，培養體力。在養病期間，我寫了十篇有關田園耕讀的短篇文章，發表在《太平洋時報》和《台灣教會公報》。

五月中，住紐約的兒子，要帶全家人回來住幾天，建議我們先去做「抗體檢測」，以防萬一。儘管家庭醫生診斷不是新冠肺炎，「抗體檢測」結果卻是陽性，表示我們曾患過新冠肺炎。很多人聽到消息都覺得不可思議，到底怎麼一回事？後來我太太去看這位家庭醫生，醫生閱讀「抗體檢測」報告，不但沒有表示意見，甚至羨慕地表示：「但願我像你一樣具備免疫力！」

我們長期維持簡樸的田園生活，每天向上帝獻上感恩，若有鮮花也必與人分享；菜園裡的有機蔬菜，年年豐收有餘，大多送給同鄉和鄰居。得到的感謝與祝福，遠遠超過微薄的付出。感謝主耶穌所做的榜樣與教導：「施比

帶孫兒摘番茄

受更爲有福」。今年初因爲參加插花展覽而染病，也因田園生活而恢復健康，經此浩劫，深信「預防勝於治療」，倘若平時注意飲食，待在家中時多做戶外運動，外出時戴口罩，與群衆保持安全距離，必能降低感染的風險。

八　灶腳透菜園

1983 年，四哥劉景陽全家和我母親來賓州費城探親，見識美東地大物博，留下深刻的印象；尤其品嚐自家栽種的蔬菜，更是讚不絕口。我們家的菜園靠近廚房（灶腳），準備晚餐時，先洗米煮飯，再到菜園剪些莧菜，採幾條茄子回來，現採現炒，飯煮熟了，菜也剛好上桌，賓主盡歡，四哥用台語形容，稱爲「灶腳透菜園」。「透」，就是連結的意思。

「灶腳透菜園」的風聲，傳到新澤西州台美團契長老教會，引起不少好奇者想來一探究竟。鄭仰恩牧師一向嚮往田園生活，1990 年代，他到普林斯頓神學院進修，在台美教會禮拜，剛好他的丈母娘來訪，便要求道：「聽說您家『灶腳透菜園』，我想帶一個人去參觀好嗎？」我說：「現在是冬天，菜園雜草叢生，恐怕會讓你們失望啊！」因而失去招待的機會，我們感到十分遺憾。

隔年夏天，同在台美教會的王榮昌、蕭珠玉牧師夫婦學成歸國，我們把握機會，邀請他們和劉兆宏兄到寒舍午餐，順便體驗什麼是「灶腳透菜園」。當時空心菜長得青翠茂盛，我們就地取材，獻上一道家常菜：「沙茶空心菜」宴客。我把五分鐘前採的空心菜，清洗乾淨，切成小段，放在熱鍋裡快炒，並投入大量的蒜泥拌沙茶醬，但見爐火通紅，熱鍋嗶叭作響，霎時廚房彌漫著香噴噴的沙茶香氣，客人列坐餐桌等候，鴉雀無聲，香味比菜先上桌。我連續炒三大盤，客人很捧場，盤盤見底，可見新鮮蔬菜多受歡迎！

有一年晚秋，翁思惠牧師娘蕭幸美姊打電話來問：「我要帶三位姊妹到美東旅遊，我們會自備食物，祇借住一晚而已，是不是方便？」我立刻答應說：「沒問題，歡迎來賓州玩！」一行四人，先住謝敏川牧師家，翌日才到寒舍住一晚。早上起床，姊妹們從廚房的窗戶往外看，花園的盡頭就是菜園，衆人目光不約而同地眺望著那座種家鄉菜的菜園。我帶她們去參觀，菜園雖然簡陋荒蕪，這幾位姊妹仍然興致高昂，在園裡找來找去，終於發現好幾粒碩果僅存的青椒掛在枝頭，一陣驚喜之後連忙採下來，帶到康州與朋友分享。後來蕭幸美姊特地從康州打電話回來致謝說：「你們的青椒好脆，從來沒有吃過如此美味的青椒！」其實，經過下霜的考驗後，青椒肉質堅韌厚實，味道的確與衆不同，難怪她們稱讚不已。

我們種過名叫 Suger Baby 的西瓜，等到最成熟時才採收，因此每粒西瓜品質優良，不但皮薄肉紅，而且像蜂蜜一樣甜。西瓜帶到紐澤西聖恩教會分享，有一位香港女生芳名 Anita Tong，吃完西瓜，悶不吭聲悶了兩年，直到 2019 年夏天回香港前，她才告訴我說：「那片西瓜，是我一生吃過最甜美的西瓜。」這遲來的恭維使我十分驚喜。2019 年夏天，正值香港「反送中示威」大遊行，Anita Tong 回到煙硝彌漫的街頭，如果她在遊行隊伍中發出正義的怒吼，那片西瓜的滋味，也許會帶給她「望梅止渴」的回憶。

經過那麼多人說「讚」，我這個老園丁更加勤奮耕耘。今年（2020）年初，生病一個月，到四月初，才恢復健康，天氣也漸暖和，就開始鬆土除草，準備大顯身手。如今進入六月份，菜園已初具規模，無論茄子、蕃茄、小黃瓜或 Zucchnini，都紛紛開花結果，可以預期，今年秋季將是瓜菜豐收的季節。晚餐前，太太問：「今晚要吃什麼菜？」我去剪韭菜、香菜和 A 菜，先在室外洗乾淨才帶回廚房。從生產到消費，自給自足，與世無爭。

藉著一座簡陋的菜園，除了經常運動，維持健康之外，還能生產足夠的產品分享鄉親好友，確實非常榮幸。屈指一算，來訪的台灣人牧師不下二十位，鄉親朋友不計其數。歷年來，以「透灶腳」的菜園會友，對出外人略盡棉薄之力，卻得到豐盛的回饋，滿滿的祝福，見證耶穌的話：「施比受更有福」。

九　華盛頓渡河公園

去年（2020）三月初，我們莫名奇妙感染新冠肺炎，經醫生糊里糊塗診斷爲一般感冒，病了一個月，僥倖逃過一劫。四月底，連續下了好幾天雨，太陽終於出來了，天氣格外晴朗，正想陪太太到運河邊散步，朝著尋常的老路走去，　在路口發現「行人止步」的封條，不得已折回，換一條不常走的路，目標指向『華盛頓渡河歷史公園』（Washington Crossing Historic Park）。

德拉瓦河鐵橋（取自網站）

走到鄰居 Lisa Hunter 的家，Lisa 年約六十歲，看到我們便起身走過來打招呼，問道：「你們知道我媽去年過世嗎？」我們感到十分震驚。Lisa 說：「我媽生病後就不想活了，不服醫生開的藥，我送她去 Ann Choice 不久就過世。」她的母親是一位身材高挑，外表清秀的業餘畫家，很少與人來往，才八十出頭而已，居然不想活，眞不可思議 。

在這疫情擴散時期，人人自危，如果川普總統自封爲『超人』，這位自願求死的畫家是敢死隊員，疫情再厲害也拿她沒辦法。但是對我來說，她是一個『反面』的樣版人物，我要努力活下去，珍惜當下的每一時刻，活出扎實的生命。因此，我嘗試以畫家的眼光欣賞自然，藝術家不但要用眼睛看，而且要有情感，有愛。上帝創造自然界，讚美創造物就是讚美創造者。我們何等幸福，住家的社區所在地——賓州『華盛頓渡河』（Washington Crossing）正是美國獨立革命的搖籃，風景秀麗的天堂。

我們像新造的人，帶著新眼光離開社區，朝著德拉瓦河走去。啄木鳥從河邊的樹林傳來急促的啼聲，樹林盡頭便是壯麗的德拉瓦河。從松樹空隙，可以窺見河水粼粼，靜靜地往南流，經費城注入大西洋。本想越過鐵橋，走到對岸的新澤西州，那邊也有一條運河和散步小徑，可是橋上行人擁擠，怕被感染，便站在橋邊，遠眺大河。

壯闊的河面上，浮現成群的海鷗，仔細觀察，發現海鷗正在玩有趣的遊戲，牠們坐在水面任憑河水漂流，漂到鐵橋下，遇到波濤洶湧便起飛，飛到上游，再度乘水順流而下，反覆來回，看起來比岸邊的遊客悠閒、自由。

河水中，魚類正在進行物種繁衍的歷史任務。每年暮春，美洲特產的鰣魚（shad），從海上游回德拉瓦河產卵，從水面上看，魚群黑壓壓一片。當水溫升到華氏 67 度以上，就是產卵的時候，母魚找岸邊的水草和石頭排卵，公魚跟在後面，爭相施放精液。聽一位老美說：「鱒魚因爲決心產卵，無心覓食，把釣客投擲的釣餌當做攔路木，怒而咬之，反而上　。」願漁人滿足釣興後放生，讓鱒魚順利完成傳宗接代的自然任務。

新澤西州的藍波維爾村（Lumberville）每年四月底慶祝「鱒魚節」，屆時街頭巷尾，小攤雲集，樂團歌聲響徹雲霄。遠近慕名而來的遊客，穿梭街道，　樂團演唱，逛小攤，品嚐鱒魚做的各種美食，享受一個難忘的假日。可惜，這個以魚命名，連續舉辦 38 年的嘉年華會，因爲新冠狀肺炎疫情的緣故，暫時停辦一次，還好今年四月底又恢復了。

公園野餐桌上，有許多小家庭圍坐團圓，享受天倫之樂。突然想到教會陳立芸姊妹一家人，送簡訊給她：「今天天氣晴朗，我們到公園，看到很多遊客舉家野餐。想到你和先生 Josh 也許會帶小朋友來玩。」立芸回信說：「謝謝你！我們上週六到你們家附近的公園散步，那天天氣很好，人很多，想到你和秀美姐住在這麼美的環境，眞是爲你們高興！」

公園北邊的足球場，一位老爸正在教女兒射球入門，女兒約 12 歲，綁條馬尾，長得相當健美，我們駐足觀看，老爸耐心示範足球技能，女兒專心學習，並向我們揮手致意。

足球場旁邊有一個狹長的湖泊，岸邊蘆葦十分茂盛，適合野生動物棲息。我向太太報告說：「幾年前，我把捕捉的藏地鼠（Groundhog）載到這　放生，我要牠向北跑到湖邊的草叢裡安居，誰知道，當我打開籠子時，這位仁兄卻轉頭往南跑，一口氣跑了 20 碼，藏匿草叢中，若再跑 30 碼就離我們家不遠了。牠若繼續往南跑，遲早回到我們的菜園。當初，我應該把牠遣送到對岸的新澤西州，有大河天險，牠就回不來了。」每當聽到遣送鼠輩去對岸，新澤西同鄉無不義憤塡膺，而賓州同鄉卻鼓掌叫好。我一向在太太面前裝啞巴，今天有點反常，提到捉放「藏地鼠」的光榮歷史，卻是滔滔不絕，換太太當聽者。

踱到運河小徑，有人健跑、騎單車、溜狗。一群遊客駐足觀賞兩隻野雁帶著五隻剛剛孵出來的寶貝小雁，一字排開，溯水而上，公雁在前，母雁殿後，雁寶寶夾在中間。再往前走，我們又發現一群水鳧（Mallard），由母鳧帶頭，後面緊跟著八隻黃色的小寶寶，出生不久就曉得如此團結，相依為命，求生意志令人感動。

經常被人忽略的蒲公英，今天開的花朵特別亮麗，傲然與陽光相輝映，大放異采。我們恭恭敬敬地蹲下來，向 金色的花 讚美一番才離開。可是，上次看到繁華艷麗的紫荊樹（Redbud），現在已經開始凋零，落花滿地，鋪了一層紫色的地毯。

回程又經過那位「不想活」的畫家鄰居，儘管她一輩子住在人間天堂，卻身在福中不知福，無論我怎麼想都想不通，但願天上有座伊甸園等著她。我為畫家惋惜之餘，曉得珍惜自己的健康，用藝術家的眼光來看『華盛頓渡河公園』，領悟到公園的奧妙，品物繁盛，無窮無盡。賓州鄉野風景，格外迷人，晚鐘渡水而來，與三千隻野雁遙相呼應，歡送夕陽，如此蓬勃的生態環境；如此美好的公園，近在咫尺，唾手可得，使我謙卑、感恩、讚嘆！

水鳧和寶寶（劉照男攝）

十　舊金山來去匆匆

內人張秀美匆匆來回舊金山，這段難忘的插曲，留在腦海不知不覺已經兩年了，我無法忘懷。因爲是她的經驗，以下的文章用第一人稱敘述，比較清晰貼切。

1　隨時待命

2018 年，春天的腳步姍姍來遲，到 3 月底，美東地區還不斷下雪，尤其 3 月 21 日的暴風雪，更令人措手不及，導致機場關閉，學校停課，甚至連花園裡的花苞和樹枝上的嫩芽，都被凍僵。

不過遲來的積雪很快就溶解，3 月 25 日的禮拜日是棕樹節，雪盡風輕，太陽高照。當我們正準備出門到教會，電話機突然響起，大兒 Sam 從舊金山打來，我問：「孩子們都好嗎？」Sam支支吾吾地回答：「孩子們已經起床了！」這支吾的回應祇有當媽媽的才曉得弦外之音，不必問就知道事態嚴重。原來媳婦 Jean 兩週前突然覺得背痛，右手不能舉動，痛到幾乎爬在地上，她自己叫 Uber 去看醫生，醫生卻找不出病因，慌忙中央求 Sam：「趕快叫你媽媽來幫忙！」Sam 知道會計工作人員，在報稅季節，很難離開，但他自己忙著教書還要照顧三個小孩，無暇顧及病人，勉強硬撐了兩個星期，不得已才打電話求救。

掛上電話，我立刻訂機票，當天晚上乘 United Airline，從 Newark 起飛，翌日凌晨到達舊金山。三位孫兒早上起床，看見阿嬤，先是一陣驚喜，再看到桌上擺著他們最喜歡吃的 bagels，興高采烈地吃起來，那是阿嬤清早到附近店裡買回來的見面禮。吃完早餐，我帶雙胞胎孫子去小學，媳婦躺在特製的椅子，看到我來，像吃了定心丸一般，病情逐漸好轉。小孫兒 Dylan 的幼稚園因復活節放假一個星期，幾位家長趁機辦些 Playmates Program，我開車跟其他的家長帶 Dylan 和小朋友去花園、科學博物館等地參觀。我也帶雙胞胎孫子去游泳，慶祝他們的生日，並且參加復活節 Egg Hunt，各項活動，面面俱到，無一遺漏。媳婦經醫生檢查後，休息幾天就恢復正常。我來幫忙十二天，Sam 喘息放鬆，笑逐顏開。看到他們生活恢復正常，我就準備於 4 月 5 日回家。

2 最長的一夜

我於 4 月 5 日離開舊金山，早上還帶孫子去打網球，下午就乘 United Airline 班機起飛，晚上十一點準時抵達 Newark，像這樣順利的旅途可眞難得。下機後打電話給我先生說：「我已經在 Air Train，要到火車站，等上車之後再告訴你到達 Princeton Junction 的時間。」

當我到達火車站的入口處，看到一群旅客慌慌張張回頭往回機場方向走，問什麼原因？有人告訴我：「紐約停電，今晚火車班次停駛。」我一向處變不驚，靈機一動，隨著人群折回機場。途中用手機撥電話給先生：「我到火車站時發現今晚沒有火車班次，因爲紐約停電的關係，我現在又搭 Air Train 回機場⋯。」當時已經夜間十一點半，這突發事件，使我和家裡的先生即將度過最長的一夜。

從 Air Train 下來，想要叫計程車，但是一個女人夜晚單獨行動實在太危險。於是繼續朝機場出口方向走去，人群中有往 Princeton Junction 的旅客；但每個人各管各的，沒有人主動出來招呼，偌大機場，一旦散開之後哪裡找人？我立刻舉手大聲喊叫：「誰要到 Princeton Junction？」馬上有人回應，當場找到幾位旅客，一位是普林斯頓大學的女生，一位要到普大參加學術研討會的訪問學者，另外兩位男士到外地出差回來，加上我共有五位。普大女生拿起手機叫 Uber，但是那兩位男士有點猶豫，因爲他們車子停在下一站 Hamilton，還要找交通工具才能抵達。經我勸說：「我先生會開車到 PJ 來接，到時再送你們到 Hamilton，好嗎？」兩位男士才點頭同意，這樣總共有五位乘客，剛好坐滿一部大型計程車，返家的交通問題迎刃而解。

Uber 快速開到機場出口，司機是西裔男士，車子往南疾駛，沿途五個素不相識的乘客，同舟共濟，有說有笑，很快就抵達目的地。

到站下車後，我向司機道謝，也和乘客互道晚安，此時，看到我先生開車來接。當 Uber 繼續開到普大校園，我們帶著兩位男士繼續開往 Hamilton。下車時他們問：「需不需要付點車資給你們？」我們說：「不必了，以後有機會，你們也可以幫助別人。晚安！再會！」回到家時，已是凌晨兩點。

3 媳婦至上

舊金山來回匆匆，本來一路順風，想不到回程時遭遇火車停駛，還好我當機立斷，迅速採取行動，並發揮同舟共濟的精神，終於平安順利地度過最長的一夜。當天早上，我必須去上班，辦公室累積的報稅工作，急待處理。有一位大學校友聽到我在報稅季節，常常被媳婦徵召，就很好奇問：「你的媳婦爲什麼不叫她的媽媽去幫忙呢？」她的女兒經常要求救火支援，才會這樣問。我認爲媳婦就是女兒，媳婦一旦有緊急需要，我必定放下身邊瑣事，全力以赴，前去幫忙，絕不猶豫。

十一 阿嬤的生日卡

美國國慶日假期，住在紐約的兒子Dan，準備帶全家去 Lancaster 度假，途中順便回來。看到車子停在車庫前，我們立即出去迎接，這時孫子 Ethan 搶先跑進來報告說：「阿嬤！There is a surprise for you!」他回車上，拿了一把向日葵花，和一張生日卡，送給阿嬤。

生日卡用橘紅色紙包裝，封面寫：「Happy Birthday Grand Ma, Open on Monday.」阿嬤接到禮物，高興得不得了，連連道謝，先把向日葵花插入水瓶，然後叫 Ethan 把生日賀卡放在她的書桌上。阿嬤還鄭重其事地問：「Did you put it on my desk?」「I did!」等一會兒，Ethan 不放心，又去看卡片說：「I want to take a look anything missing?」阿嬤再次叮嚀：「Did you put it back?」「Yes, I did！」顯然這張生日卡片非比尋常，祖孫兩人緊張兮兮，一副煞有介事的模樣。這個孫子，花樣特別多，他設計的賀卡藏著什麼玄機？耐人尋味。

Ethan 今年滿六歲，剛出生時，無論身長體重都像早產嬰兒，甚至到三歲半還不會說話，令人擔心他會是個啞巴。慢慢地他先會讀書，再學習講簡單的話。等到會說話時，就常常自言自語，說個不停，好像要把過去的沉默補講起來。

可是到五歲時，Ethan 發揮潛能，判若兩人。他參加紐約市 GNT Admission Test（智優入學測驗），成績居然達到 99%，不鳴則已，一鳴驚人。全市 24,000 名學童報考，他的成績爲前 500 名，錄取著名的 Anderson School。該校幼稚班祇有 36 個名額，一旦錄取可以從幼稚園讀到八年級，而且學校離家很近，每天走路上學，多麼幸運！Ethan 於 2020 年 7 月 2 日幼稚班畢業，名義上是幼稚班，但教材是國小一年級課程。他的閱讀能力有三、四年級水準，數學程度已能解三位數除法，乘法自己學會，無師自通。

Ethan 喜歡看科學方面的書，將來想當天文學家。他經常手拿都市地圖，讀得津津有味，對紐約市街道分布和地下鐵路系統瞭若指掌。我問他搭車到阿嬤家的路線，他細數如何乘地鐵，哪裡搭火車，下車後走哪條公路，詳細住址等資訊，清清楚楚。不過他喜歡坐汽車，因爲：「我上車就睡著，等我張開眼睛時，阿嬤的家就到了。」這句溫馨的童言深獲我心，但願臨終回天家像睡覺一樣，醒來躺在上帝的懷中，該是多麼幸福啊！

阿嬤的家有很多好玩的地方，附近有著名的公園，小吃店和兒童遊樂場。他住紐約公寓，困在斗室裡，動輒得咎，經常挨罵。到阿嬤家就自由了，不但室內寬敞，可以隨便走動；室外一大片廣場，草地青翠，跑跳玩耍不會影響到別人。

尤其是阿公的菜園最迷人，園中栽很多番茄、黃瓜，和各種不知名的亞洲菜。他人在紐約，時常電話問道：「現在有什麼菜可以採收？」他最關心本學期的兩項作業：養毛毛蟲直到變成蝴蝶；觀察利馬豆生長的每一階段，拍攝照片，寫一篇報告。買來的三粒利馬豆，包在濕紙巾中，讓它發芽，等長了兩片葉子再帶到阿公家，種在盆子裡，可惜因爲天氣太冷，凍死了兩株，剩下一株長到五片葉子，再移到菜園。

菜園移植是最重要的階段，移植那天，Ethan 跟著阿公，捧著豆苗的盆子，堂堂進入菜園。踏入菜園禁地，恍如踏進雷區，必須小心翼翼，阿公一再叮嚀，腳步要跟緊，不能隨便走，不要踩到菜苗，這個不能碰，那個不能摸，好不容意找到去年種匏瓜的地方，祖孫共同鬆土挖洞，準備栽下豆苗。阿嬤遠遠看到，立刻跑來喊停說：「等我去拿行動電話來拍照，記錄種下豆苗的一刻。」於是拍下特寫的歷史鏡頭，貼在 Ethan 的報告中。

豆苗入土後，Ethan 拿一把小土鏟當見習農夫，從現在開始，他享有充分自由，尤其他媽媽管不到，凡事都可以做。Ethan 先拿點土放在嘴裡，嚐嚐土壤的味道，又挖了一個小洞，徒手抓住從土裡鑽出來的蚯蚓。看到一條 Leopard Slug（無殼蝸牛），一點也不害怕，乾脆用手抓，黏液粘在手指頭。那天他從菜園出來，不僅是一個道地的小農夫，而且滿載而歸，嘴角粘著泥土，手上粘著無殼蝸牛黏液。媽媽看到他這分德性，大驚失色，幾乎昏倒，花了一番功夫，才幫他洗乾淨。

五個孫子中，Ethan 比較喜歡農作物，不像我們兩個兒子，小時候專攻電動玩具，對於花園有什麼花？菜園種什麼菜？一概不知道，也不願知道，長大以後依然如故。

好不容易等到星期一，阿嬤按照吩咐，打開他的生日賀卡，乍看，祇是一朵六瓣花的圖，花的中心寫：「My Ama is」。阿嬤因爲家務雜事分心，不加思索，以爲這個阿嬤就是一朵花而已。等安靜下來，再次觀賞賀卡，打開花瓣，赫然發現每片花瓣底下，還另有一片花瓣，總共六瓣，每片花瓣上面，依序寫著：「（Ama is）helpful; likes me; nice to me; walks with me on the canal trials; makes me food; good at making flower arrangement!」傍晚，Ethan 透過視頻對話（FaceTime），來詢問是否看過賀卡？阿嬤再次感謝他的用心。這是我們收過最有創意的生日卡，出自六歲的兒童，更加難能可貴。

十二　泰勒公園的廊橋

今年（2020）我們家所有的活動，都集中在「華盛頓渡河公園」（Washington Crossing Historical Park），幾乎忘記本地還有一座規模很大的公園，離家不遠，開車廿分鐘就到。前一陣子，紐約疫情嚴峻，兒子全家成天困在公寓，悶得發慌，決定回到賓州老家透透氣，去了幾次「渡河公園」，嫌遊客太多。我太太說：「你們可以到泰勒公園（Tyler State Park），那裡有一座『廊橋』（covered bridge）。」媳婦一聽到「廊橋」，便說：「我們想去看看，不過帶兩個小孩，走遠路很不方便，阿嬤能不能跟我們一起去呢？」於是六月廿七日（星期六）中午，她們一行五人帶著娃娃車，前往泰勒公園。

到公園之前，先在路上買午餐。車子駛入公園，幾個停車場都沒有空位，索性開到最靠近野餐區的停車場去碰運氣，結果也是一位難求。正要掉頭離開時，突然一輛車子開出來，令人喜出望外，她們就停在那裡。進入野餐營地，所有的野餐桌都有人佔用；公家的火爐，各個冒煙。又是運氣好，找到一個空桌子，用完午餐，一行人推著嬰兒車去逛步道。來回約五英哩，六歲的孫兒 Ethan 走完全程，非常自豪，回紐約上網路課，還向幼稚園老師報告，先對一位老師說他走了四英哩，改天又對另一位老師報告他說走五英哩，老爸在旁聽到都笑了。

泰勒公園座落於賓州 Newtown，面積一千七百英畝，林木茂盛，溪水清澈，它有完整的登山步道網，無論步行和騎腳踏車都很方便，還有小徑專供騎馬溜達。聖恩教會每年慶祝父親節，都在公園內舉辦野外禮拜，不過我們祇聚集在一個涼亭而已，公園範圍遼闊，還有很多地方值得探索。

七月三日清早，我跟太太專程去探勝，來一趟「溫故知新」之旅。進入公園的大門，開往溪邊方向，車輛停放上次的位置，然後徒步走進野餐區，看到不少遊客。前面就是 Nashaminy Creek，溪面廣闊，水流平緩。有座水泥橋築到半渡而止，接著一段小水霸，人行水霸上，溪水從霸底的水門流出。橋旁的水堀是天然游泳池，儘管醒目的大字警告「禁止游泳」，還是有不少人戲水，游泳，撈小魚。

跨過小溪，即登山步道，往左是條山路，坡度陡峭，往右沿著溪邊，地勢比較平坦。這兩條路在山上會合。我們往右，遇到不少早起健行的遊客，彼此點頭問安，尤其腳踏車騎士從背後超車時都會說：「On your left!」我們便自動靠右讓路，目送騎士揚長而去。一位男士牽了一隻白毛黑點的小狗，讓路人捧肩來回按摩，小狗乾脆直立起來，爬到路人的懷裡，猛搖著小尾巴，反應非常熱烈。

我們走到十字路口，朝著右邊的步道，緣溪而行，從林蔭空隙，可以窺見深谷中湛藍的溪流，有一女士獨自在溪中划船，溯水而上，頗覺不可思議。山坡上，突然有幾位遊人騎馬從芒草叢鑽出來，可以看出，這是一座跑馬溜溜的舊牧場，現在衹剩牧草，不見牛羊。

山路的盡頭，有一座箱形木造的「廊橋」，聳立溪面，像森林中的凱旋門。這座「廊橋」（Schofield Ford Covered Bridge）建於 1873 年，橋長 164 呎，橋面長方形，上有屋頂，兩旁封閉，橫跨小溪，爲當時農民出入的要道。1991 年十月，「廊橋」遭人縱火焚毀。後來地方人士出於懷念和喜愛，公開募款，呼籲重建，遂於 1997 年恢復原貌。「廊橋」建築風格獨特，色彩浪漫，極富吸引力。

太太說：「上次，有個戴方帽，穿黑袍的高中畢業生和家人，在橋頭拍攝畢業紀念照，我們等了好久才能攝影留念。」顯然，這是一座著名地標，值得列入畢業紀念冊。也許這位女生入學時曾經到橋頭立下志願，而今畢業前夕，回來向森林中的凱旋門告別，也向她的少女時代告別，說不定將來會帶她的子女來朝聖。

登上橋頭，剛好一對年輕夫婦帶著兩個五歲的小女孩，從橋中走出來，兩位小女孩向我們揮手招呼，眼睛注視我們，非常好奇，好像頭一次看到東方人一樣，我看到她們像小天使一樣可愛，這瞬間的相遇，讓我留下美好的印象，心裡直呼不虛此行。滿心歡喜走進廊橋，裡面像一座狹長封閉的倉庫，牆壁留下幾個菱形小洞，讓陽光透入，遊客從小洞窺探橋下的淙淙流

泰勒公園的廊橋

水，眺望河床壯麗的景色。我們過橋，站在橋頭拍攝幾張照片就折回，遊客陸續進出，也有騎馬的迎面而來，因爲空氣流通不良，還是趕快走出去爲妙。剛出橋頭，又看到那對年輕夫婦和兩個可愛的小女孩，朝右邊的林間小徑走去，消失在森林裡。

回程時，上坡路段走得蠻吃力，想到上次太太推著娃娃車，帶 Ethan 走完全程，令人佩服。前面十字路口，圍了一群人，好不熱鬧，仔細一看，五個兒童坐在路邊的水泥欄杆上，等著拍照，每個都長得清秀可愛，我向她們揮手招呼，她們也揮手答應。其中一個小女孩，長得特別引人注目，我趁機多看幾眼，她發覺有人盯她，毫不示弱，與你對看，然後彼此微笑揮手道別。

我們走過不少公園，像今天滿載而歸的喜悅，還是少有的經驗。泰勒公園的廊橋，森林中的見證者啊！感謝你藉著這些可愛的小天使，傳達你的祝福。你見過多少遠近慕名而來的遊客，但是這位台灣阿嬤，三代同堂，一起出遊，未必史無前例，肯定十分罕見。我問孫子Ethan：「你要不要再去廊橋玩？」Ethan 說：「有機會我要去！」但願後會有期！

十三 最後歸宿

又到了忙碌的報稅季節，我一手拿著電話跟客戶對談，另一手快速寫筆記，兩眼盯著電腦，忙得不可開交。剛倒好的一杯熱咖啡還沒喝完，門外又有人等著求見。

「咚！咚！」敲門的是一位猶太老婦人 Ella Kapland，她帶著一副焦慮的神情，本已蒼老的面容更加深沉。幾分鐘前，她才掛電話，現在人已經到了，可見她多麼著急！她擔心的不是報稅查帳的問題，而是她有一個長年住在台灣的兒子，最近失去聯絡，老婦人思子心切，請求幫忙尋找寶貝兒子。

失蹤的兒子名叫 Craig Kapland，大學時代專攻中國史，還取了一個頗爲地道的中文名——「柯普仁」。柯君身材高大英俊，中國話流利，人緣好。畢業後就到台灣謀求發展，先在台北教英文，後來改業國際貿易，又娶了一位「水噹噹」的寶島姑娘，芳名「安妮」，使他樂不思蜀。

雖然出自猶太家庭背景，柯君卻很喜愛中國書籍文物，並廣爲收集，舉凡歷史、文學、書法、功夫武術、各種漢英辭典，應有盡有。收購的書籍都寄回賓州費城，請母親代爲保管，貴重的古董則親自帶回來。

猶太婦人 Ella，芳齡八十有二，老伴最近才過世。家人勸她把房屋賣掉，搬到亞里桑那州投靠子女。Ella 運氣好，房屋託賣不久就有買主，交易速度之快，使她來不及處理家當。

使她掛慮的就是這批中文藏書，不知如何處理才好？連續掛越洋電話問兒子，卻沒人接聽，現在又要忙著搬家，Ella 大起恐慌。她知道我從台灣來，也許那邊有親戚幫得上忙，就把全部希望寄在我身上。我回答：「Ella, I'll see what I can do! I'll do my best！」

Ella 從兒子寄回來的包裹上，剪下寄件地址，放入小塑膠袋，很快就親自送到我的辦公室。我忙著公事，沒時間和她多談。Ella 離開後，我乘工作的空檔，打開膠袋，取出在台住址：No. 5, 28A, 16L, Linshen Rd., Yonho, Taiwan。

得到初步線索，我立刻展開萬里尋人任務。我打電話給住在台北市的三妹說：「三妹啊！這人住：『永和林森路十六巷二十八弄五號』，請立刻動身。」

三妹聽到地址，大爲驚奇，那不就是二妹住家附近嗎？眞是巧合。二妹接到通知，立刻騎摩托車出動，按址尋人，但是整條林森路來回走透透，就是找不到該戶號，問管區警察局也沒結果，一開始就踢到鐵板。

三妹心想：「地址可能寫錯。」她試著把原有巷和弄的號碼重新組合對調，然後上網查，果然有此地址。再次央求管區警察協助，警察局回報說：「經本局派員偵探結果，查無此人。」不過警察局建議試試「內政部戶政司」，如果找不到，再試「出入境管理處」，尤其「入管處」多年來爲防止匪諜滲透，資料之完備，舉世罕見。最後運用電腦和人腦，雙管齊下，終於在網站上找到 Craig 的住址。

地址確定後，便派二妹女兒和男友兩個青年人一起去按鈴。Craig 住在五層樓公寓的一樓，門牌寫得清清楚楚，管區警察卻說找不到，實在有夠飯桶。也許警員根本沒有去，隨便找個藉口敷衍了事罷了！

事先指示，如果有人應門，就掛電話讓三妹解釋造訪的原因和目的。結果開門的是一位台灣女士，三妹透過電話向她說明：「我姊姊在美國受人委託，要找 Craig Kapland。」應門的女士說：「Craig 是我的妹婿，他跟太太都不在家，他們到香港作生意去了。」三妹說：「Craig 媽媽在美國很想念他，請他趕快跟媽媽聯絡。」同時，三妹也記下 Craig 的電話號碼。

得到電話號碼後，我迫不及待地向 Ella 報告好消息：「Ella！I've found Craig…」Ella 對好不容易得到的消息，竟然不知所措，講話還一直發抖，甚至不敢繼續對話：「Is he alright? Don't! Don't talk to me. I can't take it. Talk to my daughter.」

她的女兒比較鎮靜，我就一五一十向她報告萬里尋人的經過。隧道盡頭出現曙光，兒子失而復得，Ella 心中自是感恩。不過她兒子反應並不積極，甚至嫌老媽小題大作，Craig 輕描淡寫地說：「Mom! I'm OK. What's the big deal.」

心願既了，Ella 專心處理搬家大事，我也繼續忙我的報稅工作。一天 Ella 來電說：「是 Craig 的中文藏書啦！不知你要不要？」我利用午餐時間去探個虛實，到底這個洋人藏了什麼中文書？

Ella 的家是棟兩層樓的建築物，面對著馬路，房地產經紀人擺放的看板，已附上「Sold」字樣。Ella 打開儲藏室，交給我兩箱中文書，包括胡適《雜憶》、蔣夢麟《西潮》之類的現代文學作品和小說。

過了兩天，Ella 又來電：「還是 Craig 的藏書啦！本來想一起搬走，但現在連我個人行李都拿不完，何況他的書呢！我認爲你最適合保存這些書，請你多帶些箱子來裝。」

中午，我帶了五個箱子，帶回《辭海》、《當代漢英辭典》、《英漢字典》等工具書，不下十本之多。又有全套《史記》、《四書》、《老子》、《莊子》、魏晉名家字帖兼文房四寶。Ella 說：「我帶不走了，丟在路旁也很可惜，能送給你最好。」她女兒也說：「媽！一切都太遲了，你已經沒有選擇的餘地，不能帶走衹有丟掉。」

翌日，Ella 又來電話。我辦公室秘書覺得奇怪，爲什麼這個猶太婦人如此「勾勾纏」！我接聽時，Ella 說：「我家有很多英文書，是我先生生前收藏的，你要不要來看看？」

午餐時間我去看 Ella，她引導我到她先生的書房和休閒室。兩排書架貼著四面牆壁，擺滿書本。我瀏覽一下就知道這些書我老公一定有興趣，應該叫他親自來看。Ella 聽到有人願意接管先夫遺留的書籍，當場笑逐顏開。

我和老公搜盡家中空紙箱，早上太陽還沒出來，薄霜蓋滿庭園，就浩浩蕩蕩前往 Ella 住宅搬書。進門時遇到 Ella 的大女兒 Joan 和大兒子 Lee，兩人特地從亞里桑那州回來幫忙。老公向 Lee 道謝，他卻說：「我們很高興你來拿書，你幫了我們很大的忙，我們應該向你道謝才對。」

架上的書，屬於文史居多，有關兩次世界大戰史、韓戰、越戰歷史、莎士比亞全集等，琳瑯滿目，有些還是絕版的世界名著，顯然，今天挖到的金礦，比前次豐富，趕快裝箱要緊。

Lee 取出一疊變黃的舊報紙說：「我父親收集舊報紙，這裡有幾分登載全球轟動的大消息：歐洲戰爭結束，甘迺迪總統被刺，登陸月球，尼克森下台…。」老公向他保證說：「我帶回去好好保存。」他又出示二塊汽車牌照：「這是我父親參加二次大戰紀念。」他唸著車牌：「87TH INFANTRY DIVISION, BATTLE OF BULGE, GEN. PATTON'S 3RD ARMY, 1944-1945.」老公說：「令尊隸屬巴頓將軍率領的第三集團軍，參加著名的坦克大決戰，百戰榮歸。」Lee 遇到內行人，甚覺高興說：「送你一塊，有人替他保管，我爸會很高興。」

老公把裝滿書的箱子，搬到門外去，想立即先走爲妙，唯恐書主的兒女們反悔。此時，看到 Joan 站在門口大聲喊：「劉先生！這裡還有唱片，你要嗎？」聽到如此好消息，老公再度進入屋內，地板上有六套原裝唱片，零零落落堆在角落，訪客進進出出，就是沒人理睬它。我們拿起來看看，這六套印刷精美的唱片集包括：貝多芬九首交響樂曲，南島神秘之音，格倫彌勒原作，世界名曲集錦和名歌劇選曲。Ella 的姊姊生前是猶太會堂的首席歌唱家，這是她擁有的唱片，每套有十張之多，總共有六十張絕版唱片。

Ella 心愛的檯燈本來自己要帶走，捨不得送人，但現已經帶不走了，她又打電話來要我去拿，我一下子取回五個傳家寶級的檯燈。到最後關頭，老人家情況越來越緊急，像戰敗潰散的部隊，輜重盡棄於途，不但拋棄祖先遺留的檯燈，連 Craig 從台灣帶回的名貴古董花瓶，也統統送給我們。

暮春三月，費城郊外，明月皎潔。猶太老婦 Ella 不久就要搬出住過三十年的家，她臨別不勝依依，徹夜難眠。午夜起床，走出臥室，窗外月光照進來，她看到案頭一幅年輕時代的相片，當時是青春亮麗的少女，彷彿昨日，她深深地嘆口氣。走到另一臥室，先前讓她頭痛心煩的藏書已處理完畢，至於丈夫遺留的書籍，也找到新的主人，代爲保管。從來沒想到這位素昧平生的台灣人，及時出現在她生命黃昏時刻，幫她找到失蹤的兒子，又代爲保管珍貴的藏書，讓她順利搬家，了無牽掛，她於是重回床上，一覺睡到天明。（這位猶太老婦，於 2016 年搬到亞里桑那州，不到兩年就過世了。）

十四　沉影

「天離地何等的高，他的慈愛向敬畏他的人也是何等的大！」（詩篇103：11）

早上起床，打開窗簾，陽光灑在臉上，戶外一片光芒大海，覆蓋草地，連接天空。第一件事感謝讚美上帝，因著神的慈愛，教清晨的日光降臨人間。下樓，習慣早起的太太已經坐在書房看報紙，我向她問安，開始一天感恩的生活。

德拉瓦運河

氣象預報午後下大雪，趕緊陪太太到德拉瓦運河（Delaware Canal）河畔散步。因爲日光燦爛，運河像一面鏡子，水中倒影直達天際。我往河面探頭，想知道水有多深？結果發現水深莫測，天有多高，水就有多深。空曠地區的野雁，通通溜進運河裡，約有三百多隻，非常壯觀。一位年輕的女畫家擺著畫架，站在岸邊寫生，目標是一間破爛的小屋，往來健行的陌生人彼此點頭微笑，但沒人打擾她。岸邊那間破爛的小屋，一向被人冷落，終於成爲藝術創作的焦點，正像我們這群弱勢的亞洲移民，蒙主眷顧，也有出人頭地的一天。

回程時，女畫家仍在原地作畫，太太好奇跟她打招呼，聽口音來自東歐，天氣這麼冷，她仍然在野外寫生，而且來了好幾天了，敬業精神令人佩服。我看她的作品，最吸睛的部分是水中倒影，顯然她捕捉的靈感跟我的印象不謀而和。我向她恭喜，問她：「妳知道運河有多深嗎？」她望著運河想要說什麼，我替她回答：「天有多高，運河就有多深！」女畫家馬上會意，點頭微笑。陌生的畫家啊！願妳的彩筆捕捉創造的奧秘。願上帝的愛山高水長，直到永遠。

孤燈下的耕耘者——吳福助教授側記

最近（10/30/2017）台灣東海大學中文系吳福助教授來信：「您印象中的，50 年前的吳福助，可是什麼模樣？我記憶甚差，都忘光了。很希望您能幫我描述一番，好讓我保存下來。」

福助和我於 1960 年進入東海大學就讀，算是第六屆。在兩百位新生中，此君不愛出風頭，沉默寡言，若問我：「什麼時候認識他？」我還真想不起來。但大三時曾經同寢室，因同居一年，朝夕相處之緣，片段往事仍然記得。福助和我都是台灣鄉下人，無論個性、天賦和價值觀，都有許多相同的地方。我一生客居北美洲，從未見過福助現今的容貌，也還沒瞭解他畢生從事學術研究，著作等身的具體成果，如果祇限定 50 年前的大學生活，我願從時空隧道中，追尋片段的回憶。以下我以目擊者身分提供一手資料，見證這位學者當年如何走向學術研究之路；也回頭看我自己，當年是何許人也？

1　濁水溪農村

吳家世代務農，定居南投縣竹山鎮社寮。1963 年春假，我和另一位東海同學孫清山專程拜訪，住了兩晚，承蒙熱情招待，至今仍感恩不盡。我們發現社寮位於濁水溪南岸，隆恩圳灌溉系統發達，濁水溪挾帶大量的沉積物，土壤肥沃，加上日夜溫差較大，使得廣闊的農田，稻米飄香，不僅在中部地區打出了「社寮米」的響亮品牌，日治時期還深獲皇族的喜愛，而有「皇米」的美譽。

在這樣富庶優美的自然環境薰陶下，不難想像孩童時期的福助，幫助農忙，去山坡放牛，麥田趕鳥，稻田撿田螺，池塘釣青蛙，悠遊自得，從而養成淡泊名利的胸襟，勤懇篤實的性情，以及堅忍不拔的精神。他源自鄉土陶冶的敦厚內斂性情，正和東海的校風不謀而和；他的堅毅不屈，則成爲日後投身學術研究的原動力。

我們看到他的祖母和父母，都是憨厚樸實的農民，臉上布滿日曬雨淋的痕跡。福助排行老二，我對他的哥哥吳福明先生印象特別深刻，三十歲左右的老大，外向活耀，善於交際，又雅好音樂，專攻賽克斯風（Saxophone），意氣風發，在地方上頗得人望。

在這位能幹耐勞的兄長保護下，福助不必分擔家庭經濟重任，得以專心學業。他在社寮國小百餘名畢業生中，成績榮獲第一名，順利升學竹山初中，後來又以優異成績考上斗六高中。小學畢業獲頒縣長獎《王雲五字典》一冊。也因這部獎品的啓發，導致他自中學階段就對文學有濃厚的興趣，勤於文學創作，發表作品多篇。報考大學時，家長態度開明，從心所好選讀文學系，沒有逼他念醫學商。

2 大學入學

福助與我於 1960 年夏天，不約而同考上大學，踏入東海校園。東海大學是美國紐約中國基督教大學聯合董事會，爲延續大陸十三所教會大學的教育事業，而在台灣創辦的一所全新的大學。在學生方面，建立勞作制度；在課程方面，實行通才教育；在圖書方面，使用開架制度；在生活方面，試行榮譽制度。這些制度的實施，充滿開創性和實驗性。當時大多數的東海師生，都有一種自身被投入創造性的教育大業，去建造這所大學的特質，去鎔鑄它的傳統的感覺，也都會警覺到要爲學校的理想，去做創造性表現的責任。整個校園充滿「投入」、「責任」的理想主義氣息。福助和我當然也都被感染，被薰陶了，一起溶入「東海精神」的創造行列。

東大「勞作教育」對於學生的影響，最爲醒目，備受社會各界討論。其中的「工讀」制度，對出身清苦而又勤學的學生，更是受惠無窮。福助從大二開始一直到畢業，都在圖書館工讀，主要擔任圖書排架工作。由於在圖書館周旋了三年，趁排架方便，大量瀏覽館藏圖書，因此對館藏文學專業相關的一切中、英文圖書，都很熟悉，可以隨時依需要指出各書書名及書架位置，是當時讀書最廣的校友之一。也由於他跟東海圖書館有很深的情誼，研究所畢業後回母校任教，他仍是天天跑圖書館，很勤奮地利用館藏圖書備課、做研究[1]。

我喜愛音樂，參加合唱團，也常到學生中心的「麥氏音樂室」聽古典音樂。藝術中心落成後，「麥氏音樂室」遷入藝術館，勞作室顧紹昌先生派我負責播放古典音樂，同學想聽什麼曲子，我就把唱片找來播放。我在「麥氏音樂室」工讀兩年，留下美好的回憶，對歌劇、交響曲、協奏曲等，如數家珍，音樂欣賞力也因此大幅提升。

東海大學創校之初，原是一所小型大學，全校師生一千人全部住校，彼此多半認識，師生互動頻繁，恍如一個大家庭。當時大學教授備受社會尊重，地位很高。東海的老師，很多都是飽學之士，也都溫文儒雅，尤其熱愛接待學生，老師的家經常門戶大開，喜歡學生拜訪，沒修過課的也照樣接待。例如杜蘅之老師邀請修他所開「政治學」的學生，到他家喝咖啡，那是台灣學生生平第一次喝咖啡，學習西洋禮儀。當時很多學生特別愛去找洋老師，不但有說有笑，文學音樂無所不談，最新奇的是寒冬夜晚，洋老師還請大家吃生平從未嘗過的冰淇淋。中文系蕭繼宗、孫克寬、徐復觀老師的家，

---

1 參看謝鶯興〈《醍醐集》編排後記〉，收於吳福助選輯《醍醐集》，台中：東海大學圖書館，2017 年 11 月 24 日，頁101-103。

福助都經常去拜訪請教。陳曉薔老師當初教的是通識課程，沒有在中文系開課。有一天，在校園遇見福助，很親切地邀請這位沒修過他課的學生，到她家吃午餐，還親自下廚招待。從此，陳老師家成爲福助最常去拜訪的地方。陳老師的氣質屬詞人類型，靈心善感，對文學有很多獨到的見解。她分享了很多宋詞鑑賞的精闢創見，以及和同仁合開「比較文學」課程的教學經驗，讓福助開拓眼界，培養治學的胸襟氣度。福助寫的〈張岱與《陶庵夢憶》〉習作，陳老師還仔細批閱，並推薦《文苑》雜誌發表。這樣深厚的師生情誼，促使福助在今年協助東海圖書館特藏組，編校出版陳老師在東海執教期間的著作專輯，作爲東海以人文立校精神的佐證[2]。

3 室友吳福助

學校學生宿舍，一間住四人。大一室友，由學校安排，偏偏室友的個性和生活習慣，讓我吃盡苦頭。大二起，可以自由找室友，歷史系的王乃嘉主動出來招兵買馬，先找同系的陳忠和我這個老實人，最後找神學院進修生陳博誠。乍看起來這是理想的安排，誰知王乃嘉轉到化學系，經常晚上開夜車，到凌晨才息燈就寢。我有個怪癖，晚上見燈光就睡不著，所以第二年，我又吃盡了苦頭。

連續兩年遇人不淑的經驗，使我下定決心，要找跟自己個性相近的人。經過仔細挑選，終於找到福助。福助坐我對面，距離三尺不到，他埋頭於檯燈下，日夜讀書而不厭倦，很少起來走動，絕對不受外界影響，即使天塌下來也能定靜如故。是什麼書讓他看得如此著迷？我從未過問，也不想知道。爲了讓他埋頭專心看書，我離開寢室，溜到學生中心「麥氏音樂室」聽古典音樂。「麥氏音樂室」播放的原版唱片，吸引不少愛好音樂的學生。聽完音

2 參看謝鶯興編《陳曉薔教授著作專輯》，台中：東海大學圖書館，東海大學人物誌師長篇（三），2018年3月28日。

樂回寢室，他仍然在檯燈下埋頭苦讀。

4 作家吳夢澤

福助是那個時代所謂的「文藝青年」，愛好寫作，從念竹山初中起就無師自通，不斷投稿。

高中時期的得意作品〈聽榜〉，抒寫大學聯考聽取電台廣播放榜的經過。此文描述考生煎熬的痛苦與歡樂，很有典型代表意義，獲刊《民聲日報》[3]。另一篇萬餘字的〈迎上前去〉，抒寫青年追尋理想的曲折過程，獲刊《雲林青年》，手稿還鄭重送去印刷廠裝訂成冊，專程送給就讀嘉義家職的女友劉峰蜜小姐，可惜如今救國團沒有保存刊物，已經無從尋覓了。

大學時期，福助重心轉移到學術研究，創作就較少了。代表作如〈大貝湖的繫念〉，寫參加救國團野營隊的經過，生動感人，獲刊《自由青年》。又如〈有朋自遠方來〉[4]，寫返鄉幫助竹山農會接待美國四健會來訪會員的經過，以他哥哥四健會指導員吳福明的名義發表，很有史料價值。其餘則是翻譯英文小說多篇，刊登《民聲日報》、《公論報》副刊。

福助筆名「吳夢澤」，有一篇〈蕉風椰雨〉，發表在《青年戰士報》。我覺得文筆流暢，心裡暗暗佩服，唯一缺點是沒有明確主題，賣弄文字技巧。禮貌上我對他略加恭維。但經濟系的沈良政看完後，卻嗤之以鼻，並且公開大聲譏笑他：「那算什麼文章？那種文章我也會寫。」其實沈君祇會說大話，不會寫文章。可憐福助吃了暗虧，唉聲嘆氣良久。

文章發表會遭到同學眼紅，用功讀書也會引起反彈。有一天，我不知天

---

3 參看余淑玲〈榮耀降臨前的懸繫滋味——〈聽榜〉評析〉，《東海大學圖書館館訊》新 137 期，2013 年 2 月 15 日，頁62-70。

4 見《中國一週》第 693 期，1963 年 9 月 5 日。摘要另刊《豐年》。

高地厚，對他埋怨：「讀什麼書？」過了幾天，福助重複我的話：「讀什麼書？」可見已經受到傷害。

他沒有不良的嗜好，唯一嗜好是買書，縮衣節食，就是要買好書。某天他說：「班上女生送我一本新書，張繼正來找我，隨手翻開書本，發現：『精神永繫。涂叔森敬贈』的題字，整個人愣住，說不出話來。」涂小姐是中文系人緣最好的女生，長得人見人愛，能獲得美人贈書，確實令人羨慕。

5 徐復觀教授賞識

福助和上一屆中文系的何有光很要好，經常形影不離；但兩人個性不同，治學方法也有很大差別。福助安分守己，對問題反覆推敲，鍥而不捨；何有光則八面玲瓏，耍小聰明，開卷淺嚐輒止，不求甚解。

徐復觀教授對他們有不同的評價。有一次，何有光拜訪徐府，出門後，徐教授突然背後大喝：「何有光！你給我過來！」何有光聞聲折回，看到徐老師站在玄關，臉色發黑，指著他說：「你人聰明，就是不用功，回去給我好好唸書！」何唯唯虛應，心裡感到莫名奇妙，其實這是當頭棒喝的勸勉。

相較於何有光，徐復觀對福助相當器重，不斷褒獎鼓勵：「你人很紮實，很用功！」

徐復觀罵人出名，既罵古人也罵今人。經濟系「貨幣銀行」課，排在徐教授的哲學課後面，我們一進教室，看到黑板斑痕纍纍，擦不乾淨，任課教授趙經羲說：「為什麼寫那麼重？」班上同學相顧傻笑，不知原因。最近讀黃淑慎寫的〈校園記趣〉，再加上福助的補充，才知道徐教授每次上課，都要在黑板寫「胡適」名字，厲聲批判胡適的學術主張，並且一面拿粉筆大力敲打「胡適」，一面大聲吼叫：「狗屁不通！」直到胡適過世那天，才停罵。徐老師的湖北腔音很重，都把「狗屁」念成「勾皮」，也因此黑板留下討伐胡適的纍纍戰績。被徐教授臭罵的人實在為數不少，至於蒙他褒獎的恐怕不多，福助算是其中罕見的幸運者。

6 楊逵來訪

福助常說他的治學方法，是「不往行人行處行」，不跟隨時潮湊熱鬧，而是喜歡找新路，走別人沒走過的路[5]。這種偏好在大學時代已經顯露。有一天，他出外散步，沿校門口圳堤穿過公墓，無意中發現一座世外桃源，遇到「東海花園」園主楊逵，兩人都愛文學，說話投機，很快成為忘年交。福助發現楊逵家中的藏書不多，因而邀請他來東海圖書館看書，希望對他的寫作有幫助。

1963 年夏天，福助透露：「我最近發現一座花園，在學校附近，園主是日本時代的作家，我請他們禮拜天到宿舍來。」我們對這號外消息，感到新鮮，更期待園主來訪。

炎炎夏日，鳳凰花盛開，成群遊客往來於林蔭大道，如醉如癡。我們從寢室遠遠望去，福助帶一位乾瘦的老人和三位婦女，朝宿舍走來。賓客坐定後，老人自我介紹：「我姓楊，名逵，《水滸傳》李逵的『逵』……。」乍聽之下，眼前瘦弱老人和黑旋風李逵，極不相稱，我感到詫異。老人又說：「我是日本時代的文學作家，曾經創辦《新文學月刊》，後來經營『首陽農場』，現在剛開闢『東海花園』，種花維持生計。」我們對楊逵和他提到的月刊，以及農場，一無所知，好像鴨仔聽雷。

楊逵女兒，為了打破沉默拘束的場面，拿著桌上一把扇，上面印有簡明

---

5 參看謝智光〈不往行人行處行——吳福助教授的治學理念〉，《國文天地》第 25 卷第 3 期，2009 年 8 月。

秀逸的花鳥，署名：「之助」。她說：「這是畫家林之助的作品。林之助是我們的親戚。」當代聞名畫家不是張大千，就是趙孟頫，「林之助」何許人也？我們一概不知。不過我覺得楊逵深諳文學，又有畫家親戚，頗不尋常。

楊逵飽經風霜，兩眼深陷，臉上皺紋縱橫交錯。客人離開後，室友簡松齡說：「這位老先生，看起來好像剛從火燒島回來的犯人。」簡君說對了。戰後，楊逵因寫了一篇〈和平宣言〉的文章，被國民黨判刑 12 年，於 1961 年刑滿出獄，距當時（1963）不到兩年。

70 年代，鄉土文學論戰在台灣展開，海外台灣留學生熱烈地 讀鄉土文學作品，我才發現楊逵是赫赫有名的作家。從各種資訊判斷，當年的訪客中，除了楊佬以外，那位面目黝黑的婦人，是楊妻葉陶女士。長相普通的小姐，是女兒，名叫楊素娟，時任小學老師。她不擦口紅，祇把直直的長髮收向後腦，用橡皮筋綁了一條馬尾巴，打扮樸素一如其名。小女娃，身高不超過書桌，是楊家長孫女楊翠，時年約一歲多。

楊逵和葉陶早年從事街頭抗爭事件，但因長期牢獄之災，人轉深沉，看破世事。還是這位楊素娟讓我印象深刻，在我們三位大學生面前，她露出不妥協，不屑一顧的神情，使我暗暗吃驚。原來她不是泛泛之輩，嬰兒時陪楊逵夫婦一起關在監獄，七歲時當楊逵夫婦的國語老師，後來還寫了不少反抗強權，爲弱勢族群發聲的文章，可見有其父必有其女。

福助本性良善，擁抱被社會遺棄的思想犯——楊逵和葉陶夫婦。楊逵成名後，「東海花園」門庭若市，青年學子拜楊逵爲一代宗師；外省作家，也陸續三顧茅蘆，品茶賞花，蔚爲風氣。晚近台灣民主運動，「楊家將」如楊翠、魏楊母子，都是叱咤風雲的人物。凡此種種振奮人心的大事，藉大學時代一面之緣而深感與有榮焉。福助是現代漁人，走別人沒走過的小徑，無意中發現桃花源及出土人物，其智慧和眼光實在令人佩服。

7 準備考研究所

福助對中國傳統文學研究有濃厚興趣，自動自發，勇猛精進，寫有多篇論文發表。例如〈五言古詩探源〉，獲刊救國團《青年學刊》創刊號。他在大三暑假，埋首圖書館兩個月，撰寫孔孟思想數萬字長文，獲孔孟學會徵文比賽第十名。

福助一心一意要報考研究所，繼續深造。他對台灣大學最爲嚮往。台大中文所要考專書，他選擇「杜詩」，每天一大早，天還沒亮，就去學校操場背杜詩。

報考研究所，要懂得門路。台大上的文字學，和東海教的系統全然不符。福助在圖書館工讀三年，經常負責排架，館中有那些圖書，他很清楚。他找到錢玄同《文字學形音義篇》，專就形篇部分詳讀熟背，後來去考台大，竟然應付自如，不出所料。

聲韻學，台大和東海同樣都是採用董同龢《中國語音史》。方師鐸老師頭腦新穎，隨時接收新知，教得很仔細，福助也用心準備，很有自信。出乎意料的是，考題五大題，其中三題問的是台大課堂上特別補充的細節，祇有台大人才答得出來，福助因而沒考上。

福助的另一個投考目標，是陽明山文化學院。福助在東海圖書館找到文化學院創辦人張其昀《反共抗俄的精神基礎》一書，其中有「承東西之道統，集中外之精華」這類論述中華文化精義的佳句不少。該書份量很輕，是中英對照本。福助的英文程度不差，大一英文能力分班上課，他一直都在C班，沒被降級過。大二以後，他又跟隨準備去美國留學的同學，一起修英文高級作文。此番再熟背這部要籍，功力大進。文化學院文學所兼收中文、外文系學生，全台各路英雄七十餘人報考，祇錄取四名，福助考第六名，備取第二，能有這樣的排名成績，是得力於英文考七十幾分高分的關係。

如此看來，福助如願進入文化學院研究所攻讀碩士，畢業後得以謀得大學教職，順利踏上他所嚮往的學術研究之路，應該歸功於東海大學圖書館工讀教育的額外收穫。

福助報考文化學院，號召東海同學一起去考，隨同赴考的有筆者和生物系林友三，大家都順利考上，從此改寫一生前途。

8 開創精神

大學時代，十九、二十到二十三、四歲，是一個人身心變化成長最劇烈的時期。這個階段所受的教育，會對往後的人生產生深遠的影響。這種情況，明顯可從福助身上得到印證。

東海創校之初，標榜學術自由。圖書館頂樓特闢一間小小的特藏室，專門陳列外頭不容易看到的大陸查禁圖書。福助把特藏室藏書全都翻遍了。他很欣賞鄭振鐸《中國俗文學史》，請求孫克寬老師幫他借出。他讀完後，寫了一篇〈佛教對中國文學的影響〉，拿給梁容若老師看，後來投稿《菩提樹》雜誌，被登出來。這樣的圖書環境，養就福助對中華傳統文化的濃厚興趣，加上種種因緣湊合，使他後來走上「秦簡與秦文化」、「楚辭與辭賦學」、「史記傳記文學」教學研究之路。

福助把心力集中在傳統文學，雖然對楊逵現代文學作品沒有深入研究，但他沒有忽略台灣本土文化的闡揚。他在接任東海中文系主任期間，秉持

「立足台灣，放懷世界」的觀點，規劃創辦「臺灣文學中的歷史經驗」[6]、「臺灣古典文學與文獻」[7]、「臺灣自然生態文學」[8]、「明清時期的臺灣傳統文學」[9]等場學術會議，又主編出版《臺灣漢語傳統文學書目》[10]，長期參與台灣文學館《全台詩》的編校工作，並大力提倡台灣傳統文學的研究風氣。這樣重視「台灣傳統文學」態度的養成，應與楊逵早年的精神啓導不無關係[11]。

福助大一時，修梁容若教授「國學概論」課程。梁老師採用張之洞《書目答問》作爲教材，特別偏重目錄學、版本學、作者生平的介紹。梁老師講課很慢，「這個嘛」，「那個嘛」，逐一口說舉例之後，又在黑板上寫一遍。或許是內容太嚴肅，語氣太平緩，上課的同學漸漸地，一個個打起瞌睡來。衹有福助覺得津津有味，一學年下來，始終沒有瞌睡過。他在目錄學、版本學方面，因而奠定很堅實的概念基礎。後來他的治學，首重目錄、版本，以及文獻整理，承襲不少梁老師踏實綿密的文獻學考證功夫[12]。

福助沒有走思想研究路線，不一定記得徐復觀老師曾經稱讚過他，但由於對徐老師性情的瞭解，他遂大膽斷言徐老師因爲預料自己將來會不朽，因而將所有手稿及藏書妥善保存下來，並捐贈給東海圖書館典藏。福助整理徐老師《史記》眉批，寫作長文表彰徐老師的治學方法，成爲研究徐老師手稿

---

6 東海大學中國文學系編《臺灣文學中的歷史經驗》，台北：文津出版社，1997 年。

7 東海大學中國文學系編《臺灣古典文學與文獻》，台北：文津出版社，1999 年。

8 東海大學中國文學系編《臺灣自然生態文學論文集》，台北：文津出版社，2002 年。

9 東海大學中國文學系編《明清時期的臺灣傳統文學論文集》，台北：文津出版社，2002 年。

10 吳福助主編《臺灣漢語傳統文學書目》，台北：文津出版社，1999 年。又吳福助、黃震南主編、許惠玟審訂《臺灣漢語傳統文學書目新編》，台南：國立臺灣文學館，2013 年。

11 楊逵逝世 30 週年，東海大學成立「楊逵紀念花園」，吳福助有詩追悼：「名園故宅向陽開，極品玫瑰爛熳栽。落瓣成泥香固在，詩魂喚起漫徘徊。」見吳福助輯〈東海大學楊逵紀念花園〉，《東海大學圖書館館訊》新 163 期，2015 年 4 月 15 日，頁41-43。

12 吳福助曾向東海大學校方建議成立「東海文庫」，典藏校史文獻及教師、校友著作，即是他一向重視文獻收藏的特例。參見吳福助、謝鶯興〈「東海文庫」創建初步構想〉，《東海大學圖書館館刊》第 22 期，2017 年 10 月 15 日，頁 52-53。

首創之作[13]。他又針對東海圖書館整理徐老師贈書手稿的概況，寫作專文在《館刊》介紹[14]，可算是再續師生緣了。

蕭繼宗教授經常穿著一襲藍長衫，仙風道骨般地在校園漫步，那令人欽慕的瀟灑態度、飄逸丰姿，是東海早期校友的共同記憶。蕭老師的散文《獨往集》，福助特別喜愛，對書名標榜的特立獨行精神，尤其神往。蕭老師曾跟他解釋書名精義在於「不往行人行處行。」不知那裡來的神奇魔力，這句話竟然成爲福助後來奉行最勤的治學箴言，甚至進一步形塑他的人格特質。福助一生的研究著述，以及教學指導，都是力求避開熱門爛熟題目，勇於墾拓乏人問津的新領域，開展新的研究方向[15]。他在擔任系主任期間，親自設計系徽、系箴[16]，創立夜間部學士班、「中華文化與文學學術研討系列」學術會議、「夔鳳文學獎」、新聞編採講座、學生論文發表會、《東海報》學生實習報刊，舉辦藏書票展覽，培植文物解說人才，企圖藉由多元化、多觸角的優勢領導，開發中文人才華洋溢的展演平台。他一向喜愛特立獨行，追尋夢想。他受蕭老師的啓發影響，算是最深了。

東海首任校長曾約農曾說：「開創將是我們的格言。」（Pioneering will be our watchword.）福助「不往行人行處行」人格特質的養成，應也是蒙受東海創校初期「開創精神」薰陶的結果。

---

13 吳福助〈從《史記札記》看徐復觀先生的治學方法〉，《徐復觀學術思想國際研討會論文集》，台中：東海大學編印，1992 年，頁 327-424。

14 吳福助〈東海大學圖書館特藏徐復觀先生贈書及手稿的整理〉，《東海大學圖書館館刊》第 19 期，2017 年 7 月 15 日，頁 43-47。

15 參看吳福助〈臺灣文學「跨學科」研究隨想錄〉，《東海大學圖書館館刊》第 11 期，2016 年 11 月 15 日，頁 37-63。

16 參見陳惠美、謝鶯興〈東海中文系課程規劃史料初探〉，《東海大學圖書館館訊》新 153 期，2014 年 6 月 15 日，頁 119。

9 尾聲

福助大學畢業前夕，心血來潮，寫有〈書奴・書主〉古文，獲刊《葡萄園》，全文如下：「余性喜讀書，每以爲天下最可愛者，莫若吟詩誦書。居大度山四年，日月於學林書舍，鑽研探索，似若老學究者然，眞一『書奴』也。何以謂之『書奴』？余於學校圖書館工讀，歷二學年，搬書、編書、排書、清書，幾至目眩眼花，汗流浹背，此其一也；平素省吃儉穿，拼湊零錢，悉數供奉於書店老板，此其二也；艱深之書，余茫然不得窺其堂奧；淺易之書，余又不能速讀，更遑論透闢之分析，多方之考察耳，此其三也。雖然，余四年之中，日思夜夢者，爲一『書主』耳。余所謂『書主』，有二含意，其一爲『藏書家』也。余每夢想將來築庵於清流環繞，翠竹擁被之村，自署『水竹村人』，聚異書數千，日與二、三好友觀書於其中，談文析理於其中。詩酒唱和，曾不知人生之憂患，何其美哉！何其樂哉！其二爲『著作家』也。余雖不敢妄想有李白『筆落驚風雨，詩成泣鬼神』之天才，然鋼結腦精，驅書遣詩，如英雄之指揮萬馬千兵者，以抒發余胸中鬱抑磊落之情，此固余所願也。今羽翼未豐，而畢業在即，何其傷心哉！惟有馨香禱祝，盼天從我爲『書主』之願耳！」對照福助畢業後迄今五十多年來的治學志趣，可謂始終如一，沒有變化。

《東海大學第六屆紀念冊》這樣描寫福助：「一個眞正讀中文的人，篤實、勤勉，四年來堅守其崗位，未嘗須臾離也。在宋詩方面有很深的見解與薰陶。主編過刊物，也當過系代表，並經常以『夢澤』的筆名，在外發表文章。他沒有不良習氣，唯一的嗜好是買書，在中文系的人緣很好，將來的成就恐怕是在衆生之上的。」[17]

紀念冊也這樣描寫筆者：「修長的身材，整潔的頭髮，樸素的服飾，優

---

17 此篇小傳，系友張繼正執筆。

雅的談吐，這位出身於台灣農家的子弟，雖然是學經濟的，但他卻有特殊領受藝術的心靈。他好靜，喜沉思，生活充滿了藝術的情趣。當你寂寞時，他會引領你聆賞幾支交響樂，也會輕輕地和你談論些文學、繪畫以及人生的種種。他又是最赤誠，最熱心的朋友，會給你許多細心的照顧。他是懸崖上的孤松，那股『飄逸』之氣，會令你難忘的。」

對照五十多年來的福助和筆者，基本思想行為大抵是如此，我們都沒有什麼改變。對照年近八十的福助和筆者今天的狀貌，依然故我，不改初衷。

大學四年，思想和感情都在急劇成長，學校的校風和自然環境，會在他們的成形時期，打上最後的印記，替他們定型。一個人的志趣和氣質，大約大學畢業時候，都已經定型了，除非遭遇重大變故，否則難再改變。如此說來，大學教育對於形塑個人思想情感特質的重要性，就不言而喻了。

五十年後的今天，回想當初進入東大就讀，這確實是決定我們一生命運的關鍵時刻。東海校風自由，師長和學生，平起平坐，像大家庭，在這裡生活四年，蒙受特有的「開創精神」的陶鑄，眞是三生有幸。福助啓蒙於斯，受教於斯，執教於斯，最後在這裡退休，他在校園居住已超過五十年，東海鬱鬱蔥蔥的樹海，就是他永遠的家，也是他鍥而不捨打造學術理想的王國。至於對我來說，東海「求眞、篤信、力行」的校訓，則是我腳前的燈，路上的光。我一生追求「眞理」，現在我終於明白耶穌基督就是眞理！就讀東海的因緣，使我徹底領悟了生命的眞諦，上帝的安排眞是奇妙啊！

教堂邊的菅芒花

紐澤西 Slackwood 教會籬笆下的菅芒花叢是戶外禮拜的見證者

夏日凋謝最后的玫瑰
西風染紅秋天的雲彩
我默默地站在籬芭下
期待「火金姑」遲來的殷勤
和天邊月娘的微笑

從前我是一個旁觀者
教堂傳來的歌聲遙遠
敬拜的人群似曾相識
但是上帝未曾離棄我

終於戶外禮拜開始了
會場就在我面前
我展露銀白的繁華
迎接徬徨的人們
當會衆吟詩時
我大聲喊：「哈利路亞！」
當牧師祝禱時
我低頭說：「阿們！」

我仍然沈默地等待
在孤獨的籬笆下
那一群亞裔信徒
何時帶著你們的女兒？
好讓我在牧師祝禱後
用你們的母語說：
「阿們！阿們！」

劉照男教授

夫人張秀美女士

2019 年 6 月全家福

2006 年以 列之旅

2000 年夏天，大兒 Sam 與兒媳 Jean 畢業於 省理工學院

次 Dan 2001 年哥倫比亞大學工學院畢業

2008 年埃及金字塔

2008 年張秀美騎駱駝於撒哈拉沙漠

劉照男教授生平年表

1940 龍年

生於台中州大屯郡北屯庄廍子二堡下橫坑 480 番地（今台中市北屯區民政里橫坑巷第十鄰 57 號）。父劉受明 40 歲，母張月里38 歲。

1944

隨村童一起在橫坑山野溪畔放牛。

1945

早上背幼弟走出廚房門，因庭院路滑摔倒，左手臂骨折。在山上看盟軍飛俯衝，轟炸水湳機場。日本投降，第二次世界大戰結束。

1947

入軍功國民學校。

1949

國軍進駐軍功國校，學生被迫上半天課。

1953

軍功國民學校第八屆畢業。父親於 8 月 11 日去世，享年 54 歲。考上省立台中二中初中部。第一學期住親戚家。

1956

省立台中二中初中畢業。走頭無路時，突接通知入省二中高中部，感謝母校栽培之恩。

1959

畢業於省立台中二中，考上法商學院工商管理學系。八七水災重創中南部。

1960

考上東海大學經濟系，榮任大一系代表。八一水災再度侵襲台灣中南部。

1964

東海大學畢業。入左營海軍官校服預備軍官役，任職少尉行政官。

1965

中國文化大學經濟研究所。祖母詹眞去世。

1967

文大經濟研究所畢業，獲得碩士學位。赴美留學，入南伊利諾大學經濟系就讀。因爲反越戰，校園關閉，1969 年夏天赴芝加哥工作，暫住輔友社。

1969

暑期與張秀美小姐相遇於台中市。

1970

9 月 12 日與張秀美女士於芝加哥 Lake Shore Baptist Church 舉行婚禮。10 月 25 日受洗，教會是 Lake Shore Baptist Church，浸信會牧師 James Gidsoe。同年 11 月入德州農工大學（Texas A&M University）經濟系就讀。

1973

8 月 20 日大兒 Sam 出生。St. Luke Hospital, Bryan Texas。

1976

獲經濟學博士學位，任教 University of Wisconsin at Waukesha。

1978

任教 University of Pittsburg at Bradford。

1979

5 月 20 日次子 Dan 誕生於 Bradford Pennsylvania。

1981

9 月任教 Trenton State College 商學院經濟系副教授。

1982

台美團契長老教會禮拜。搬入新屋 44 Heston CT. Langhorne, Pa 19047。

1983

美東夏令會 University of Delaware。

1984

母親和四哥全家來探親。美東夏令會 Kutztown University。

1985

搬到新居 9 Bunker Hill Ct., Washington Crossing, Pa 18977。6 月回台省親，遊日本東京，大阪，夏威夷。

1986

美東夏令會 Cornell University。

1987

美東台灣人夏令會假 University of Massachusetts，7 月 2 日至 5 日。8 月份，岳父、岳母和阿嬤來探親，遊首都，尼加拉瀑布。

1988

美東夏令會 Penn State University。

台美團契長老教會退休會 Nyack Collge 8 月 11 日 至 14 日。東海大學客座教授，授中共經濟和管理經濟學。12 月，太太張秀美帶兩位兒子到台灣團圓，遊阿里山，日月潭。

1989

東海大學客座結束，1 月 16 日離開東海回美國。7 月間帶大兒 Sam 參觀哈佛大學和麻省理工學院。後來 Sam 獲得全額獎學金，就讀 MIT 得經濟學博士學位。

1990

美東夏令會 Cornell University。

1991

6 月 Sam 畢業於 Council Rock High School，申請到普林斯頓大學入學機械工程學系。6 月Dan Sol Feinstone Elementary School 小學畢業。7 月 14 日母親去世於台中市北屯區東山里橫坑巷 57 號。照男榮升正教授。

1992

Dan 於 6 月 25 日單獨乘華航班機回台灣。7 月 29 日世台會在德國科隆舉行，之後遊德國，瑞士，法國。8 月 13 日參觀華爾塞宮，夜晚乘船遊塞那河。

1993

夏天全家踏上 Canadian Rockies 之旅，Lake Louise，維多利亞。之後再乘愛之船 New Amsterdam 到阿拉斯加。

1994

第一次踏上中國，夏天香港、北京、長城、西安、上海、杭州、桂林。

1995

賓州查經班正式成立，謝敏川牧師偕同王憲治牧師，陳南洲牧師，莊雅棠博士蒞庭寒舍與附近同鄉見面談道。大兒 Sam 普林斯頓大學經濟系畢業，全系第一名。

1996

美東夏令會 University of Delaware 由紐約同鄉會主辦世台會在中美洲哥斯達力加首都舉行，泡火山溫泉，終生難忘。

1997

次子Dan 入哥倫比亞大學工學院就讀。

美東夏令會 University of Delaware 由波士頓同鄉會主辦。

1998

Scandinavia 旅行，遊丹麥、挪威、瑞典諸國。

1999

美東夏令會 Bloomsbury University 費城同鄉會主辦復活節，聖恩長老教會正式成立。

2000

美東夏令會 University of Delaware 紐澤西同鄉會主辦。

大兒 Sam 獲 MIT 經濟學博士學位，到加州任職 Cornerstone Research。參觀 Breton Woods Institutions。世界銀行和國際貨幣基金會。漫遊 Nova Scotia。

2001

Dan 哥倫比亞大學畢業。

世台會在巴西聖保羅市舉行，旅遊亞馬遜河。

2002

英國倫敦花園之旅。7 月 12 日抵達倫敦，參觀 Humpyon Palace, Carlisle, 愛丁堡，劍橋大學等地。岳父張振杉先生 8 月 10 日去世。

2004

到秘魯旅遊，Peru and Manchu Picchu Tours。

2005

正式從 The College of New Jersey 退休。感謝讚美主。7 月 16 日大兒 Sam 與 Jean Yang 舉行婚禮。

2006

以色列旅遊 5 月 26 日到 6 月 9 日，Tel Avive, Jappa, Caesarea, Megiddo, Haifa, Zippa, Golan Height, Sea of Galilee, Nazareth, Capernaum, Jerusalem. Bethlehem, Aumran, Masada, En Gedi。

2007

希臘半島隨保羅傳教腳蹤，雅典、哥林多、帖撒羅尼加、以弗所、拔摩島、Santorini。

Dan 與 Amy Fong 於 8 月 18 日舉行結婚典禮。

2008

到埃及看金字塔，順遊尼羅河、約旦、古城 Petra、Jordan。

2009

美東台灣人夏令會海上遊輪之旅，Canival Destiny。

2010

非洲坦桑尼亞，Safari Serengeti Tanzania 14 天。

2011

雙胞胎孫兒，Gavin, Cameron 於 4 月 2 日誕生。夏天 Master Gardeners' London Trip。

2013

台大商學系校友小旅行團旅遊中國昆明，麗江古城，玉龍雪山，香格里拉。

2014

到紐約時報廣場支援「太陽花學運」。孫兒 6 月 2 日 Dylan 生於舊金山。6 月 15 日 Ethan 生於紐約市。

美東夏令會 East Stroudsburg University 費城同鄉會主辦。

2015

5 月 20 日到紐約市支持 Passport to Taiwan，5 月 30 日聖恩教會義賣，9 月 12 日「秋之展」。11 月日本旅行。美東夏令會 East Stroudsburg University。

2016

11 月 12 日到 15 日，台北圓山亞洲插花年會。

2017

日本沖繩「第十一屆國際插花大會」美東夏令會 West Chester University。

2018

美東夏令會 West Chester University 費城同鄉會主辦紐約示威遊行「守護台灣自由」。夏威夷環島旅遊。

2019

第五十屆美東夏令會在 University of West Chester 舉行，由紐澤西同鄉會主辦。孫兒 Everett 2 月 19 日生於紐約市。

2020

新冠肺炎疫情蔓延全球，在家寫 14 篇短篇文章。

文化生活叢書 · 藝文采風 1306030

山中燈火入夢來

作　　者　劉照男
責任編輯　宋亦勤、官欣安
特約校稿　宋亦勤

發 行 人　林慶彰
總 經 理　梁錦興
總 編 輯　張晏瑞
編 輯 所　萬卷樓圖書股份有限公司
　　臺北市羅斯福路二段 41 號 6 樓之 3
　　電話 (02)23216565
　　傳真 (02)23218698

發　　行　萬卷樓圖書股份有限公司
　　臺北市羅斯福路二段 41 號 6 樓之 3
　　電話 (02)23216565
　　傳真 (02)23218698
　　電郵 SERVICE@WANJUAN.COM.TW
香港經銷　香港聯合書刊物流有限公司
　　電話 (852)21502100
　　傳真 (852)23560735

ISBN 978-986-478-456-1
2021 年 5 月初版
定價：新臺幣 560 元

如何購買本書：
1. 劃撥購書，請透過以下郵政劃撥帳號：
　帳號：15624015
　戶名：萬卷樓圖書股份有限公司
2. 轉帳購書，請透過以下帳戶
　合作金庫銀行　古亭分行
　戶名：萬卷樓圖書股份有限公司
　帳號：0877717092596
3. 網路購書，請透過萬卷樓網站
　網址　WWW.WANJUAN.COM.TW
大量購書，請直接聯繫我們，將有專人為您服務。客服：(02)23216565　分機 610
如有缺頁、破損或裝訂錯誤，請寄回更換

國家圖書館出版品預行編目資料

山中燈火入夢來 / 劉照男著.
-- 初版. -- 臺北市 : 萬卷樓, 2021.04
面 ;　公分. -- (文化生活叢書.　藝文采風)
ISBN 978-986-478-456-1(平裝)

863.55　　110003245